戲非戲045

大清相國（上）

王躍文 著

高寶書版集團

戲非戲　DN045

大清相國(上)

作　　者：王躍文
總 編 輯：林秀禎
主　　編：張君嫣
特約編輯：蔡雯婷
出 版 者：英屬維京群島商高寶國際有限公司台灣分公司
Global Group Holdings, Ltd.
地　　址：台北市內湖區洲子街88號3樓
網　　址：gobooks.com.tw
電　　話：(02) 27992788
E-mail：readers@gobooks.com.tw（讀者服務部）
pr@gobooks.com.tw（公關諮詢部）
電　　傳：出版部(02) 27990909　行銷部（02）27993088
郵政劃撥：19394552
戶　　名：英屬維京群島商高寶國際有限公司台灣分公司
發　　行：希代多媒體書版股份有限公司/Printed in Taiwan
初版日期：2009年2月

國家圖書館出版品預行編目資料

大清相國 / 王躍文著. -- 初版. -- 臺北市：
高寶國際出版：希代多媒體發行, 2009.2
面； 公分. --（戲非戲；45）

ISBN 978-986-185-267-6（上冊：平裝）

857.7　　　　97024798

1

順治十四年秋月，太原城裡比平常熱鬧。丁酉鄉試剛過，讀書人多沒回家，守在城裡眼巴巴兒等著放榜。聖賢書統統拋卻腦後了，好好兒自在幾日。歌樓、酒肆、茶坊，盡是讀書人，仙裾羽扇，風流倜儻。要麼就去拜晉祠、登龍山，尋僧訪道，詩酒唱和，好不快活。

文廟正門外往東半里地兒，有家青雲客棧，裡頭住著位讀書人，喚作陳敬，山西澤州人氏，年方二十。只有他很少出門，喜歡待在客棧後庭，終日讀書撫琴，自個兒消閒。他那把仲尼琴(注)是終日不離手的。後庭有棵古槐，樹高干雲。每日清晨，家傭大順不管別的，先抱出仲尼琴，放在古槐下的石桌上。陳敬卻已梳洗停當，正在庭中朗聲讀書。掌櫃的起得早，他先是聽得陳敬讀書，過會就聽到琴聲了。他好生好奇，別人出了秋闈，好比驢子卸了磨，早四處打滾去了。那外頭喝酒的、鬥雞的、逛窯子的，哪裡少得了讀書人！只有這位陳公子，天天待在客棧，不是子曰詩云，就是高山流水。

大順不過十三歲，畢竟玩性大。每日吃過早飯，見少爺開始讀書撫琴，就溜出去閒逛。他總好往人多的地方湊，哪裡鬥雞，哪裡說書，哪裡吵架，他都要鑽進去看看。玩著玩著就忘了時光，突然想著天色不早了，才飛跑著回客棧去。大順見少爺並沒有生氣的意思，就把聽到的、見到的都說來聽。

這日大順出門沒多久，飛快地跑了回來，顧不得規矩，高聲叫喊道：「少爺，中了中了，您

注　仲尼琴：後人稱孔子琴為仲尼琴，仲尼式在腰項處各呈方折凹入，聲音清雅純正。

中了。」

陳敬琴聲戛然而止，回頭問道：「第幾名？」

大順摸摸腦袋，說：「幾名？我沒數。」

陳敬呼地站了起來：「沒數？肯定就不是第一了。」

大順說：「少爺，能中舉人就了不起了啊，哪能都中第一名。」

陳敬復又坐下，低頭良久。他想自己順治八年應童子試（注），考入潞安州學，中的可是第一名。那年陳敬才十四歲。他是同父親一起赴考，父親卻落了榜。他自小是父親發的蒙，考試起來竟然父不如子。父親雖覺臉上無光，卻總喜歡把這事兒當段佳話同人說起。不幾年，陳敬的名字便傳遍三晉，士林皆知。

大順就像自己做錯了事，不敢多說，一邊兒垂手站著。大順十歲那年就跟著少爺了，知道少爺不愛多話，也看不出他的脾氣。可大順就是怕他，說話辦事甚是小心。陳敬突然起身往外走，也不吩咐半句。大順連忙把古琴送進客房，出門追上陳敬，低頭跟在後面。

文廟外的八字牆上，正是貼榜處，圍了好多人，鬧烘烘的。榜下站著兩位帶刀兵丁，面呆眼直，像兩尊泥菩薩。陳敬走上前去，聽幾個落榜士子正發牢騷，說是考官收了銀子，酒囊飯袋都中舉了，孔廟變成了財神廟。幾位讀書人擼袖揮拳，嚷著要見考官。陳敬並不認得他們，就顧不得打招呼，只從頭到尾尋找自己的名字。他終於看見自己的名字了，排在第二十八位。抬眼再看榜首，頭名解元名叫朱錫貴，便故意問道：「朱錫貴？我可是久仰他的大名了。」

原來士子們都知道，今年應試的有位朱錫貴，曾把「貴」字上頭寫成「虫」字，大家背地裡都叫他朱錫蟲。這個笑話早就在士林間傳開了，誰都不把這姓朱的當回事兒，只道他是陪考來的。哪知他竟然中了解元！正是這時，一位富家公子打馬而來，得意洋洋地看了眼皇榜，歪著腦袋環顧左右，然後瞟著陳敬：「在下朱錫貴，忝列鄉試頭名，謂之解元，得罪各位了。」

陳敬抬頭看看，問：「你就是那個連名字都不會寫的朱錫貴？」

不等陳敬再說下去，早有人說話了：「朱錫蟲居然是鄉試頭名解元！咱們山西人好光彩呀。」

陳敬哼哼鼻子，說：「您這條蟲可真肥呀！」

朱錫貴似乎並不生氣，笑著問道：「您哪位？」

陳敬拱手道：「在下澤州陳敬。」

朱錫貴又是冷笑，說：「陳敬？待在下看看。哈，您可差點兒就名落孫山了，還敢在本解元面前說話呀？」

陳敬忿然道：「朱錫蟲，你臉皮可真厚！」

朱錫貴哈哈大笑，說：「老子今兒起，朱錫蟲變成朱錫龍了。」

陳敬說道：「朱錫蟲，你也成了舉人，天下就沒有讀書人了。」

朱錫貴突然面色兇狠起來：「陳敬，你敢侮辱解元？我今日要教你規矩！」

朱錫貴揚起馬鞭就要打人。大順眼疾手快，一把揪住朱錫貴，把他從馬上拉了下來。大順雖說人小，可他動作麻利，朱錫貴又猝不及防，竟摔得哎喲喧天。眾士子趁亂解氣，都湧向朱錫貴。朱錫貴也是跟了人來的，無奈人多勢眾，只急得圍著人群轉圈兒。榜下那兩尊泥菩薩登時活了，想上前勸解，卻近不了身！大順機靈，見場面混亂，拉著陳敬慢慢擠了出來。

注　童子試：亦稱童試，分為「縣試」、「府試」及「院試」三個階段。通過縣、府試的便可以稱為「童生」。因為明清的科舉與學校結合，故此在參加正式科考以前，考生先要取得「入學」的資格。入學有兩個途徑，其中通過稱為童試的縣、府、院三級考試，是大部分士子所用的方法，也被認為是入仕的正途。

突然，聽得啪的一聲，一個香瓜砸在了皇榜上。有這香瓜開了頭，石頭、土塊雨點般砸向皇榜。沒多久，皇榜上就見不著一個整字兒了。一個石子彈了回來，正中陳敬肩頭。大順忙拉了陳敬往外走，說：「少爺，我們回去算了，小心砸著腦袋！」陳敬越想越憋氣，回了客棧嚷著叫大順收拾行李，今兒就回家去。大順說行李可以收拾，要走還是明兒走，還得去雇馬車。

陳敬忿恨難填，腦子裡老是那幾個考官的影子。開考之前，幾位考官大人，全是京城來的，坐著敞蓋大轎遊街，眾士子夾道參拜。此乃古制，甚是莊重。有位讀書人不曉事，居然上前投帖，被考官喝退。見此光景，讀書人都說考官個個鐵面，不怕誰去鑽營了。哪知到頭來是這等分曉？

過了多時，忽聽客棧外頭人聲鼎沸，掌櫃的過來說：「如今這讀書人不像話了，真不像話了！」陳敬不問究竟，自己跑到街上去看。原來是些讀書人抬著孔子聖像遊街，那聖像竟然穿著財神爺戲服！「往後我們不拜孔聖人，只拜財神爺啦！讀書有個屁用！多掙銀子，還怕不中舉人？」讀書人叫喊著，不停地揮著拳頭。街道兩旁站滿了看熱鬧的，都是目瞪口呆的樣子。一位老者哭喊著：「作孽呀，你們不能如此荒唐，要遭報應的呀。」陳敬知道此事非同兒戲，上前拉著位熟人，輕聲勸道：「這可使不得，官府抓了去，要殺頭的。」那人說：「讀書人功名就是性命，我們沒了功名，情同身死，還怕掉腦袋？你好歹中了，不來湊熱鬧便是。」

見大家不聽，陳敬便跟在後面，只尋熟人規勸。陳敬跟在後面走著走著，就沒想著要回去了。他就像著了魔，腦子裡空空的、熱熱的。讀書人抬著孔聖像在街上兜了個大圈子，又回到文廟。孔聖像就是從文廟的明倫堂抬走的，這會兒又抬了回來。孔聖像被放回原位，卻因穿著財神戲服，甚是滑稽。有人抓起幾文小錢，朝孔聖像前丟去。

突然，文廟外頭傳來兇狠的吆喝聲。回頭看時，幾十名衙役、兵丁手持長棍，衝了進來。衙役和兵丁們不分青紅皂白，見人就劈頭一棍，打倒在地，綁將起來。讀書人哪裡見過這種場面？

早嚇得面如土灰。手腳快的逃將開去，也有強出頭的被打了個皮開肉綻。陳敬自以為沒事，仍站在那裡不動。人家哪管那麼多？陳敬和那沒跑掉的七人，全都綁了去。

人是山西巡撫吳道一叫拿的。他當時剛用過午餐，躺在後衙葡萄架下打盹兒。忽有來人報知，讀書人抬著孔聖像在街上胡鬧，還把戲臺上財神爺的衣服穿在了孔聖人身上。吳道一只恨瞌睡被人吵了，很是煩躁，粗粗問了幾句就喊拿人，一邊又嚷著叫考官來衙裡說話。

吳道一罵了幾句，更衣去了簽押房。等了許久，衙役送了個名冊進來：「撫臺大人，這是抓的幾個人，一共七個。中間只有這陳敬是中了舉的，其他都是落榜的。」

吳道一草草溜了眼名冊，說：「就是那個澤州神童陳敬嗎？他湊什麼熱鬧！」這時，又有衙役進來回話，說考官張大人、向大人來了，在二堂候著。吳道一沒好氣，也不怕他們聽見，說：「候在二堂做甚？還要等我去請？叫他們到簽押房來。」衙役應聲出去了。不多時，主考官張公明跟副考官向承聖進了簽押房。都知道出事了，也就顧不上客套，臉上都不怎麼好看。

吳道一誰也不瞅一眼，低著頭，冷臉問道：「你們說說，這是怎麼回事！」

張公明望望向承聖，想讓他先說。可向承聖只作糊塗，張公明只好說：「我等受命取士，謹遵綱紀，並無半點兒偏私。說我們收受賄賂，純屬中傷。那些落榜的讀書人，不學無術，只知鬧事。」

向承聖這才附和道：「張大人所言極是。那些落榜的人，把府學鬧得烏煙瘴氣，還把戲臺上財神菩薩的衣服穿在孔聖人身上。」

吳道一不等向承聖說完，勃然大怒：「你們都是皇上欽定的考官，從京城派來的。朝廷追究下來，我要掉烏紗帽，你們可要掉腦袋。」

張公明畢竟也是禮部侍郎，實在受不了吳道一這張黑臉，便說道：「撫臺大人，我張某可對天盟誓，如有絲毫不乾淨的地方，自有國法在那兒擺著。但是，事情畢竟出在山西，您的責任也難得推卸！您朝我們發火沒用，我們是一根藤上的螞蚱，得相互擔待些才是。」

吳道一仰天而嘆，搖頭道：「我真是倒楣。好吧，你們快快起草個摺子，把事情原委上奏朝廷。先把讀書人鬧事一節說清楚，待我們問過案子，再把詳情上奏。瞞是瞞不住的。」

事情緊急，顧不得叫書吏代筆，三個人湊在簽押房裡，你一句我一句，很快就把摺子草擬好了。吳道一把摺子看了又看，仍不放心，說：「張大人，您是皇上身邊文學侍從，文字上您還得仔細仔細，越妥貼越好。」張公明謙虛幾句，抬手接了稿子，反覆斟酌。三個人都覺著字字坐實了，才正式謄寫清楚。

摺子還在半路上，吳道一不等朝廷旨意下來，先把陳敬等人拿來問了幾堂，就把朱錫貴給關了。吳道一想儘早動手，為的是把自己撇個乾淨。朱錫貴並沒有招供，但吳道一料定他肯定是與人好處了。張公明和向承聖同此案必定大有干係，只是朝廷沒有發下話來，吳道一不敢拿他們怎麼辦。不妨關了朱錫貴，事後也見得他料事明了。那朱錫貴偏是個蠢貨，雖說在堂上不肯吐半個字，進了牢裡竟然吹起大牛，說：「我朱某人哪怕就是送了銀子，追究起來，大不了不要這個舉人了！我朱家良田千頃，車馬百駕，享不盡的榮華富貴！你們呢？鬧府學，辱孔聖，那可是要殺頭的。」

大約十日之後，皇上看到了摺子，立馬召見索尼、鰲拜等幾位大臣。那日索尼跟鰲拜約著同去面聖，可他倆到了乾清宮外，當值太監只顧悄悄兒努嘴巴，沒有宣他倆覲見。忽聽裡頭啪的一聲脆響，知道是皇上摔了茶盅。早有幾位大臣候在殿外了，他們卻裝作什麼都沒聽見。鰲拜抬眼望望索尼，索尼只低頭望著地上的金磚。

乾清宮裡，太監貓了腰，小心地過去收拾。皇上這會兒眼裡見不得任何人，連聲喊著滾！太監飛快地收拾起地上的瓷片，躬身退出。

內監吳良輔壯著膽子奏道：「皇上，索尼、鰲拜等幾位大臣都在外頭候著。」

皇上咆哮起來，「朕不想見他們。前日告訴朕，江南科場出事了，士子們打了考官，大鬧府學；昨日又告訴朕，山西科場出事了，孔聖像穿上了財神爺的衣服。今日還想告訴朕哪裡出事了？」

吳良輔不敢說大臣們都是皇上召來的，只道：「他們是來請旨的，山西科場案怎麼處置。」

皇上冷冷一笑，甚是可怕。「朕就知道，銀子由他們來收，這殺人的事由朕來做。」

吳良輔說：「天下人都知道皇上聖明仁慈。」

皇上指著吳良輔說：「聖明仁慈？朕要殺人。褻瀆孔聖的，送銀子的，收銀子的，送了銀子中舉的，統統殺了。他們的父母、妻兒、兄弟，還有教出這些不肖學生的老師，一律充發寧古塔。」

五日之後，皇上的諭示便到了山西巡撫衙門。吳道一奉了聖諭，先將張公明同向承聖拿了。又過五日，三位欽差到了山西，一邊查案，一邊重判試卷。原來皇上雖是龍顏大怒，到底可憐讀書人的不易，不能把山西今年的科考都廢了，著令將考卷重新謄抄彌封，統統重判。

欽差中間有位衛向書大人，翰林院掌院學士，正是山西人氏。讀卷官送上一篇策論，文筆絕好倒在其次，裡頭學問之淵博，義理之宏深，識見之高妙，實在叫人嘆服。衛向書細讀再三，擊掌叫好，只道這文章非尋常後生所能為。待拆了彌封，方知這位考生竟是陳敬，三場考卷所有考官給他打的全是圈兒。衛向書早就聞知陳敬後生可畏，果然名不虛傳。若依著試卷，解元必定就是陳敬了。

衛向書大喜過望，卻又立馬急了。陳敬身負官司，遵奉聖諭是要問死的！誰也不敢冒險忤逆聖諭，點了陳敬解元。衛向書心有不甘，反覆誦讀陳敬的策論，直道這個後生志大才高，倘若蟾宮折桂，必為輔弼良臣。幾位同來的考官看出衛向書心思，卻也想不出轍來。衛向書愛才心切，暗中打著主意，先不忙著定下名次，想想辦法再說。碰巧這日陳敬家的管家陳三金領著大順找來告狀，在行轅（注）外同門人吵了起來。衛向書聽說是陳敬家的人，忙招呼下邊領了進來。

原來早在陳敬被拿當日，大順就日夜兼程奔回了老家。那日陳家接到官府喜報不出兩個時辰，闔家老小正歡天喜地，大順突然跑回來，說是少爺下了大獄。老爺聞知，忙吩咐陳三金速去太原，不管花多少銀子，都要保管少爺平安無事。大順也隨陳三金回了太原，老爺吩咐他哪兒也別去，只守在大牢外打探消息。陳三金腿都跑斷了，銀子也白花了許多，一個多月下來，哪家官老爺的門都沒進得去。巡撫衙門的門房是個不講理的老兒，他每次門包照收，就是不肯進去通報，只說這事兒誰也沒辦法，皇帝老子發話了，不知會有多少人頭落地，見了巡撫也沒有用。陳三金越發害怕，也不敢回去，只在太原待著，四處打點託人。這日聽說京城裡來了個清官，便領著大順來了。

陳三金見了衛向書，話還沒說上半句，先撲通跪了下來。大順年紀小小，畢竟沒有見過官的，不懂得規矩，也不知道怕事，嚷著說我們家少爺原先也沒有跟著那些讀書人去，後來出來看熱鬧，還勸熟人回去哩！不知怎麼著就跟在後面走了。回到文廟時，官府裡捉人來了，別人都知道跑，我們家少爺傻裡傻氣站在那裡不動，糊裡糊塗就被官府捉了。

陳三金正要罵大順不曉事，衛向書卻擺手問道：「你是跟著陳敬的嗎？你再仔細說說看？」大順便把放榜那日他是怎麼出來玩時看了榜，如何回去告訴少爺，少爺如何發了脾氣，如何嚷著要回家去，如何聽到外頭吵鬧又出來勸人，一一說了。

衛向書仔細聽著，又再三詢問，陳敬說的每句話他都問了。問完之後，衛向書心中有數，忙叫陳三金起來，問道：「你找過巡撫大人嗎？」
陳三金道：「去了巡撫衙門好多回了，巡撫大人只是不肯見。」
衛向書道：「陳敬案子，皇上下有諭示，我必要同巡撫大人一道上奏皇上才行。你今日午時之前定要去巡撫衙門見了吳大人。」
陳三金很是為難，道：「小的硬是見不著啊。」
衛向書意味深長地笑道：「拜菩薩要心誠，沒有見不著的官啊。」
陳三金像是明白了衛向書的意思，忙掏出一張銀票，道：「小的知道了，這就去巡撫衙門。」
衛向書把銀票擋了回去，仍是笑著，說：「我就是查這個來的，我這裡就免了，你快快去巡撫衙門要緊。」
陳三金在衛大人面前像聽懂了什麼意思，出門卻又犯糊塗了。世人都說沒有送不出的銀子，沒有不要錢的官，這話誰都相信。可這衛大人自己不收銀子，好像又暗示別人去送銀子。他一路上反覆琢磨著衛向書的話，很快就到了巡撫衙門。
門房已收了多次門包，這回陳三金咬咬牙重重地打發了，那老兒這才報了進去。吳道一其實早聽說陳敬家裡求情來了，只是不肯見人。這回照例不肯露臉，生氣道：「真是笑話！一個土財主家的管家也想見撫臺大人？」
門房回道：「老爺，小的以為您還是見見他。」
吳道一道：「老夫為什麼要見他？」

注　行轅：大吏出行時所駐的地方。

門房道：「小的聽陳敬的管家陳三金說，他們家可是有著百年基業。陳家前明的時候就出過進士，早不是土財主了，如今他家又出了舉人。」

吳道一道：「這個舉人的腦袋只怕保不住！好，見見他吧。」

陳三金怕大順不懂規矩壞了事，只叫他在外頭等著，自己隨門房進去了。過了老半日，吳道一手搖蒲扇出來了，門房指著陳三金說：「撫臺大人，這位是陳敬家的管家，陳三金。」

陳三金忙跪下去行禮：「小的拜見撫臺大人。我家老爺……」

吳道一很不耐煩，打斷陳三金的話：「知道了。你不用說，我也知道你的意思。你是想上我這兒走走門子，送送銀子，就能保住陳敬的腦袋，是嗎？」

陳三金哀求道：「求撫臺大人一定替我陳家做個主。」

吳道一冷冷道：「皇上早替你們陳家做過主了。鬧府學，辱孔聖，死罪。」

陳三金叩頭作揖道：「撫臺大人，我替我們家老爺給您磕頭了。」

吳道一哼著鼻子，說：「磕頭就能保頭？」說罷就只顧搖蒲扇，不予理睬了。

陳三金掏出一張銀票，放在几案上，說：「撫臺大人，只要能保住我們少爺的命，陳家永遠孝敬您老人家。」

吳道一大怒道：「大膽！你把本撫看做什麼人了？不義之財取一文，我的人品就不值一文！門房，送客！」

門房道：「老爺，小的看他陳家也怪可憐的，好好中了舉人，卻要殺頭。」

陳三金又掏上一張銀票，道：「撫臺大人，請您老人家一定成全！」

吳道一並不去瞟那銀票，半閉了眼睛道：「門房，聽見沒有？」

門房便道：「陳三金，你還是走吧，別弄得我們老爺不高興。」

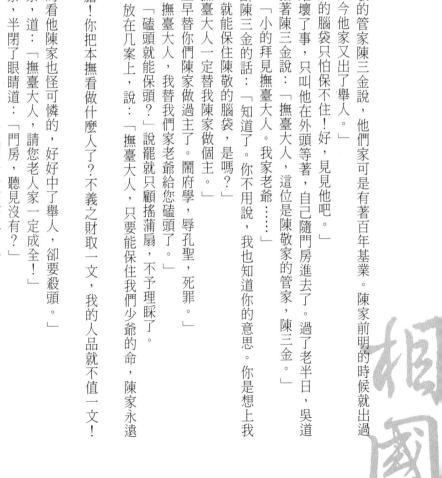

陳三金又掏出一張銀票，話未出口，吳道一把蒲扇往几案一摔，正好蓋住了三張銀票，生氣道：「門房，打出去！」立馬跑進兩個衙役，架著陳三金往外拖。

眼看著過了午時，衛向書乘轎去了巡撫衙門。吳道一正閒坐花廳把盞小酌，聽得門房報進來說衛向書來了，忙迎了出去。進到花廳，吳道一命人添酒加菜。喝了幾盅，衛向書說：「撫臺大人，張公明和向承聖是您我共同審的，向他倆行賄的舉子共有朱錫貴等九人。落榜的讀書人上街鬧事，情有可原啊。」

吳道一敬了衛向書的酒，卻道：「衛大人，皇上下有嚴旨，這些讀書人辱孔聖，鬧府學，都得殺頭。」

衛向書舉杯回敬了吳道一，說：「鬧事的人中間有個叫陳敬的，他自己中了舉，也沒有賄賂考官。」

吳道一點頭說道：「我知道，他就是當年那個澤州神童。他湊什麼熱鬧？好好的中了舉，卻要去送死。」

衛向書心裡不慌不忙，嘴裡卻很是著急的樣子，說：「還請撫臺大人三思，這個陳敬殺不得。」

吳道一問道：「他是犯了死罪，又有聖諭在此，如何殺不得？」

衛向書說：「撫臺大人，我趕來找您，正是此事。如今重判了試卷，陳敬三場下來考官們畫的全是圈兒，應是鄉試第一啊。」

吳道一大吃一驚。「您是說陳敬應該是解元？」

衛向書說：「正是！撫臺大人，殺了解元，難以向天下人交代呀。」

吳道一把酒杯抓在手裡，來回轉著，沉吟半晌，說：「那我們就不讓他作解元嘛。」

衛向書沒想到吳道一說出這種話來，卻礙著面子，道：「雖說可以不點他解元，但老夫看他詩文俱佳，尤其識見高遠，必為國之棟樑。這樣的人才如果誤在我們手裡，上負朝廷，下負黎民哪。」

吳道一說：「衛大人愛才之心下官極是佩服，可是您敢違背聖諭嗎？下官是不敢的。」

衛向書想這陳敬的案子吳道一是問過了的，倘若說他斷錯了案，他必是放不下面子，便道：「撫臺大人，只怪陳敬年輕不曉事，他糊裡糊塗認了死罪卻不知輕重。」

吳道一聽出衛向書話中有話，便問：「如何說他糊裡糊塗認了死罪？」

衛向書便把大順說的前前後後細細道來，然後說：「陳敬原是去勸說別人不要鬧事，結果被眾人裹挾，冤裡冤枉被捉了來。他知道自己沒事才站著不動的，不然他不跑了？」

吳道一臉色漸漸神秘起來，微笑著問道：「陳家人原來求過衛大人了？」

衛向書知道吳道一是怎麼想的，也不想把話挑明，只反問道：「想必陳家人也求過撫臺大人了？」

吳道一哈哈大笑，道：「既然如此，下官願陪衛大人再問問陳敬的案子。」

第二日，陳敬被帶到巡撫衙門大堂重新問案。衛向書心裡是有底的，他順著那日的事兒前因後果問過，陳敬頭上就沒有罪了。他還勸說別人不要鬧事，應是有功。吳道一是收了銀子的，又以為自己同衛向書心息相通，並不節外生枝。但畢竟陳敬的名字到了皇上手裡，他得具結悔罪才得交差。可是陳敬脾氣強，說自己原是勸說別人，故而混在了人群裡，無罪可悔。再說考官收賄已是路人皆知，讀書人憤慨鬧事也是事出有因，要放人就得把所有人都放了。陳敬拒不悔罪，官樣文章做不下去，皇上那裡就不好辦。衛向書這下真急了，再想不出法子來。陳敬回到牢裡，知道其餘六個鬧事的讀書人，也有中了的，也有沒中的。他們都感激陳敬仗義，只勸他先保住自己腦袋再說。陳敬只說要死大家死，要活大家活，就是不肯寫半個字。

可是過了幾日，巡撫衙門的門房突然找到陳三金，叫他快去大牢裡把陳敬領回去。陳敬糊裡糊塗出了大獄，才知道自己中了解元。再看牆上告示，原來朱錫貴同那六個鬧事的讀書人，不分青紅皂白都問了死罪。又聽街上有人傳聞，兩個考官被押解進京去了。

陳敬經了這牢獄之災，就像變了個人，回到家裡成日悶悶不樂。母親同妻子淑賢苦口相勸，他總是愁眉不展。三鄉五里的都上門道賀，陳敬只是勉強應酬，背人就是唉聲嘆氣。他至今不明白，別人掉了腦袋，他為什麼活著出來了。他並不僥倖自己活著，想著那幾個問了死罪的讀書人，心裡就非常難過。只有朱錫貴並不冤枉，考官也並不冤枉。眼看著春闈之期逼到眼前來了，陳敬遲遲不肯動身進京。陳老太爺日日火冒三丈，陳敬仍是強得像頭驢。為著這事兒，陳家終日沒誰敢高聲說話。

忽一日，衛向書大人著人送來一封信。原來衛大人回山西辦差，正好順道回家省親，在太原逗留了兩個多月。每日都有讀書人上門拜訪，敘話間衛大人聽說陳敬因了這次大難，心灰意冷，再無進意，明年春闈都不想去了。衛大人忙寫了信，差人送到澤州陳家。衛大人在信中激賞陳敬的策論和文采，只道他才華超拔，抱負宏遠，他日若得高中，必能輔君安國，匡世濟民，倘若逞少年意氣，誤終身前程，實為不忠不孝。讀罷衛大人的信，陳敬只覺芒刺在背，羞愧難當。又想這衛大人不把他看成只圖一己功名的祿蠹（注）之輩，真是難得的知己。這些日子，爹娘勸也勸了罵也罵了，他卻像邪魔上身油鹽不進。這回卻讓衛大人給罵醒了，他心中愧悔不已，恭恭敬敬跪到爹娘面前，答應速速進京赴考去。

注　祿蠹：比喻熱中追求官祿的人。

2

畢竟時日已經耽擱，轉眼就過了正月。這日，陳敬動身趕考去，家人忙著往騾車上搬著箱子、包袱。老夫人沒完沒了地囑咐大順出門小心，少爺是不知道照顧自己的。大順點頭不止，口裡不停地嗯著。淑賢突然想要嘔吐，忙掏手帕捂了嘴。婆婆看見了，喜上眉梢，上前招呼。「怕是有了吧？」

淑賢低了頭，臉上緋紅。老夫人又問：「敬兒他知道嗎？」

淑賢又搖搖頭，臉上仍是紅雲難散。

老夫人笑道：「敬兒怎麼就缺個心眼呢？他怎麼還不出來呢？」

淑賢稍作猶豫，說：「我去屋裡看看吧。」

陳敬正在書房裡清理書籍，三歲的兒子謙吉跟在後面搗亂。陳敬喊道：「不要亂動，爹才清好哩。」

謙吉卻道：「爹，我要跟你去趕考。」

陳敬笑道：「你呀，再過二十年吧。」

淑賢進來了，謙吉叫著媽媽，飛撲過去。陳敬望了眼淑賢，並不多話，只道：「不要催，我就來。」

淑賢吞吞吐吐，半日才說：「他爹，我有了。」

陳敬顧著低頭清理書籍，一時並沒有理會。淑賢站在門口，有些羞惱。陳敬似乎感覺到了什麼，回頭望望妻子，問：「淑賢，妳說什麼？」淑賢也不答話，低頭出去了。

陳敬收拾好了，跟著父親去堂屋燃香祭酒，拜了祖宗，這才出門上車。父親手撫車轅，再次叮囑：「敬兒，進京以後，你要事事小心啊。」

母親眼淚早出來了，說：「太原鄉試，你差點兒命都送了。敬兒，娘放心不下。」

不等陳敬開口，父親又說：「你只管自己看書，好好兒應試，半句多餘的話都不要說。再也不要像在太原那樣，出頭鳥做不得啊。」

陳敬道：「爹娘，你們放心就是了。」

冰天雪地，騾車走得很慢。陳敬也不著急，只在車裡溫書。走了月餘，到了河北地界。忽見一書生模樣的人肩負書囊，徒步而行，甚是困乏。騾車慢了下來，大順高聲喊著讓路。陳敬撩開車簾，看了看這位讀書人，吩咐大順停車。陳敬覺著這人眼熟，忽然想了起來，忙下車拱手拜道：「敢問這位兄臺，您可是高平舉人張汧學兄？」

張汧停下來，疑惑道：「您是哪位？」

原來十年前張汧中了鄉試首名，那年陳敬才十一歲，父親領著他去了高平張家拜訪。陳敬笑道：「學弟澤州陳敬，小時候由家父領著拜訪過學兄哩。剛才家人冒犯，萬望恕罪。」

張汧大喜，道：「原來是新科解元！您的英雄豪氣可是遍傳三晉呀！」

陳敬道：「兄弟過獎了。請兄臺與我結伴而行如何？一路正好請教呢。請上車吧。」

張汧忙搖手道：「謝了，我還是自己走吧。」

陳敬說著就去搶張汧的書囊，道：「兄臺不必客氣。」

大順更是不由分說，拿了張汧的包就往車上放，道：「先生您就上車吧。我家公子一路只是看書，沒人給他搭個話，快悶成個啞巴了。有您做伴，正好說說話哩。」

張汧只得依了陳敬，上了騾車，問道：「陳賢弟，您怎麼也才上路啊。」

陳敬道：「現在離春闈二月有餘，我們路上再需走個把月，難道遲了嗎？」

張汧道：「愚兄慚愧，我可是三試不第的人，科場門徑倒是知道些。有錢人家子弟，秋闈剛過，就入京候考去了。」

陳敬道：「用得著那麼早早兒趕去嗎？真要溫書，在家還清靜些，想那京師必定眼花撩亂的。」

張汧道：「賢弟有所不知啊。人家哪裡是去讀書？是去送銀子走門子啊。」

陳敬嘆道：「這個我自然知道。不過太原科場案血跡未乾，難道還有人敢賭自己性命嗎？」

張汧道：「這回朝廷處置科場案確實嚴厲，殺了那麼多人，巡撫吳道一也被革了職，戴罪聽差。可為著功名二字，天下不怕死的人多哪。」

陳敬經歷了這回鄉試，自是相信這個話的，嘴上仍是說：「我不相信所有功名都是銀子送出來的。兄臺曾居鄉試魁首，三晉後學引為楷模。此次會考，兄臺一定蟾宮折桂，榮登皇榜。」張汧苦笑著搖搖頭，仰天而嘆。

一日進了京城，逕直去了山西會館。一問，原來會館裡早就客滿了。會館管事是位老者，萬分為難的樣子，道：「原來是兩位解元。都說陳解元不來了，住在這兒的舉人每日都在說您哩。」大順人小，說話辦事卻是老練，纏著管事的要他想法子。管事的實在沒轍，說只有客堂裡空著，但那裡住著也不像回事。

三個人只好出了會館，往順天府貢院附近找客棧去。一連投了幾家店，都是客滿。原來挨著貢院的店都住滿了，多是進京趕考的舉人。眼看著天色將晚，見前頭有家快活林客棧，陳敬笑道：「我們都到水滸梁山了（注），再沒地方，就只有露宿街頭了。」

正是這時，門吱地開了，笑嘻嘻的出來個小二，問道：「喲，三位敢情是住店的吧？」三人答應著，進了客棧。店家忙出來招呼，吩咐小二拿行李。

店家道：「每逢春闈，有錢人家子弟早早兒就來了，能住會館的就住會館，不然就擠著往東邊住，那兒離貢院近。」

正說話，見一人沉著臉進來了。店家馬上笑臉相迎：「高公子，您回來啦。」喚作高公子的鼻子裡唔了聲，眼都沒抬，低頭進去了。

店家回頭又招呼陳敬他們，道：「三位請先坐下喝茶，再去洗洗。想吃些什麼儘管吩咐。」茶上來了，店家望望裡頭，悄悄兒說：「剛才那位高公子，錢塘人氏，喚作高士奇。他每次進京趕考都住咱店裡，都考了四回啦！家裡也是沒錢的，成天在白雲觀前擺攤算命，不然這店他也住不下去了。我看他精神頭兒，一回不如一回，今年只怕又要名落孫山。」

陳敬見張汧的臉刷地紅了，便道：「店家，您可是張烏鴉嘴啊。」店家忙自己掌了嘴：「小的嘴臭，得罪了。」

陳敬同張汧甚是相投，兩人連床夜話，天明方罷。大清早，陳敬梳洗了出來，聽得一人高聲讀書，便上前打招呼。「敢問學兄尊姓大名。」

那人放下書本，謙恭道：「在下姓李，單名一個謹字，河南商丘人氏。」

陳敬拱了手，道：「在下陳敬，山西澤州人氏。」

李謹頓時瞪大了眼睛，道：「原來是陳敬學兄。您人未到京，名聲先到了。先到京城的山西

注　見前頭有家快活林客棧……我們都到水滸梁山了：引自《水滸傳》。書中有個名叫施恩的人，孟州城安平寨的小管營，在快活林經營著一家酒肉店，後來被蔣門神霸占了。武松殺了西門慶、潘金蓮後，被發配到這裡，因受到他的照顧，而替他奪回了酒店。後來武松殺了張都監一家，官府問他捉拿凶手，從此亡命江湖。後來打聽得武松在二龍山上，於是去入了伙。三山打青州後，一同上了梁山。

舉人說，去年貴地鄉試，掉了好些腦袋。都說您為落榜士子仗義執言，從刀口上撿回條性命啊。兄弟佩服。」

陳敬忙搖搖頭，說：「李學兄謬誇了。這些話不提了。兄弟見您器宇不凡，一定會高中的。我這裡先道喜了。」

李謹卻是唉聲嘆氣。「您不知道，狀元、榜眼、探花，早讓人家賣完了。我們還在這裡讀死書，有什麼用！」

這時，張汧過來了，接了腔。「我家裡可是讓我讀書讀窮了，沒銀子送，碰碰運氣吧。」

李謹又是嘆息：「可不是嗎?我這回再考不上，只好要飯回老家了。」

三人正說著話，一個包袱砰地扔了過來。原來是店家，他正橫臉望著李謹喊道：「李公子，沒辦法，我已仁至義盡了，讓您白吃，可不能讓您白住呀?您都欠我十日的床鋪錢了！我只好請您走人了。」

李謹面有羞色，道：「店家，能不能寬限幾日，您就行個好吧。」

店家甚是蠻橫，不說多話，只是趕人。陳敬看不下去，道：「店家，這位李兄的食宿記在我帳上吧。」

李謹忙撿了包袱道：「陳兄，這如何使得！我還是另想辦法去。」

陳敬攔住李謹，說道：「李兄不必客氣，只當我借給您吧。」

店家立馬跟變了個人似的，朝陳敬點頭笑笑，忙接了李謹包袱送進去了。

陳敬約了張汧去拜訪幾位山西鄉賢，就別過李謹，出門去了。原來衛向書大人在信中介紹了幾位在京的山西同鄉，囑咐陳敬進京以後可抽空拜訪，有事也好有個照應。正好路上遇著張汧，便說好一同去。兩人備了門生帖子，先去了衛向書大人府上。上門一問，才知道衛大人半個月前回京就被皇上點了春闈，如今已經鎖院。衛大人料到陳敬會上門來，早囑咐家裡人盛情相待，卻不肯收儀禮。再細細打聽，陳敬方知想去拜訪的幾位鄉賢都入了會試，照例也已鎖院。只有一位李祖望先生，因是前明舉人，並無官差在身，肯定在家裡的。兩人便辭過衛家，奔李祖望府上而去。

照衛大人信中講的地方左右打聽，原來李祖望家同快活林客棧很近。李家院牆高大，門樓旁有株老梅斜逸而出。陳敬上前敲門，有位中年漢子探出頭來問話。聽說是衛向書大人引見的山西老鄉，忙請了進去。這人自稱大桂，幫李老先生管家的。兩人繞過蕭牆，抬眼便見正屋門首掛著一方古匾，上書四個大字：世代功勳。定眼細看，竟是明嘉靖皇上御筆。陳敬心想李家在前明必定甚是顯赫，衛大人在信中並沒有提起。大桂先引兩位去客堂坐下，再拿了衛向書的信去裡面傳話。沒多時，李老先生拱手出來了，直道失禮。

大桂媳婦田媽上了茶來，李祖望請兩位用茶，道：「我也聽說了，山西去年科場出了事，陳敬險些兒丟了性命，好在衛大人從中成全。衛大人忠直愛才，在京的山西讀書人都很敬重他。」

陳敬道：「衛大人盛讚您老的學問和德望，囑我進京一定要來拜望您。」

張汧也道：「還望前輩指點一二。」

李祖望直搖頭，笑道：「哪敢啊，老朽了，老朽了。我同衛大人都是崇禎十五年中的舉人，祖上原是前明舊家，世代做官。先父留下話來，叫後代只管讀書，做知書明禮之人，不必做官。入清以後，我就再沒有下場子了。唉，都是前朝舊事，不去說它了。」

陳敬甚是惋惜的樣子，道：「江山易主，革故鼎新，實乃天道輪迴，萬物蒼生只好順天安命。恕晚生說句衝撞的話，前輩您隱身陌巷，朝廷便少了位賢臣啊！」

李祖望聽了並不覺得冒犯，倒是哈哈大笑道：「老夫指望您二位飛黃騰達，造福蒼生。我嘛還是做個前朝逸民算了。」

說話間，一個小女子連聲喊著爹，從裡屋跑了出來。見了生人，女孩立馬紅了臉，站在那裡。李老先生笑道：「月媛，快見過兩位大哥。這位是張汧大哥，這位是陳敬大哥，都是進城趕考的舉人，山西老鄉。」

那女孩見過禮，仍是站在那裡。李老先生又道：「這是老夫的女兒，喚作月媛，十一歲了，還是這麼沒規矩！」

月媛笑道：「爹只要來了客人，就說我沒規矩。人家是來讓您瞧瞧我的字長進了沒有。」原來月媛背著手，手裡正拿著剛寫的字。李老先生笑道：「爹這會兒不看，妳拿給兩位舉人哥哥看看。」

月媛畢竟怕羞，站在那裡抿著嘴兒笑，只是不敢上前。陳敬站起來，說：「我來看看妹妹的字。」

陳敬接過月媛的字，直道了不得。張汧湊上去看了，也是讚不絕口。李老先生笑道：「你們快別誇她，不然她更加不知道天高地厚了。我這女兒自小不肯纏足，你要她學針線也死活不肯，只是喜歡讀書寫字。偏又是個女子，不然也考狀元去。」

月媛調皮道：「我長大了學那女駙馬，也去考狀元，給您老娶個公主回來。」

李老先生佯作生氣，罵道：「越發說渾話了！快進去，爹要同你兩位大哥說話哩。」

這時田媽過來，牽了月媛往裡屋去，嘴裡笑道：「快跟我回屋去，妳一個千金小姐，頭一回見著生人就這麼多話。」

月媛進去了，李老先生搖頭笑道：「老夫膝下就這麼個女兒，從小嬌縱慣了，養得像個頑皮兒子。她娘去得早，也沒人教她女兒家規矩，讓兩位見笑了。她讀書寫字倒是有些慧心。」

陳敬道：「都是前輩教得好，往後小妹妹的才學肯定不讓鬚眉啊。」

3

這日閒著無事，陳敬、張汧、李謹三人找了家茶館聊天。李謹想著陳敬的慷慨，心裡總是過意不去，道：「陳兄俠肝義膽，李某我沒齒難忘。今生今世如有造化，一定重謝。」

陳敬道：「兄臺如此說，就見外了。」

忽聽身後湊過一人，輕聲問道：「三位，想必是進京趕考的？」

回頭一看，是位麻臉漢子。張汧說：「是又如何？」

麻子說：「我這裡有幾樣寶物，定能助三位高中狀元。」

陳敬笑道：「你這話分明有假，狀元只有一個，怎麼能保我三人都中呢？」

李謹瞟了那人，說：「無非是《大題文庫》、《小題文庫》、《文料大成》、《串珠書》之類。」

麻子望了李謹，道：「呵，這位有見識。想必是科場老手了吧？」

李謹聞言，面有愧色，立馬就想發作。張汧看出李謹心思，忙自嘲著打趣那麻子，道：「我說兄弟，您拍馬屁都不會拍？我是三試不第，心裡正有火，你還說我是科場老手？」

麻子笑道：「怪我不會說話。我這幾樣寶物您任選一樣，包您鯉魚跳龍門，下回再不用來了。」

麻子說著，從懷裡掏出個小本子，道：「這叫《經藝五美》，上頭的字小得老先生看不見。瞧，一粒米能蓋住五個字。」

陳敬笑道：「拜託了，我們兄弟三個眼神都不好使，那麼小的字看不清楚，您還是上別處看看去。」

麻子又道：「別忙別忙，我這裡還有樣好東西。」麻子說著，又從懷裡掏出個圓硯臺。

張汧接過一看，說：「不就是個硯臺嗎？」

這時，猛聽得外頭有吆喝聲，麻子忙收起桌上的《經藝五美》，硯臺來不及收了。麻子剛要往外走，進來兩位魁梧漢子，站在門口目不斜視，氣勢逼人。麻子心裡有鬼，站在那裡直哆嗦。兩位漢子都是旗人打扮，一位粗壯，一位高瘦。他倆並不開腔，只是那粗壯漢子揚揚手，忽然就從門外湧進十幾位帶刀兵勇，一擁而上抓住麻子。麻子喊著冤枉，被兵勇抓走了。那兩位漢子並不說話，逕直找了個座位坐下了。店家猜著這兩位非尋常人物，忙小心上前倒茶，躬身退下。

張汧雙手微微發抖，那硯臺正放在他手邊。陳敬輕聲道：「兄臺別慌，千萬別動那硯臺。」粗壯漢子端起茶盅，冷冷地瞟著四周。他才要喝茶，忽然瞥見了這邊桌上的硯臺，逕直走了過來。張汧拱手搭訕，這漢子並不理睬，拿起硯臺顛來倒去的看。他沒看什麼破綻，便放下硯臺，回到桌上去了。那兩條漢子只端起茶盅喝了幾口，並不說話，也不久坐，扔下幾個銅板走了。

小二過來續茶，李謹問道：「小二，什麼人如此傲慢？」

小二道：「小的也不知道，只怕是宮裡的人，最近成日價在這一帶轉悠。我說這硯臺，您幾位別碰，會惹禍的。」

張汧說：「我就不信！」說著就把硯臺揣進了懷裡。

小二笑道：「這會兒大夥兒都在賺你們舉人的錢！考官那兒在收銀子，剛才那麻子他們在賣什麼《大題文庫》，我們客棧、飯館、茶館也想做你們的生意。生意，都是生意。」

陳敬掏出銅板放在桌上，道：「兩位兄臺，這裡只怕是個是非之地，我們走吧。」

三人在街上逛著，陳敬道：「張兄，你還是丟了那個硯臺，怕惹禍啊。」

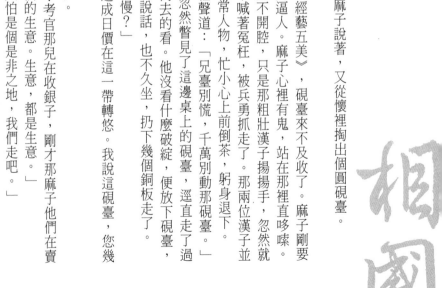

李謹也說：「是啊，我們三人都是本分的讀書人。」

張汧笑道：「知道知道，我只是拿回去琢磨琢磨，看到底是什麼玩意兒。」

路過白雲觀，見觀前有個賣字的攤子，那賣字的竟是高士奇。只見他身後掛著個破舊布幡，上書「賣字」兩個大字，下書一行小字：代寫書信、訴狀、對聯。陳敬問：「那位不是錢塘舉人高士奇嗎？」

李謹輕聲道：「賢弟有所不知。他哪裡是舉人？只是個屢試不舉的老童生。這人也怪，每年春闈，都跑到北京來，同舉人們聚在一起，眼巴巴的望著別人去考試，又眼巴巴的望著別人中了進士，打馬遊街。」

張汧長嘆道：「可憐天下讀書人哪！」

李謹道：「更可憐是他總想同舉人們交結，可別人都不怎麼理他。有些讀書人也真是的！」

張汧道：「他居然賣字來了。走，看看去。」

陳敬拉住兩位，說：「還是不去吧，別弄得人家不好意思。」

張汧道：「沒什麼，他和我們同住一店，有緣啊。」

高士奇正低頭寫字兒，李謹上前拱手道：「原來是錢塘學兄高士奇先生。」

高士奇猛然抬頭，臉上微露一絲尷尬，馬上就鎮定自如了，道：「啊，原來是李舉人。士奇遊學京師，手頭拮据，店家快把我趕出來了。敢問這兩位學兄？」

陳敬同張汧自報家門，很是客氣。高士奇笑道：「見過二位舉人。這位陳學兄年紀不過二十吧？真是少年得志啊。士奇馬齒徒長，慚愧啊。」

陳敬道：「高先生何必過謙？您這筆字可真見功夫。」

高士奇嘆道：「光是字寫得好又有何用！」

張汧說：「常言道，字是文人衣冠。就說科場之中，沒一筆好字，文章在考官眼裡馬上就打了折扣了。」

高士奇仍是搖頭嘆息。「實在慚愧。說在下字好的人真還不少，可這好字也並沒有讓我的口袋多幾個銀子。」

這時，陳敬身後突然有人說話。「不，從今日起，高先生的字要變銀子了，會變成大把大把的銀子。」

陳敬等回頭一看，只見一人高深莫測，點頭而笑。高士奇見這人品相不凡，忙拱手道：「敢問閣下何方仙君?請賜教。」

那人也拱了手，道：「在下祖澤深，一介布衣。天機精微，當授以密室。先生不妨隨我來。」

高士奇愣在那裡，半日說不出話來。祖澤深哈哈大笑，說：「高先生，如果我沒猜錯的話，您已是不名一文了。我替您謀個出身，又不收您的銀子，這還不成嗎？」

高士奇想自己反正已是山窮水盡，無所謂得失，連忙起身長揖而拜，道：「請祖先生受在下一拜。」

祖澤深直搖手道：「不敢不敢，往後我還要拜您的。」

祖澤深說罷，轉身而去。高士奇忙收拾行李，同陳敬三位慌忙間打了招呼，跟著祖澤深走了。圍觀的人很多，都弄不清這是怎麼回事，只說是這賣字的先生遇著神仙了。

陳敬總為張汧那個硯臺放心不下。有日張汧出門了，陳敬去了他的房間，反覆看了看那個硯臺，果然見蓋上有個玄機，一擰就開了，裡頭塞著本小小的書。打開一看，正是本《經藝五美》，上頭的字小的像螞蟻。陳敬驚嘆如今的人想鬼主意會到如此精巧的地步。他猶豫再三，仍是把《經藝五美》放了回去。回到房間，又後悔起來，他應該把那《經藝五美》悄悄兒拿出來撕掉，不然張汧兄在考場裡頭保不定就會出事的。

過了幾日，陳敬正同李謹切磋，張汧推門而入，道來一件奇事。張汧臉色神秘，問道：「還記得前幾日叫走高士奇的那位祖澤深嗎？」

李謹問：「怎麼了？」

張汧道：「那可是京城神算！他有鐵口直斷的本事。那高士奇就是被他一眼看出富貴相。你們知道高士奇哪裡去了嗎？已經入詹事府（注）聽差去了。」

李謹驚問道：「真有這事？」

張汧道：「不信你們出去看看，快活林裡舉人大半都找祖澤深看相去了。」

陳敬搖頭道：「命相之說，我是從來不相信的，所謂子不語怪力亂神。」

張汧笑道：「賢弟呀，孔聖人還說過敬鬼神而遠之啊！雖是遠之，畢竟有敬在先。我們也算算去。」

陳敬忽然想起一事，道：「張兄，那個硯臺，你還是丟掉算了。」

張汧道：「我細細看過了，就是個很平常的硯臺。我的硯臺正好砸壞了，就用這個進考場吧。去，上祖澤深家看看去。」

陳敬道：「你們去吧，我想看看書。」

李謹也想去看看新鮮，道：「看書也不在乎一日半日，只當去瞧個熱鬧吧。」

注　詹事府：中國清朝中央機構之一，創設於西元一六四四年，該機構為模仿明朝舊有機構並加以擴充，主要從事皇子或皇帝的內務服務。

陳敬不便再推託，只好同去。原來京城裡很多人都知道祖澤深，隨口問問就找到了他家宅院。剛到門口，只見祖澤深送客出來。陳敬覺著這人好像在哪裡見過。那個人目光犀利，飛快地打量了他們，大步走開。祖澤深銜著那人的背影，再三點頭而笑，甚是恭敬。直到那個人轉過牆角不見人影了，祖澤深才看見三位客人，笑著問道：「三位舉人，想必是白雲觀前見過的？」

張汧很是吃驚，道：「祖先生好記性啊。」

祖澤深倒是很淡然，請三位屋裡喝茶。進了大門，轉過蕭牆，便聞人聲喧嘩。原來客堂裡早坐滿了看相的舉人，大夥兒見祖澤深進門，皆起座致意。

祖澤深道：「承蒙各位舉人抬愛，今兒一下子來了這麼多人，我怎麼看呀。今日我不看相，只同各位舉人聊聊天。」

張汧問道：「聽說錢塘高士奇，蒙祖先生看準富貴之相，立馬應驗，如今已入朝聽事去了？」

祖澤深笑道：「高先生遇著貴人，現已供奉內廷，到詹事府當差去了。那可是專門侍候皇上的差事。」

有舉人問道：「詹事府幹什麼的？」

祖澤深說：「專門侍候皇上起居，什麼車馬御駕呀，全是詹事府管的事兒。」

又有舉人問：「聽說詹事府下面有個經歷司，專門洗御馬的。那位高先生該不是做了弼馬溫吧？」

眾人大笑起來，說洗馬就是給皇上洗御馬的，那麼司馬是幹什麼的呢？

祖澤深笑道：「玩笑，玩笑。各位舉人抱負遠大，想必看不起詹事府。可一個詹事，也是正三品的官呀。」

舉人們一片唏噓聲，有個舉人說道：「我家連著縣衙，七品縣官也難得見幾回。好不容易見他出門一次，鳴鑼開道，跟唱戲似的，好威風啊！百姓都說，養兒就得當縣太爺，那才叫光宗耀祖，可那才七品。人家朝廷裡洗馬的頭兒，就正三品。」

張汧問道：「敢問祖先生，那錢塘老童生遇著什麼貴人了？」

祖澤深故作神秘，道：「我剛送走的那位客人，各位可看見啦？他可是當今御前侍衛，皇上身邊的紅人，索額圖大人！高士奇先生就是讓這位索額圖大人一眼看中，直接把他領進朝廷當差去了。」

陳敬這才想起，剛才走的那人就是前幾日在茶館裡見過的那個漢子。舉人們連聲驚呼，硬要祖澤深看相。祖澤深卻說：「我有意高攀各位舉人，今日我們只喝茶聊天，不看相。」

張汧道：「祖先生，這些人哪有心思喝茶？都是關心自己前程來的。您請說說，錢塘高士奇，他憑什麼就讓索大人相中，從白雲觀前一個賣字糊口的窮書生，一腳就踏進了皇宮呢？」

祖澤深哈哈大笑，道：「蟾宮可折桂，終南有捷徑呀。人嘛，各有各的天命。祖某說今日不看相，但可以說一句。我粗略看了看，你們各位只有讀書科考這一條路走。高士奇呢？他不用科考便可位極人臣。」

張汧同眾舉人嘴裡啊啊著，羨慕不已。李謹卻有些憤憤然，臉色慢慢都紅了。陳敬卻是一字不吐，他不明白高士奇如何就發達了，卻並不相信祖澤深的話。他想裡頭肯定別有緣由，只是世人都不知道罷了。

從祖澤深家出來，李謹心情很不好，不想回客棧去，便獨自出去走走。直到天黑，李謹才回到客棧。店堂裡圍著很多舉人，都在那裡議論科場行賄的事。李謹聽了會兒，說：「國朝天下還不到二十年，科場風氣就如此敗壞了。傷了天下讀書人的心，這天下就長不了。」

有人說道：「我們還在這裡眼巴巴兒等會試，我聽說狀元、榜眼、探花早定下來了。狀元，兩萬兩銀子；榜眼，一萬兩銀子；探花，八千兩銀子。」

有人聽如此一說，都說不考了，明日就捲了包袱回家去。

李謹道：「不瞞大家說，我已知道誰送了銀子，誰收了銀子。明日我就上順天府告狀去，有血氣的明日給我壯壯威去。」

李謹這麼一說，舉人們都湊上來問他：「你說的是真的嗎？」

李謹道：「這是弄不好就掉腦袋的事，誰敢亂說？」有幾個脾氣大的，都說明日願意陪李謹去順天府。

這裡正叫罵得熱鬧，高士奇衣著一新，掀簾進店來了。有人立馬湊了上去，奉迎道：「這不是高……高大人嗎？」

高士奇甚是得意，嘴上卻是謙虛。「剛到皇上跟前當差，哪裡就是什麼大人了？兄弟相稱吧。」

那人道：「兄弟相稱，不妥吧？對了，這可是高大人對我們的抬愛。高兄您鴻運當頭，如今發達了可不要忘了我們兄弟啊！所謂同船共渡，五百年所修。我們這些人好歹還在一個屋簷下住了這麼久，緣分更深啊！」

高士奇笑道：「有緣，有緣，的確有緣。各位聊著，我去找店家結帳，收拾行李。」

李謹見這些人平日並不理睬高士奇，如今這麼熱乎，看著心裡犯膩，便轉身走開了。

張汧正在溫書，忽聽有人敲門。他跑去開了門，進來的竟是高士奇，滿面春風的樣子。張汧拱手道：「啊呀呀，高先生。您眨眼間就飛黃騰達了，我該怎麼稱呼您？」

高士奇笑道：「不客氣，我們總算有緣，兄弟相稱吧。」

張汧忙道：「高兄請坐。」

高士奇坐下，道：「張兄，您那位朋友李舉人，他在外頭瞎嚷嚷，會有殺身之禍的啊。」

張汧搖搖頭道：「唉，我和陳敬都說了他，勸他不住啊。」

高士奇道：「陳敬倒是少年老成，會成大器的。」

張汧問道：「高兄您怎麼過來了？您如今可是皇差在身啊。」

高士奇說：「在下那日走得倉促，行李都還在這店裡哩，特地來取。張兄，我相信緣分。你我相識，就是緣分。」

張汧內心甚是感激，道：「結識高兄，張某三生有幸。」

閒話半日，高士奇道：「這回您科考之事，高某興許還能幫上忙。」

張汧眼睛頓時放亮，心裡雖是將信將疑，手裡卻打躬不迭，道：「啊？拜託高兄了。」

高士奇悄聲道：「實不相瞞，我剛進詹事府，碰巧皇上要從各部院抽人進寫序班，謄錄考卷，我被抽了去。碰巧主考官李振鄴大人又錯愛在下，更巧的是李大人還是我的錢塘同鄉。」

張汧問道：「您說的是禮部尚書李振鄴大人？」

高士奇道：「正是！李大人是本科主考官，您中與不中，他一句話。」

張汧又是深深一拜，道：「張某前程就交給高兄了。」

高士奇卻連連搖頭，道：「不不不不，我高某哪有這等能耐？您得把前程交給李大人。李大人很愛才，他那裡我可以幫您通通關節。」

張汧不相信高士奇自己早幾日都還是個落魄寒士，立馬就有通天本事了，小心問道：「這……成嗎？」

高士奇說：「依張兄才華，題名皇榜，不在話下。可如今這世風，別人走了門子，你沒走門子，就難說了。」

張汧轉眼想想，卻又害怕起來，說：「有高兄引薦，張某感激不盡。只是……這……可是殺頭的罪啊。」

高士奇卻說得輕描淡寫。「此話不假，去年秋闈案，殺人無數，血跡未乾啊。這回皇上下有嚴旨，京城各處都有眼睛盯著，聽說行賄的舉人已拿了幾個了。不過，我只是領您認個師門，並無賄賂一說。」

再說那陳敬正在讀書，聽得外頭吵吵嚷嚷，幾次想出門看看卻又忍住了。聽得李謹的聲音越來越大，便想去勸他回房。可他去了客堂，卻見李謹已不在那裡了，便往張汧客房走去。

他剛走到張汧門口，聽得裡頭說話聲：「高兄與我畢竟只是萍水相逢，您如此抬愛，我實有不安啊。」

高士奇笑笑，道：「張兄其實是不相信我吧？張兄，讀書作文，我不如您；人情世故，您不如我。你等才俊，將來雖說是天子門生，可各位大臣也都想把你們收羅在自己門下啊！說句有私心的話，我高某也想賭您的前程啊。」

張汧問道：「如此說，高兄是受命于李大人？」

高士奇道：「不不，李大人豈是看重銀子的人。我說過了，只是領您認個師門。」

張汧道：「我明白了。可在下家貧，出不起那麼多啊。」

高士奇道：「李大人愛的是人才，不是錢財。人家看重的，是您認不認他這個師門。可是，您就是上廟裡燒香，也得捨下些香火錢不是？往老師那裡投門生帖子，也是要送儀禮的，人之常情嘛。」

張汧道：「兄弟如此指點，我茅塞頓開了。我這裡只有二十兩銀票，一路捏出水了都捨不得花啊。」

高士奇道：「就拿二十兩吧。」

陳敬剛想走開，卻聽得裡頭說起他來。高士奇道：「你們三位，真有錢的應是陳敬吧。」張汧道：「高兄，陳敬您就不要去找他了。去年太原秋闈案，他險些兒掉了腦袋，他怕這事兒。」

高士奇笑道：「我只是問問。陳敬我不會找，李謹也不會找。不過這事不能讓他倆知道，關乎你我性命，也關乎他陳敬的性命。我後日就鎖院不出了，你只放心進去考便是了。我告辭了。」

陳敬急忙走開，忽聽得高士奇在裡頭悄聲說道：「隔牆有耳。」

陳敬擔心回房去會讓高士奇聽到門響，只好往店堂那邊走，飛快出了客棧。外頭很黑，踩著地上的積雪咯咯作響。鋪面的掛燈在風中搖曳，幾乎沒有行人。陳敬腳不擇路，心裡亂麻一團。忽見前頭就是白雲觀了，觀門緊閉，甚是陰森。陳敬有些害怕，轉身往回走。

這時，觀門突然吱地開了，裡頭出來兩個人，陳敬聽得說話聲。「馬舉人您放心，收了您的銀子，事情就鐵定了。您千萬別著急，不能再上李大人府上去。」

答話的肯定就是馬舉人。「在下知道了。」

陳敬心想今兒真是撞著鬼了，正躡手躡腳想走開，又怕讓馬舉人撞見惹禍上身，忙貓腰往牆角躲藏。觀門吱地關上了。馬舉人得意地哼著小曲兒，當街撒了泡尿。陳敬只得躲著，不敢挪動半步。馬舉人打了個尿顫，哼著小曲走了。陳敬仍是不敢馬上就走，直等到馬舉人走遠了，他才站了起來。剛要走開，又聽觀裡人在說收銀子的事兒，道：「光是狀元，李大人就答應了五個人，可狀元只點一個啊！」

陳敬嚇得大氣不敢出，悄悄兒走開。不料碰響了什麼東西，驚動了觀裡人，只聽得裡頭喊道：「外頭有人！快去看看！」

陳敬知道大事不好，飛快地跑開。他跑了幾步，突然又往回跑，怕往快活林那邊去倒碰著馬舉人了。聽得後頭有腳步聲，想必是有人追了上來。陳敬頭也不敢回，拼命往小胡同深處跑去。遠遠的聽得有人吆喝著，心想他們肯定是白雲觀裡的人。他在胡同裡七拐八拐，早沒了方向。忽見前頭門樓邊有樹枝伸出來，這地方好生熟悉。猛然起起，原來到了李老先生家門口。陳敬顧不上許多，使勁擂門。後頭吆喝聲越來越近，陳敬急得冷汗直淌。剛想離開，門吱地開了。開門的是大桂，他還沒看清是誰，陳敬閃了進去，飛快地關了門，用手捂住大桂嘴巴。這時，聽得外頭腳步聲嚓嚓而過。

腳步聲漸漸遠了，陳敬才鬆開大桂，喘著粗氣道：「大哥讓我進屋去，有人要殺我！」大桂認出陳敬，驚得目瞪口呆。李老先生聽得外頭聲響，問道：「大桂，什麼事呀？」大桂也不答應，只領著陳敬進了客堂。李老先生大吃一驚，直問出什麼事了。陳敬心有顧忌，不敢從實道來，只說：「我也是丈二金剛摸不著頭腦。今兒整日裡溫書，腦子有些昏，夜裡出門吹吹風。沒想到走到白雲觀前，突然從裡面跑出幾個人來，說要殺了我。我地兒不熟，只知道往胡同深處跑，沒想到就跑到這裡來了。幸虧大桂開了門，不然我就成刀下冤鬼了。」

李老先生聽了，滿臉疑惑，望著陳敬，半日才說：「真是怪事了。怎麼會好端端的有人要殺你呢？你家可曾與人結怨？」

陳敬敷衍道：「我家世代都是經商讀書的本分人，哪有什麼仇怨？況且若是世仇，也犯不著跑到京城來殺我！也合該我命大，沒頭沒腦就跑到前輩家門口了。好了，那幾個歹人想已追到前頭去了，我告辭了，改日再來致謝。」

李老先生心想哪有這麼巧的事？一時又不好說破，便道：「陳賢侄不嫌寒傖，就先在這裡住上一宿，明日再回客棧吧。」

忽聽月媛接腔說道：「我去給陳大哥收拾床鋪。」

原來月媛早出來了，站在旁邊一字一句聽得清清楚楚。李老先生嗔道：「月媛妳怎麼還沒睡覺？妳會收拾什麼床鋪，有田媽哩。」

田媽聽了，便去收拾房間。正是這時，聽得外頭有人擂門。李老先生這才相信真是有人在追陳敬，便道：「不慌，你只待在屋裡，我去看看。」

大桂手裡操了棍子，跟在李老先生身後，去了大門。門開了，見三條漢子站在門外，樣子甚是兇悍。李老先生當門一站，問道：「你們深更半夜吆喝氣壯，什麼人呀？」

有條漢子喝道：「順天府的，緝拿逃犯！」

李老先生打量著來人，見他們並沒有著官差衣服，便道：「誰知道你們是順天府的？老夫看你們倒像打家劫舍的歹人。」

那漢子急了，嚷道：「你什麼人，敢教訓我們？」

李老先生冷冷一笑，道：「你們要真是順天府的，老夫明日就上順天府去教訓向秉道。」

一直吼著的那人瞪了眼睛，道：「順天府府尹的名諱，也是你隨便叫的？」

李老先生又是冷笑，道：「老夫當年中舉的時候，他向秉道還只是個童生。」

大桂在旁幫腔，道：「你們也不看看這是什麼門第，你們向秉道見著我們家老爺也得尊他幾分。」

那三個人見這光景，心裡到底摸不著底，說了幾句硬話撐撐面子走了。

回到客堂，李老先生道：「賢侄，你只怕真的遇著事了。可是，順天府的官差抓你幹什麼呢？」

陳敬心裡有底，便道：「追我的分明是夥歹人，不是順天府的。剛才敲門的如果正是追我的人，八成就是冒充官差。」

李老先生仍是百思不解，心想這事兒也太蹊蹺了。陳敬看出李老先生的心思，便道：「前輩，那夥歹人再也不會回來了，我還是回客棧去。」

李老先生見夜已深，說什麼也不讓陳敬走了。陳敬只道恭敬不如從命，便在李家過了夜。

第二日一早，陳敬起了床就要告辭。李老先生仍是挽留，又吩咐田媽快去街上買菜回來。月媛也起得早，知道是要買菜款待陳敬，纏著田媽也要上街。田媽拗不過月媛，看看老爺意思，就領著月媛出門了。

路過快活林客棧，就見那門口圍了許多人。月媛莫名其妙地害怕起來，悄聲兒問田媽：「他們在說什麼呀？是不是在說陳大哥？」

田媽讓月媛在旁站著，自己上去看看。牆上貼著告示，她不認得字，只聽有人說，有個山西舉人給考官送銀子，有個河南舉人說要告狀，那山西舉人就把河南舉人殺了。山西舉人殺了人，自己就逃了。

田媽聽了，嚇得魂飛天外。她心想說的那山西舉人，難道就是陳敬？心裡正犯疑，又聽人說陳敬不像殺人兇犯啊！果然說的是陳敬，田媽跑回來，拖著月媛就往回跑。

月媛覺得奇怪，問：「田媽，不去買菜了嗎？」

田媽話也不答，只拖著月媛走人。月媛是個強脾氣，掙脫田媽的手，跑回客棧門口看了告示。月媛頓時嚇得臉色鐵青，原來陳敬正是告示上通緝的殺人兇犯，還畫了像呢！那個被殺的河南舉人，名字喚作李謹。

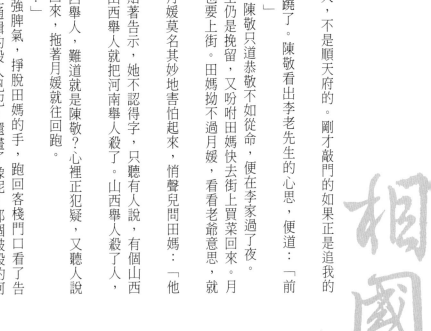

田媽領著月媛回來，急急地擂門。大桂開了門，正要責怪老婆，卻見她籃子空著，忙問：「出什麼事了？」

田媽二話沒說，牽著月媛進了門。月媛不敢看見陳敬，繞過正屋從二進天井躲到自己閨房去了。田媽去了客堂，見老爺正同陳敬敘話。

李老先生也見田媽神色不對，問：「田媽，怎麼這般慌張？」

田媽只道：「老爺您隨我來，我有話說。」

李老先生去了裡頭天井，聽田媽把客棧前的告示說了，頓覺五雷轟頂。他做夢也不會想到，衛大人極力推舉的人竟然會是行賄考官又殺人的惡人。

田媽見老爺驚恐萬狀，便道：「老爺您先裝著沒事兒似的穩住他，我悄悄兒出去報官。」

田媽說著就要出門，她才走到門口，李老先生搖搖手叫她回來。月媛躲在閨房，聽得外頭爹在悄悄說話，便趴在窗格裡偷看。

李老先生在天井裡來回走了半日，說：「田媽慢著，讓我想想。」

李老先生覺著這事真有點兒對不上卯。既然陳敬是兇犯，就得依律捉拿，交順天府審辦，昨晚為何有人要追殺他？追殺他的那些人為何鬼鬼祟祟？

田媽卻在旁邊說道：「那快活林可是貼了告示，上頭還有他的畫像啊！聽說住在那裡的舉人，全都要捉到官府裡去問話。」

李老先生只道別慌，他自有主張。回到客堂，李老先生問道：「賢侄，你可認識一個叫李謹的河南舉人？」

陳敬覺得奇怪，道：「認識呀，前輩也認得李謹？」

李老先生說：「你知道他這會兒在哪裡嗎？」

陳敬說：「他同我一塊兒住在快活林客棧。」

李老先生說：「他昨夜被人殺了。」

陳敬驚得手中茶杯跌落在地，道：「啊？怎麼會呀？」

田媽瞪了眼睛說：「別裝蒜了，是你殺的。」

陳敬忙說：「田媽，人命關天的事，您可不能亂說啊！」

田媽道：「我亂說？你出門看看去，到處張貼著捉你的告示哩。」

陳敬又驚又急，道：「李謹家貧，住不起客棧，店家要趕他出去，是我幫他付了房錢。我和他雖然萍水相逢，卻是意氣相投，我為什麼要殺他呢？」

李老先生問道：「你可曾向考官送了銀子？」

陳敬道：「這等齷齪之事，我怎麼會做？我要是這種人，去年就不會有牢獄之災了。」

李老先生前思後想，搖頭嘆道：「好吧，這裡不是官府大堂，我問也沒用。我念你是山西老鄉，不忍報官。你走吧，好自為之。」

陳敬朝李老先生深深地鞠了一躬，道：「小侄告辭！待小侄洗清冤枉之後，再到府上致謝。」

陳敬才要出門，李老先生突然喊住了他：「慢！敢問賢侄，您這一去，是逃往山西老家呢？還是向官府投案去？」

陳敬道：「我逕直去順天府。光天化日之下，沒什麼說不清的道理。」

李老先生道：「賢侄，如果人是你殺的，你出了這個門，是逃命還是投案，我不管你；如果人不是你殺的，你就不要出門。」

田媽急了，喊道：「老爺！」

大桂手裡早操著個木棍了，也在旁邊喊道：「老爺，萬萬不可留他呀！」

陳敬道：「蒼天在上，人真不是我殺的，可我還是要去順天府，只有官府才能還我個清白之身。」

李老先生說：「如果人不是你殺的，你這一去今年科考只怕是考不成了。哪怕不構成冤獄，也會拖你個一年半載。」

陳敬雖然驚懼，卻也想得簡單，無非是去官府說個明白。聽李老先生這麼一說，倒也急了，道：「前輩請賜教，我該如何行事？」

李老先生說：「我也想不出什麼法子，只是我在想，天下哪有這種巧事？你碰巧通宵未歸，那李舉人就被殺了，你又說不知道那要殺你的是什麼人。」

陳敬只是低頭嘆息，不知從何說起。李老先生見陳敬這般樣子，便問：「賢侄似有隱情？」事情到了這地步，陳敬只得實言相告，然後仰天而嘆，道：「唉！我也是合該出事啊！我在快活林聽了不該聽的，躲了出去；在白雲觀又聽了不該聽的。前輩您想想，我聽到了這些話，他們能不要我的腦袋嗎？我昨夜不敢實言相告，是不想連累您哪。這種事情，誰知道了都是禍害。」

李老先生仍有疑惑，問：「那李舉人怎麼會被殺呢？」

陳敬道：「我猜想，殺李謹的人，可能正是要殺我的人。李謹成日嚷著要去告發科場賄賂，我勸都勸不住，必然引禍上身。昨夜追殺我的人，事先並不知道我是誰，正好我夜裡逃命未歸，他們自然猜到我身上了。他們殺了李謹，正好嫁禍於我。」

4

索尼同鰲拜急忙去宮裡見皇上，索尼卻在路上埋怨：「鰲拜大人，我想這事兒本不該驚動皇上的。」

鰲拜說：「舉人殺舉人，又事關科場賄賂，不上奏皇上，過後怪罪下來，我們誰也吃罪不起。」

兩人一路說著，戰戰兢兢進了乾清宮。原來摺子早十萬火急地遞進去了，皇上馬上就宣了索尼跟鰲拜覲見。

皇上果然很生氣，說：「兇犯都沒捉到，事情還沒弄清楚，就把這事同科場賄賂連在一起，告示滿街張貼。你們太愚蠢了！」

鰲拜奏道：「同被殺舉人李謹住在一家店裡的舉人們說，李謹成日說要去告發賄賂考官的人。正是李謹被殺那晚，舉人陳敬外逃了。大家都說，陳敬家裡富有，拿了很多銀子通關節。」

皇上怒目圓睜。「銀子送給誰了，你，還是你？」

索尼同鰲拜慌忙跪下請罪，只道怎敢如此大膽。

皇上怒道：「去年秋闈，南北都出了科場案，弄得朝廷很沒臉面。如今，滿天下人都在說今年春闈賄賂最盛，朕令你們查，沒查出半個人影兒！如今出了兇案，你們就見風是雨，穿鑿附會，推波助瀾！你們嫌百姓罵朝廷罵得不夠是不是？居然不分青紅皂白抓了那麼多舉人。」

原來順天府為著問案，住在快活林的舉人全叫他們捉了去。鰲拜叩頭道：「人是順天府抓的，向秉道倒是問過臣。臣糊塗了，請皇上治罪！」

皇上恨恨道：「先記著吧，等事情清楚了，一塊兒算帳。」

索尼惶恐道：「臣亦有罪。」

皇上瞟了眼索尼，道：「朕沒說你有功。」

索尼同鰲拜再不敢多言，跪在地上低頭聽旨。

皇上道：「朕令你們趕快把關起來的舉人們都放了，不能誤了他們的考試，還要好好安撫他們，朝廷不能失了天下讀書人的心。快把街頭捉拿那個山西舉人的告示都撕下來，再派人私下查訪，暗中密捕。」

鰲拜道：「臣遵旨。」

皇上又道：「記住，我要活的……那個舉人叫什麼來著？」

索尼回道：「陳敬！」

皇上道：「記住，誰私自殺了陳敬，誰必是受了賄賂。」

鰲拜並沒有弄懂皇上意思，卻道：「臣明白了。」

出了乾清宮，鰲拜悄聲兒問道：「索尼大人，皇上為何說誰私自殺了陳敬，誰就受了賄賂？」

索尼笑道：「你不是在皇上面前說明白了嗎？皇上極是聖明，知道陳敬倘若同賄賂有關，他必是知情人，有人就不想留下這個活口。」

鰲拜這才點點頭，恍然大悟的樣子。

寒風裹著雪花在空中飛舞，高士奇走在街上，雙手籠進袖子裡。他進了家店鋪，裡頭擺著各色銅鐵器具。他看中一個精緻的銅手爐，拿在手裡反覆把玩。店家招呼道：「這位公子，這可是名店名匠的貨，您可真有眼力。」

高士奇問：「多少錢？」

店家道：「兩百文。」

高士奇說：「兩百文？太貴了。」

店家道：「公子您真是的，您看貨啊。」

高士奇並不還價，數了把銅板啪地放在櫃上。「買下了！」

店家見高士奇出手大方，必定是位闊少年，立馬臉上堆笑，道：「公子您等著，我這兒有現成的炭火，正燒得紅紅的，我這就給您侍候上。」

高士奇出了店鋪，手裡抱著手爐，頭昂得高高的。路人見了，卻在旁悄悄兒說道：「年紀輕輕的，玩什麼手爐啊，土老冒。」有人又說：「有錢人家公子，弱不禁風。」高士奇並沒有聽清別人說什麼，只道是羨慕他的銅手爐，越發得意的樣子。

沒多時，高士奇又走進裁縫鋪，選了些衣料製行頭。師傅見他要的盡是上等料子，便極是殷勤。高士奇攤開雙手，由著裁縫給他量尺寸，嘴裡不停地吩咐人。「師傅，這衣服得拜託您好好兒做，可別讓人家瞧著笑話。」

師傅道：「公子看您說哪兒去了！我這是幾百年的老店，您又不是沒聽說過！」

高士奇道：「我還真沒聽說過。」

師傅笑道：「上我們這兒做衣服的，都是大戶人家。公子，您就別逗了。」

高士奇卻說了句真話。「師傅您就別奉承了。本公子還是頭回置辦這麼好的衣服。我呀，前幾日都還是個窮光蛋。」

師傅吃驚地望著高士奇，馬上笑了起來，道：「公子敢情也是進京趕考來了？一看您就是富貴之相。」

高士奇哈哈大笑，道：「您這話倒是不假。」

師傅忙奉承說：「俗話說得好呀，十年寒窗，好不淒涼；一日高中，人中龍鳳。」

高士奇聽著這話心裡極是受用，道：「感謝師傅吉言。麻煩您趕緊些做，我過幾日就要穿哩。」

師傅答應熬幾個通宵，也得把這狀元郎的衣服做出來。高士奇知道自己這輩子早與狀元無緣了，聽著心裡仍是舒服極了。

高士奇出了裁縫鋪，忽見前頭有官差押著些人過來了。他猛然看見張汧也在裡頭，忙躲進了胡同拐角裡。原來張汧和那些住在快活林的舉人們都被綁到了順天府問話，如今奉了聖諭又把他們放了。高士奇前幾日說自己馬上就要鎖院，如今卻仍在街上逛著，怕張汧見了面子上不好過。他還得過幾日才進貢院去，那日在張汧面前說得那麼要緊，原是哄人的。

高士奇望著張汧他們過去了，才從胡同裡頭出來。走不多遠，見幾個衙役正撕下牆上的告示。那告示正是捉拿陳敬的。案子高士奇也聽說了，他想不到陳敬會做出這等事來。又聽有路人問道：「怎麼？兇犯抓著了？」衙役道：「誰知道呢？上頭叫貼就貼，叫撕就撕！」那日夜裡高士奇收了張汧的銀子，聽得外頭有人，好像就是陳敬。他正為這事放心不下，後來聽說陳敬殺人了，他心裡倒輕鬆些了。

可憐大順小小年紀，自從少爺丟了，成日只在店裡哭泣。又聽說少爺殺了人，更是怕得要命。張汧說啥也不相信陳敬身染命案，只是覺得陳敬也丟得太離譜了。他便哄著大順，只道你家少爺遲早要回來的。怎料沒過兩日，住在快活林的舉人們都被官府捉了去。好在陳敬在店裡放了銀子，店家才沒有趕大順走人。張汧回到快活林，頭樁事便是去找大順。

5

御前侍衛索額圖和明珠領著幾個人，都是百姓裝束，沒事似的在胡同裡轉悠。到了李祖望家附近，叫人找來地保問話。索額圖問道：「有朝廷欽犯很可能就藏在你們這塊兒。你要多長幾雙眼睛，誰家來了客人，多大年齡，是男是女，何方人氏，都暗自記下來，速速報官！」

地保也不敢問他們是什麼人，只看人家這派頭就知道不是平常人物，便甚是小心，道：「小的記住了。」

大桂從外頭回來，看見有人正在胡同裡同地保說話，也並不在意。他有要緊事趕回去報信，進門就說：「老爺，怪事兒了。」

李老先生忙問：「什麼怪事兒？」

大桂道：「街上捉拿陳舉人的告示都撕掉了。」

陳敬聽了心頭一喜，問道：「真的？」

大桂說：「我親眼瞧見的。」

李老先生說：「莫不是抓著真兇了？」

陳敬說：「一定是抓住真兇了。乾坤朗朗，豈能黑白顛倒！」

李老先生長長地舒了口氣，說：「真的如此，那就萬幸了！」

陳敬朝李老先生深深一拜，道：「太好了，太好了！我馬上回快活林去！前輩，您可是我的恩人哪。」

李老先生道：「賢侄千萬不要這樣說。老夫靜候您高中皇榜。」

月媛捨不得陳敬走，嗔道：「陳大哥，你說走就走呀。」

李老先生望著女兒笑道：「月媛，陳大哥功名要緊，我們就不留他了。」

外頭明珠同索額圖已快到李家門口了，兩人邊走邊說著陳敬的案子。索額圖道：「我覺著奇怪，外頭流言四起，說連頭甲進士及第都賣掉了，可我們細細查訪，怎麼連個影兒都摸不清？去年秋闈之後殺了那麼多人，誰還敢送銀子收銀子？莫不是有人造謠吧？」

明珠搖頭道：「我不這麼看。我預料，春闈一旦出事，血流成河。無風不起浪，這話錯不了的。」

索額圖道：「我倒有個預感，若真有事，抓到那個陳敬，就真相大白了。」

明珠道：「陳敬此生不得安寧了。」

索額圖不明白這話的意思，問道：「明兄此話怎講？」

明珠道：「我暗訪過陳敬的朋友，他應該不是殺人兇犯。他要是真殺了人，就得掉腦袋，倒也乾脆。他冤就冤在，哪怕是沒殺人，也沒好果子吃。」

索額圖道：「索某仍是不明白。」

明珠道：「你想想，陳敬如果沒殺人，幹嘛人影都不見了呢？八成是有人想殺他，躲起來了。」

索額圖問：「您猜想陳敬與許知道科場行賄之事？」

明珠說：「要是他知道，案子遲早會從他那裡出來。一旦他道出實情，天下讀書人謝他，這國朝官場就容不得他了。」

索額圖又道：「索某聽了越發糊塗了。」

明珠笑道：「真相大白，很多人就得掉腦袋。官場人脈複雜，一個腦袋連著十個八個腦袋。

咱皇上總不能把那麼多腦袋都搬下來啊！那陳敬啊，哪怕就是中了進士，他在官場也寸步難行了。」

索額圖這才開了竅，道：「有道理。這個陳敬呀，真是倒楣。」

說話間，明珠忽然駐足而立，四顧恍惚，道：「索兄，你聞到了嗎？一股奇香。」

索額圖鼻子吸了吸，道：「是呀，真香。好像是梅花。」

明珠道：「的確是梅花。好像是那邊飄來的，看看去。」

到了李家門前，明珠抬頭看看，幾枝冬梅探出牆外。明珠道：「就是這家，進去看看？」

索額圖道：「好，我來敲門。」

李老先生正要開門送走陳敬，聽得外頭有人，立馬警覺起來，隔著門問道：「誰呀？」

索額圖在外頭應道：「路過的。」

李老先生聽說是路過人，越發奇怪，使了眼色叫陳敬進屋去，然後問道：「有事嗎？」

明珠應道：「沒事兒。我們在外頭瞧著您家梅花開得好生漂亮，想進來看看，成嗎？」

李老先生回頭見陳敬已進屋去了，便道：「成，成，請進吧。」說罷開了門，拱手迎客。

索額圖同明珠客氣地道了打擾，進門來了。李老先生瞟見外頭還站著幾個人，心裡咯噔一下，卻只作沒看見。

明珠道：「實在冒昧，在下就喜歡梅花。」

李老先生笑道：「不妨，不妨，先生是個雅人哪。」

明珠回頭打量著李家宅院，見正屋門首掛著明代嘉靖皇帝所賜世代功勳的匾，忙打躬道：「原來是個世家，失敬，失敬！」

李老先生笑道：「老兒祖宗倒是榮耀過，我輩不肖，沒落了。」

陳敬跑進客堂，趴在窗格上往外一望，見著了索額圖，臉都嚇白了。他也不知道自己為什麼害怕，只隱約猜著這皇上身邊的侍衛，怎麼會平白無故跑到這裡來呢？

這時月媛過來了，陳敬悄悄朝她招手，低聲兒說：「月媛妹妹，他們可能是壞人，千萬不要讓他們進屋裡來。」月媛點點頭，出門去了。

李老先生問道：「敢問二位是……」

不等李老先生話說完，明珠搶著答道：「生意人，生意人！」

李老先生便拱手道：「啊，生意人，發財，發財！」

明珠欣賞著梅花，嘖嘖不絕，道：「北京城裡梅花我倒見得不少，只是像先生家如此清香的，實在難得。」

李老先生說：「這棵梅樹還是先明永樂皇上賞給我祖上的，兩百多年了。」

明珠道：「難怪如此神奇。牆角數枝梅，凌寒獨自開；遙知不是雪，為有暗香來。」

李老先生笑道：「先生好風雅啊。」

索額圖並沒有此等雅興，只道：「您家這宅子應是有些來歷，可容在下進去看看嗎？」

李老先生正在為難，月媛抱著個青花瓷瓶出來，堵住了索額圖，卻朝爹喊道：「爹，您幫我折些梅花插瓶。」

李老先生嗔怪道：「這孩子，這麼好的梅花，哪捨得折呀。」

月媛道：「爹您昨日不是答應了嗎？說話不算數。」

李老先生心想昨日哪裡答應她折梅花了？他知道女兒精得很，立馬猜著她是在玩鬼把戲，便說：「妳不見爹這裡有客人嗎？」

月媛朝索額圖歪頭一笑，說：「大哥，我搆不著，您幫我折行嗎？」

索額圖不知如何是好，望著明珠討主意。李老先生正好不想讓兩位生人進屋，便道：「好吧，兩位客人也喜歡梅花，不如多折些，您兩位也帶些走。」

索額圖卻說：「這個使不得！」

月媛扯著索額圖衣袖往外走。「大哥，我求您了！您不要，我的也沒了。求您幫我折吧。」

索額圖只好回到梅樹下，替月媛折梅花。月媛故意胡亂叫喊，一會說要那枝，一會又說那枝不好看。眼看著差不多了，索額圖拍手作罷。李老先生揀出幾枝，送給明珠。明珠謝過，收下了梅枝。叫月媛這麼一鬧，明珠和索額圖只好告辭了。

明珠同索額圖一走，月媛得意地笑了起來。陳敬從客堂裡出來，道：「謝月媛妹妹了。」

李老先生這才明白過來，道：「妳這個鬼靈精，怎麼不想想別的法子？可惜了我的梅花。」

月媛道：「聽陳大哥說這兩個人可能是壞人，我急得不行了，還有什麼好法子？」

李老先生笑笑，臉色又凝重起來：「這兩個人好生奇怪！」

陳敬道：「前輩您不知道，剛才要進去看屋子的那位，可是御前侍衛索額圖呀。只顧著賞梅的那位我也見過，是皇上身邊的人，只是不知道他的名字。」

李老先生萬萬沒想到這一層，問：「您如何認識他們？」

陳敬道：「曾經巧遇過。」便把那日茶館裡見著這兩個人，又在祖澤深家裡見著索額圖的事細細說了。

月媛害怕起來。「莫不是他們知道陳大哥躲在我們家了？」

李老先生道：「這倒未必，我只是想殺人真兇並沒有被抓住，他們是在暗訪。賢侄，我想您還出不得這扇大門啊。」

陳敬只好回到房間，木然呆坐。李老先生本想讓他獨自待會兒，可知道他心裡必定不好過，又過來陪他說話。陳敬忽覺悲涼起來，說：「我如今是犯什麼煞星？去年秋闈，我不滿考官貪贓舞弊，同落榜士子們鬧了府學，差點兒掉了腦袋。新科舉人第二日都去赴巡撫衙門的鹿鳴宴，我卻在坐大牢！這次來京趕赴春闈，我打定主意不管閒事，可倒楣事兒偏要撞上門來。」

李老先生安慰道：「賢侄也不必著急，您只在這裡安心溫書，靜觀其變。說不定您在這兒待著，真兇就被抓起來了呢。」

陳敬嘆道：「怕就怕抓真兇的就是真兇。」

李老先生想了想，也是無奈而嘆。「如此就麻煩了。所謂學成文武藝，貨與帝王家。用自己的學問報效朝廷，這是讀書人的本分。但官場的確兇險，科場就是官場的第一步。」

陳敬心如亂麻，唯有嘆息不止。李老先生道：「有句話我本想暫時瞞著你，想想瞞也無益，還是說了吧。」

陳敬聽了又大吃一驚，問：「什麼話？」

李老先生道：「田媽剛才說，管這片兒街坊的地保，眼下正四處打聽誰家來了親戚，說是查訪朝廷欽犯。我猜，他們要抓的人正是您啊。」

陳敬道：「如此說來，我留在這裡，終究會連累您的。我還是早早離開算了。」

陳敬說著就要告辭，李老先生攔住他，道：「賢侄萬萬不可這麼說。我相信您是清白的，何來連累？只是事出蹊蹺，得好好想辦法才是。」

陳敬簡直欲哭無淚，道：「我現在是求告無門，束手無策啊。」

陳敬還擔心著大順，又想張汧必會照顧他，心裡才略微放心些。

李老先生情辭懇切，留住了陳敬，道：「賢侄，不管事情會怎麼樣，我有一句話相告。」

陳敬道：「請前輩賜教。」

李老先生說：「老身終身雖未做官，但癡長幾歲，見事不少，我有些話您得相信。春闈假如真有舞弊，遲早會東窗事發。可這案子不能從您口裡說出來。記住，您不論碰到什麼情況，要一口咬定只是被歹人追殺，才躲藏逃命。」

陳敬問道：「這是為何？」

李老先生說：「官場如滄海，無風三尺浪，兇險得很啊！誰有能力舞弊？都是高官大官。那日夜裡您在白雲觀聽裡頭人說什麼李大人，今年會試主官正好是位李振鄴李大人。朝廷裡李大人也不止他一人，但誰又能保管不是他呢？您哪怕中了進士，也只是區區小卒，能奈誰何？所以閉嘴是最好的。」

陳敬聽了心裡愈發沉重，只道晚生明白了。

6

眼看著會試日期到了，殺人真兇沒有抓著，陳敬也不見人影。只是越來越多的人相信，李謹就是陳敬殺的。

開考那日，索額圖一大早才要出門，阿瑪索尼叫住了他。「索額圖，查科場案的事，你不必那麼賣力。」

索額圖聽著奇怪了，問：「阿瑪，這是為何？皇上著您同鰲拜查辦科場案，我同明珠暗下裡協助。皇上對我很是恩寵，我不敢不盡力呀。」

索尼生氣道：「糊塗！科場案不是那麼好查的！一旦查出來，必然牽涉到很多王爺和朝廷重臣。涉及的人越多，我們自己就越危險。」

索額圖道：「可是皇上整日為這事發火啊！」

索尼道：「別老是說皇上皇上，皇上也得顧忌著王爺和大臣們。」

索額圖疑惑道：「阿瑪的意思，是這案子最好查不出來？」

索尼拿手點點索額圖的腦袋，說：「你呀，用這個想事兒。」又點點他的肚皮，「用這個裝話兒，別把什麼話都說明白。」

索額圖聽著仍是糊塗，卻只好說道：「兒知道了。」

索尼又道：「你性格太魯莽了，只知道打打殺殺。你得學學明珠。阿瑪老了，今後咱家要在朝廷立足，就指望你！」

索額圖聽完阿瑪的話，急忙趕到宮裡去了。今日正是會試頭場考試，天知道皇上又會吩咐什麼要緊差事。跑到乾清宮，果然聽說皇上要微服出宮到貢院去看看。索額圖同明珠等幾個侍衛都著了百姓裝束，隨皇上去了順天府貢院。皇上並不進貢院去，只遠遠站在那裡看著。也有舉人家裡人來送考的，都遠遠的圍著觀望。

貢院四周布滿了帶刀兵丁，一派殺氣。舉人們手提考籃排著隊，挨個兒讓官差搜身。考籃裡頭放著筆墨紙硯，外加小包木炭。那筆得是筆管鏤空的，免得筆管裡頭有夾帶；木炭每根只許三寸長，也是怕人作弊。領頭搜身的監考官是禮部主事吳雲鵬。輪到搜誰了，那舉人就把考籃放下，高高舉起雙手。官差先仔細翻著考籃，再從頭到腳摸一遍，鞋子都得脫下來看過。有個舉人見這樣子實在有辱斯文，發起牢騷來，說：「咱們都得舉著手，這就叫舉人。」舉人們哄笑起來。吳雲鵬頓時黑了臉，喝道：「笑什麼！放肆！」立馬就沒人敢言語了，一個個舉著手過去。有個舉人見不得這場合，雙手才舉起來，褲子就尿濕了。舉人們見了又哄然而笑。立時跑來兩個兵勇，舉鞭就朝尿褲子的舉人打去，罵道：「褻瀆聖地，該當何罪！」那舉人被打得在地上亂滾，然後被拖走了。

張汧站在佇列裡緩緩前行，無意間回頭看見了陳敬，他幾乎不敢相信自己的眼睛。原來陳敬今兒清早給李老先生留下張字條，壯著膽子跑到貢院來了。這幾日他左思右想，反正自己坐得穩行得正，當著那麼多舉人和朝廷官員，光天化日之下誰也不敢把他怎樣。他終於想明白了，不怕官府明裡捉他，就怕歹人背裡暗算。陳敬內心畢竟惶恐，只是低頭慢慢往前挪，並沒有看見張汧。

這卻急壞了李老先生。他一早聽得大桂說，陳舉人不見了，只在桌上放著張字條。李老先生看了字條，直道大事不好，陳敬肯定要出事的。月媛也起來了，哭著要爹爹想辦法。李老先生哪有辦法可想？只好去貢院看看。月媛硬要跟著去，父女倆就到了貢院外。望著那刀刀槍槍的，月媛甚是害怕。李老先生緊緊抓住月媛的手，囑咐她千萬別亂叫喊。皇上由明珠等拱衛著，也擠在人群裡，同李老先生離得很近，沒誰看出異樣來。

輪到搜張汧的身了，他放下考籃，高高地舉起了雙手。吳雲鵬看看名冊，嘴裡念著張汧的名字，早有人拿過考籃翻了起來。吳雲鵬反覆驗看那個硯臺，張汧心跳如鼓。總算沒有看出破綻，張汧的衣服卻早汗濕了。吳雲鵬喊聲走吧，張汧忙收拾起考籃進去了。

終於輪到陳敬，他放下考籃，舉起了雙手。吳雲鵬自言自語道：「陳敬。」陳敬聽著自己的名字，心驚肉跳，故意側過臉去。吳雲鵬卻沒有半絲異樣，只冷冷望著手下翻著考籃，搜著陳敬身子。沒搜出什麼東西來，吳雲鵬說聲：「走吧。」陳敬儘量放慢腳步，從容地往裡走。這時，吳雲鵬突然回過神來，回頭道：「陳敬？快抓住他！」馬上有人跑上前去，把陳敬按倒在地上。陳敬嘆息一聲，心裡倒不害怕，只可惜今年科考肯定黃了。

陳敬正要被帶走，忽聽有人厲聲制止：「慢！」原來明珠飛跑著過來了，不讓官差把人帶走。吳雲鵬並不認得明珠，卻猜得此人肯定頗有來頭。眼見著十幾個人飛身而至，然後閃出一條道來，皇上背著手走過來了。

明珠輕聲奏道：「皇上，這人就是我們要抓的山西舉人陳敬！」

皇上並不說話，只逼視著陳敬。陳敬來不及說什麼，卻見吳雲鵬早跪了下來，叩頭道：「不知皇上駕到，臣罪該萬死！」

立馬跪倒一片，高喊萬歲。李振鄴、衛向書等八位考官聞訊，慌忙從貢院裡跑了出來迎駕。陳敬見所有人都跪下了，才回過神來，慌忙跪下，道：「山西學子陳敬叩見皇上！」

皇上仍不說話，只是望著陳敬。李振鄴奏道：「皇上，陳敬身負兇案，竟敢前來赴考，真是膽大包天！」

陳敬道：「學子沒有這麼大的膽量！我敢來赴考，是因為我清白無辜！學子突然身臨殺身之禍，如墜五里雲霧。」

李振鄴又道：「啟稟皇上，去年山西秋闈之後鬧府學、辱孔聖的舉人中，就有陳敬。蒙皇上恩典，念他文章經濟還算不錯，沒有治他的罪。哪想他不思感恩，變本加厲，一到京城就殺了舉人李謹。」

陳敬辯解說：「我為什麼要殺李謹？李謹家貧，住不起客棧，店家要趕他出門。我看他學問好，人也忠直，還替他出了銀子。」

李振鄴道：「皇上，陳敬的罪就出在他家有銀子上頭。他企圖賄賂考官，被李謹知曉。李謹揚言要告發，他就下了毒手。」

這時，衛向書奏道：「皇上，陳敬很可能為這事殺人，臣也會這麼推測。但沒有實據，不能臆測。」

李振鄴瞟了眼衛向書，道：「衛向書是陳敬山西老鄉，他這話明裡說得公正，實際上是在袒護。住在快活林客棧的所有舉人都聽見，李謹被害那日夜裡，說他知道誰送了銀子，誰收了銀子，還說第二日要去順天府告狀。也就是這個夜裡，李謹被殺了，陳敬逃匿了。這些難道是巧合嗎？」

衛向書並不反駁，隨李振鄴說去。陳敬聽說這位就是衛向書大人，不由得抬頭望望。衛向書卻低頭跪著，目不斜視。

皇上一聲不吭聽了半日，這會兒才說：「好了，這裡不是刑部大堂。科場賄賂，朕深惡痛絕。你們這些讀書人，朕指望你們成為國家棟樑。那些想通過賄賂換取功名的，只把科場當生意場，他們將來晉身官場，必然大肆搜刮，危害蒼生，禍及社稷。所以凡是科場賄賂的，朕只有一個辦法，殺！」
皇上轉身低頭望著陳敬，問道：「你，居然不怕死？」
陳敬低著頭，道：「若要枉殺，怕也無益。」
李振鄴道：「皇上，陳敬真是大膽，竟敢這樣對皇上說話！」
皇上聽陳敬說出這話，也有些生氣，面露慍色。一時沒有誰敢說半個字。沉默半晌，皇上卻突然下了諭示：「放了陳敬！」
李振鄴驚呆了，嘴裡直喊著皇上。皇上並不理會，只對陳敬說了句話：「朕准你大比，看看你到底有多大本事！」
陳敬大喜，叩頭道：「謝皇上恩典！」
皇上又吩咐索額圖：「陳敬出闈之後，暫押順天府大牢。」索額圖應了聲喳，自覺得寵，便瞟了眼明珠，臉露得意之色。
陳敬謝恩之後站起來，提著考籃就往貢院走。皇上望望陳敬，竟然笑了起來，說道：「你倒真是從容。別人見了朕，沒罪也要發抖啊。好了，你們都起來吧。」跪著的大小官員和舉人也都謝恩起身，躬身站著。
遠處李老先生跟月媛本已嚇得要命，這會兒見陳敬又被放了，不知裡頭到底發生了什麼事情。好歹人沒事了，也放下心來。哪知道剛才站在身旁那位年輕後生，原來竟是當今皇上。李老先生叫月媛回去，月媛卻想再看看，皇上還要從裡頭出來哩。
皇上進了貢院，四處看了看。李振鄴仍不甘心，奏道：「皇上自是明斷，臣以為那陳敬……」
皇上不等李振鄴說完，便打斷了他的話頭，說：「天下哪有傻裡傻氣送死的人？陳敬真殺了人，他早躲到爪哇國裡去了，還敢來赴考？此事蹊蹺。」

李振鄴卻道：「歹人心存僥倖，鋌而走險也是有的！」

皇上甚是奇怪，定眼望著李振鄴，道：「李振鄴，你是一向老成持重，今兒個有些怪啊。」

李振鄴道：「臣只為取士大典著想啊。」

皇上心裡已有疑惑，問道：「李振鄴，你們已經鎖院多日，外頭的事情你怎麼知道得這麼清楚？」

李振鄴惶恐道：「舉人被殺，這是天大的事情，總有風聲吹到貢院裡去。」

皇上面有怒色，道：「取士大典才是天大的事情！貢院要做到四個字，密不通風。」

李振鄴這才知道自己話說多了，忙道：「臣等並沒同外頭溝通任何消息。」

皇上點頭道：「你們只操持好取士大典，外頭天塌下來也與你們無關。」

皇上巡視完了貢院，起駕回宮去了。李振鄴等考官們挨次兒跪在貢院門外，直等皇上轎子遠了，才起身回去。

御駕沒走多遠，皇上突然召明珠近前，吩咐道：「明珠，你是個精細人。你最近不用侍駕，且四處尋訪，留神任何蛛絲馬跡。這就去吧。」

明珠領了旨，叩拜而退。他一時不知從何著手，回頭見貢院外仍圍著些人，便朝那人群走去。

眼見著皇上走了，貢院外看熱鬧的、送考的便三三兩兩走開。李老先生領著月媛才要走開，忽見幾個人甚是眼熟。老先生還沒回過神來，那幾個人互遞了眼色，匆匆走開了。一看他們背影，正好是三個人。李老先生這下想起來了，他們竟是那日深夜追殺陳敬的人。

李老先生心想此地不祥，拖著月媛就要離開。才走幾步，卻聽得有人朝他叫道：「老先生。」李老先生抬頭一看，竟是上次去他家看梅花的人。李老先生已知道他是什麼人了，只不知姓啥名誰。

李老先生點頭笑笑，故作糊塗道：「您家也有人下場子了？」

明珠笑道：「沒有沒有，看看熱鬧。想必老先生家有人在裡頭？」

李老先生也道家裡沒人應試，也是看看熱鬧，說罷拱手道禮離去。

7

李振鄴把吳雲鵬叫到身邊，吩咐道：「那個山西舉人陳敬，朝廷欽犯，你們要仔細些。」

衛向書在旁聽了，猜著李振鄴似乎不安好心，便道：「李大人，皇上旨意是要讓陳敬好好兒應考啊。」

李振鄴笑道：「我哪裡說不讓他好好應考了？只是交代他們仔細些。」說罷又吩咐吳雲鵬：「你們每隔一炷香工夫，就去看看陳敬，小心他又生出什麼事來。」

衛向書道：「如此頻繁打攪，人家如何應考？」

李振鄴笑笑，說：「我知道，陳敬是衛大人山西同鄉。」

衛向書忍無可忍，道：「李大人別太過分了！同鄉又如何？李大人沒有同鄉應試？」說罷拂袖而去。

陳敬在考棚內仔細看了考卷，先閉目片刻，再提筆蘸墨。他才要落筆填寫三代角色，猛聽得吳雲鵬厲聲吼道：「陳敬！你兇案在身，務必自省。如果再生事端，不出考棚，就先要了你的小命。」

陳敬受這一驚，手禁不住一抖，一點墨漬落在考卷上。完了，考卷汙損，弄不好會作廢卷打入另冊(注)的。陳敬頓時頭腦發脹，兩眼發黑。半日才鎮定下來，心想待會兒落筆到墨漬處設法圓過去，興許還能補救。

張汧寫著考卷，忽想查個文章出處，便悄悄兒四顧，拿起那個硯臺。正要擰開機關，猛聽得一聲斷喝。原來吳雲鵬過來了，他看見張汧有些可疑。張汧驚得愣在那裡不知如何是好。吳雲鵬更是疑心起來，伸手拿過硯臺，顛來倒去的看。終於發覺蓋上玄機，慢慢擰開了。張汧幾乎癱了下來，心想這輩子真是完了，早聽陳敬的話就好了。張汧正要哭出來，只聽得砰地一聲，吳雲鵬又把硯臺扔了回來，道：「裡頭總算沒有東西，可畢竟是個作弊的玩意兒。你仔細就是。」張汧簡直傻了，望著硯臺蓋上的暗盒，心想難道是祖宗顯靈了？嘴裡不停地暗念著祖宗保佑，菩薩保佑。吃了這場驚，張汧差點兒回不過神來。

午後，陳敬正埋頭寫字，有人在外頭猛地把窗子一敲，震得考籃掉在地上。陳敬抬頭看看，窗口並沒有人。他剛躬身下來收拾筆墨紙硯，又忽聽外頭有人喝令，原來是吳雲鵬喊道：「陳敬，幹什麼？」

陳敬抬起頭來，說：「回大人，我的考籃掉了。」

吳雲鵬道：「掉了考籃？你在搗鬼吧？」

陳敬說：「大人您可以進來搜查。」

吳雲鵬推門進來，四處亂翻，罵罵咧咧的。吳雲鵬拿起陳敬考卷，不覺點了點頭，道：「喲，你的字倒是不錯。」

陳敬道：「謝大人誇獎。」

吳雲鵬冷冷一笑，說：「光是字好，未必就能及第，你可要放規矩些。」

沒過多久，吳雲鵬又過來敲陳敬的考棚。陳敬並不驚懼，平靜地望著外頭。吳雲鵬卻道：「陳敬，你裝模作樣的，在舞弊吧？」

陳敬道：「回大人，您已進來搜過幾次了。不相信，您還可以進來搜搜。」

注　另冊：黑名單。書中提到「打入另冊」，意指打入冷宮，永不錄用；或被記為黑名單裡，在官場上毫無翻身之地。

吳雲鵬惱了，吼道：「放肆！你再不老老實實的，我就讓人盯著你不走。」

衛向書正好路過，問吳雲鵬。「如此刁難，是何道理？」

吳雲鵬卻仗著後頭有人，道：「衛大人，下官可是奉命行事。李大人跟您衛大人都是主考，可李大人是會試總裁。下官真是為難，不知道是聽李大人的，還是聽您衛大人的。」衛向書被嗆得說不出話，怒氣沖沖的走開了。

三場考試終於完了。這些日只有陳敬不准離開貢院，每場交卷之後仍得待在裡頭。別人都是帶了木炭進去的，陳敬卻是除了文房四寶別無所有，在裡頭凍得快成死人。虧得他年紀輕輕，不然早把性命都丟了。

第三場快完那日，李振鄴悄悄兒問吳雲鵬。「那個陳敬老實嗎？」

吳雲鵬笑道：「下官遵李大人吩咐，每隔一炷香工夫就去看看。」

李振鄴問：「他題做得怎樣？」

吳雲鵬答道：「下官沒細看他的文章，只見得他一筆好字，實在叫下官佩服。」

李振鄴道：「你盯得那麼緊，他居然能從容應考，倒是個人物呀。」

吳雲鵬說：「都是讀書人，有到了考場尿褲子的；也有刀架在脖子上不眨眼的。」

李振鄴見四周沒人，招手要吳雲鵬湊上來說話。聽李振鄴耳語幾句，吳雲鵬嚇得臉都白了，輕聲道：「這可是要殺頭的呀。」

李振鄴笑道：「沒你的事，天塌下來有我頂著。」

吳雲鵬只得說：「下官遵李大人意思辦。」

吳雲鵬說罷去了陳敬考棚，問道：「陳敬，時候到了。」

陳敬道：「正等著交卷哩。」

吳雲鵬說：「交卷？好呀！外頭重枷鐵鐐伺候著您哪。」

吳雲鵬接過考卷看看，突然笑道：「可惜呀，您的文章好，字也好，只是卷面污穢，等於白做了。」

吳雲鵬說著，便把考卷抖在陳敬面前，但見卷面上有了好幾處污漬。陳敬驚呆了，說話舌頭都不管用了。「怎麼……怎麼會這樣？你……你為何害我？」

吳雲鵬大聲道：「放肆！」

陳敬想再爭辯，索額圖已領著人來了。陳敬衝著吳雲鵬大喊：「你們陷害我！你們陷害我！」不容分說，枷鎖早上了陳敬的肩頭。

索額圖罵道：「不得多嘴！你是否有冤，大堂之上說得清的。」

衛向書見來人拿了陳敬，急忙上前，道：「一介書生，何須重枷伺候。」

李振鄴也趕來了，道：「陳敬可是欽犯，按律應當帶枷。」

索額圖覺著為難，道：「兩位大人，索額圖不知聽誰的。」

李振鄴笑道：「陳敬是衛大人山西同鄉，還是給衛大人面子，去枷吧。」

索額圖吩咐手下給陳敬去了枷鎖。陳敬暗自感激，衛向書卻像沒有看見陳敬，轉過臉去同李振鄴說話：「李大人，我這裡只有日道公心，沒有同鄉私誼。」李振鄴嘿嘿一笑，也不答話。

陳敬出了貢院，卻把外頭等著的李老先生和月媛嚇著了。原來他們看見陳敬身後跟著幾個官差，有個官差手裡還提著木枷，領頭的那個正是索額圖。貢院外頭照例圍著許多人，明珠躲在裡頭把月媛父女的動靜看了個仔細，料定陳敬同這戶人家必有瓜葛。

索額圖領人押著陳敬往順天府去，不料到了僻靜處，突然殺出四個蒙面人，抓住陳敬就跑。索額圖正在吃驚，不知從哪裡又躥出三個蒙面人，亮刀直逼陳敬。索額圖飛快抽刀，擋過一招。

於是，這三個蒙面人要殺陳敬，那四個蒙面人要搶陳敬，索額圖他們則要保陳敬。三夥人混戰開來，亂作一團。陳敬突然聽得有人喊道：「陳大哥，快跟我來！」原來是月媛，她趁亂飛快上前，拉著陳敬鑽進了小胡同。三夥人見陳敬跑了，掉頭追去。他們追至半路，又廝打起來。陳敬同月媛飛跑著，很快就不見了。

那四人一夥的蒙面人跑在前頭，他們追到一個胡同口，明珠突然閃身而出，低聲說：「不要追了！你們只拖住這兩夥人，然後脫身。」明珠匆匆說罷，飛身而遁。另外兩夥人追了上來，三夥人又廝打起來。

索額圖見陳敬早已不見蹤影，仰天頓足道：「叫我如何在皇上面前交差呀。」

月媛到底人小，跑不動了。陳敬喊著月媛妹妹，月媛只是搖頭，喘得說不出話來。過了會兒，陳敬又說：「月媛妹妹，我不能再去您家了，我自己找個地方躲起來，您快回家去吧。」

月媛卻說：「北京城裡沒有您躲的地方，我爹說您可是欽犯。不多說了，快跟著我跑。」

月媛路熟，領著陳敬很快就繞到了家門口。大桂開了門，輕聲道：「小姐，你們不能進屋。」月媛不由分說，用力推開大門，跑了進去。兩人轉過照壁(注)，頓時傻眼，原來明珠早候在這裡了。

月媛嚇得臉色發白，李老先生正在這時回來了。剛才月媛冒冒失失跑了去，他這把年紀沒法追上去阻攔。雖是萬分擔心，卻只好一路尋人一路回家來了。沒想到陳敬同月媛都已回家，裡頭還有這位皇上身邊的人。

李老先生猜著大事不好，沒來得及說話，卻聽明珠笑問道：「咦，這不是山西舉人陳敬嗎？」

陳敬驚愕半晌，鎮定下來，說：「陳敬見過侍衛大人。」

明珠面慈目善，道：「哦，連在下是什麼人您都知曉？在下明珠，御前行走。明某只是皇上跟前的一個小侍衛，不敢妄稱大人。」

陳敬說：「我知道您是來拿我的。」

明珠連連搖手，道：「不不，您我只是邂逅。不久前我到此賞梅，今日沒事，又來打擾老伯。」

李老先生知道大家都是在作戲，便道：「不妨，不妨。外頭冷，進去說話吧。」

明珠隨著李老先生往屋裡去，說道：「我倒是知道，皇上諭旨，您出闈之後，得暫押順天府。不知您如何跑到這裡來了？」

陳敬說：「我也不知道怎麼就到這裡來了。」

明珠故作驚訝，道：「這就奇了！」

月媛不曉事，嘴巴來得很快，說：「肯定是你在搗鬼！我看見先是跑出幾個蒙面人要搶陳大哥，後來又跑出幾個蒙面人要殺大哥，衙門裡的人就兩頭對付。三夥人狗咬狗打成一團。」

明珠裝糊塗：「有這事兒？」

裡頭還在雲山霧罩說著話，索額圖卻領著人在胡同裡搜尋，已到李家門外了。有個嘍囉抬頭望見門樓旁伸出的老梅，道：「索大人，這不就是上次您去賞梅的那家？」索額圖點點頭。

那人說：「這家就不要進去了吧？」

索額圖說：「搜！哪家也不放過，把北京城裡翻過來也要抓到陳敬。」

陳敬在客堂同明珠正說著考場裡頭的事兒，忽聽得猛烈的擂門聲。明珠道：「什麼人如此蠻

注　照壁：廳堂前與正門相對的短牆，作為遮蔽、裝飾之用，多飾有圖案和文字。

橫？」

李老先生道：「準是官差，不然誰敢如此放肆？」

明珠道：「官差？陳敬，您且暫避，我來應付。」

大桂開了門，索額圖領人一擁而入，卻見明珠在這裡，大吃一驚：「明兄，怎麼是您？」

明珠笑道：「皇上著您明查，著我暗訪，各司其職呀。咦，您怎麼到這裡來了？」

索額圖反問明珠：「您怎麼也上這裡來了？」

明珠說：「我來賞梅。皇上不是讓您帶陳敬上順天府嗎？您怎麼到這裡來了？我知道索兄沒有這番雅興啊。」

索額圖羞惱道：「容索某過後細說。告辭！」

明珠笑道：「索兄先走吧。這回追查科場案，索兄可要立頭功呀。」

明珠送走索額圖，回到客堂。陳敬問道：「明珠大人為何不叫他們帶我去順天府？」

明珠並不急著答話，端起茶杯慢慢抿上幾口，才道：「我想救你。」

陳敬不敢相信明珠的話，眼睛瞪得大大的，半日才說：「捉拿我去順天府，可是皇上諭旨呀。」

明珠笑道：「先別說這個。我明珠知道您是個人才。您十二歲應童子試，獲州學第一；去年山西秋闈，您桂榜頭名，高中解元。憑您的才學，不用給誰送銀子。」

明珠這麼說，陳敬似有半分相信，道：「謝明珠大人，過譽了。」

明珠又道：「皇上著我查訪科場案，您的來歷，樁樁件件，我都摸清了。」

李老先生說：「我同陳敬雖是同鄉，卻也是初識，甚覺投緣。他終日同我談古道今，其文采、才學、人品、抱負，都叫老朽敬佩。」

明珠道：「我見您在皇上面前那麼從容自如，便暗想，此必是可為大用之人呀。」

陳敬道：「明珠大人謬誇了。」說著又搖頭嘆息。「都白費工夫了！今日交的卷子被考官故意汙損，肯定會入另冊。」

明珠道：「真有這事？果真如此我自有辦法。其實在下猜著您沒罪，我想皇上恐怕也不相信您有罪。」

聽明珠這麼一說，陳敬立馬站了起來，朝著明珠長揖而拜：「萬望明大人相救。」

明珠卻是搖頭，道：「還得您自己救自己。」

陳敬同李老先生面面相覷，不懂明珠深意何在。李老先生道：「容老朽說句話。既然都知道陳敬沒罪，為何捉的要捉他，搶的要搶他，殺的要殺他？」

明珠臉上甚是神秘，道：「這就要問陳敬了。」

陳敬暗自尋思，他知道押他去順天府的是索額圖，想殺他的必是白雲觀裡那三個人，可誰想半路劫他呢？又想李老先生早就囑他不要說出真相，便道：「我真的不知道呀。」

明珠凝視陳敬半日，猜他心裡必有隱衷，便道：「您不肯道出實情，疑竇就解不開，我就沒法救您，皇上也沒法救您。李謹被殺那夜您正好逃匿了，天下人都知道這事兒，殺了您沒誰替您伸冤。」

陳敬低頭嘆息，卻不肯吐出半字。明珠精明過人，早把這事琢磨了個八九不離十，道：「其實我早猜著了，有人想殺您，是因為您知道某樁秘密。而這樁秘密，一定同科場賄賂有關。敢如此膽大包天，先後兩次要取你性命的人，一是他權柄不小，二是您知道的秘密反過來可以要了他的性命。」

陳敬心裡歎服明珠，嘴上卻道：「明珠大人說得我更加糊塗了。」

明珠撫掌大笑，道：「不不，您不糊塗。您清楚得很。不過我想，沒有高人點化，憑您這年紀輕輕的讀書人，不會如此老成。」

明珠說著便瞟了眼李老先生。陳敬望望李老先生，仍是說：「我真是一無所知。」

明珠道：「我明白，您是怕招來積怨，將來在官場沒法立身。其實，您就是把事情原委同我說了，我也不敢說是您告訴我的。」

陳敬又望望李老先生，欲言又止的樣子，問道：「為什麼？」

明珠並不馬上答腔，喝了半日的茶，緩緩說道：「為什麼？我幫您窩藏於此，已犯了欺君大罪。當然，我若想自己脫罪，現在仍可以把您押往順天府。但您想想，哪怕就是把您關在天牢裡，隨時也會有人加害於您。科場案一日不破，歹人一日不殺，您一日不得安生。」

月媛突然在旁說道：「你老是說想救陳大哥，那麼半路中間要搶陳大哥的就是你的人吧？」

明珠望望月媛，笑了起來，說：「老伯這女兒將來必定賽過大丈夫。」原來那四個蒙面漢子正是明珠的人，他猜著陳敬倘若去了順天府大牢必定被歹人所害，便冒險出了此招。

李老先生剛才並沒在意月媛還在這裡，忙招呼田媽把她帶走了。回頭對陳敬說：「看來明珠大人寬厚可信，確實惜才，你就說了吧。」

陳敬這才把那夜白雲觀外聽得有人收銀子，又怎麼被人追殺，怎麼逃命，細細說了。只是將張汧託高士奇送銀子的事隱去沒說，畢竟顧及同鄉之誼。明珠聽罷，起身告辭，說：「好，我這就回去密稟皇上。陳敬，您定會高中皇榜，等著我的好消息吧。」

陳敬卻是長嘆：「我只怕是中不了啦。」

明珠道：「您是擔心那張考卷嗎？我自有道理。不過您可不得離開這裡半步呀。」明珠再三囑咐一番，告辭去了。

索額圖誠惶誠恐回到宮裡，見著皇上只知跪著發顫。皇上聽說陳敬跑了，自然是龍顏大怒，罵道：「索額圖，你真是沒用！」

索額圖哭奏道：「光天化日之下，不知從哪裡冒出兩夥蒙面人，一夥要殺陳敬，一夥要搶陳敬。微臣又要保住陳敬性命，又要戰歹人，實在招架不住。」

皇上怒道：「把京城挖它個三尺，再用篩子篩一遍，也要把陳敬找出來！不然你就是死罪！」索額圖跪著退了幾步，才敢站起來。

索額圖在裡頭覆命，明珠已在外頭候召了。只等索額圖灰頭灰臉地出來，明珠就被宣了進去。聽得明珠已找著陳敬了，皇上大怒。「明珠你在搞什麼鬼？何不早早奏來，害得朕肺都快氣炸了！」

明珠便一面認罪，一面編了些話回奏，只是瞞過他派人搶陳敬的事。陳敬畢竟已有下落，皇上也消了些氣，問道：「你倒是說說，何不把陳敬押往順天府？」

明珠奏道：「微臣覺著事情太蹊蹺了，怕有閃失。所有怪事都發生在陳敬身上，李謹被害那夜，他遭人追殺；今日索額圖押他去順天府，又遇蒙面人行刺；他的考卷又被監考官故意汙損，可能會成廢卷。」

皇上道：「朕也聽人密報，監考官禮部主事吳雲鵬每隔一炷香工夫，就去打擾陳敬一次。朕日夜尋思這事，猜想陳敬未必就是殺害李謹的兇手，那夜他逃匿不歸必有隱情。」

明珠不敢說自己也是這麼想的，只道皇上聖明，說：「啟稟皇上，微臣觀察，陳敬興許是個人才，若讓人知道是他告發了科場案，他今後的日子就不好過。所以要破這樁案子，只需先拿了那個監考官，順藤摸瓜，自會真相大白。」

皇上問道：「你是替朕打算，還是替陳敬打算？」

明珠道：「陳敬倘若是個人才，替他打算，便是替皇上惜才。微臣已向陳敬許諾，不把他放到檯面上來，他才說出真相的。但微臣不敢欺瞞皇上。」

皇上低頭尋思著，說：「如此說，這個讀書人倒很有心計？」

明珠道：「微臣眼拙，倒也看出此人才學、人品、抱負、城府非同尋常。」

皇上道：「此人要麼過於圓滑，要麼沉著老成。朕且記著他吧。」

明珠又道：「啟稟皇上，微臣還有一言。」

皇上點點頭，明珠便又說道：「皇上不妨讓索額圖繼續搜尋陳敬。此案中之人一日不知陳敬死活，就一日不得安心，自會有所動靜。」

皇上望了明珠半日，說：「你同索額圖長年隨朕左右，朕至為信任。只是索額圖性子魯莽，心思也粗。你倒是心思縝密，辦事幹練。朕擔心索額圖要是知道陳敬被你找著了，你倆今後就暗結芥蒂了。」

明珠道：「微臣只是儘量想著差事辦好些，想必索額圖也不會計較吧。」

皇上忽然想起陳敬藏身之處，便問：「那是戶什麼人家？」

明珠回道：「姓李，前明舊臣。」

皇上想了想，問：「是否就是那位前明舉人？」

明珠奏道：「正是，老先生叫李祖望，山西人氏，他家在前明倒是望族。」

皇上深深地點了點頭，說：「果然是他，原是衛向書同科舉人，後來再沒有應試。衛向書向朕舉薦過多次，這李祖望只是不肯出山。先皇諭旨，前明舊臣，只要沒有反心，就得禮遇。」

明珠道：「微臣見那李老先生風流儒雅，滿腹經綸，為人方正，並無異心。」

皇上感嘆良久，又囑咐明珠：「朕已派索尼和鰲拜追查科場案，你身為御前侍衛，依制不得預政。你只作為耳目，聽他們差遣。先拿了那個禮部主事吳雲鵬，看他身後是什麼人。」

明珠領了旨，皇上已宣他下去，卻突然又叫住他，說：「你且記住朕一句話。那個陳敬如此少年老成，將來不為能臣，必為大奸。」

明珠不禁惶恐起來，道：「微臣記住了。」

皇上逼視著明珠，又冷冷道：「這話，也是說給你聽的。」

明珠忙伏身而跪，渾身亂顫。「微臣誓死效忠皇上。」

8

貢院裡已把考卷盡數彌封入箱，移往文華殿謄錄。閱卷大臣們都到了文華殿，只等著謄錄完畢再去圈點，別出文章高下。考卷收掌（注1）、彌封、謄錄一應事務，都由吳雲鵬等幾個主事管著，高士奇一序班寫人（注2）等小心打著下手。衛向書暗自留意，竟然沒有看到陳敬的卷子，便道：「下官以為應上奏皇上，把遺卷彌封謄錄，擇優遴選，以免遺珠之憾。」

幾位考官都說此舉有違例制，實在不妥。李振鄴卻道：「各位大人有所不知啊，我明白衛大人的心思。」

衛向書正想把話挑明，便說：「李大人不必含沙射影，有話直說。」

李振鄴笑道：「好，那我就直說了。各位大人，山西舉人陳敬疑有兇案在身，皇上法外開恩，准他破例應考。但陳敬心存怨忿，故意汙損考卷，有辱取士大典。監考官吳雲鵬按例將他的考卷剔除出去了。衛大人念念不忘的就是這位同鄉陳敬。」考官們都望著衛向書搖頭，只道這可不像衛大人的作為。

衛向書道：「下官清白之心，可昭日月。」

李振鄴正要同衛向書爭執，索尼領著明珠等幾個侍衛進來了。殿內臣工們猜著肯定是聖諭到了，不等宣旨膝頭就開始往下彎。

果然索尼宣旨道：「皇上口諭，禮部主事吳雲鵬，貢院所為，心懷不軌，著即交刑部議罪。」

殿內立時跪倒一片，吳雲鵬望了眼李振鄴，臉色早已慘白。李振鄴避開吳雲鵬的眼光，低頭跪著。兩個侍衛上前，拿了吳雲鵬。

索尼又道：「皇上還說了，因吳雲鵬肆意妄為，故意刁難舉子，遺卷之中恐有真才實學的棟樑。著令將所有遺卷彌封謄錄，再加遴選。」

李振鄴忙拱手道：「皇上聖明，臣等遵旨。」

索尼望著李振鄴冷冷一笑，說：「還有哪！皇上口諭，禮部尚書李振鄴身為會試總裁，聽憑吳雲鵬等肆意妄為，大失法度。著李振鄴解除會試總裁之職，回家聽候處置，著翰林院掌院學士衛向書充任會試總裁。」

衛向書伏地而跪，道：「微臣惶恐領旨。」

李振鄴渾身亂顫，大汗如雨。索尼宣完聖諭，這才笑道：「各位大人，都起來吧。」臣工們謝了聖恩，撩衣而起，只有李振鄴仍癱在地上，爬不起來。

明珠問道：「李大人，您怎麼還跪著？」

李振鄴說：「臣罪該萬死！」

索尼說：「皇上這會兒還沒定您的罪啊，回家待著去吧。」

李振鄴這才顫顫巍巍爬了起來，朝索尼和明珠拱手不已。

李振鄴待在家裡像個死人，臥在床上起不了身。管家走到床前，輕聲說：「老爺，他們來了。」

聽了這話，李振鄴馬上爬了起來，去了客堂。原來白雲觀裡那三個人正是他的家丁，這會兒

注1　收掌：科舉考試的辦事人員。分外收掌負責收卷；內收掌負責把試卷分給各房房官。
注2　序班寫人：序班為職官名，本書高士奇在當時「充書寫序班」，即負責謄抄繕寫文書的小官。

已候在外頭。

李振鄴道：「吳雲鵬已被拿下了。怪老夫料事不周，我不想連累你們呀。」

一個家丁說：「老爺待我們恩重如山，只要您一聲令下，就是要掉腦袋，我們也在所不惜！」

李振鄴搖搖頭，道：「別說傻話了。你們要快快離開京城，走得越遠越好。我這裡預備了些銀兩，夠你們在外頭逍遙幾年。等風聲過後，我會讓你們回來的。老夫身後站著的是各位王爺、貝勒、大臣，我不是說倒就倒的。」

管家早拿著個盤子過來，裡頭放著三個紅封，四杯酒水。管家把紅封遞與三人，再端了杯酒送到老爺手上。三個漢子便自己端了酒，拱手敬了老爺。李振鄴說：「事出倉促，不能專門為你們送行了。乾了這杯酒，你們等天黑下來就星夜起程吧。」

乾了杯，三個漢子淚眼婆娑，只道過幾年再來給老爺效力。李振鄴目送他們出門去了，仍回房躺著。大難臨頭，李振鄴本無睡意，只是身子發虛，無力支撐。只因剛才喝了那杯酒，他平日又無酒量，居然昏昏沉沉睡了過去。不知過了多久，突然聽到有人搖他身子。睜眼一看，卻是管家哭喪著臉，說宮裡拿人來了。

李振鄴跌跌撞撞去了外頭，只見又是索尼領著明珠等人到了。索尼高聲宣道：「皇上口諭，禮部尚書李振鄴主持朝廷取士大典，居然背負天恩，行為污穢，可惡至極！著即抓捕李振鄴，交刑部議罪。」

李振鄴朝天哭喊：「皇上，臣冤枉哪！」

索尼道：「李大人，冤與不冤，自有法斷，你不必如此失態。李府家產全部查封，男女老少不得離開屋子半步。」

侍衛們飛赴各屋，李府上下頓時哭作一團。過了半個時辰，一侍衛飛跑進來，驚呼道：「索中堂，後院柴房找到三具屍體。」

李振鄴兩眼發白，倒在椅子裡昏死過去。原來李振鄴吩咐管家在酒裡下了藥，毒死三個家丁預備夜裡毀屍滅跡，不曾想朝廷這麼快就拿人來了。明珠心裡早已有數，附在索尼耳邊密語幾句。索尼便道：「闔府上下，全部拿下！」

皇上命索尼跟鰲拜共同審案，不到兩個時辰李振鄴全都招了。知道李振鄴這麼快就招罪，皇上連夜宣索尼跟鰲拜進宮。索尼道：「李振鄴供認不諱，只是涉人太多，請皇上聖裁。」說罷就遞上摺子，早有太監過來接了去。皇上靠在椅子上，閉上眼睛，並沒有看摺子，只問道：「都牽涉到些什麼人？」

索尼嘴裡支吾著，望了眼鰲拜。鰲拜道：「不光李振鄴自己膽大包天收受賄賂，向李振鄴打招呼、塞條子的還有幾個王爺、貝勒，居間穿針引線的有部院大臣，甚至有王府裡的管家，部院裡的筆帖式(注)，總共十幾人，另有行賄貢生二十幾人。河南舉人李謹也是李振鄴家人所殺。」

皇上聽著聽著，忽然嚎啕大哭，悲憤不已。「王爺、貝勒都是朕的伯父、叔父、兄弟。至親骨肉哪！那些大臣，朕成日嘉許他們，賞賜他們。這天下是大家的，不是福臨一個人的。他們狼心狗肺！」

皇上哭著喊著，突然雙手按住胸口，哇地吐出一口鮮血。索尼跟鰲拜嚇得使勁兒叩頭，喊著皇上息怒，龍體要緊。明珠隨侍在旁，吩咐太監快叫太醫。皇上擺手道：「不要叫太醫，朕一時半會兒死不了的。」

注　筆帖式：中國古代官職之一。在清朝，此官職配置於朝廷或地方的輔助部門，品等為正六品至正九品。該官職主要從事工作為負責翻譯漢、滿章奏與文書抄寫，清初還負責奏章滿漢文間的校注。

皇上要來搯子，看著看著雙手就抖了起來，罵道：「都是跟漢人學壞的！滿人是靠大刀和彎弓分高下的，原先並無賄賂、鑽營這等惡習。入主中原不到二十年，漢人的好處沒學著，亂七八糟的東西全學到家了！查！查！查他個水落石出，讓他們死個明白！」

京城裡雞飛狗跳，四處都在說著清查科場案。快活林裡的那些讀書人歡喜不盡，只說這回終於可以還公道於天下，哪怕落了榜也心甘情願。只有張汧忐忑不安，生怕自己的事被捅出來。他帶進考場的硯臺自是天知地知瞞過去了，怕只怕李振鄴已經出事，他託高士奇送銀子的事被扯出來。他本想先回山西去，可手頭已無盤纏，便想到祖澤深家去躲著。他把大順託付給店家，只道自己有事出門幾日。店家只認銀子，也沒啥話說。

張汧到了祖澤深宅院前，猶豫片刻才上前敲門。門房以為他是來看相的，便讓他進去了。祖澤深見來的是張汧，很是熱乎，道：「原來是張汧兄！快發皇榜了，我正等著向您道喜哩。」

張汧紅了臉道：「張某慚愧，有事相求，冒昧打擾祖兄。」

祖澤深道：「張汧兄此話怎講？您可是即將出水的蛟龍呀，我祖某日後還指望您撐著哩。快說，我有何效力之處？」

張汧道：「張某盤算不周，現已囊中羞澀，住不起客棧了。」

祖澤深甚是豪爽，大笑道：「我以為是什麼天大的事哩！兄弟千萬別說個借字，您只說需要多少銀子？」

張汧道：「不敢開口借銀子。若是不嫌打擾，我就在貴府住幾日，吃飯時多添我一副碗筷就是了。」

祖澤深拍手笑道：「好哇，我可是巴不得。來來，快快請進。」

進屋落了座，祖澤深暗自察言觀色，問道：「張汧兄，您好像有什麼心事啊。」

張汧內心實是慌張，想這祖澤深神機妙算，生怕他看破什麼，忙道：「不不不，只是我這麼向您開口，實在覺得唐突，慚愧慚愧。再說了，祖兄是神算，我哪有什麼事瞞得過您？」

祖澤深便故作高深，道：「張汧兄不願說，我也就不點破了。」張汧更加慌張，口裡只是唯唯。

談話間難免說到這回的科場案，祖澤深說：「只怕又要鬧得血雨腥風呀。」

張汧並不想多談，只說：「作奸犯科，罪有應得。」

祖澤深說：「話雖如此說，道理卻沒這麼簡單。」

張汧道：「願聽祖先生賜教。」

祖澤深說：「豈敢！那李振鄴固然貪婪，但他意欲經營的卻是官場。他收銀子，其實是在收門生。李振鄴是禮部尚書，朝中重臣，讀書人只要能投在他的門下，出些銀子算什麼？何況還得了功名。」

張汧內心慚愧，嘴上附和道：「是啊，這種讀書人還真不少。」

祖澤深又道：「我想那李振鄴還有他不得已之處。那些王公大臣託他關照的人，他也不敢隨意敷衍啊。他禮部尚書的官帽子，與其說是皇上給的，不如說是那些王爺大臣一塊兒給的。光討皇上一個人歡心，那是不行的。」

張汧道：「祖先生真是高見，張某佩服。」

祖澤深哈哈大笑，道：「哪裡啊。這京城裡的人，誰說起朝廷肚子裡都有一本書。」

張汧不由得悲嘆起來，說：「我還沒進入官場，就聞得裡頭的血腥味了。將來真混到裡頭去，又該如何！」

祖澤深笑道：「張汧兄說這話就糊塗了。讀書人十年寒窗，就盼著一日高中，顯親揚名。官嘛，看怎麼做。只說這李振鄴，放著禮部尚書這樣好的肥差，他偏不會做。他門生要收，銀子也要收，哪有不翻船的？天下沒有不收銀子的官，只看你會收不會收。」

張汧嘴上同祖澤深閒話，心裡卻像爬著萬隻螞蟻，實在鬧得慌。

這日太和殿外丹陛(注)之上早早兒焚了香，侍衛太監們站了許多，原來皇上在殿裡召見衛向書等閱卷大臣。考官們老早就候駕來了，待皇上往龍椅上坐定，衛向書上前跪奏：「恭喜皇上，臣等奉旨策試天下舉人，現今讀卷已畢，共取錄貢士一百八十五人。」

衛向書雖是滿口吉言，心裡卻並不輕鬆。皇上因那科場弊案，最近脾氣暴躁，自己中途接了會試總裁，唯恐有辦差不周之處。哪知皇上今日心情頗佳，道：「歷朝皇上唯讀殿試頭十名考卷，並沒有讀會試考卷的先例。朕這回要破個例，想先看看會試頭十名的文章。李振鄴他們鬧得朕心裡不踏實哪！」

衛向書道：「會試三場，考卷過繁，皇上不必一一御覽。臣等只取了會試頭十名第三場考試的時務策進呈皇上。」

衛向書說罷，雙手高高舉著試卷。太監取過試卷，小心放在皇上面前。皇上打開頭名會元試卷，看了幾行，龍顏大悅，道：「真是好文章，朕想馬上知道這位會元是誰。」

皇上說著就要命人打開彌封，衛向書卻道：「恭喜皇上得天下英才而御之，不過還是請皇上全部御覽之後再揭彌封，臣等怕萬一草擬名次失當。」

大臣們都說衛向書說得在理，皇上只好依了大家，說：「好吧，朕就先看完再說。朕這些日子生氣、勞神，今日總算有喜事可解解煩了。咦，書寫序班裡竟有字寫得如此之好的！這是誰的字？」

衛向書道：「回皇上，抄這本考卷的名叫高士奇，他最近才供奉詹事府，還沒有功名。」

皇上頗感興趣，道：「高士奇？這頭名會元要是配上這筆好字，就全了；這筆好字要是配上好學問，也全了。」

索額圖望了眼詹事府詹事劉坤一，指望他說句話。原來索額圖篤信祖澤深的相術，同他過從甚密。索額圖有個兒子甚是頑劣，請過很多師傅都教不下去，他便託祖澤深找個有緣的人，說不定能教好兒子。祖澤深平日沒事常在外頭閒逛，暗自留意高士奇好些時日了，見他原是個才子，無奈科場屢次失意。這回索額圖要延師課子，祖澤深便把他請了去。哪知高士奇也拿索額圖那兒子沒辦法，只好作罷。索額圖可憐高士奇出身寒苦，又聽祖澤深說這個人必有發達之日，便求劉坤一幫忙，給他個吃飯的地方。正巧貢院裡要人充當書寫序班，劉坤一見高士奇一筆好字，便把他薦了去。

劉坤一卻是個謹慎人，他對高士奇並不知曉多少，不想隨便開口說話。沒想到皇上問話了。「劉坤一，高士奇是你詹事府的，怎麼不聽你說話？」

劉坤一奏道：「高士奇新入詹事府供奉，臣對他知之不多，不便多言。臣會留意這個高士奇。不過說到頭名會元，等他現了真身，他的書法興許也是一流，都說不定啊。」

索額圖見劉坤一不肯做順水人情，心裡很不高興，自己硬了頭皮道：「回皇上，這高士奇臣倒認識，學問也還不錯，只是不會考試。」

皇上笑笑，說：「這是哪裡的話？朕的這些臣工，多由科舉出身，他們莫不是只會考試？」

索額圖忙跪了下來，說：「臣失言了，臣知罪。」

皇上仍是笑著，說：「朕不怪你，朕今日高興。不過這高士奇的字，朕倒是喜歡。」

注　丹陛：古宮殿前紅色的石階，用紅色塗飾，故名。亦指天子所住的地方。

皇上只是隨口說的，索額圖聽著卻像窺破了天機。他想祖澤深說高士奇必定發達，也許真是說準了。索額圖從此更加相信祖澤深的相術，也越發暗助高士奇。

皇上開始讀閱，大臣們都退了下來。過了兩個時辰，皇上宣臣工們進去。衛向書見皇上面帶喜色，一直懸著的心放了下來。皇上笑道：「天下好文章都在這兒了。」

衛向書笑著奏道：「皇上，應是天下俊才都在這裡。」

皇上望著衛向書點點頭，說：「衛向書說得對，朕桌上擺著的是天下俊才。好，速發杏榜，貢士們正翹首以盼呢。來，啟封吧。」

衛向書躬身上前，先開啟皇上點的會元試卷。哪知彌封一開，露出的竟是陳敬的名字。站在下面邊的臣工們還不知道是誰，皇上早大聲說道：「居然是陳敬！呵，居然是陳敬！真是老天有眼哪！那日要不是朕想著去貢院看看，豈不就誤了他。」

衛向書躬身退下，同大臣們一起跪著，高聲賀道：「臣等恭喜皇上，乾坤浩蕩，士子歸心。」

皇上哈哈大笑，連聲喊道：「快傳陳敬！朕要馬上見見這位陳敬。」

大臣們這才面面相覷，然後望著索額圖。索額圖臉上頓時汗流如雨，惶恐奏道：「皇上，陳敬他還不知下落呀。」

皇上微微一笑，道：「明珠，你去把陳敬找來。」

明珠領旨而去，索額圖被弄得莫名其妙，站在那裡直發愣。

長安街外的龍亭裡觀者如堵，原來禮部把杏榜飛快貼了出來。頭名赫然寫著陳敬的名字，沒多時有人見下頭還有個陳敬，只道今年硬是奇了，中了兩個陳敬。大桂同田媽正好上街買東西，聽得四路都在說放榜了，巧的是今年中了兩個陳敬，有個陳敬還是頭名。田媽便拉了大桂要去長安街親眼看看，大桂卻說不如回去報信，反正陳公子已經中了。

田媽見街上正好有人在說這事兒，便上去問話。「大兄弟，您說陳敬中了？」那人打量著田媽，道：「是呀，中了兩個陳敬。您是陳敬他娘？那就恭喜您了；您要是頭名陳敬的娘，就更加有福氣了。」

大桂就拉了老婆說：「快回去報信去！」

一路上兩口兒只說頭名肯定就是我們家這位，看他那樣子就是狀元的相。回到家裡，田媽容不得大桂插嘴，直道恭喜陳公子中狀元了，便把街上聽來的話一五一十說了。

陳敬還在那裡怔怔的，李老先生卻早拍手稱奇了。「中了兩個陳敬？這可是亙古未有啊！」

陳敬臉上微露喜色，想一想又嘆息起來，說：「頭名肯定不會是我。監考官故意刁難，時刻打擾，我能把考卷做完就不錯了，還能指望頭名？落下個三甲（注）就不錯了，同進士。」

田媽卻說：「我猜頭名狀元肯定是陳公子，看您這福相，跑不了的。」

李老先生笑道：「田媽，託你吉言，保佑陳公子中個頭名。可這回頭名還說不定就是狀元，要過了殿試由皇帝老子欽點了才是狀元。」

田媽一頭霧水，只道：「我哪知道這個，只當放了榜，頭名就是狀元哩。」

月媛聽了大人們的話，自然喜不自禁。

正說著，聽得有人敲門。大桂跑去開了門，隨他進來的竟是明珠，他後頭還跟了幾個人。陳敬唬了一跳，卻見明珠笑笑，高聲喊道：「新科會元陳敬聽旨！」

大夥兒都怔住了，木木地望著明珠。明珠又笑笑，喊道：「新科會元陳敬聽旨！」

注　三甲：科舉時代進士殿試後所分的一甲、二甲、三甲等三個等級。

陳敬這才聽清了，問道：「真的？」

明珠哈哈大笑，道：「假傳聖旨，誰有這個膽子？又不是戲臺上。」

陳敬這才知道跪了下來，李老先生也忙跪下，又招呼月媛跪下了。大桂跟田媽見這般場面，早不知躲到哪裡去了。

陳敬領旨謝恩完畢，明珠請他快快起來進宮去。陳敬朝明珠拱手道：「陳敬能有今日，多謝明大人周全。」

明珠宣道：「皇上口諭，傳新科會元陳敬覲見。」

陳敬謝過明珠，走到李老先生面前，矮身而跪，拜道：「多虧前輩的照應，感激不盡。」月媛不曉事，只是望著陳敬抿著嘴巴笑。李老先生忙拉了陳敬起來，囑他快快進宮要緊。

陳敬跟著明珠進宮去了，月媛滿心歡喜，說：「爹，陳大哥真是了不起，提著腦袋去考試，又有人搗蛋，還考了頭名。他自己還不相信哩。」

田媽這時才從屋裡出來，說：「賀喜老爺，硬是從天上掉了個狀元到家裡來了。」

李老先生大笑起來，說：「田媽我說了，陳敬他還不是狀元。」

田媽卻說：「這皇上著急的要見他，還能不是狀元？等著吧。」

因怕皇上久等，明珠同幾個侍衛領著陳敬策馬飛奔。沒多時就到了午門外，下馬小跑著進宮去。陳敬顧不上觀望宮裡景色，只低頭緊跟在明珠後頭。小跑會兒，明珠忽然慢了下來，說：「陳兄，前頭就是太和殿，皇上在裡頭等著。咱們慢些走，緩口氣吧。」

陳敬這才抬頭看看，但見太和殿矗立在前，堂皇得叫人不敢大口喘氣兒。陳敬心跳如鼓，卻趕緊調勻氣息，不緊不慢拾級而上。

爬上太和殿前丹陛，便有太監碎步跑了過來，同明珠點頭招呼了，朝陳敬輕輕說了聲：「隨我來吧。」

只聽著太監這說話的聲氣，陳敬立馬感覺這周遭靜如太虛。宮中禮儀明珠在路上早粗粗教過了，陳敬躬身上前，行了三跪九叩大禮，道：「臣陳敬叩見皇上，恭祝皇上萬歲萬歲萬萬歲。」

皇上卻是哈哈大笑，道：「這宮中禮儀還沒有教習，你就全會了。是在鄉下聽戲學來的吧？」

大臣們見皇上難得這麼高興，也顧不得失體，都竊笑起來。陳敬惶恐不已，正經回答道：「臣言由心出，對皇上的愛戴敬仰之心，不用學的。」

皇上聽了這話甚是歡喜，道：「好啊，朕看你少年老成，人如其名，好個敬字啊！」

衛向書上前奏道：「啟稟皇上，奇的是本科有兩個陳敬都中了貢士，還有個陳敬，順天府人氏，中的是貢士一百二十名。」

皇上喜道：「有這等巧事？好啊，多些個敬，這是國朝福祉。國朝遵奉的就是敬天法祖。」

皇上略作沉吟，又道：「日後兩個陳敬同朝為官，也不能讓人弄混了。朕賜你一個廷字，就叫陳廷敬如何？」

陳廷敬忙叩頭謝恩，道：「臣恭謝皇上賜名。廷敬今生今世效忠朝廷，敬字當先！」

陳敬從此便叫陳廷敬了，大臣們望著這位年輕人點頭不已。皇上命陳廷敬起身，又對臣工們說了好些禮賢讀書人的話，便移駕乾清宮，明珠同索額圖奉駕而行。

陳廷敬出了太和殿，想找衛向書大人道聲謝，卻早不見他的人影了。原來衛向書不想當著眾人同陳廷敬太過近乎，免得旁人又說閒話，反會害了他，便抽身回翰林院去了。

奉駕到了乾清宮，索額圖抽著空兒問明珠：「您怎麼知道陳敬的下落？」

明珠笑笑，道：「應該叫陳廷敬。」

索額圖心裡恨恨的，面子上卻不便發作，只道：「他是叫陳廷敬。明珠兄，您可把我害苦了呀。」

明珠卻仍是笑著，說：「索兄此話怎講？皇上囑您明查，囑我暗訪，各司其職呀。你明查沒查著，我暗訪訪著了。這也怪不得我呀。」

索額圖道：「那您也得告訴我一聲呀？陳廷敬叫您藏著，我還奉旨四處尋查，急得是睡不安吃不香。我平日裡總盼著輪上我侍駕，這些日子我可是生怕見著皇上。」

明珠拍拍索額圖肩膀，很親熱的樣子。「兄弟，我都是按皇上吩咐辦的，您得體諒，身不由己啊。」

索額圖又問：「那李振鄴的案子是不是陳廷敬說出來的？」

明珠搖頭半日，神秘道：「又不是我問的案，我哪裡清楚。」

索額圖猜著明珠什麼都知道，只是瞞著他罷了。

9

祖澤深在外頭看了杏榜，連忙回去給張汧道喜。這些日子張汧躲在祖家看書寫字，不敢出門半步，外頭的事情絲毫不知，心卻一直懸著。這回知道自己中式了，雖只是第八十九名，心想也總算熬出頭了，便認了天命。

祖澤深故意賣起關子，問道：「張汧兄您猜猜頭名會元是誰？」

張汧想了想，搖頭道：「實在猜不出。」

祖澤深笑道：「告訴您，是您的同鄉陳敬。」

張汧驚道：「原來是陳敬！」

祖澤深又道：「更有奇的。杏榜貼出不到一個時辰，又有禮部來人把榜上陳敬的名字改作陳廷敬，您知道這是為何？」

張汧被弄糊塗了，問：「祖兄別再逗我了，難道頭回弄錯了？」

祖澤深這才告訴道：「陳敬可是鴻運當頭，皇上給他名字賜了個廷字，原來今年榜上有兩個陳敬。」

張汧長吁而嘆，道：「陳敬，陳廷敬，真了不得啊！去，我得上街看看去。」

張汧飛跑到東長安街，只見杏榜前擠滿了人，上榜的滿心歡喜，落第的垂頭喪氣。張汧在榜前站了片刻，便知如今早已是滿城爭說陳廷敬了，只道這個人前些日朝廷還在四處捉他，這會兒竟中了會元，還幸蒙天恩賜了名。改日殿試，皇上肯定點他做狀元。這世上的事呀，真是說不準。

張汧望著自己的名字，暗自喊著祖宗爹娘，只道不孝男總算沒有白讀十幾年書。突然，聽得一陣喧嘩，過來幾個捕快。捕快頭四處打量，指著一人問道：「你叫什麼名字？」

那人笑道：「您問我嗎？您認字嗎？往榜上瞧瞧！會試二十一名，馬高。」

捕快頭面色兇狠，道：「我要抓的正是馬高。」

那位叫馬高的厲聲喊道：「您不想活了？敢抓貢士？老子殿試之後，至少也是進士出身。」

捕快頭哼哼鼻子，道：「榜上該抓的人咱還沒抓完哩。真是該抓的，你就是改日中了狀元，老子照樣抓你。帶走！」

兩個捕快一把扭了馬高，綁了起來。原來那日夜裡，陳廷敬在白雲觀前遇著位馬舉人，哼著小曲當街撒尿的便是這位。他雖是白送了銀子，可憑自己本事也中式了。怎奈他送銀子的事叫李振鄴供出來了，仍脫不了官司。

張汧嚇得臉色發白，匆匆離開了。原來科場弊案還沒查完，說不準啥時候又有誰供出人來。張汧原想不再去麻煩祖家，仍回到快活林去。如今見了這般場合，只好又去了祖澤深家。心裡擔心陳廷敬會怪他不管大順，但他自己性命難保，也就顧不得許多了。

陳廷敬從宮裡出來，逕直去了快活林尋大順。住在這店裡的也有幾個中了榜的貢士，他們早知道陳廷敬是會元了，都來道賀。店家更是馬屁拍得啪啪響，只說他早看出陳大人富貴相，就連他帶著的書僮都是又聰明又規矩。陳廷敬謝過大家，說自己正是回來找大順的。店家道陳大人您坐著，小的這就給您找去。陳廷敬笑笑，說自己仍是一介書生，哪裡就是大人了。店家硬說如今店裡住著的都是大人了，不是大人的早捲包袱走了。

店家說罷就去找人，過會兒飛快地跑回來，說：「陳大人，小的哪裡都找了，怎麼不見大順人呢？」

陳廷敬心想壞了，便問：「您可知道我的同鄉張汧先生哪裡去了？」

店家就像自己做錯了事，低頭回道：「張大人早些日把大順託付給小的，說他有事出門幾日，還沒回來哩。」

陳廷敬心裡又是著急，又怪張汧太不仗義，只是嘴上不好說出來。店家勸陳大人大可放心，那大順可機靈著哩，準是哪裡玩去了，保管天黑就回來的。正說著，只見大順不聲不響地進店來了。他抬頭看見陳廷敬，張嘴就哇地哭了起來。陳廷敬過去抱住大順，也不覺眼裡發酸。自己畢竟剛逃過一場生死哪！原來大順聽說少爺中了會元，自己跑到街上看榜，正好又同張汧失之交臂。

陳廷敬領著大順回到李家，天色早已黑了。一家人知道大順小小年紀，這個把月成日四下裡尋找少爺，眼淚都快哭乾了，都說這孩子難得的忠義。

陳廷敬細細說了皇上召見的事，月媛卻問：「陳大哥，皇上長得什麼樣兒呀？您去貢院那日，皇上原先本來就站在我跟爹的身邊，我就是沒看見。」

陳廷敬笑道：「我今日也沒看見。」

月媛覺著奇了，說：「哥哥哄我，專門去見皇上，怎麼又沒看見呢？」

陳廷敬說：「真知道他是皇上了，哪裡敢正眼望他。」

月媛仍是不懂，道：「聽爹說，皇上同您年紀差不多，您怎麼看都不敢看他呢？」說得大家都笑了起來。

整個夜裡說的便都是皇上了，李老先生說：「皇上召見會元，歷朝都無先例，又給你賜名，這都是齊天恩典哪。」

月媛問道：「這麼說，殿試過後，皇上肯定要點陳大哥狀元了？」

田媽笑道：「要依我說，這個狀元是月媛小姐從大街上撿回來的。」

李老先生怪田媽這話唐突，當著客人嘴上卻說得緩和，道：「這是如何說呢？」

不等田媽答話，陳廷敬笑道：「真是感激月媛妹妹，那日三夥人捉的要捉我，殺的要殺我，要不是她領著，我東南西北都分不清楚，只怕早成刀下冤鬼了。月媛妹妹真是我的救命恩人哩！」

李老先生這才明白田媽的意思，也笑了起來，說：「我平日只怪這孩子太野，不像個女兒家，田媽出門買東買西，她總是纏著跟出去。這回還真虧得她認得胡同裡的路。」

月媛甚是得意，只道往哪兒走著道兒近，哪兒有個角落可以捉迷藏，哪家門前的石獅子最好看，哪家門口要小心狗咬，她心裡都是清清楚楚的。今兒大夥兒都很高興，圍著火爐說話，直到夜深才散去歇息。

陳廷敬背後又問了大順許多張汧的話。他是個凡事都從寬厚處著想的人，只當張汧肯定別有難處，心裡也不再怪人家。他知道張汧曾託高士奇送銀子，如今李振鄴的案子未了，也難免有些擔心。猜想張汧離開快活林，八成是因了這事。

直到殿試那日，陳廷敬才在太和殿前見著了張汧。張汧先向陳廷敬道了喜，又說到他因身無分文，只得託付店家照顧大順，自己另投朋友去了。陳廷敬也不往心裡去，倒是暗自慶倖張汧到底沒出事。這日太和殿外森嚴壁壘，滿是帶刀兵勇。貢士們身著朝服，早早兒候在殿外。

張汧自然很為陳廷敬高興，說：「大夥都說兄弟您先解元，再會元，眼看著必定又是狀元啊。」

陳廷敬搖頭笑道：「果能應了兄臺吉言，自是祖宗保佑得好。但連中三元，古來少有，兄弟我不敢奢望。」

說話間糾儀官過來了，貢士們都安靜下來。

進了太和殿，卻見殿內座椅早已安置停當，桌上擺放好了試卷。貢士們依次坐下，都是屏息靜氣，不敢隨意四顧。王公大臣們悉數到場，同眾考官們分列四周，肅穆而立。陳廷敬經歷了這番風波，更沒怯場之感，仔細讀了考卷，閉目良久，直到文章成竹在胸，方才從容落筆。

殿試直到日落之前方罷，貢士們小心交了試卷，袖手出來。出殿之後大家也都不敢多話，直到出了午門，方才相互奉承，說的盡是吉言。張汧一直不知道這些日子陳廷敬是怎麼過來的，這會兒方才有暇問及。陳廷敬心有顧忌，並不細細道來，只道夜裡出門閒逛，無意間遇了歹人，便逃到李老先生家去了。碰巧那日夜裡李謹被殺，他被誣為兇手，只好躲起來了。張汧直道這事真是奇，可以叫人拿去說書了。時候不早，兩人執手別過。陳廷敬仍回李家去，張汧這會兒已落腳到山西會館去了。

殿試閱卷很快就妥了，朝廷擇了吉日，由皇上親點甲第。衛向書等閱卷大臣初定了頭十名，把考卷恭送到太和殿進呈皇上。考卷照例彌封未啟，每本上頭都貼了草擬的甲第黃簽。皇上在西暖閣閱卷，王公大臣們外大殿裡靜候。

時近午時，忽有太監出來傳旨：「各位大人，頭甲、二甲十本考卷，皇上御覽已畢，請各位大人進去啟封。」

衛向書等躬身進去，只見皇上滿面春風，道：「朕讀完這十本考卷，深欣國朝人才濟濟，士子忠心可嘉。有天下讀書人為我所用，國朝江山永固千秋。你們草擬的甲第名次，朕都恩准。衛向書，你來啟封吧。」

衛向書謝恩上前，先拿了頭名考卷，徐徐啟封。他眼睛突然放亮，頭名居然又是陳廷敬。皇上驚嘆道：「啊？又是他！陳廷敬！諸位臣工，朕心裡想著的狀元就是他。朕若有私心，本可啟封看看，先定了陳廷敬再說。可朕偏偏相信老天。天意哪！」

王公大臣們都拱手恭喜皇上得此棟樑之才，卻只有衛向書緘口不言。他面色凝重，暗自嘆息。皇上覺出衛向書異樣，問道：「衛向書，你如何不說話？」

衛向書稍有支吾，道：「臣有隱憂。」

皇上問道：「你有何憂，說來朕聽聽。」

衛向書說：「陳廷敬山西鄉試中的是解元，本已名聲太盛。又以會元名分蒙皇上召見，此乃天大的恩寵。皇上金口玉牙賜名與他，也是天大的恩寵。如今皇上又點他狀元，又是天大的恩寵，臣恐天恩過重，於他不利呀。木秀于林，風必摧之。」

皇上沉吟片刻，道：「朕倒不擔心點他做狀元有什麼不好。他若真是棟樑，將來朕要用他，誰還攔得住？不過聽您這麼一說，朕倒想起自己說過的一句話了。明珠，你還記得嗎？」

明珠惶恐上前，跪下說道：「臣記得，那句話也是皇上說給微臣聽的，可是臣不敢說。」

皇上望著明珠，道：「你不說也罷，朕也不想讓你說出來。你且記住，時刻警醒就是。」

王公大臣們不明就裡，只是面面相覷。原來皇上說過，陳廷敬如此少年老成，倘若晉身官場，不為能臣，必為大奸。皇上說這話也是講給明珠自己聽的，他哪敢讓這話叫天下人知道。

這日殿試放榜，新科進士們先在太和殿外站候整齊。王公大臣文武百官分列兩側，參與朝賀。大夥兒知道今年狀元肯定是陳廷敬了，都悄悄兒朝他這邊張望。陳廷敬知道很多人都在看他，總覺得臉上癢癢的，就像上頭叮滿了蚊子。

一時典樂大起，進士們屏住呼吸，眼睜睜望著前頭。衛向書緩步走上殿前丹陛，鴻臚寺（注）官員抬著皇榜緊隨其後。進士們引首瞻望皇榜，想看清上面的甲第名次。偏是今日豔陽高懸，只見皇榜熠熠生輝，上頭的名字看不真切。

典樂聲中，衛向書高聲唱臚：「順治十五年四月二十一吉日，策試天下貢士，第一甲賜進士及第，第一名，孫承恩。」

進士們輕聲議論起來，怎麼會是孫承恩呢？陳廷敬也幾乎不相信自己的耳朵，忽覺日頭極是刺目。進士們稍有躁動，馬上安靜下來。朝廷儀軌早就吩咐過了，誰也不敢高聲說話，誰也不敢左右顧盼。可陳廷敬總覺得所有人都在看他的笑話，面色不由得紅如赤炭。衛向書接下來再喊誰的名字，陳廷敬幾乎聽不見了。直到他自己的名字被唱喊出來，陳廷敬才回過了神。原來他中得二甲頭名，賜進士出身。

唱臚完畢，午門御道大開。鴻臚寺官員抬著金科皇榜，皇榜之上撐著黃傘。衛向書領著新科進士隨在金榜之後，走過午門御道，出了紫禁城，直上長安街。衛向書後面是狀元、榜眼、探花，挨次兒排下來。街兩邊滿是瞧熱鬧的，李老先生領著月媛和大順早早兒候在街頭了。月媛朝陳廷敬使勁招手，他卻沒有看見。李老先生見陳廷敬走在第四位，便知道他中的是二甲。

皇榜到了長安街東邊兒龍亭，順天府尹向秉道早就恭候在那裡。待掛好皇榜，向秉道依例給孫承恩披紅戴花，又給狀元、榜眼、探花各敬酒一杯。酒畢禮成，又有官員牽來一匹大白馬，向秉道便親扶狀元上馬遊街。新科進士們這才打拱作揖一番，跟隨在白馬後面回道而去。

進士們走了，百姓們擁到金榜前觀看。月媛這才知道陳大哥不是狀元，急得扯著爹爹袖子問道：「爹這是怎麼回事呀？滿大街人都說陳大哥是狀元呀？」

李老先生倒是已經很高興了，笑道：「傻孩子，誰做狀元是皇上說了算，又不是街上人說了算。月媛，你陳大哥中了二甲頭名，已經是人中龍鳳了。」

注　鴻臚寺：古代掌朝貢慶弔典儀的官署。

大順笑得合不攏嘴，只道：「家裡老爺老太太要是知道了，不知要歡喜得怎麼的呢。」

月媛還要跟著去看熱鬧，李老先生道：「我們回去算了，妳陳大哥這會兒忙得很哩。今日同鄉們要在會館請客吃飯，明日還得去太和殿向皇上謝恩，要吃禮部的鹿鳴宴（注），要上孔廟行大禮，還要在大成門外進士碑上題名。」

月媛只好隨爹回去了，路上卻道：「中個進士原來還這麼辛苦啊！」

10

山西今年進士中了八位，同鄉們在會館大擺宴席，喜氣洋洋。京城裡有頭有臉的同鄉都去道賀，只有衛向書和李祖望因事推託。李祖望淡泊已久，早不願在場面上走動，他不去沒人介意。衛向書沒有去，卻讓人頗費猜度。原來衛向書今年充任會試總裁，山西中進士又多，他怕生出是非，乾脆躲開這些應酬。可沒想到皇上點狀元的事，雖是機要密勿，卻被人傳了出來。酒席上有人把這話說開了，同鄉們都說衛向書眼睛黃了，硬生生把陳廷敬到手的狀元弄沒了。

陳廷敬聽了這番話，雖不知真假，心裡卻很不妥帖。深夜回到李家，又因多喝了幾杯酒，便不免有些怨言。李老先生同衛向書相交甚篤，深知衛大人絕不會故意害人。他聽任陳廷敬牢騷幾句，便勸慰道：「先不管此事是否空穴來風，依我之見，是否中狀元，並不要緊。只要有了功名，便得晉身之機，建功立業都事在人為了。」他心裡暗想，陳廷敬才二十一歲，早早的中了狀元，未必就是好事。官是靠熬出來的，沒到那把年紀，縱有日大的本事也是枉然。人若得意早了，眾目睽睽之下，沒毛病也會叫人盯出毛病來。但此時話畢竟不便說得太透，便都放在了肚子裡。他想日後要是有緣，自會把這些話慢慢兒說給他聽的。

陳廷敬只在床上打了個盹兒，天沒亮就起來了。他得早早到午門外候著，今日新科進士要進宮謝恩。李老先生也大早起了床，他先日就囑咐田媽預備了些吃的。出門應酬場面上吃的都有，只是看著熱鬧，弄不好倒會餓肚子的。陳廷敬在李家住了這些日子，人家早把他當自家人，他自

注　鹿鳴宴：舊時科舉考試後，由州縣長官宴請主考官、學政及中式考生的宴會。因在宴會上歌《詩經・小雅・鹿鳴篇》，故稱為「鹿鳴宴」。

己心裡卻總是歉疚。這幾日免不了多有拜會，便說要住到會館裡去。李老先生自是要留他，可陳廷敬到底覺著住在這裡拜客多有不便，只道過幾日再住回來。

陳廷敬領著大順別過李老先生，出門又囑咐大順到會館去待著，自己匆匆去了午門。卻見午門外早已熙熙攘攘，新科進士們差不多都到齊了。上朝的官員們也都到得早，午門前停了許多轎子，燈籠閃閃的。四月的京城，清早很是寒冷。陳廷敬站立不久，便已凍得發抖。進士們都是沒見過京城官場世面的，唯恐有失莊敬，只敢站著不動，身上越發寒冷。直等到天亮了，才有禮部官員引了進士們進宮去。一日下來，叩頭謝恩，聆聽玉音，吃鹿鳴宴，拜孔題名，一應諸事，都有人引領著，一招一式，誠惶誠恐，生怕錯了。細細想來，樁樁件件都像在戲臺上唱唸做打。

陳廷敬在外往來拜客，一晃就是十幾日。這日終於稍停了，又得禮部准假三月回家省親，陳廷敬便回到李家辭行。進了大門卻見裡頭停著頂綠呢大轎，一問才知道衛向書大人來了。進屋一看，又見客堂裡沒人。正好要問大桂，月媛從裡頭出來，眼睛有些紅腫，像是方才哭過。原來金科放榜那日，李老先生老早就起床上街，在寒風裡吹了半日，當夜就有些不好，卻不怎麼在意。第二日陳廷敬要進宮謝恩，老人家也起得太早，更是加重了風寒。只等陳廷敬一走，老人家就一病不起，已纏綿病床十幾日了。

陳廷敬同月媛進去時，李老先生正同衛向書悄聲說話。見他進去了，兩人就不說了，只請他坐下喝茶。陳廷敬是頭回這麼面對面見過衛大人，卻因是在李老先生病床前，也就顧不得太多客套。陳廷敬擔心李老先生的病，仔細問著郎中是怎麼說的，吃的什麼藥。李老先生聲氣很弱，卻說不礙事的，睡幾日就好了。衛向書總是不時望望陳廷敬，卻並不同他說話。陳廷敬正覺納悶，衛向書道：「廷敬，你領著月媛出去暫避，我待會兒有話同你講。」

陳廷敬不明白怎麼回事，只好領著月媛出來了。月媛不像平日那麼調皮了，話也不多，總是想哭的樣子。

陳廷敬問道：「月媛，妳爹的病到底要緊嗎？」

月媛說：「衛伯伯還從宮裡請了太醫來，吃了那太醫的藥也有七八日了，還是不見得好。」

陳廷敬聽了很是擔心，卻勸解月媛妹妹，只說宮裡太醫看了準沒事的。又想那衛大人只說等會兒有話講，他到底要說什麼呢？便想外頭都說皇上原本要點他狀元的，卻被衛大人弄黃了，這事興許就是真的？衛大人可能想把這事說清楚吧。

陳廷敬在李家住了這麼久，從來沒去裡面院子看過。這會兒沒事，便同月媛隨便走走，卻見裡頭還有三進天井，後邊的屋子全都關門閉戶，窗上早已結了蛛網。

月媛道：「哥哥，我們不進去了，我從來不敢到裡面來，裡頭好多年沒住人了。西頭還有個花園，我也沒有去過。」

陳廷敬問道：「妳怎麼不去呢？」

月媛道：「我怕！這麼大的院子，就我和爹，還有大桂和田媽。到外頭去我倒是不怕，外頭有人。」

陳廷敬便想見這李家原來該是何等風光，現在連人丁都快沒有了。想這月媛妹妹好生可憐，便道：「月媛妹妹不怕，今後哥哥帶著你玩。」

兩人邊說邊往回走，田媽過來說：「陳公子，衛大人請您過去說話哩。」陳廷敬聽了這話，胸口狂跳起來。衛大人若是說了點狀元的事，他不知道自己會如何應答。讀書人哪個不想高中狀元？衛大人是他的恩人，倘若真是衛大人把他的狀元斷送了，他又該如何對衛大人？

衛大人在客堂裡坐著，見陳廷敬領著月媛來了，便叫了田媽：「你帶月媛出去吧，我有話單同廷敬講。」田媽領著月媛走了。月媛好像知道要發生什麼大事似的，不停地回頭望著陳廷敬，那眼神叫人看了甚是心疼。

陳廷敬惴惴然坐下來，衛大人也不客套，只道：「廷敬，李老先生特意叫我來，是想託我給你說件大事。」

陳廷敬不知是什麼大事，便道：「衛大人您請說吧。」

衛向書長長地舒了口氣，像是胸口壓著塊石頭似的，說：「李老先生想把月媛託付給你。」

陳廷敬聽了這麼好沒來由，問道：「李老先生身子還很硬朗，只是偶感風寒，如何就說到這話了？」

衛向書半日沒有說話，望了陳廷敬好大一會兒，才說：「你沒聽懂我的話。李老先生是想讓你將來做他的女婿。」

陳廷敬這下可嚇了一大跳，道：「衛大人，您是知道的，我早有妻室了呀。」

衛向書說：「我知道，李老先生也知道。李家原是前明大戶，人丁興旺，家道富足，現在是敗落了。李老先生是世上少有的散淡之人，只把榮華富貴當草芥，也不講究什麼傳宗接代，不然他喪妻之後早續弦了。如今見自己身體一日不如一日，只可憐月媛今後無依無靠。他明知你是有家室之人，仍想把女兒許配給你，既不是高攀你這個進士，也不覺著就委曲了自家女兒。他同你相處這些日子，知道你是個靠得住的人。」

陳廷敬聽著竟流起淚來，道：「李老先生如此厚待，我自是感激不盡。只是月媛妹妹聰明伶俐，又是有門第的女子，怎能讓她是這般名分？李家待我恩重如山，哪怕李老先生真有個三長兩短，我就把月媛養大，當自家妹妹尋個好人家也是行的，萬不能讓她委曲了。」

正說話時，李祖望扶著門框出來了。陳廷敬忙上前扶了，道：「前輩您要躺著才是。」

李老先生坐下來，喘了半日方才說道：「廷敬，好漢怕病磨啊。我活到這把年紀，從不在人面前說半個求字。你剛才說的話，我都聽見了。我若閉眼去了，求你把月媛帶著，待她長大成人，你是收作媳婦，還是另外許人，都隨你了。」

陳廷敬撲地跪了下來，流淚道：「老伯，您的身子不會有事的。您是我的恩人，月媛妹妹也是我的恩人，您萬萬不要說這樣的話，若您真有什麼事了，我好好帶著妹妹就是了。」

衛向書聽兩人說來說去，半日不吭聲。等到他倆都不說話了，他才說道：「這不是個話。廷敬，你若真想讓李老先生放心，就認了這門親事，我拿這張老臉來做個證人。」

陳廷敬想了半日，這才點了頭，道：「廷敬從命就是了，只是此事未能事先稟明父母，有些不妥。我自然會好好兒待月媛妹妹的，只是替她覺得委曲。」

李老先生鬆了口氣，臉上微有笑意，道：「你答應了，我也就放心了。」

衛向書又道：「話雖是如此，不能空口無憑。還要立個婚約，雙雙換了八字庚帖。」李老先生點點頭，望著陳廷敬。

陳廷敬只道：「都聽兩位前輩的。」

陳廷敬便不急著回山西去，日日在李老先生床前熬藥端茶。月媛畢竟年小，還不曉事，有回聽得陳廷敬喊爹，覺著好玩，道：「哥哥，你怎麼管我爹也叫爹呢？」

陳廷敬落了個大紅臉，不知怎麼回答。李老先生笑道：「傻孩子，妳叫他哥哥，他叫妳妹妹，妳叫我爹，妳哥哥不叫我爹了？」卻想再慢慢兒同月媛說去，又想要是月媛她娘還在就好了，同女兒說這些話做娘的畢竟方便些。

田媽在旁笑道：「往後咱家裡要改規矩了，我們得管陳公子叫老爺，管老爺叫老太爺。」

月媛越發不懂了，只是覺得像繞口令似的好玩。

只怕是因有了喜事，李老太爺的病眼見著慢慢好了。月媛也漸漸明白是怎麼回事了，她好像突然間就成了大人，見了陳廷敬就臉紅，老是躲著他不見人。老太爺日日催著陳廷敬回山西去，可陳廷敬仍是放心不下，總說過些日子再走不遲。張汧知道了這邊的事情，也沒有急著回去，一直在會館裡等著，反正兩人約好同去同來。

老太爺下床了，飯也能吃了，說什麼也得讓陳廷敬快快回家去。陳廷敬這才約了張汧擇日啟程。一日，兩人去翰林院拜別了衛大人出來，在午門外正巧遇著明珠。明珠老遠就打招呼：「這麼巧？在這兒碰著兩位進士了。」

陳廷敬拱手道：「見過明珠大人。」

張汧也拱手施禮，明珠見張汧卻是眼生。陳廷敬這才想起他倆並沒有單獨見過，便道：「這位是御前侍衛明珠大人，這位是新科進士張汧。」

張汧笑道：「在下只是個同進士。」

明珠卻道：「張兄您就別客氣了。我知道了，您二位是山西同鄉，前些日子都住在快活林客棧。」

陳廷敬笑道：「明珠大人是什麼事兒都心中有數，不愧是御前行走的人。」

明珠明白陳廷敬話藏機鋒，也不往心裡去，笑道：「近日皇上授了我鑾儀衛治儀正（注），索額圖也升了三等侍衛。」

陳廷敬連忙道喜。「恭喜了！如今您已是五品大員，再叫您大人，也不會謙虛了吧？」說罷三人大笑起來。

明珠拱了手，回頭便往宮裡去。他走了幾步，又轉過來說道：「兩位兄弟，您二位住的那快活林真是個風水寶地，今後來京趕考的舉人只怕會館都不肯去住了。」

陳廷敬問：「這話如何講？」

明珠笑道：「有人扳著指頭算過了，光是住在快活林的就中了五個進士，就連有個叫高士奇的老童生都沾了那風水的光。」

張汧笑道：「高士奇我倆是親眼見他叫一位高人相中，沒多時就去詹事府聽差了。」

明珠道：「您說的是祖澤深，他原是國子監的監生，考了兩回沒及第，又好陰陽八卦，就幹起了算命看相的營生。奇的是他神機妙算，在這京城裡頭很是有名，常在王公大臣家走動。高士奇也真讓他瞧準了，如今不光是在詹事府聽差，索額圖的阿瑪索尼大人還要保他入國子監。他將來有個監生名分，哪怕不中式，官是有的做了。」

聽得陳廷敬跟張汧眼睛直發愣，只感嘆人各有命。明珠又道：「還有更神的哪！」說到這裡，明珠便打住了，只道時候不早，他得進宮去了，日後有暇再慢慢道來。原來明珠本想說皇上誇了高士奇的字，這可是金口玉牙，保不定會給他帶來吉運。可轉眼又想高士奇是索額圖給的出身，他自己同索額圖卻是面和心不和的，就不想替高士奇揚這個善名了。

注　鑾儀衛治儀正：為中國古代官署名稱，在清朝為設置於皇宮的中央機構。通常為皇宮禮儀的雜務處理，也負責典禮的安全維護規劃。

11

陳廷敬出門那日，李老太爺跟大桂、田媽送到門外，只不見月媛。田媽說月媛知道怕羞了，早早兒躲起來了。月媛真的是躲在房裡不敢出來，可她聽得大門吱地關上了，胸口卻跳得更厲害，眼淚兒竟流了出來。小姑娘說不清這淚從何來，也不知道自己原來是捨不得陳廷敬回老家去。

陳廷敬去會館接了張汧，兩人結伴回家去。正是春好時日，沿路芳芬，軟風拂面，蝶飛蜂舞。人生得意，兩人一路稱兄道弟，縱酒放歌，酬詩屬對，車馬走得飛快。一日，張汧見車外風光絕勝，便道：「廷敬兄，此處山高林茂，風景如畫，下車走幾步吧。」

兩人就下了車步行，大順趕車慢慢隨在後頭。張汧又道：「廷敬兄，後人有喜歡寫戲的，把我們進京趕考的故事寫成戲文，肯定叫座。」

張汧像是說著玩的，心裡卻甚是得意。陳廷敬卻嘆了起來，道：「人生畢竟不如戲啊！是戲倒還輕鬆些。上妝是帝王將相，卸妝是草頭百姓。戲外不想戲裡事，千古悲歡由他去。可我們畢竟是有血有肉的男子漢，又讀了幾句聖賢書，就滿腦子家國天下。」

陳廷敬這麼一說，張汧也略感沉重，道：「我們十年寒窗，就是衝著報效家國天下來的，可這中間又太多的黑暗和不公。就說您點狀元的事，都說皇上原是要點您的，硬是讓咱們老鄉衛大人給攪了。」

陳廷敬忙說：「張汧兄，此話不可再提。哪怕當真，也是機要密勿，傳來傳去要出事的呀！」

張汧卻道：「可滿天下都在傳，說不定這話早傳到山西老家了。」

陳廷敬仍是說：「別人說是別人的事。從去年太原秋闈開始，我就官司不斷，總在刀口上打滾。唉，我真有些怕了。」

張汧道：「廷敬兄，咱們可是剛踏上仕途門檻，您怎麼就畏手畏腳了？」

陳廷敬道：「我不是畏手畏腳。君子有大畏呀！成大事者，必須有所敬畏。所謂大無畏者流，其實不過莽夫耳。」

張汧聽了陳廷敬這番話，甚有道理，拱手道：「廷敬高見。我覺著經歷了這回會試，您像變了個人。」

陳廷敬笑道：「張汧兄過譽了。不過這些日子，我躲在月媛家裡，我這位岳父大人成日同我說古道今，真的讓我頗受教益。老先生身藏巷陌，卻是通曉天下大事哪。」張汧只道李老伯真是個一流的人物，只可惜把功名利祿看得太淡了。

有段心事，張汧放在心裡不說出來，硬是悶得慌，便道：「廷敬兄，有件事情，我不明說，您也許早知道了。大比之前，高士奇找上門來，說他可以在李振鄴那裡替我說說話。我是鬼迷心竅，偏偏就聽信了他。後來李振鄴案發，送禮的舉人都被抓了起來。我惶惶不可終日呀！唉，這些話說出來我心裡就輕鬆了，不然見了您心裡老不是滋味。」

陳廷敬卻是裝糊塗，道：「我真不知道這事，只是擔心您那個硯臺出事。」

張汧紅了臉，卻又道：「廷敬兄，您說奇不奇？硯臺真是讓吳雲鵬發覺了，可他打開一看，裡頭裝著的《經藝五美》卻不見了。我嚇得快昏死過去，卻是虛驚一場。那裡頭原是裝了東西的，莫不是祖宗顯靈了？」

陳廷敬道：「是嗎？真是奇了。幸虧沒有出事。張汧兄，我原是勸你不用動歪腦子的，你憑自己本事去考就能中式。我說呀，你要是沒帶那個硯臺，心裡乾乾淨淨的，保管還考得好些。」

陳廷敬故意這麼說，就是要讓張汧心裡不再歉疚。張汧想想自己到底還是沒有作弊，心裡果然就放鬆了。陳廷敬嘴裡瞞得天緊，那硯臺裡的《經藝五美》原是他後來又去拿掉了。他不想叫張汧心裡尷尬，就裝什麼事都不知道。

張汧卻還在想那送銀子的事，道：「我就納悶，莫不是李振鄴瞞了些話沒吐出來？要麼就是高士奇昧了我的銀子？」

陳廷敬猜著肯定是高士奇吃了銀子，卻沒有說出來，只是勸道：「張汧兄，本是臨頭大禍，躲過就是萬幸，您就不必胡亂猜疑了。」

張汧卻道：「我改日要找高士奇問個明白。」

陳廷敬忙說：「萬萬不可！」

張汧硬是心痛那銀子，道：「真是他昧了我的銀子，我咽不下這口氣。」

陳廷敬說：「張汧兄，果真如此，這口氣您也得咽下。」

張汧卻說：「廷敬，您也是有血性的人，在太原可是鬧過府學的啊。」

陳廷敬長嘆道：「我要不是經歷了這些事，說不定還會陪著您去找高士奇。現在我就得勸您，此事就當沒有過。」

張汧望著陳廷敬，不解地搖頭。陳廷敬卻是神秘地笑笑，道：「您只記住，士奇兄是幫過您的。」

張汧聽著卻有些火了，道：「那我還得謝他不成？」

陳廷敬還是笑笑，道：「您是得謝他，無論如何，您得謝他。」

張汧問：「您好像話中有話？」

陳廷敬答道：「正是高士奇的貪，反而救了您的命！張汧兄，過去的事情，一概不要再提了。你只相信，這回中式是您自己考出來的，既沒有送人銀子，也沒有作弊。」

張汧這才搖頭長嘆：「廷敬兄，我是癡長十來歲啊！想到自己做的這些事，我就羞愧難當。」

陳廷敬卻想張汧原是三試不第，實在是考得有些膽虛了，再怕愧對高堂，因此才做出這些糊塗事來。

陳家老太爺早接到喜報了，家裡張燈結綵，只等著陳廷敬回來。也早知道少爺如今已叫廷敬，只道皇上這個名字賜得真是好。算著陳廷敬到家的日子快了，便一日三遭的派人騎馬到三十里以外探信。

這日家丁飛馬回來報信，說少爺的騾車離家只有十里地了。老太爺歡喜不盡，陳三金卻慌慌張張跑進屋裡回話：「老太爺，外頭有個身穿紅衣的道人，見著就像個要惹事的，說要求見大少爺。」

老太爺聽著奇怪，問：「道人？」

陳三金說：「這個道人傲岸無禮，我問了半日，他只說，你告訴他，我是傅山。」

老太爺大驚失色：「傅山？這個道人廷敬見不得。」

老夫人聽著老太爺這麼驚慌，早急了，問：「他爹，傅山是誰？」

老太爺低著嗓子說道：「他是反清復明的義士，朝廷要是知道廷敬同他往來，可不是好玩的呀。快快，廷敬就要回來了，馬上把這個人打發走。」

陳三金面有難色，說：「老太爺，這個人只怕不好打發。」

老太爺萬般無奈，只好說：「我去見見他。」

傅山五十歲上下，身著紅色道衣，飄逸若仙，正在陳家中道莊口欣賞著一處碑文。老太爺見了，略作遲疑，上前答話：「敢問這位可是傅青主傅山先生？在下陳昌期。」

傅山回過頭來，笑道：「原來是魚山先生。傅山冒昧打擾。」

老太爺臉上笑著，語氣卻不冷不熱：「不知傅先生有何見教？」

傅山朗聲而笑，說：「令公子中了進士，在下特來道賀。」

老太爺生怕兒子馬上就到了，只想快些打發傅山走人，便說：「陳某謝過了。只是陳家同傅先生素無往來，在下不知您見我家廷敬何事？」

傅山又是哈哈大笑道：「我知道，魚山先生是怕我給令公子帶來麻煩。」

老太爺委婉地說：「傅山先生義薄雲天，書畫、詩文、醫德醫術聲聞海內，想必不是個給別人添麻煩的人。」

傅山聽出老太爺的意思，便說：「貧道看得出，魚山先生不想讓我進門。」

話既然挑明瞭，老太爺不再繞彎子，道：「陳某不敢相欺，只好實言相告。我家廷敬已是朝廷的人，同傅山先生走的不是一條道。所謂道不同，不相與謀。」

傅山正色說道：「好，魚山先生是個痛快人。您說到道，我且來說說清廷的道。滿人偷天換日，毀我社稷，這是哪裡的道？跑馬圈地，強占民田，這是哪裡的道？留髮不留頭，留頭不留髮，這是哪裡的道？搶民為奴，欺人妻女，殺伐無忌，這又是哪裡的道？」

這時，遠遠的已看見陳廷敬的騾車，老太爺著急了。「傅山先生，我沒工夫同您論什麼道了。反正一句話，您不能見我家廷敬。三金，傅山先生是聲聞天下的節義名士，你們對他可要客客氣氣。」

陳三金明白了老太爺的意思，立即高聲招呼，飛快就跑來十幾個家丁，站成人牆圍住傅山，把他逼在了牆角。陳家老小出來了幾十號人，站在中道莊口。早有家人過來拿行李。原來陳廷敬把張汧也請了回來，想留他在家住幾日再回高平去。陳廷敬先跪拜了爹娘，再起身介紹了張汧。一家老小彼此見了，歡天喜地。

這時，人牆裡有人放聲大笑，高聲吟道：「一燈續日月，不寐照煩惱。不生不死間，如何為懷抱。」

老太爺心裡直敲鼓，生怕張汧知道傅山在此。張汧卻早已聽清了有人在吟傅山的詩，這詩在士林中流傳多年，頗有名氣。日月為明，所謂一燈續日月，暗裡說的就是要光復大明江山。張汧知道這話是說不得的，只當沒有聽見。

老太爺心裡害怕，只道：「來了個瘋子，不要管他。」

陳廷敬雖不知道那邊到底來的什麼人，卻想這中間肯定蹊蹺，便只作糊塗道：「張汧兄，我們進去吧。」

卻又聽傅山又在人牆裡喊道：「忘了祖宗，認賊作父，可比那瘋子更可悲。陳公子去年秋闈在太原鬧府學，尚有男兒氣。結果被狗皇帝在名字前面加了個廷字，就感激涕零，誓死效忠了。可悲可嘆呀。」

張汧仍是裝聾作啞，陳廷敬倒是尷尬起來，笑道：「張汧兄，您頭回上我家，就碰上如此敗興的事，實在對不住。」回頭又對他爹說：「爹，把這個人好好安頓下來，我待會兒見見他，看是哪方神仙。」

老太爺生氣道：「告訴你了，一個瘋子。三金，把他打出去！」

陳廷敬忙說：「爹，千萬動不得粗。三金，對這個人要以禮相待。」

陳廷敬請張汧進了客堂，家人上了茶來。敘話半日，陳廷敬道：「張汧兄，您去洗漱休息，我過會兒陪您說話。」

張汧笑道：「您不要管我，你們一家人好幾個月沒見面了，拉拉家常吧。」

家人領著張汧去了，老太爺忙說：「廷敬，來的人是傅山，這個人你見不得。」

陳廷敬說：「我早猜著他就是朱衣道人傅青主。傅山先生才學人品我向來敬仰。人家上門來了，我為何不能見他？」

老太爺急得直跺腳，道：「廷敬為何如此糊塗！傅山早幾年同人密謀造反，事洩被捕，入獄數年。只是審不出實據，官府才放了他。他現在仍在串聯各方義士，朝廷可是時刻盯著他的呀！」

陳廷敬說：「傅山先生學問淵博且不說，我更敬佩的是他的義節。」

老太爺又急又氣，卻礙著家裡有客人，又不敢高聲斥罵，只道：「廷敬你這說的是什麼話，你說佩服傅山的義節，不等於罵自己？我陳家忠於朝廷，教導子孫好好讀書，敬奉朝廷，豈不是背負祖宗？」

陳廷敬低頭道：「父親，孩兒不是要頂撞您老人家，只是以為小人沆瀣一氣，君子卻可以各行其道。我折服傅山先生的氣節，並不辱沒自己的品格志向。」

這時，陳三金進來了，道：「回老太爺，那個道人硬是不肯走，我們只好趕他離開。拉扯之間，動起手來了。好歹把他趕走了。」

陳廷敬忙問：「傷著人家了沒有？」

陳三金說：「動起手來哪有不傷人的？只怕還傷得不輕。」

陳廷敬呼地站了起來，說：「怎麼可以這樣！」

陳廷敬起身往外走，也不管父親如何著急。老太爺壓著嗓子喊道：「廷敬，你不管自己前程，也要管管陳家幾百號人身家性命。」

老夫人坐在旁邊一直不吭聲，這會兒急得哭了起來：「這可如何是好？廷敬中了進士，本是天大的喜事，怎麼麻煩一件接著一件？」淑賢站在婆婆身邊，也一直不敢說話，這會兒也急得直哭。

陳廷敬牽馬出門，飛快跑出中道莊。碰到個家丁，陳廷敬勒馬問道：「剛才那個紅衣道人往哪裡去了？」家丁抬手指指，說：「往北邊兒去了。」

陳廷敬飛馬追了上去，見傅山先生正閉目坐在樹下，忙下馬拜道：「晚生陳廷敬向傅山先生請罪。我的家人可傷著先生了？」

傅山仍閉著眼睛：「沒那麼容易傷著我。我要不是練就一身好筋骨，早死在官府棍杖之下了。」

陳廷敬道：「廷敬自小就聽長輩說起先生義名。入清以後，先生絕不歸順，不肯剃髮，披髮入山，做了道人。先生的詩文流傳甚廣，凡見得到的，廷敬都拜讀過，字字珠璣，餘香滿口。何況先生醫術高明，懸壺濟世，救人無數啊。」

傅山突然睜開眼睛，打斷陳廷敬的話：「不！懸壺並不能濟世。若要濟世，必須網絡天下豪傑，光復我漢人的天下。」

陳廷敬道：「晚生以為，天下者，天下人之天下也。種族不分胡漢，戴天載地，共承日月，不分你我。只要當朝者行天道，順人心，造福蒼生，天下人就理應臣服。」

傅山搖搖頭，道：「陳公子糊塗！非我族類，其心必異。」

陳廷敬始終站著，甚是恭敬，話卻說得不卑不亢：「傅山先生說的，雖是祖宗遺訓，晚生卻不敢苟同。今人尚古，首推強秦盛唐。秦人入主中原之前，逡巡函谷關外三百年，漢人視之如虎狼。後來秦始皇金戈鐵馬，橫掃六合，江山一統，漢人無不尊其為正統。再說大唐，當今天下讀書人無不神往，可唐皇李氏本姓大野，實乃鮮卑人，並非漢人。還有那北魏孝文皇帝，改行漢制，五胡歸漢，今日很多漢姓，其實就是當年的胡人。古人尚且有如此胸襟，我們今日為什麼就容不下滿人呢？」

傅山怒目圓睜，道：「哼，哪是漢人容不下滿人，是滿人容不下漢人！」

陳廷敬語不高聲，道：「當今聖上，寬大仁慈，禮遇天下讀書人，效法古賢王之治，可謂少年英主。」

傅山仍是搖頭，道：「陳公子抱負高遠，有匡扶社稷之才略。可國破家亡，活著已是苟且。不生不死間，如何為懷抱？你親歷鄉試、會考，險送性命。清廷腐敗，勿用多說！何不同天下義士一道，共謀復明大計，還明日朗月於天下。」

陳廷敬卻不相讓，道：「傅山先生，滿人作惡自然是有的。但就晚生見到的，敗壞國朝朝綱的，恰恰多為漢人，科場舞弊的也多是前明舊臣。事實上，清濁不分滿漢，要看朝廷如何整治腐敗。」

傅山望著陳廷敬，又是搖頭又是嘆息，良久才說：「看來陳公子是執迷不悟了。今日貧道所言，句句都可掉腦袋。陳公子，你若要領賞，可速去官府告發。太原陽曲城外有個五峰觀，我就在那裡，不會跑的。」

陳廷敬拱手施禮，道：「先生把我看成什麼人了？我還想請先生去寒舍小住幾日，也好請教請教。」

傅山道：「令尊對我說過，道不同，不相與謀。告辭。」

傅山說罷，起身掉頭而去。陳廷敬喊住傅山，道：「此去陽曲，山高路險。傅山先生，騎我的馬走吧。」

傅山頭也不回，只道：「不用，謝了。」

陳廷敬牽馬過去，說：「傅山先生，道雖不同，君子可以相敬。您就不必客氣。」

傅山略作遲疑，伸手接過馬韁，說：「好吧，傅山領情了。」傅山不再多話，跨馬絕塵而去。

老太爺在家急得團團轉，只道：「廷敬太糊塗了！我以為他經歷了這麼多事，又中了進士，應該老成了。怎麼還是這樣？他今日見了傅山，會有大麻煩的，趕快把他追回來。」

正說著，陳廷敬回來了。老夫人指著眼淚，說：「廷敬，你可把你爹急壞了。」

老太爺看見兒子回來了，稍稍放下心來，卻忍不住還要說他幾句：「廷敬，傅山先生的名節，讀書人都很敬佩，你爹我也佩服。可是，識時務者為俊傑呀！你今日肯定闖禍了，只看這禍哪日降臨到你頭上。」

陳廷敬卻道：「君子相見，坦坦蕩蕩，沒那麼可怕。傅山先生學問淵博，品性高潔，國朝正需這樣的人才。他既然上門來說服我，我為何不可以去說服他？」

老太爺又急又氣，道：「荒唐！幼稚！想說服傅山歸順朝廷的何止一人？很多比你更有聲望的人，帶著皇上的許諾，恭請他出山做官，他都堅辭不就。」

陳廷敬道：「正是像傅山先生這樣的人若歸順了朝廷，天下就會有更多的讀書人膺服朝廷。天下歸心，蒼生之福哪。」

老太爺沒想到兒子這麼強，只好說道：「廷敬，記住爹一句話，傅山這種人，是為氣節而活的，是為名垂青史而活的。百年之後書裡會記載他，可是現如今朝廷隨時可能殺了他。你不要為了這麼個人，毀了自己的前程。」

老夫人勸道：「好了，你們父子就不要爭了。家裡還有客人哪。廷敬，衙門喜報一到，知府大人、知縣老爺，還有親戚們都來道賀了。你改日還得去回禮。這會兒你什麼都不要管了，去陪你請來的客人吧。」

陳廷敬陪同張汧在自家院子裡四處看看，不時碰著忙碌著的家人，個個臉上都是喜氣。兩人來到院子西頭花園，但見山石嶙峋，池漾清波，花木扶疏。張汧道：「這裡倒是個讀書的好地方。」

陳廷敬笑笑說：「家父極是嚴厲，平常不讓我到這裡來，只准在書房裡面壁苦讀，長輩們忙著做生意，放著這麼大的園子，常年只有家傭們在這裡出入。」

陳家大院築有高高的城牆，爬到上頭可以俯瞰整座院子，但見大院套小院，天井連天井。張汧抬眼四望，連連感嘆：「您家聲名遠播，我早有所聞，只是沒想到有如此大的氣勢。您家祖上真叫人敬佩啊。」

陳廷敬笑道：「俗話說，小富由儉，大富由命。我看未必全然如此。我祖上一貧如洗，先是替人挖煤謀生，然後自己開煤礦，後來又煉鐵，做鐵鍋跟犁鏵生意，世代勤儉，聚沙成塔，方有今日。我家的鐵器生意現在都做到東洋跟南洋去了。」

張汧道：「我家原先也算是薄有貲財，到我祖父手上就漸顯敗相，一年不如一年了。家父指望我光宗耀祖，重振家業。」

陳廷敬忙說：「張兄一定會揚名立萬，光大門庭的。」

說話間張汧望見一處樓房高聳入雲，樣式有些少見，便問道：「那就是您家的河山樓嗎？外頭早聽人說起過。」

陳廷敬說：「正是河山樓。明崇禎五年，秦匪南竄，燒殺搶掠，十分殘暴。我家為保性命，費時七月，修了這座河山樓。碰巧就在樓房建好的當日，秦匪蜂飛蟻擁，直逼城下。好險哪！全村八百多人，倉促登樓，據高禦敵。從樓頂往下一望，下面赤衣遍野，殺聲震天。可他們儘管人多勢眾，也只敢遠遠的圍樓叫罵，不敢近前。歹人攻不下城樓，就圍而不攻，想把樓裡的人渴死、餓死。哪知道，我家修樓時，已在樓裡挖了口水井，置有石碾、石磨、石碓，備足了糧食，守他十日半月不在話下。秦匪圍樓五日，只好作鳥獸散。」

張汧道：「救下八百多口性命，可是大德大善啊！您家這番義舉，周圍幾個縣的人都是知道的。」

陳廷敬又說：「聽父親說，那次匪禍雖說全村人丁安然無恙，家產卻被洗劫一空，還燒掉了好多房屋。無奈之下，我家又傾盡家資，修了這些城牆。」

張汧悲嘆起來。「我家也正因那幾年的匪禍，一敗塗地了。遭逢亂世，受苦的就是百姓啊！」

陳廷敬卻道：「亂世之亂，禍害有時；太平之亂，國無寧日。」

張汧聽了這話覺著耳目一新，問道：「何為太平之亂？願聞其詳。」

陳廷敬說：「前明之所以亡，就是因為官場腐敗、閹黨亂政、權臣爭鬥、奢靡之風遍及朝野。這就是太平之亂啊。」

張汧拱手拜服，道：「廷敬言之有理。覆轍在前，殷鑒不遠啊！」

陳廷敬又道：「家父和我的幾位老師都囑咐我要讀聖賢之書，養浩然正氣。有志官場，就做個好官，體恤百姓，澤被後世；不然就退居鄉野，做個良師。月媛她爹也是這麼說的。唉，說到月媛這事，我還不知道怎麼同爹娘開口哩，又覺著對不住淑賢。」

張汧便說這是緣分，說清楚就沒事的。又見遠處山頭有片屋宇金碧輝煌，張汧問道：「那是什麼地方？」

陳廷敬道：「那是我家的道觀。張兄有所不知，我家敬奉道教，家裡每有大事也總在道觀裡操辦。說來有個故事，原來祖上有日遇一道人病得快死了，老祖宗把他領回了家裡。那時自己家裡也窮，卻把那道士養了兩個多月。等那道人病好了，便囑我祖宗在這個地方建屋，說這是方圓百里難尋的形勝之地，你家必會發達。後來果然就應了驗，祖宗就蓋了那座道觀。我這回中了進士，家父想請鄉親們看半個月戲，也是在那裡。道觀裡有戲臺子。」

張汧這會兒忍不住說道：「在您家門口吟詩的那位，我隱約瞥見是個道人，唸的竟是傅山的詩。廷敬兄，這種人可得小心啊！」

陳廷敬忙搪塞道：「聽管家說，是鄰村的一個瘋子，叫他們打發走了。」

張汧又道陳家世代仁義慈善，男孝女賢，沒有不發達的道理。兩人便是客氣著，說的自然都是奉承話。

12

張汧在陳家過了夜，第二日早早起身回高平老家了。他因急著回去給爹娘道喜，陳廷敬也不再相留。

送別張汧，一家人回屋說話。老太爺問：「外頭都說你本是中了狀元，硬是叫衛大人在皇上面前說壞話，把你拉下來了。說你原來是因為沒有給衛大人送銀子，可有這事？」

這事兒在陳廷敬心裡其實也是疑雲不散，可他在爹娘面前卻說：「哎呀，這話哪傳來傳去就變了。貢院裡面有人處處為難我，汙損了我的考卷。是衛大人把我的考卷從遺卷裡找出來，不然哪有今日！在京城裡拜師傅，投門生帖子，奉送儀禮，其實都是規矩，算不得什麼事。可衛大人連這個都是不要的，他會是個貪官？」

老太爺說：「原來是這樣，衛大人還真是個好官哪！」

淑賢身上已經很顯了，她坐在老夫人身邊，不停地捂嘴反酸水。老夫人見了，只道：「淑賢，妳不要老陪在這裡，進屋躺著去。」丫鬟翠屏忙過來扶了淑賢往屋裡去了。翠屏才十二歲，卻很是機靈。

淑賢進屋去了，老夫人叫家人們都下去，客堂裡只有陳廷敬跟他爹娘。老夫人這才問道：「敬兒，娘聽說你在京城又找了媳婦？」

陳廷敬頓時紅了臉，道：「娘是哪裡聽來的話？」

老夫人道：「娘聽淑賢講的，大順告訴了翠屏，翠屏就把這話說給淑賢聽了。」

陳廷敬道：「這個大順！」

老太爺半日沒有吭聲，這會兒發火了，道：「自己做的事，還怪大順？」

陳廷敬道：「我哪裡是要瞞著爹娘？我是想自己給您二老說。孩兒不孝，沒有事先稟告，但的確事出有因，又來不及帶信回來。」陳廷敬便把自己在京城差點丟了性命，多虧李家父女相救的事，仔仔細細地說了。又說了衛大人保媒，自己也是答謝人家救命之恩，這才應了這門親事。

老夫人聽得這麼一說，拉住兒子的手，又哭了起來：「娘沒想到，你在京城還吃了這麼多苦。李家父女可真是你的恩人哪！」

陳廷敬說：「要不是月媛妹妹搭救，我早命送黃泉了。」

老夫人回頭望了老太爺，道：「他爹，既然是這樣，我看這門親事就認了，這也是緣分啊。」

老太爺沒有說話，心想兒女的婚姻大事，再怎麼也得先回明瞭家裡，豈是自己隨便可以做主的。可聽兒子說了這麼多，老太爺慢慢的也沒有氣了，嘴上卻不肯說半句話。陳廷敬知道爹的脾氣，不管他心裡怎麼想，嘴上總是厲害的。

陳廷敬應了這門親事實是不得已，他對李老先生既是敬重又是感激，月媛雖小卻也甚是聰明可愛，只是覺得自己兩頭都對不住人，便說：「我既對不住淑賢，又覺得月媛委曲了。人家畢竟是有門第的女子，怎能就讓她伏低做小呢？」

老夫人想了想，道：「淑賢那裡，娘去說。這孩子通情達理，不是那拈酸吃醋的人。月媛將來長大了，你收她做了媳婦，依淑賢的脾性也不會刻薄她的。我同你爹，只要理兒順，什麼都想通了。你既然在人家跟前叫了爹，又有了婚約，你就得盡兒輩的孝行。你那邊岳父還病著，家裡這邊你拜拜親戚朋友，沒事了就早早動身回京城去吧。」

老太爺這才開言講了一句話：「記住你娘講的。」

陳廷敬在家走親訪友四十來日，老夫人就催他進京城去，只道爹娘身子都還硬朗，家裡大小事都有人操持，你如今是朝廷的人了，總要以自己的差事為重。陳廷敬心裡卻是兩難，又想多陪陪爹娘，又擔心京城岳父的身子。想那岳父若仍是病在床上，月媛妹妹就真可憐了。

陳廷敬有個弟弟，原來也是單名一個統字，如今陳家兄弟都遵了聖諭將廷字作了字輩。廷統跟大順差不多年紀，纏著爹娘說了多次，想隨大哥到京城去讀書。陳廷敬是知道這個弟弟的，性子有些不實，只恐他到京城裡去學得越發輕浮了，總是不答應。廷統便是又哭又鬧，只說爹娘偏心，眼見著大哥中了進士，凡事都只聽大哥的。到底兄弟姐妹都怕老爹，老太爺最後發了脾氣，廷統才不敢再鬧。陳廷敬又是好言相勸，囑咐廷統在家好好讀書，將來有了功名自然要到京城去的。

大順仍是要跟著少爺去的，他卻去問了翠屏，道：「老太爺讓我去京城侍候大少爺，你去嗎？」

翠屏平日見了大順就臉紅，道：「你去你的，問我做什麼！」

大順道：「妳去看看嘛，京城世面兒大，有很多妳見不著的東西。沒事我每日帶著妳去玩。」

翠屏連脖子都紅了，說：「你想見世面，你去就是了，別老纏著我。少奶奶還在花園裡等著我送東西去哩。」

翠屏轉身走了，大順心裡著急，又不敢追去。翠屏原是送針線去的，淑賢要自己給陳廷敬縫幾件衣服。淑賢對翠屏說：「大少爺去京城，沒個人照顧，大順又只知道貪玩，我放心不下。翠屏，妳隨大少爺去好不好？」

謙吉跟著媽媽在這兒玩耍，不等翠屏答話，他倒先說了。「我跟爹到京城去。」

服。

淑賢惱兒子，道：「你也不要娘了！」她雖是逗兒子玩的，可這話說來心裡還是有幾分不舒

翠屏早又紅了臉，低頭說：「我想在家跟著少奶奶。」

淑賢望著翠屏，忍不住抿嘴而笑，道：「妳就別在我面前假模假樣了。知道大順要去，妳成天沒了魂似的。」

翠屏急得要哭，說：「少奶奶，您這麼說，就冤枉死我了。」

這時，屋裡傳來琴聲，淑賢心慌起來，不小心扎著了手。原來是陳廷敬在屋裡撫琴。翠屏忙捉住少奶奶傷著的手，說：「少奶奶您放心不下，您就同老太太說，跟著去京城嘛。」

淑賢笑笑，嘆道：「爹娘都這把年紀了，我怎麼走得開。」

淑賢不再說話，邊縫衣服邊聽著琴聲。過會兒，琴聲沒了，淑賢就怔怔的望著池塘出神。池塘裡蓮花開了，幾隻蜻蜓在上頭且飛且止。謙吉在池塘邊追著蜻蜓，淑賢囑兒子別亂跑，可別掉進塘裡去了。

翠屏猛地抬頭，看見陳廷敬過來了，忙站了起來，說：「大少爺，您坐，我去倒杯茶。」

翠屏走開了，陳廷敬道：「淑賢，衣服都夠了，妳歇著吧。」

淑賢卻答非所問，道：「我想讓翠屏也跟您去京城，好有個照顧。」

陳廷敬答話也是牛頭不對馬嘴，說：「我知道您心裡不好受，我想也許這是老天的安排吧。」

淑賢低頭說：「哪裡啊，我打心眼兒裡感謝人家哪。爹娘都說人家是我們恩人，我哪能做個忘恩負義的人？」

陳廷敬道：「要不，我同爹娘說，帶妳去京城。」

淑賢搖頭半日，說：「我為月媛的事生過氣，已是不賢；再跟您去京城，放下老父老母不管，又是不孝了。我不去。」

謙吉不曉事，總在旁邊胡鬧，吵著要娘帶他跟爹到京城去。翠屏知道大少爺同少奶奶有話要說，故意磨蹭半日才送了茶來，老遠就碰得花園的樹枝啪啪響。陳廷敬同淑賢就不說話了，相對默坐。淑賢心裡沉沉的，見翠屏這會兒才來，不免說道：「倒杯茶去了這麼久，是去街上買茶葉去了，還是去井裡挑水了？我就知道妳沒心思了，明日就跟大順到京城去。」

翠屏叫淑賢這麼說了幾句，眼淚倒黃豆似的滾了出來。這時陳廷統跑了過來，說：「哥，張汧先生家裡送信來了。」陳廷敬看了信，原來張汧母親病了，暫時走不了。

時序已是深秋，陳廷敬在中道莊口辭別爹娘，就要去京城了。先已在家祠裡拜過祖宗了，這會兒才要上車，陳廷敬又跪下來再次拜過爹娘。陳家幾十口人都來相送，又圍了上百鄰家，有過來道別的，也有只是看熱鬧的。老太爺再三囑咐，「廷敬，身處官場，謹慎為要。該說的話，爹都說過了。你今後不管做到多大的官，且莫忘了上報聖恩，下撫黎民，不枉讀了聖賢書。」

陳廷敬道：「孩兒謹記父親教誨。」

老夫人道：「敬兒，家裡有淑賢，你就放心吧。」

陳廷敬知道夫人快生了，自然也是放心不下，便道：「淑賢，爹娘就全靠妳了，妳也要照顧自己的身子。」

淑賢點點頭，道：「逐漸天涼了，小心加衣服。謙吉，到娘這裡來，爹要走了。」

原來謙吉一直抱著爹的腿不放，淚眼汪汪的。陳廷敬躬身抱起兒子，笑道：「謙吉不哭，爹會從京城裡給你帶好吃的回來。你在家好好讀書，長大了也去京城。」

丫鬟上前抱了謙吉下來，謙吉哇地哭了起來，只吵著不讓爹走。謙吉這麼一哭，家裡幾個大人也哭了起來。老夫人只道廷敬進京城做官去哩，好好的大家哭什麼呢？自己說著，卻是眼淚直淌。翠屏是要隨著去的，她心裡歡喜，只顧瞅著大順抿著嘴兒笑。這會兒大家都哭了，她也忍不住哭了起來。

陳廷敬進京用的是兩架騾車，陳廷敬同翠屏同車，車由大順趕著。行李專用一車，另外隨了個家丁黑子趕車。大順在車上不時地回頭，翠屏臉上緋紅，只是拿眼睛瞪他。陳廷敬沒在意兩個小孩子，一心顧在車上看書。

到了太原，陳廷敬去巡撫衙門拜訪了撫臺大人吳道一。如今陳廷敬已不是往日的階下囚，吳道一甚是客氣，在衙內設宴款待，還封了三百兩程儀送上。陳廷敬在太原盤桓幾日，拜訪了幾位舊知。又想那傅山實在是個人物，便瞞著人獨自去了五峰觀。怎料傅山先生雲遊去了，陳廷敬心裡甚是遺憾，悵然而歸。

13

陳廷敬一路上跑得飛快，只二十來日就到京城了。正入城時，忽聽人聲喧嘩。撩開車簾望去，但見十數輛囚車迎面而來。原來正是秋決之期，囚車上押的竟是李振鄴、吳雲鵬等問斬的人。十幾個劊子手身著紅衣，雞血塗面，持刀走在後頭。陳廷敬心頭不由得緊了，心想怎麼一進城就碰著這等事。

騾車逕直去了李家。門外人還沒下車，門裡卻是月媛正在同爹說話。月媛見牆角老梅樹正含著苞，便說：「爹，梅花又要開了。」

老太爺道：「梅花要開了，廷敬他就該回來了。日子可過得真快呀。」

田媽笑道：「老爺，家裡可有個人總嫌日子過得慢。」

老太爺聽了，望著月媛，慈祥而笑。

月媛紅了臉，嗔怪田媽，道：「田媽老是笑話我！您老不照樣每日念著廷敬哥哥。」

正巧這時，響起了敲門聲。田媽跑去開了門，喜得大聲喊了起來：「老爺，小姐，快看看誰回來了！」月媛頓時愣住了，低頭看看自己衣服，又想跑回去照照鏡子，腳卻像釘在地上似的動不了。

陳廷敬已轉過蕭牆，笑吟吟地進來了，喊道：「爹，月媛妹妹，我回來了。」

田媽笑道：「真是菩薩保佑，爺兒倆才說到廷敬廷敬的，就到家了。」

大桂說：「讀書人說，這叫說曹操曹操到。」

陳廷敬向田媽跟大桂道了辛苦，便叫大順、翠屏、黑子過來見過老爺。大順跟翠屏是要留在京城的，黑子玩幾日就回山西去。大順同黑子只知站那裡嘿嘿地憨笑，翠屏到底女兒家嘴巧些，恭恭敬敬行了禮，道：「翠屏見過老爺。翠屏年紀小不曉事，老爺以後多多管教。」又轉臉望了月媛，道：「您肯定就是月媛小姐了。大少爺在家裡老說起您。」

月媛頓時紅了臉，想說什麼又沒有說出來。

陳廷敬見老太爺氣色還好，便說：「爹，您身子養好了，我就放心了。我在家就擔心您的病。」

老太爺道：「多虧了月媛和田媽。」

陳廷敬望著月媛，說：「月媛妹妹，妳瘦了。」

月媛低著頭說：「您黑了。」

田媽笑了起來，說：「一個瘦了，一個黑了，怎麼我都沒有看出呀。」

說得大家都笑了起來。田媽又說：「大家光顧著高興，不知道搬行李，又不知道進屋去坐。」

大桂便領了大順跟黑子搬行李，老太爺同陳廷敬進屋說話去。月媛同翠屏仍是站在外頭說話，兩人年紀差不多大，也沒什麼主僕之分。田媽進屋倒了茶水，出來幫著拿行李。

老太爺問了陳廷敬家裡大人，又問路上是否還順暢，路上都拜見了什麼人。陳廷敬一一回了，說道：「進城就碰著十幾輛囚車，押的正是李振鄴他們，怕是有些晦氣。」

老太爺卻道：「我是不信這個的，你也不必放在心上。」

陳廷敬其實也是不信的，只是見著李振鄴他們殺頭，想起自己經歷的那番生死之難，不由得敗了心情。

閒話會兒，老太爺突然嘆道：「廷敬，衛大人只怕有麻煩了。」

陳廷敬嚇一大跳，問道：「什麼麻煩？」

老太爺道：「還不是得罪人了！」

原來這回問了斬的有和碩莊親王博果鐸的兒子哈格圖，事情就麻煩了。那哈格圖在兵部當差，才叫皇上封了貝勒，莊親王很是疼愛。哈格圖春闈之際居間穿針引線，同李振鄴沆瀣一氣，詐了不少錢財。皇上這回鐵了心，不管他皇親國戚三公九卿，只要罪證坐實了，問斬的問斬，充發的充發。莊親王原是世代勳舊，他自己又素有戰功，平日通不把別人放在眼裡。索尼、鰲拜等眾多大臣早看他不順眼，正好要殺殺他的威風，便拿他兒子開刀了。莊親王在皇上前面自是不敢亂來，也不敢明著對索尼等大臣怎麼樣，可他心裡那口惡氣卻總是要出的。近日慢慢的傳出話來，非得問了衛向書的罪。

陳廷敬很是擔心，問道：「爹，您是聽衛大人自己說的嗎？」

老太爺說：「衛大人到家多次，都說到這事。春闈之後，皇上叫衛大人同索尼、鰲拜一道審李振鄴的案子，他便扯上了干係。巧的是今年山西中式的人又多，便有人硬說衛大人自己得了好處。」

陳廷敬道：「就只看皇上的了。」

老太爺說：「官場上風雲變幻，天知道結果又會怎麼呢？」

陳廷敬每日上翰林院去，他見衛大人全然不像有事的樣子。衛大人同陳廷敬也沒別的話說，說也總離不開讀書二字。原來新科進士悉數入翰林院庶常館，三年之後方能散館派差。若不是皇上召對，衛大人也整日待在翰林院裡。

日子過得很平靜，陳廷敬終於放下心來。他哪知道衛大人的危險並沒有過去，他自己脖子上也有把刀在慢慢落下。莊親王慢慢打聽知道，李振鄴的案子原來是叫陳廷敬說出來的。

莊親王本是魯莽武夫，他這回不知怎麼很沉得住氣，直到大半年之後才發作起來。有日，莊親王乘轎去了索尼家，揮著老拳擂門，門房是認得這位王爺的，才說了句進去報老爺，就叫他一掌過去打翻在地。莊親王直往裡奔，一路破口大罵：「索尼，你這個狗東西，給我滾出來！」

索額圖聽得有人撒野，黑臉跑了出來，見是莊親王，馬上恭敬起來。「王爺您請息怒，有話進屋說吧。」

莊親王怒道：「有什麼好說的？你阿瑪殺了我的兒子，我要以命償命！你摸摸自己的腦袋！」

索尼早迎了出來，連連拱手，道：「王爺，您老痛失愛子，我也十分傷心呀。」

莊親王老淚縱橫，哭喊起來。「當年我兩個兒子隨老夫出征，戰死沙場，現只留著哈格圖這根獨苗，竟叫你殺了。」

索尼道：「哈格圖串通李振鄴收受賄賂，可是鐵證如山哪！事情要是沒到皇上那裡還好說，到了皇上那裡我就沒有辦法了。」

莊親王鬧開了，越發說起渾話。「皇上都是叫你們這幫奸臣蒙蔽了。」

索額圖在旁賠小心，道：「王爺，您老進屋歇歇，自己身子要緊。我阿瑪您老是知道的，他是塊軟豆腐，皇上著他同鰲拜、衛向書一塊兒查案子，他們倆的脾性您老也不是不知道。」

莊親王道：「索尼，我可要血債血償。衛向書自以為是包公再世，不也是個混帳東西？今年山西中了八個舉人，他給陳廷敬會試、殿試都點了頭名，幸得皇上還不算糊塗，不然連狀元也是他這個山西人！告訴你索尼，你只別讓老夫抓住把柄，不然老夫先劈了你再說！」

索尼倒是好性子，只是拱手不迭。「王爺，您請息怒，進去喝杯茶吧。」

莊親王吼道：「喝茶？老夫恨不能喝你的血！」莊親王叫罵半日，拂袖走了。

索尼父子忍氣吞聲，恭恭敬敬送莊親王出了門。莊親王上轎走了老遠，這邊還聽得見他的叫罵聲。回到屋裡，索額圖拍桌打椅，只道恨不得殺了這老匹夫。索尼便罵兒子沒腦子，不是個成器的樣子。

索額圖氣憤道：「我們就讓這老東西欺負不成？」

索尼道：「說到底他兒子是皇上要殺的，又不是我殺的。他也不敢真欺到我的頭上。博果鐸平日最是個沒腦子的人，為什麼這回兒子被殺了他能忍這麼久？他鬧到我家裡只罵了半日就走了，這又是為什麼？」

索額圖被他阿瑪問得木頭木腦。索尼道：「你凡事要用腦子。博果鐸能忍這麼久，肯定是有人勸住他了，說明他後頭是有一幫人的。他罵幾句就走了，為的是做個樣子給我看，殺人的事仍是要我們自己來做。」

索額圖問：「阿瑪知道他想殺誰？」

索尼道：「你聽不出來？他想殺衛向書和陳廷敬。」

索額圖仍覺莫名其妙，道：「外頭都已知道，李振鄴的案子就是陳廷敬說出來的。博果鐸想殺陳廷敬，還說得過去。可他為什麼要殺衛向書呢？」

索尼道：「陳廷敬不過是個位卑微的新科進士，只殺他是不解氣的。還得殺個大臣，博果鐸才覺著出了這口惡氣。衛向書出任會試總裁，王公大臣們原先向李振鄴打了招呼的人都不作數了。衛向書後來又同我共審科場案，正好山西今年中式的人多，有把柄可抓。」

索額圖道：「衛大人跟陳廷敬都要成冤死鬼？」

索尼搖頭道：「哪有什麼冤不冤的！殺人不需要理由。莊親王他們只是想出口氣，殺你、殺我、殺別人，沒有區別，只看誰好下手。」

索額圖道：「阿瑪，您得想想辦法，我們不能坐以待斃呀。要不先奏明皇上？」

索尼望了兒子好半日，長長地嘆了口氣，說：「索額圖呀，你阿瑪我事君幾十年，悟到一個道理，天底下最靠不住的就是皇上。」

索額圖驚得大氣都不敢出，只望著阿瑪發愣。索尼悄聲兒囑咐兒子，說：「皇上有時候是可以借來用用，但終究還是要我們靠自己。」

索額圖聽著更是糊塗，瞪大了眼睛聽他阿瑪說下去：「皇上拿著最頭疼的就是莊親王這幫老傢伙。我琢磨著皇上最後還是得給他們些臉面的。」

索額圖憤然道：「臉面？他們要的這個臉面，在人家身上可是腦袋！阿瑪，我家也是世代功動，怕個什麼？只要我兄弟們披掛上馬，振臂一呼，立馬可以擁兵數萬。」

索尼跺腳大罵：「魯莽！糊塗！荒唐！我告訴過你，遇事得動腦子。愛新覺羅家同咱們一塊兒共謀大事，為何人家成了皇家正統，咱們只能追隨左右？就因愛新覺羅家不但會動刀槍，還會動腦子。」

索額圖聽著心裡不服，嘴上卻不敢再說什麼。索尼想了想，又道：「別慌，我們可以把殺人的事讓鰲拜來做。你去拜訪鰲拜，你得這麼同他說。」索尼告訴兒子如何行事，一一仔細囑咐了。

索額圖去了鰲拜府上，先道了安問了好，再把莊親王如何上門叫罵，添油加醋地說了，道：「莊親王說先到我家裡罵人，改日還要上您府上來。」

鰲拜怒道：「那老東西，老夫等著他來！」

索額圖依著阿瑪之意，先把鰲拜激怒了，再說：「鰲大人，您老不必生氣。莊親王的意思是想殺了衛向書和陳廷敬，不然他心頭不解恨。」

鰲拜拍著炕緣，道：「放肆！整治科場腐敗是皇上的旨意，我同令尊大人可是奉旨辦案。」

索額圖道：「我阿瑪是塊軟豆腐，脾氣又好，凡事都是聽您的。」

鰲拜聽了這話，眼睛瞪得燈籠大，道：「怎麼？得罪人了，你阿瑪就想把事兒全賴在我身上？」

索額圖道：「我阿瑪可沒有啊！都是莊親王說的。他在我家罵了半日，罵我阿瑪辦事沒主見，凡事只聽鰲大人您的。飯桶，豬腦子，什麼難聽的話都叫他罵了。」

鰲拜望著索額圖冷笑道：「你阿瑪和我同朝事君多年，我知道他是個老狐狸。」

索額圖道：「我阿瑪膽兒小，不像鰲大人您，精明果敢，深受皇上器重。鰲大人，小侄專此拜訪，真是為您好呀。」

鰲拜問道：「為我好？你倒是說說怎麼個為我好？」

索額圖就照著父親的話說：「李振鄴身後原是有人的，如今他被殺了，給他撐腰的人都沒了臉面，就慫恿著莊親王出頭。莊親王兒子被殺了，他正要那些人幫著他鬧事哩。如果不殺了這兩個人，莊親王他們氣就不順，您往後的事情就不好做。」

鰲拜道：「賢侄呀，你隨我扈從皇上多年，知道我的脾氣。要殺幾個人，在老夫這裡沒什麼難的，編排些事兒讓皇上點頭就行了。可是他們畢竟冤哪。」

索額圖說：「鰲大人，其實莊親王他們只是想出口氣，殺誰都一樣。」

索額圖說罷這話，故意眼睛怪怪地望著鰲拜。鰲拜聽出索額圖的意思，立馬雷霆大怒，道：「你的意思，莊親王他們還想殺我？」

索額圖低頭賠罪，道：「小侄怎敢這麼想？我只是琢磨莊親王他們的意思。」

鰲拜陰了臉瞪著索額圖，瞪得他頭皮都發麻了，半日才冷笑道：「捉拿李振鄴是皇上親口下的諭示。外頭傳聞是陳廷敬告發了李振鄴，可話是怎麼從陳廷敬口裡出來呢？外頭可有兩種說法，有人說是你問出來的，有人說是明珠問出來的。賢侄，我要向莊親王他們交差，是殺你呢？還是殺明珠呢？」

索額圖聽了這話心裡並不害怕，卻做出請罪的樣子，跪了下來，說：「小侄無能，被明珠要了。皇上著我押陳廷敬去順天府，半路上陳廷敬被人劫了，卻讓明珠神不知鬼不覺地找到了，正是明珠從陳廷敬那裡問出了科場案。」

鰲拜大聲喝道：「賢侄的意思是我把明珠也殺了？你回去轉告令尊大人，殺幾個人小事一樁，可你今日說的這些話，哪句敢攤到桌面上來！」

索額圖嘴上也是不軟，道：「鰲大人您是知道的，有些事情做起來真是不會攤到桌面上來的。」

索額圖請了安告辭回去了。他把鰲拜的話一五一十告訴了阿瑪，只道老匹夫油鹽不進。索尼卻是搖頭而笑，道：「傻兒子，鰲拜這麼容易就答應你把誰殺了？你只要把話傳給他就得了，他會好生想想的。」

索額圖走了沒多久，鰲拜著人把明珠叫到了府上。明珠聽說索額圖挑唆著鰲拜殺他，又驚又恨，道：「鰲拜大人，他們索尼家可沒一個真正忠心朝廷的人哪。」

鰲拜點頭道：「索尼這傢伙我是知道的。他和我共同奉旨辦案，現在得罪人了，他就諉過於我，還要我出面殺人。也只怪老夫平日逞能慣了，外頭看著只要是我到場的事，都是我幹的。索尼遇事可以諉過，我是沒處可推。看來我不做做樣子，過不了這一關的。」

明珠卻道：「我看大人您做樣子是給莊親王他們看，莊親王他們可是做給皇上看的。」

鰲拜對明珠立時刮目相看，道：「明珠，老夫沒有看錯，您果然精明過人哪！您說的這句話，老夫只敢放在心裡，可不敢當人說出來。」

明珠道：「皇上幼年登基，長年依著那些王爺，日久成習呀。皇上親政以後，天下人都仰望著皇上成就一代英主，可有些王爺不樂意。」

鰲拜嘆道：「老夫身經百戰，不知道什麼叫怕字。一個貝勒殺了就殺了，怕什麼?可我得顧及朝廷安寧。身為人臣就得替皇上著想，替大局著想。正是你說的意思，他們是想殺幾個人告訴皇上，他們也是惹不起的，皇上不能想殺誰就殺誰。他們想讓我替他們殺人，把人頭都點好了——衛向書、陳廷敬，還有你。」

明珠撩衣而跪，慨然道：「鰲大人，您如有難處，請拿我開刀。只要換得君臣和睦，朝廷太平，明珠萬死不辭！只是明珠請放過陳廷敬。」

鰲拜好生奇怪，問道：「您如此護著陳廷敬，這是為何?」

明珠回道：「陳廷敬英才難得，皇上對明珠有過密囑。」

鰲拜卻道：「殺你自然就得殺陳廷敬。莊親王他們知道是你從陳廷敬嘴裡問出科場案的。」

明珠仍是跪著，脖子挺得直直的，說：「明珠的腦袋就在肩上扛著，現在即可拿下。鰲大人，陳廷敬可萬萬殺不得！」

鰲拜哈哈大笑，道：「明珠快快起來說話。我猜出來了，你如此死死護著陳廷敬，其實就是護著自己的腦袋。你知道自己的腦袋同陳廷敬的腦袋是連在一起的。老夫倒有個辦法，只殺衛向書和陳廷敬，保您在莊親王他們面前做個好人。」

明珠只當沒聽懂鰲拜的話，眼睛瞪得老大，聽他慢慢講下去。鰲拜說：「陳廷敬回到山西同前明餘孽傅山打得火熱，我們可以拿這個做點文章。你呢?則放出風去，叫人相信正是陳廷敬道出科場案實情。誰都知道當時是索額圖奉旨捉拿陳廷敬。」

明珠聽明白了，問道：「鰲大人意思是要讓外頭知道，這回查出科場案立下頭功的是索額圖？」

鰲拜點頭道：「正是這個意思。」

明珠仍是不解，問：「可是陳廷敬交結傅山跟告發科場案，這兩樁事風馬牛不相及呀。」

鰲拜得意而笑，道：「我們要的就是風馬牛不相及。誰敢拿科場案的事治陳廷敬的罪？問衛向書的罪好辦些，我已收到告發他的摺子了，正好上奏皇上哩。」

第二日，鰲拜去了乾清宮密奏皇上，道：「臣接密報，陳廷敬回山西時同前明餘孽傅山過從甚密。」

皇上其實早就接到吳道一的密奏了，卻故作糊塗。「是嗎？朕怎麼不知道這件事？真是那樣的話吳道一應該密奏才是。」皇上原來對吳道一所奏將信將疑，只因去年太原秋闈案陳廷敬同山西巡撫衙門是有過節的。又想吳道一因了這樁公案如今戴罪聽差，故意要找陳廷敬的麻煩也說不準。

鰲拜沒料到皇上對這事不太在意，便又道：「陳廷敬天資聰慧，才識過人，皇上甚是賞識，這臣也知道。只是此人少年老成，深不可測，萬一他交結前明餘孽真屬實情，就怕養虎為患呀。」

皇上倒是越聽越起疑心，道：「鰲拜，你是朕的肱股之臣，朕最是信任。你就明說了吧，你的用意到底何在？一個剛剛進士及第的書生，犯得著你把他放在心上嗎？」

鰲拜道：「我皇聖明，臣不敢欺君，只是如實上奏而已。臣這裡還收到摺子，正要進呈皇上，告的是衛向書身為會試總裁，忘天下之公而偏同鄉之私，山西一省竟有八人中式。」

皇上這回完全明白過來了，笑道：「鰲拜，你還說不敢欺君。老實說，科場案辦完了，有人找麻煩來了是嗎？」

鰲拜暗自敬服皇上機敏過人，又想事情既然都挑明瞭，不如把來龍去脈說開算了。他原想順了莊親王的意，殺了衛向書幾個人了事，自己往後也好行走。如今卻想乾脆讓皇上自己出來了斷，把莊親王那夥人都收拾了，他日後做起事來更方便些。鰲拜打好了主意，便故意說道：「臣說句該死的話，莊親王他們不是找臣的麻煩，是找皇上的麻煩。」

皇上聽了果然大怒，直道真是反了！鰲拜忙跪下請罪，罵自己不該惹皇上生氣，只是勢不得已，非如實奏來不可。皇上發完了脾氣，慢慢緩和下來，問道：「說吧，他們想怎麼辦？」

鰲拜回道：「他們想殺了衛向書、明珠和陳廷敬。」

皇上又問：「這幾個人頭是誰點的？」

鰲拜說：「索額圖說是莊親王他們的意思。」

皇上冷笑道：「朕想這是他阿瑪索尼的意思。索尼想用這幾個人頭去討好莊親王他們。」

鰲拜想皇上真是神了，錙銖毫釐都瞞不過皇上那雙法眼，便道：「皇上聖明，臣私下裡也是這麼猜度的。」

皇上說：「這事朕知道了。鰲拜，前明餘孽蠢蠢欲動，不得不防，但也不必弄得風聲鶴唳，杯弓蛇影。你下去吧。」

鰲拜謝恩出宮，心想只等著皇上決斷了。皇上親政以來，那些個王爺們一會兒獲罪，一會兒昭雪，一會兒褫號籍沒，一會兒追封復爵，威風都殺得差不多了。攝政王多爾袞功高蓋世，他死後皇上都要追討罪責，何況莊親王？

14

這日夜裡明珠宿衛乾清門，皇上召他進宮說話。明珠跪見了，皇上默視良久，只遞了個摺子給他，也不吭聲。

明珠捧接了摺子，原來是山西巡撫吳道一的密奏，上頭寫道：「陳廷敬回鄉之日，傅山專赴陳宅密訪。陳廷敬赴京過太原拜會罪臣，旋即造訪陽曲五峰觀會晤傅山。因傅山行事甚密，且身邊盡是黨羽，無法探知詳情。罪臣以為，傅山恃才自傲，故作清高，密結黨社，反心昭然。陳廷敬同其往來，其心叵測，不得不防。如何處置傅山，恭請聖裁。罪臣山西巡撫吳道一密奏。」

明珠讀罷摺子，皇上才道：「陳廷敬回山西時同傅山有所來往，你同陳廷敬打過交道，朕想讓你暗中留意著。傅山在天下讀書人心目中很有聲望，萬不得已不可動他。為保國朝江山永固，朕最需要的就是讀書人。此事甚密，不可說與任何人。」

明珠道：「臣知道如何行事。」

明珠剛才留意了摺子具款日期，見這密奏已是半年前的事了。為何皇上這個時候才把摺子給他看？明珠心裡裝著這個疑惑，便猜皇上對陳廷敬有投鼠之忌。

皇上又道：「前明宗室早已斷絕餘脈，可有些讀書人卻不識時務，逆天而行。朕憂的不是他們謀反，料他們也沒有能力謀反；朕憂的是他們不順，這可關乎人心向背之大局。」

明珠奏道：「臣以為，皇上仁德廣施，澤被天下，只要假以時日，必會萬民歸心。至於少數讀書人，皇上不必放在心上。」

皇上搖頭道：「明珠呀，滿人中間少有你這樣的讀書人，可你畢竟沒有讀通漢人的書哪。漢人中的讀書人，標榜自己以天地之心為心，百姓也就把他們的心當做天地之心。讀書人雖然不多，卻一個也小視不得。」

明珠忙請罪道：「臣糊塗，謝皇上教訓。」

皇上嘆道：「朕雖然不怕他們謀反，但話又說回來，大風起於青萍之末（注），仍需防微杜漸。傅山他們要串聯，就讓他們串聯，不必驚動他們，暗中看著就是。一旦膽敢輕舉妄動，嚴懲不貸。」

明珠退身出宮，卻見衛向書大人早候在外頭了。他心想皇上夜裡很少召見臣工的，想必是為著莊親王那樁事。又想鰲拜肯定是奏過皇上了，不然皇上不會這麼急著就要召見衛向書。只是不知道皇上會如何處置這樁麻煩事？明珠朝衛向書恭敬地道了個好，自個兒回乾清門去。

衛向書躬身進宮，太監引他進了西暖閣。皇上正端坐炕上，望著衛向書微笑。衛向書上前跪拜了，皇上微微點頭，說道：「起來坐吧。」

太監便搬了張椅子過來，放在衛向書身邊，道：「衛大人，您請坐吧。」

衛向書甚覺奇怪，惶恐地望著皇上，仍是跪著。原來皇上所謂賜坐，臣工們並不是真的就能坐上椅子，而是仍然跪著，坐在自己腳後跟上。這會兒見太監真的搬來了椅子，衛向書哪敢站起來？

皇上笑道：「衛向書，你是老臣，不必拘禮，起來坐吧。」

衛向書叩頭謝恩，從地上爬起來，半坐在椅子上。皇上暖語再三，慢慢說到莊親王胡鬧的事。說話時，皇上間或兒惱怒，間或兒嘆息。衛向書漸漸就聽出皇上的意思了，便從椅子上下

注　大風起於青萍之末：一片小小青萍攪擾了周邊的空氣，最後形成颶風。意思為見微知著。

來，仍跪在地上，道：「皇上，他們想安個罪名，要臣的腦袋，這很容易。所謂欲加之罪，何患無辭。只是臣以為，這清朝的天下要當得起一個清字。」

皇上長嘆道：「衛向書，這話別人說出來，朕可以要了他的腦袋。可你說出來，朕體諒你的一片忠心。說句掏心窩的話，朕也痛恨那些囂張跋扈的王爺，可他們要麼就是朕的宗親，要麼就是隨先皇百戰沙場的功臣，朕真是為難呀。如今天下並不太平，朕要做的事情千頭萬緒，萬萬不可自己家裡先鬧出變故來。」

衛向書明白聖意已定，卻並不願就這麼白白送死，可所謂君要臣死臣不得不死，與其哀求皇上饒命，不如把話說得慷慨些。他豁出去了，便道：「皇上，為了天下太平，臣願受百年沉冤。」

衛向書說罷，伏身在地，聽憑皇上怎麼說去，卻聽皇上說道：「他們還想殺掉陳廷敬和明珠。」

衛向書低頭問道：「關陳廷敬和明珠什麼事？」

皇上說：「你不知道呀，正是明珠從陳廷敬嘴裡問得蛛絲馬跡，李振鄴才東窗事發啊。」

衛向書恍然大悟，道：「難怪大比之前，陳廷敬東躲西藏，原來如此呀。臣同索尼、鰲拜審案時，只道是皇上明察秋毫，看出了李振鄴不軌，而李振鄴也供認不諱，臣也就不去細想他是如何案發的。皇上，臣不贊同點陳廷敬做狀元，就是為了保他平安，沒想到他還是未能逃過劫難。」

皇上道：「朕記得你當時說到天恩過重，對陳廷敬並不是好事。你今日且細細說給朕聽。」

衛向書回道：「臣是想起了蘇東坡兄弟的掌故。當年蘇東坡兄弟雙雙中了進士，宋仁宗皇太后歡喜得不得了，說為子孫找到了兩個當宰相的料子。蘇氏兄弟的文名本早就傳遍天下，可如今皇太后這麼一說，就害了蘇東坡兄弟。滿朝百官很多人等著做宰相哪！東坡兄弟便成了眾矢之的。他兩兄弟誰也沒做成宰相，東坡倒是被放逐了一輩子。」

皇上聽罷，喟嘆道：「唉，真是禍倚福伏，世事難料呀。」

衛向書又道：「皇上，這次大比別的進士只是考了文章，陳廷敬卻又考了人品、膽識、謀略、城府，此人真是非同尋常。」

皇上卻道：「聽你這麼說，朕越發替陳廷敬惋惜了。真該點他做狀元。」

衛向書拱手搖頭，道：「臣以為，如能保住陳廷敬，他才二十出頭，若真是塊料子，皇上不急，可以慢慢地用他。」

皇上內心有些隱痛，他扶了衛向書起來，仍叫他坐到椅子上去，然後說道：「好你個慢慢用啊！都說光陰似箭，時不我予，朕倒真希望時光再快些。」

衛向書聽懂了皇上弦外之音，皇上想叫歲月快點兒熬死那些昏老的王爺，好讓朝廷安靜些。這話卻是君臣倆誰也不敢說出口的，大不孝啊。

皇上慢慢踱步，圍著衛向書轉了幾圈，道：「你是朕最信任的老臣，朕不會讓他們對你如何的。你且回家暫避幾年，朕到時候自會召你回來。」

衛向書再次跪下，道：「謝皇上不殺之恩。臣早有田園之思，皇上准臣乞歸，就不必再召臣回來了。」

皇上聽出衛向書說的是氣話，也並不怪罪，仍是好言相慰。

第二日，皇上召鰲拜入宮，明珠隨侍在側。見鰲拜覲見，明珠便要回避，皇上卻叫他不用走開。鰲拜叩拜過了，皇上也不細說，只道：「你同索尼來參衛向書。」

鰲拜聽得沒頭沒腦，問道：「皇上，這是為何？」

皇上道：「讓莊親王他們來參衛向書，朕應允了，不真的就聽憑他們擺布了？再說他們來參，非要他的命不可。」

鰲拜這才明白皇上深意，便說：「皇上旨意臣已明白，只是索尼每到緊要處便做縮頭烏龜啊。」

皇上說：「這回他想縮頭朕也不讓他縮。你去向他轉達朕的旨意。鰲拜，你是個幹臣，很得朕心。索尼是個和事佬，朕也得用他。朝廷裡沒有你不行，沒有索尼和稀泥也不行。」

鰲拜拱手謝恩，稱道：「皇上御人之道，聖明之極。」略作遲疑，「還有兩個人怎麼辦？」

皇上知道鰲拜講的是明珠和陳廷敬，便道：「那兩個人搆不上你去參。」

明珠暗地裡全聽明白了，卻佯裝不知。他知道鰲拜故意探測聖意，要的就是皇上那句話。心想衛向書到底成了俎上肉，真是沒了天理。這時，忽見皇上面色悲戚，眼裡似有淚光。

鰲拜也覺出皇上心裡難過，他搶先掩面哭了起來，道：「開國維艱，皇上不得不曲意違心，隱忍用事，臣深感自己無能。若得皇上諭示，臣不怕碎屍萬段，乾脆去收拾他們算了。」

皇上嘆道：「鰲拜休出此言，朕不忍再看到骨肉相殘了。肅親王豪格恃功悖妄，原來廢為庶人，後念他稍有悔意仍復原爵，可他故態復萌，只好再次治罪。豪格最後死於囚所，朕想著就心有不忍。鄭親王濟爾哈朗驕狂逾制，治罪之後仍是寬貸，他照樣不知改悔。英王阿濟格也是被治了罪的。攝政王于國朝功勳卓著，可他死後竟叫人告發罪逆諸宗，朕怎可置之不理？如今莊親王又是這般，朕雖是痛恨，卻不想再治他的罪了。可朕又豈能聽任擺布，只好折衷裁斷，堵住他們的嘴再說。」

鰲拜聽了皇上這番話，更是痛心不已，淚流滿面。皇上自己也很是難過，卻勸鰲拜道：「你是身經百戰的虎將，怎麼也婆婆媽媽起來了？起來吧。」

鰲拜說：「臣寧願廝殺戰場，也不願糾纏官場哪！戰場上刀刀見血，痛快！臣是根直腸子，在官場裡頭繞不了那麼多彎兒。」

明珠在旁聽著，心裡也頗感悲戚，卻總覺著鰲拜那眼淚是拼著老命擠出來的。

索尼早早的起了床，今兒朝廷裡頭有大事。索額圖也早起來了，他自己收拾好了便過去侍候阿瑪。知道皇上今日要他阿瑪跟鰲拜同參衛向書，心裡覺著窩囊，道：「阿瑪，咱們這不是搬起石頭砸自己的腳嗎？」

索尼苦笑道：「你不懂，說了你也不懂。咱們這皇上，雖說年紀輕輕，胸藏雄兵百萬哪。」

索額圖又道：「分明是明珠抓到了陳廷敬，才牽出了科場案，怎麼外頭都說是我問出來的。」

索尼又是苦笑，道：「是呀，人家可是把查清科場案的頭功記在你頭上，又不是誹謗你，你就有口難辯。」

索額圖道：「我可不想貪這個功，這不是引得莊親王他們痛恨我嗎？」

索尼邊說邊穿戴整齊了，說：「單憑這一條，我就得同鰲拜一道參衛向書，這樣才顯得你同他們不是一夥的！」

索額圖這麼聽著就明白了，可又覺得自己父子似乎讓人牽著鼻子走了，氣憤道：「阿瑪，我們可是被人耍了呀？」

索尼笑道：「被皇上耍了，就沒有辦法了。不必再說，我們進宮去吧。」

索額圖騎馬隨在阿瑪轎子後邊，心想老聽外頭人說他阿瑪最會和稀泥，該忍的時候屎打在鼻樑上都不會去擦擦。他心裡真是憋屈，不知道該不該跟老爺子學著點兒。

父子倆去了乾清門候朝，見王公大臣們早站在那裡了。衛向書也到了，索尼過去拱手問候。

索額圖見著更是彆扭，心想阿瑪等會兒就要參人家，還朝人家拱手不迭，好不親熱。再看時，卻見他阿瑪同鰲拜、衛向書三人湊作一堆敘話，就像至交好友。

上朝時候到了，臣工們站好班，魚貫而入，進了乾清門內。內監早擺好龍椅御案，近侍把皇上的隨身佩刀放在了御案上。不多時，皇上駕臨了，臣工們齊聲高贊萬歲。

皇上說近日收到摺子頗多，吩咐臣工們挨件兒奏來。平日原是按部循序奏事，今日鰲拜搶先獨自上前跪了下來。臣工們正覺驚訝，只聽鰲拜奏道：「臣鰲拜會同索尼參左都御史衛向書四宗罪：一、假稱道學，實為小人；二、呼朋引伴，黨同伐異；三、清廉自詡，暗收賄賂；四、結交外官，居心叵測。有本在此，恭請御覽！」

群臣大驚，卻是鴉雀無聲。太監接過摺子，進呈皇上。皇上早就看過摺子的，只是瞟了幾眼，就放在御案上。半晌，有人跪下奏道：「衛向書清明剛正，忠誠皇上，有口皆碑！鰲拜同索尼深文周納，構陷良臣，請皇上明鑒！」

皇上閉口不言，面色陰沉。索尼稍作猶豫，跪上前去，道：「這次臣同鰲拜、衛向書奉旨查辦科場案，衛向書多次找到老臣，妄圖借題發揮，羅織罪名，誣陷忠良。幸而皇上英明，目光如炬，不然必將構成冤獄！」

莊親王上前跪奏：「衛向書貌似厚道老成，實則詭計多端。今年會試山西中式八人，天下讀書人義憤難填！他同新科進士陳廷敬屬山西同鄉，兩家早有交往，卻裝作素不相識。他出任會試總裁，處處暗助陳廷敬。陳廷敬鄉試點瞭解元，會試中了會元，都是衛向書從中安排！」

皇上瞟了眼莊親王，道：「如此說來，朕就是個文章不分好壞的瞎子囉！」

莊親王正不知如何回答，索尼忙說：「俗話說，文無第一，武無第二。臣以為陳廷敬畢竟不是草莽之人，文章經濟自是不錯，但是否當得起第一，只有衛向書心裡明白！殿試之後，皇上沒有點他狀元，實在是聖明！」

鰲拜跟索尼這番話都是場面上的文章，早合計好了的。莊親王以為有人替他幫腔，又道：「老臣以為，應革去陳廷敬的功名，從嚴查辦！這樣的讀書人不殺，就管不了天下讀書人了！」

皇上望望衛向書，道：「衛向書，你自己有什麼話說？」

衛向書知道此事已成定局，說與不說都已無益，便道：「清者自清，濁者自濁。臣無話可說！只是說到今年山西會試中式八人，既無使襻作弊之事，更無暗收賄賂之實。隨意治臣的罪便是了，萬萬不可冤枉了那幾個讀書人！」

鼓動莊親王放刁的那干人這會兒都啞巴了。他們有話是不敢在這裡說的，說了便是明擺著自己不乾淨。有的大臣覺得這事來得蹊蹺，必有隱情，應將衛向書交九卿會議，不可草草裁奪。皇上卻道：「朕以為不必了。近來四邊都不安寧，朝中又屢起事端。朕已心身俱疲，煩惱至極。衛向書早有林泉之思，田園之想，就讓他回家去吧。」

莊親王聽得皇上這麼說了，顧不得失體，叫了起來：「衛向書十惡不赦，不能輕易就放過他了！」

皇上只當沒聽見，也不斥責莊親王，道：「衛向書供奉朝廷多年，總算勤勉，可惜節操不能始終。朕念你多年侍從清班，略有建言，稍有微功，不忍治罪。著你原品休致(注)，回家去吧！」

衛向書跪伏在地，道：「罪臣謝皇上寬大之恩！」

莊親王胡攪蠻纏，叫囂起來。「皇上，衛向書該殺！陳廷敬、明珠都該殺！」

注　原品休致：可以拿原薪退休。

皇上忍無可忍，拍了御案罵道：「博果鐸！衛向書縱然有罪，也到不了論死的份兒上！陳廷敬一介書生，他犯了什麼天條？你敢當著諸位臣工的面說出來嗎？明珠隨朕多年，日則侍從，夜則宿衛，朕怎麼不見他有可殺之罪？朕念你有功于國，一再容忍，不然單是你咆哮朝堂就是死罪！送莊親王回家歇著！」

早有侍衛過來半扶半拖，把莊親王架了出去。大臣們心裡都像有面鏡子似的，早自看出裡頭玄機，沒誰再敢吭聲半句。

陳廷敬聽說衛向書被斥退回家，並不知曉個中詳情。他只是翰林院庶常館的新科進士，宮闕之內的大事只能得之風傳。回家同老太爺說起這事兒，翁婿倆也只能猜個大概。陳廷敬去衛向書府上拜訪，門房說衛大人不想見人。

這日陳廷敬打聽到衛大人要回老家去，便特意置備了酒水，領著大順，守在城外長亭等候。終於見著來了兩輛馬車，陳廷敬上前看看，果然是衛向書領著家口回山西。陳廷敬上前恭恭敬敬地施了禮，道：「衛大人，廷敬來送送您。」

衛向書下了車，道：「廷敬，我一個罪臣，別人避之不及，您還專門來送行。您呀，做人如此甚是可嘉，做官如此可就糊塗了！」

陳廷敬笑道：「晚生借前人的話說，先生之風，山高水長。廷敬敬佩您，哪管別人怎麼說！濁酒一杯，聊表心意！衛大人略略駐足如何？」

衛向書吩咐家人只在車裡等著，同陳廷敬去了亭子。兩人舉杯碰了，一飲而盡。陳廷敬問道：「宮中機要密勿我輩是聽不著的。衛大人，咱皇上可是英明的主，怎麼會聽信讒言呢？」

衛向書笑笑，道：「本來是要我的腦袋的！」

陳廷敬驚道：「啊？就因為殺了莊親王的兒子和李振鄴嗎？他們可是罪有應得啊！」

衛向書搖搖頭，說：「你還蒙在鼓裡啊！你同明珠的腦袋，他們也想要！這就像一樁生意，只是王爺他們開價太高了，皇上打了個折扣！如果只殺你和明珠，莊親王他們仍不解氣。不如保住你倆，拿我開刀。可皇上到底不想隨人擺布，就打發我回老家去。」

陳廷敬道：「太委曲您了，衛大人！」

衛向書嘆道：「廷敬呀，皇上面前當差，沒什麼委曲可說的。做得好未必有功，做得不好未必有過，但你又必須做好。難哪！」

陳廷敬覺著半懂不懂，就像沒有慧根的小和尚聽了偈語。衛向書回敬了陳廷敬一杯酒，道：「有兩樁事，我也不想瞞你了。你在太原鬧府學，不肯具結悔罪，沒法向皇上交差，我替你寫了悔罪書哄過了皇上。殿試時考官們草擬甲第你是頭名，待啟了彌封，皇上也有點你狀元之意，我又奏請皇上把你名次挪後。」衛向書便把東坡兄弟的掌故說了。

陳廷敬這才醍醐灌頂，恍然過來。原來衛大人不光是他的知遇恩人，還是他的救命恩人。去年在太原他就不明白為什麼糊裡糊塗從牢裡放了出來，今日才知道是衛大人暗中成全。衛大人替他寫了悔罪文書，實則是冒著欺君大罪！點狀元的事，他也早聽人說起過，雖是將信將疑，心裡想著也並不暢快。原來也都是衛大人為著他好，用心良苦！陳廷敬不禁跪了下來，朝衛大人長揖而拜。

衛向書連忙扶他起來，道：「廷敬，老朽只是為皇上惜才，你不必記掛在心。依你的才華器宇，今後必是輔弼良臣，少不得終老官場。世人只道宦海沉浮難料，可你少年得志，宦海無涯，你得慢慢兒熬啊！你且記住老朽說的一個字。」衛向書說到這裡，停下來，望著陳廷敬。

陳廷敬忙問：「請衛大人賜教！」

衛向書嘴裡慢悠悠吐出一個字，道：「等！」

衛向書說罷，拍拍陳廷敬的肩膀，上了馬車。衛向書正要啟程，陳廷敬回頭卻見張汧同幾位山西新進翰林跑著趕來了。陳廷敬忙請衛大人留步。原來張汧他們也是上衛家去過的，衛向書既怕連累了年輕人，又怕顯得自己同他們真像那麼回事似的，通通不見。陳廷敬本來同張汧走得近些，想邀著他同來送行，轉眼又想也許各是各的打算，怕勉強了倒還不好，就獨自來了。

衛向書再次下車，見山西八位新進翰林都到了，禁不住老淚縱橫。陳廷敬叫大順去亭內取了酒來，卻只有兩個酒杯。陳廷敬酌了杯酒奉上衛大人，八位翰林輪流捧著酒罈，恭恭敬敬同衛大人碰了杯，再仰頭滿灌大口。

已是初冬天氣，城外萬木蕭瑟，寒鴉亂飛。衛大人的馬車漸行漸遠，慢慢看不見影兒了，陳廷敬他們才悵然而歸。

15

陳廷敬等送別了衛大人，一同回城去。新進翰林們成日只在庶常館讀書，並無要緊差事。陳廷敬便請各位去家裡小敘，他們卻只道改日再去，太唐突了怕叨嘮了李老先生。只有張汧是去過李家的，仍想去拜望老伯，就同陳廷敬去了。

開門的是翠屏，見面就道：「大少爺，家裡來信了，折差（注）才走的。」

陳廷敬很是歡喜，忙叫翠屏把信拿來。他一直惦記淑賢是否生了，算著日子產期該是到了，他前幾日才寫了信回去的。陳廷敬領著張汧進屋見過老太爺，彼此客氣了。又叫月媛出來，見了張汧。月媛向張汧道了安，仍回房去了。陳廷敬待田媽上過茶來，這才拆開信來看。

翠屏見陳廷敬臉有喜氣，便說：「準是少奶奶生了？」

果然陳廷敬把信交給老太爺，說：「爹，淑賢給我家添了個千金，母女平安。」

老太爺看看信，點頭笑道：「大喜大喜！」

張汧也道了喜。陳廷敬說：「爹，家父囑我給女兒起個名字，我是喜糊塗了，您老替我想想，起個什麼名兒好？」

老太爺笑道：「兩個翰林擺在這裡，還是您二位想想吧。」

張汧不等陳廷敬開口，忙說：「起名可是個大事，您自己來吧。」

陳廷敬想討個吉祥，請老太爺起名字。老太爺卻是謙讓，叫陳廷敬自己起好些。陳廷敬想了

注　折差：信差、信使。

又想，道：「淑賢在家敬奉公婆，很是辛苦。我為了寬慰她，曾寫過一首詩，有這麼幾句，人生誰百年？一愁一回老。寄語金閨人，山中長瑤草。小女就叫家瑤如何？」

老太爺聽了，忙道：「家瑤，好啊！瑤乃仙草，生於瑤池，長生不老。好，好啊！」

張汧也道：「家瑤，家瑤，將來肯定是個有福之人！」

陳廷敬直道託兄臺吉言，心中喜不自禁。翠屏跑到屋裡去告訴月媛，月媛也為廷敬哥哥高興。

閒話半日，張汧忽道：「廷敬，李老伯也在這裡，我有個請求，萬望您應允！」

陳廷敬忙說：「你我情同兄弟，不必客氣，但說無妨。」

張汧道：「家有犬子，名喚祖彥，虛齒五歲，今年已延師開蒙，人雖愚笨些，讀書還算發憤。」

田媽笑道：「我聽出來了，翰林爺是想替兒子求親吧？」

張汧笑道：「我就是這個意思，正愁不好開口，田媽替我說出來了。」

陳廷敬哈哈大笑，道：「令公子聰明上進，必有大出息，陳家怎敢高攀！」

張汧卻正經道：「廷敬要是嫌棄，我就再不說這話了。」

陳廷敬忙說：「張汧兄怎能如此說？如蒙不棄，這事就這麼定了！爹您說呢？」

老太爺哪有什麼說的，笑道：「好啊，這可是天大的好事啊！廷敬喜得千金，又招得金龜婿，雙喜臨門！田媽快準備些酒菜，好好慶賀慶賀！」

陳廷敬同張汧陪著老太爺喝酒暢談，如今都算一家人了，客氣自歸客氣，話卻說得掏心掏肺。因又說到衛向書大人，彼此感慨不盡。終於知道了點狀元的事，老太爺只道衛大人老成周到，便把自己那日想說未說的話說了，道：「少年得志自是可喜，但隱憂亦在，須得時時警醒。

盯著你的人多，少不得招來嫉妒，反是禍害。官場上沒有一番歷練，難成大器。所謂歷練，即是經事見世，乍看起來就是熬日子。世人常說任勞任怨，想您二位都不是疏懶之人，任勞是不怕的，要緊的是能夠任怨。那就得有忍功啊！」

陳廷敬道：「衛大人教我一個等字，說的也正是爹的意思，叫我慢慢兒熬。如今爹又教我一個忍字。我會記住這兩個字，等，耐著性子等，忍，硬著頭皮忍。」

張汧也只道聽了老伯金玉良言，受益匪淺，卻到底覺得陳廷敬沒有點著狀元甚是遺憾，衛大人怕是多慮了。老太爺搖頭而笑，道：「老朽真的不這麼看，廷敬太年輕了。倘若是張賢侄中了狀元，興許可喜。您畢竟長他十多歲，散館之後就會很快擢升，飛黃騰達。」

張汧卻是紅了臉，道：「老伯如此說來，愚侄就慚愧了。我是三試不第，最後中了個同進士。」

老太爺沒想到自己這話倒點著了張汧隱痛處，內心頗為尷尬，便道八股文章臺閣體，消磨百代英雄氣，要緊的是日後好好建功立業。

庶常館三年的新翰林很是清苦，也有不願呆在京城自己回老家讀書去的，只需等著散館之期進京過考就是了。散館亦是皇上親試，陳廷敬又考得第一，授了個內秘書院檢討。皇上只看翰林們考試名次，擇最優者留翰林院侍從，次者分派部院聽差，餘下的外放任知縣去。張汧被放山東德州做知縣，心中甚是失意。陳廷敬百般勸他，只道官從實處做起或許還好些，小京官任意聽人差遣，終日臨深履薄，戰戰兢兢。張汧知道這都是寬解他的話，命已如此，又怎能奈何！只好選了吉日，辭過師友，望闕而拜，赴山東去了。

月媛如今長到十五歲，已是個大姑娘了。京城離山西畢竟遙遠，雙方大人只得在家書中擇定了黃道吉日，兩人拜堂成親了。月媛是個讀書明禮之人，心想自己沒能侍奉公婆實為不孝，便奉寄家書回山西老宅請罪。陳老太爺接信歡喜，老倆口都說廷敬生就是個有福氣的人。

陳廷敬每日都上翰林院去，日子過得自在消閒。眼看又到年底，欽天監選的封印之期是十二月二十一吉日。那日陳廷敬清早見天色發黃，料想只怕要下雪了。他添了衣服，照例騎馬去翰林院。大清早的行人稀少，便在街上策馬跑了起來。忽然胡同口躥出一人，他趕緊勒馬止步。那人仍是受了驚，顛撲在地。陳廷敬連忙下馬，那人卻慌忙爬起來，跪倒在地，道：「老兒驚了大人的馬，罪該萬死！」

陳廷敬忙扶起那人，道：「快快請起，傷著了沒有？我嚇著了您啊！」

那人很是害怕，說：「老兒有罪，該死該死。」

陳廷敬見那人臉上似有血跡，便說：「您傷著了呀！」

那人搖頭道：「我這傷不關大人您的事，是人家打的。」

陳廷敬道：「天子腳下，光天化日，誰敢無故打人？」

那人道：「老兒名叫朱啟，闔家五口，住在石磨兒胡同，祖上留下個小四合院，讓一個叫俞子易的潑皮強占了，賣給一個姓高的官人。我天天上高家去講理，人家卻說房子是從俞子易手裡買的，不關我的事。我今兒大早又去了，叫他家裡人打了。」

陳廷敬問道：「好好兒自家房子，怎麼讓人家強占了呢？」

朱啟望望陳廷敬，問道：「大人是哪個衙門的老爺？您要是做得了主，我就說給您聽，不然說了無益，還會招來麻煩。」

陳廷敬支吾起來，嘴裡半日吐不出一句話。朱啟又是搖頭，又是嘆息，道：「看來您是做不得主的，我還是不說了吧。」朱啟說罷急急地走了。陳廷敬窘得臉沒處放，自己不過是個清寒翰林，也真幫不了人家。

上馬走了沒多遠，忽見帶刀滿兵押著很多百姓出城去。陳廷敬正覺奇怪，聽得有人喊他。原來是高士奇騎馬迎面而來，說：「廷敬，快回去吧，不要去翰林院了。」

陳廷敬沒來得及細問其故，高士奇只道您隨我過來說話，說罷打馬而行。陳廷敬不知道出什麼事了，只得跟了他去。到了個胡同裡，高士奇招呼陳廷敬下馬說話。四顧無人，高士奇才悄聲兒說道：「宮裡正鬧天花，皇上跟三阿哥都出天花了！」

陳廷敬嚇得半死，忙問：「您怎麼知道的？」

高士奇說：「我也是才聽說的，街上那些人，都是出了天花要趕出城去的。」

陳廷敬道：「難怪冬至節朝賀都改了規矩，二品以上只在太和門外，其餘官員只許在午門外頭。」

高士奇道：「宮裡諸門緊閉都好多日了，聽說這些出天花的人，只要風從他們身上吹過來，你就會染上的。詹事府也沒見幾個人了，都躲在家裡哩。您也別去翰林院了。」

陳廷敬卻道：「今兒可是封印之日(注)，還要拜禮呢。怎麼會有這麼多人出天花呢？自古未聞啊！」

高士奇道：「您聽說過皇宮裡頭出天花嗎？這也是自古未聞啊！算了吧，趕快回家去，性命要緊，哪裡還管得了封印！」

陳廷敬心裡怔怔的，道：「只願老天保佑皇上和三阿哥早早渡過難關！事關朝廷安危呀！」

高士奇道：「廷敬，這裡不便說話，我家就在附近，不妨進去坐坐。我在石磨兒胡同買了個

注　封印之日：封存官印，表示停止辦公，為古代官署的年假。清代官署延為一個月，自十二月下旬至次年正月下旬，一個月中為各單位停止辦公的時期，稱為「封印」。

小房子，雖然有些寒傖，也還勉強住得。」

陳廷敬驚疑道：「石磨兒胡同？」

高士奇問：「廷敬去過石磨兒胡同？」

陳廷敬剛才聽那位朱啟說的房子正是在石磨兒胡同，買下那房子也是個姓高的官人。他想不會這麼巧吧？卻說：「只是聽著石磨兒胡同這名字有些意思，沒有去過。士奇，改日再去拜訪，這會兒人心惶惶的，我哪有心思去您家做客啊！」

高士奇道：「那就下次吧。下次我先預備了好茶，專門請您！天花是惡疾，朝廷也沒有辦法哪！廷敬你也不要待在外頭了，回家去吧。」

兩人打了拱，各自上馬別過。陳廷敬想天花如此兇險，今年翰林院裡封印之禮只怕也就敷衍了，便打馬回家去。又想這幾日很是清閒，難道就因皇上病了？

陳廷敬才出門不久又回來了，家人甚覺奇怪。月媛以為他是身子不好，正要問時，他卻叫了老太爺，道：「爹，我有話同您老講。」

月媛見陳廷敬神色慌張，不知出了什麼大事。老太爺見這般光景，也有些慌了，跟著陳廷敬去了書房。陳廷敬把街上聽的見的一五一十講了，老太爺怔了半日，道：「我還沒同你說哩，前幾日我有位舊友來家敘話，說傅山到京城來了，暗自聯絡前明舊臣。難道這跟皇上出天花有關？」

陳廷敬又吃了一大驚。「傅山進京了？」

老太爺道：「消息不會有虛。傅山我也甚是敬佩，但時世已變，他是空有抱負啊！廷敬，你在翰林院只做自己該做的事，讀書養望，萬不可輕言時事啊！」

陳廷敬道：「廷敬知道。這幾日外頭不乾淨，家裡人都不要出去。我去同月媛說，只告訴她外頭鬧天花，宮裡的事不要讓家裡大小知道，胡亂說出去會出事的。」

夜裡，陳廷敬正把卷讀書，大桂進來說：「老爺，外頭有個道士要見您。」

陳廷敬心想，白日裡說到傅山，難道就是他到了？便問道：「那道士報了道號沒有？」

大桂說：「他只道你只要告訴你家老爺有個道士找他，他自然知道的。」

陳廷敬心想肯定就是傅山，便又問：「穿的是紅衣服嗎？」

大桂說：「正是哩，我心想奇怪哩，從來沒有見過穿紅衣服的道士。」

陳廷敬忙去找了老太爺，說：「傅山找我找到家裡來了。」

老太爺做夢也不會想到傅山會到他家裡來，這可真是大麻煩了。陳廷敬便把他中式那年傅山去山西老宅，後來又去五峰觀拜訪傅山未遇的事說了。老太爺思忖半日，道：「既然是故人，你不見人家怎好？只是說話萬萬小心。」

陳廷敬便同大桂到門口，迎了傅山進來。往客堂坐下，傅山道：「廷敬，四年前您去五峰觀，貧道正好雲遊去了，今日才來還禮，恕罪！」

陳廷敬暗想這傅山哪是還禮來的，嘴上卻道：「傅青主客氣了。」

傅山冷笑一聲，說：「清廷多行不義，天怒人怨，終於招致瘟疫。廷敬，您都看到了吧？」

陳廷敬聽傅山這麼說話，也就顧不得客氣，說：「傅山先生，恕晚生不敬！不管你是讀書人還是出家人，都不該為瘟疫流行幸災樂禍。畢竟吃苦頭更多的是百姓呀！」

傅山卻道：「招來瘟疫的是清廷皇帝，出天花的是清廷皇帝，害得百姓哭號出城的也是清廷皇帝。這筆帳，您得算在清廷頭上！」

陳廷敬說：「先生這番話可不像道家說的呀？我只願老天保佑早早袪除瘟疫，救天下蒼生於苦海，人世間的帳是算不清的。」

傅山說：「您不算帳，有人卻把算盤打得啪啪兒響！官府同地痞潑皮相互勾結，藉口查看天花，強占民宅，奪人家產！這都是清廷幹的好事！廷敬，京城很多百姓都被誣賴患上天花，流離失所哪！」

陳廷敬大清早在街上看見過百姓被趕出城去，一時語塞，只好道：「傅山先生，您醫術高明，拜託您救救身染瘟疫的百姓！」

傅山卻道：「不勞您吩咐，貧道剛從病人家出來。可恨的是那家小孩不過就是臉上長了幾粒水痘，卻被蜂擁而來的滿兵說成天花，舉家被趕出城去了。那些滿人是看上了人家的房子！」

傅山說到這些已是長吁短嘆，陳廷敬無言相對。傅山又道：「清廷鷹犬遍布天下，傅山卻冒死在京城往來如梭，你猜這是為何？」

陳廷敬道：「傅山先生胸懷大義，自然不是個怕死的人。」

傅山說：「貧道不但要遊說你，還要拜會京城諸多義士。你不要以為滿人坐上金鑾殿，天下就真是他們的了。」

陳廷敬道：「廷敬還是那句話，天下者，天下人之天下也。顧炎武先生說亡國事小，亡天下事大。但在百姓看來，朝廷跟天下是一回事。天下太平，百姓安居樂業，朝廷就是好朝廷，百姓擁護。天下混亂，百姓流離失所，朝廷就是壞朝廷，就該滅亡。什麼天命，什麼正統，什麼人心，不是朝廷自己說了就可算數的！」

傅山大搖其頭，道：「廷敬糊塗，枉讀了聖賢書！滿人自古都在王化之外，不識聖賢，不講仁德，逆天而行，殘害蒼生。」

傅山說得臉紅脖子粗，陳廷敬卻是氣定神閒，談吐從容：「傅山先生所言，廷敬不敢苟同。當今皇上寬厚仁慈，上法先賢，下撫黎民，眼看著天下就要好起來了。」

傅山很是憤怒，道：「廷敬，你竟然說出這番話來，貧道替你感到恥辱！天下義士齊聚南方，反清復明如火如荼，你居然為清廷歌功頌德！」

陳廷敬請傅山先生喝茶，然後才說：「據我所知，反清義士顧炎武目睹前明餘脈難以為繼，早已離開南方，遁跡江湖了。」

傅山才端起了茶杯，氣得擲杯而起，道：「顧先生是天下讀書人的楷模，你休得玷污他的清名！」

陳廷敬忙說：「前輩息怒！」待傅山坐下了，又道：「顧先生也是我敬重的人，但這名清與不清，要看怎麼說。南宋忠臣陸秀夫，世所景仰。元軍破國，陸秀夫背負幼帝蹈海而死，實在是忠勇可嘉。可是，我卻替那年幼無知的皇帝感到痛惜！那還是一個孩子哪！他陸秀夫願意去死，那不懂事的孩子未必願意去死！陸秀夫成全了自己的萬古英名，卻害死了一個孩子！」

傅山痛心疾首道：「陳廷敬，你糊塗啊！你真是無可救藥了！」

陳廷敬也提高了嗓門，道：「傅山先生，我向來敬重你的人品才學，但陸秀夫這種作為，自古看做大忠大義，在我看來未必如此！」

傅山撩衣而起，道：「告辭！」

這時，老太爺突然從裡面出來，陳廷敬忙道：「這位是廷敬的岳丈。」

傅山笑道：「李老先生是崇禎十五年的舉人，在山西讀書人心中很有清望，傅山久聞了。」

老太爺道：「老朽慚愧。天色已晚，傅山先生可否在寒舍暫住一夜，明日再走？」

傅山搖頭道：「救病如救火，貧道告辭了！只可惜，貧道救得了病，救不了世啊！」

陳廷敬卻道：「傅山先生所謂救世，只能是再起干戈，生靈塗炭。反清復明，不如順天安民！」

傅山不再答話，起身走人。陳廷敬追出客堂，把傅山送出大門方回。回到屋裡，翁婿倆相對枯坐，過了好久，陳廷敬突然長長地嘆了口氣，道：「說到頭他們都只是幫著帝王家爭龍椅，何苦呀！所謂打天下坐江山，這天下江山是什麼？就是百姓。打天下就是打百姓，坐江山也就是坐百姓。朝代換來換去，不過就是百姓頭上的棍子和屁股換來換去。如此想來，甚是無趣！」

老太爺也是嘆息，道：「廷敬，你這番話倒是千古奇論，只是在外頭半個字都不可提及啊！」

陳廷敬說他知道的，便囑咐老太爺早些歇息，自己去書房了。月媛過來勸他早些睡了，可他心裡有事，只道你先歇著吧。

獨自呆在書房，想著今日聽聞之事，又想傅山這般再無益處的忠義，陳廷敬竟然淚濕沾襟。夜漸深了，屋子裡越來越冷，外頭怕是下雪了。陳廷敬提起筆來，不覺寫道：

河之水湯湯，我欲濟兮川無梁。豈繄無梁，我褰我裳。河之水幽幽，我欲濟兮波無舟，豈繄無舟，我曳我裾。我裳我裾，不可以濡兮，吾將焉求？

16

朱啟家房子正是高士奇買下的，俞子易原來是他的錢塘老鄉，京城裡有名的潑皮。俞子易在京城混了多年，早已三窮三富，什麼樣的日子都見識過了。他一會兒暴富起來人模狗樣，一會染上官司又變回窮光蛋。俞子易知道自己終究守不住到手的家財，都只因後頭沒有靠山。如今攀上了高士奇，便像抱住了活菩薩。高士奇現今不過是手無寸權的詹事府錄事，可他卻是最會唬人的，俞子易便把他當老爺了。

高士奇住進了石磨兒胡同，大模大樣的架勢更是顯了出來。每日回自家門前，總要先端端架子，咚咚地扣響門環。門人聽得出老爺叩門的聲響，開了門就點頭哈腰。「哦，老爺您回來了。」如今是冬天，門人低頭把這高老爺迎了進去，早又有人遞上銅手爐。高士奇眼睛也不瞟人，接過手爐，慢慢兒往屋裡去。那手爐家人老早就得預備著，不能太燙了也不能太涼了。這手爐是他早幾年剛開始發跡時置辦的，想著很是吉祥，到了冬日總不離手。進了客堂，喚作春梅的丫鬟會飛快地泡茶遞上。高老爺的茶可不太好泡，總是不對味兒。家人們侍候著老爺的時候，高夫人也總在旁邊斥三喝四，怪他們這也沒做好那也沒做好。

這幾日高士奇都沒去詹事府，每日只出門探探消息，就回家待著。有日，高士奇在外頭打聽到一樁好事，回家立馬著人把俞子易叫了過來。家裡人都知道，只要俞子易來了，闔家大小都不准進客堂去。

高士奇慢慢兒喝著茶，半日不說話。俞子易還不知道高士奇有什麼大事找他，便先說了話：

「高大人，那朱啟這些日不找您了，每日都守在順天府，我可是還擔著官司哪！」

高士奇不高興了，道：「你說這話是什麼意思？我可以不住這裡，皇上還要賞我房子哩！」

俞子易忙說：「高大人別生氣，俞某不是這個意思。」

高士奇道：「生意人，眼光要長遠些！」

俞子易說：「俞某明白！我們錢塘同鄉都指望您飛黃騰達，也好對我們有個照應。」

高士奇說：「我高某是最重同鄉情誼的。我今日找你來，就是想幫你發財。」

俞子易忙問：「高大人有什麼生意要照顧我？」

高士奇說：「朝廷要把城裡出天花的人家和四周五戶以內鄰里都趕出京城，永遠不准進來。他們的房子，就空著了。」高士奇這消息原是他自己出門鑽山打洞探聽出來的，這會兒說著卻像皇上親口對他下了諭示似的。

俞子易聽了大喜，道：「哦，是呀！這可是樁大生意呀！」

高士奇笑道：「這種事情不用我細細教你，你只記住別鬧出麻煩來。」

俞子易忙朝高士奇拱手拜了幾拜，道：「謝高大人指點！我在衙門裡是有哥兒們的，我這就去了！」

高士奇坐著不動，他是從不起身送俞子易的。這會兒高夫人出來了，道：「老爺，您總是幫他出點子賺錢，我們自己也得打打算盤呀？」原來剛才她一直在裡頭聽著。

高士奇笑道：「你不明白，俞子易賺錢，不就等於我賺錢？」

高夫人聽得似懂非懂，又道：「老爺，您這麼成日價在家待著，奴家覺得不是個事兒。」

高士奇道：「我不每天都出門了嗎？」高士奇話這麼說著，心裡也虛起來了。畢竟好些日子不知道宮裡的事了。他悶頭喝了會兒茶，突然起身出門。高夫人問他到哪裡去，他只道我宮裡的差事你就別多問。

高士奇原來是想到索額圖府上去。趕到索家府上，他輕輕叩了門。門人見是高士奇，冷了臉說：「原來是高相公！你自己來的，還是我家主子叫你來的？」

門人說的主子指的是索額圖，索尼大人高士奇是見不著的。高士奇忙道：「索大人叫我來的。」

門人不冷不熱道：「是嗎？進來吧。我家主子在花園裡賞雪，你自個兒去吧。」

高士奇道了謝，躬身進門。門人又衝著他的背影道：「我家主子正高興著呢，你要是敗了我家主子興致，吃虧的可是你自己，別往我身上賴！」

高士奇回過身來，只道高某知道，倒著退了幾步，才轉身進去了。高士奇穿過索府幾個天井，又轉過七彎八拐的遊廊，沿路遇著下人就打招呼。進了索家花園，但見裡頭奇石珍木都叫白雪裹了，好比瑤池瓊宮。高士奇還沒來得及請安，索額圖瞟見他了，便問：「高士奇，聽說你在外頭很得意？」

高士奇跪了下來，頭磕在雪地上發出聲聲鈍響，道：「奴才給主子請安，奴才不敢！」

索額圖道：「你在別人面前如何擺譜我且不管，只是別忘了自己的奴才身分！」

高士奇跪著，又叩了頭，道：「士奇終生都是索大人的奴才。」

原來索額圖雖是處處提攜高士奇，到底是把他當奴才使的。索額圖道：「好好聽我的，你或可榮華富貴；不然，你還得流落街頭賣字去！」

高士奇道：「主子的恩典，士奇沒齒不忘！」

索額圖又道：「你是個沒考取功名的人，我也是個沒功名的人。」

高士奇聽得索額圖這麼說，又連連叩頭，道：「主子世代功勳，天生貴胄，士奇怎敢同主子相提並論！」

索額圖黑著臉瞪了高士奇，說：「大膽！誰要同你相提並論哪？我話沒說完哪！我是說，你這個沒功名的人，想在官場裡混個出身，門道兒同那些進士們就得不一樣！」

高士奇不敢抬頭，低著眼睛說：「只要能跟著主子，替主子效犬馬之勞，就是士奇的福分了！」

索額圖罵道：「沒志氣的東西！我還指望著你替我做大事哪！」

高士奇道：「士奇全聽主子差遣！」

索額圖道：「我會為你做個長遠打算，慢慢兒讓你到皇上身邊去。你的那筆好字，皇上很是喜歡。」

高士奇聽到皇上看上自己的字，內心不禁狂喜，嘴上卻道：「士奇不論到了誰身邊，心裡只記住您是奴才的主子。」

索額圖又道：「你得學學陳廷敬，心裡別只有小聰明。當年皇上寧願罷斥一個二品大臣衛向書，也要保住陳廷敬，可見他在皇上那裡分量。可那陳廷敬只跟著明珠跑，我瞧著就不順眼！」

高士奇早知道索額圖同明珠已是死對頭，可他免不了哪邊都得打交道，心裡便總是戰戰兢兢。明珠看上去度量大得很，見了誰都笑臉相迎，索額圖卻成日龍睛虎眼，很是怕人。索尼早已是內務府總管，明珠最近也派去做內務府郎中。誰都知道明珠同鰲拜走得近些，而索尼同鰲拜偏又面和心不和。

高士奇雖然也成日身處禁宮之外，可宮裡頭的事情卻比陳廷敬清楚多了。他這回拜訪索額圖，本是想聽聽宮裡的消息，可索額圖半句也沒說，他也不敢問。這時，索額圖眼睛抬得高高的，仍望著滿園雪景，道：「起來吧，褲子跪濕了，你出門還得見人哪！」

高士奇爬了起來，拍拍膝頭的雪塊，笑嘻嘻地說：「不礙事的，褲子濕了外頭有棉袍子遮著哪。」旁邊下人聽了高士奇這話，忍不住都封住嘴巴偷偷兒笑。

這時，有個下人飛跑過來，一迭聲喊道：「少主子，主子從宮裡送了信來，要您快快進宮去！」

索額圖臉色大變，嘴裡啊了聲，飛跑出去了。原來索尼最近成日待在宮裡，日夜都沒有回來。

高士奇在花園裡待立會兒，自己出來了。只見索府的家人們個個神色慌張，高士奇朝他們打招呼沒誰顧得上理會。他想肯定是宮裡出事了。

高士奇騎在馬上回家去，只覺著膝頭陣陣發寒。剛才在雪地裡跪了老半日，褲子早濕透了。他進門就大發脾氣，嚷著叫春梅拿褲子來換上。高士奇換了褲子，坐在炕上仍是生氣。高夫人忙喊春梅：「你這死人，老爺進門這麼久了還不知道泡茶上來？」

春梅早已端茶上來了，高士奇輕輕啜了一口，呸地一口吐掉，大罵道：「好好兒頁茶，叫你泡成什麼樣兒了！」

春梅嚇得抱著茶盤跪下，渾身直打哆嗦。高士奇罵道：「起來！別說話就跪下，跪壞了褲子，外頭瞧著還不是咱們家寒傖！」

春梅忙爬起來，低頭退了幾步，站在旁邊。高夫人猜著老爺肯定是出門受氣了，卻不敢問。

17

陳廷敬在家待了些日子，很快就過年了。自然也有些朋友上門走動，便知道皇上不豫事已不假，卻不知道是否就是出天花。話只是知己之間關了門悄悄兒說，不敢在外頭說半句。沒人上門催他去翰林院，可見衙門裡只怕沒幾個人了。

正月初八日，陳廷敬想出門拜客。他大清早就起了床，梳洗停當，用罷早餐，騎馬出門。才到長安街口，就見街上盡是滿兵，仗刀而立。他找地方拴了馬，徒步過去看個究竟。又見很多人往街東頭去，也快步跟了去。

老遠就見天安門東邊兒的龍亭處圍著許多人，還不停有人湊上去。陳廷敬隱隱覺著不祥，心想只怕是出大事了。快到龍亭時，忽聞得哀號聲。陳廷敬猜著了八九成，心裡卻是不信。上前看時，才知道真是皇上駕崩了，龍亭裡正張掛著皇上遺詔。陳廷敬覺得雙腿打顫，淚眼有些模糊。他定了半日神，才看清皇上遺詔上的字，原來皇上自開罪責十四款，自省自悔，抱恨不已，語極淒切。看到詔書末尾，知道是三阿哥玄燁即皇帝位，命內大臣索尼、蘇克薩哈、遏必隆、鰲拜為輔臣，囑咐他們保翊沖主，佐理政務。

陳廷敬正心裡發怔，忽然有人拍了他的肩膀。他嚇了一大跳，回頭看時，卻是明珠。明珠常服穿著，面色悲戚，眼睛有些紅腫。彼此只略略拱拱手，哪裡還顧得上客氣。陳廷敬想著先皇的恩遇，不覺落下淚來。

明珠悄悄兒說：「廷敬隨我來，有話同你說。」

明珠把陳廷敬領到僻靜處，說：「廷敬，您我相識多年，您以為我待您如何？」

陳廷敬猜著明珠有要緊話說，便道：「您是我的恩人，廷敬時刻記著。」
明珠看了他半日，才道：「千萬別再同那個道人往來。」
陳廷敬驚得臉都白了，道：「我同傅山並無往來。」
明珠眼睛望在別處，嘴裡輕聲說道：「您中式那年回山西，傅山去陳家老宅看了您，您從山西回京時又去陽曲看了傅山，傅山前不久又去了您府上。」
陳廷敬驚得冷汗涔涔，道：「原來明珠大人一直盯著我。」
明珠道：「先帝對我有過密囑，讓我看著您。」
陳廷敬問道：「廷敬不明白，如何看著我？」
明珠道：「先帝密囑您不必知曉詳情。您只想想，您同傅山往來，先帝瞭若指掌，為何沒有問您的罪？」
陳廷敬道：「請明珠大人明示！」
明珠道：「先帝相信衛大人的話，看重您的才華人品，想您不是那有背逆之心的人。可眼下時局非常，前明餘孽又在蠢蠢欲動，有人若想拿這事做文章，您就又大禍臨頭了。」
陳廷敬謝過明珠，敷衍道：「傅山先生是個游方道人，是位懸壺濟世的名醫，他四處走走並不奇怪。他來京城找我，一則有同鄉之誼，二則讀書人之間總有些話說。說到謀逆之心，我在傅山先生身上看不出。他只是不願行走仕途，可天下不想做官的讀書人何止一個傅山？」
明珠說：「廷敬，沒那麼輕巧吧？傅山曾因謀反嫌疑入獄，只是查無實據才放了他。他是什麼人，你我心知肚明。」
陳廷敬卻道：「正是查無實據，就不能把罪名放在他身上，更不能因為我同他見了面就有罪了。國朝是講法度的。」

明珠搖頭道：「廷敬，你我之間說法度沒有用。傅山是什麼人，先皇知道，太皇太后知道，朝中大臣也知道，天下讀書人都知道。廷敬，你在敷衍我。」

陳廷敬道：「既然你我心裡明白，廷敬就說幾句真心話。朝廷對傅山這樣的讀書人與其防著忌著，不如說服他們，啟用他們。只要多幾個傅山順了清朝，天下讀書人都會回應的。梗著脖子不順清朝的讀書人，都是大有學問的哪！」

明珠嘆息道：「廷敬，明珠也是讀過幾句書的人，明白馬上打天下，馬下治天下的道理。治天下，就得靠讀書人。先皇也正是如此做的。可滿臣當中，忌諱漢人的多著哪！您才看過先帝遺詔的，先帝為自己開列一罪，就是重用讀書的漢臣！先帝不這麼說，難服滿臣的心！」

陳廷敬道：「廷敬佩服明珠大人見識。人不分滿漢，地不分南北，都是清朝哪！」

明珠說：「這個道理，先皇及太祖、太宗，都說過的。但朝政大事，得講究個因時、因勢、因人，不要太死腦筋了。廷敬，此時此刻，傅山是沾不得的！」

陳廷敬問道：「朝廷將如何處置傅山？」

明珠道：「傅山已逃離京城，這件事您就不要問了。」

陳廷敬猜想傅山只怕有難，心裡暗自擔心。天知道像明珠這樣沒有穿官服的暗捕在京城裡頭有多少！他正心裡七上八下，明珠又道：「鰲拜大人可是您的恩人，您得記著。」

陳廷敬隱約聽說過這件事，只不知個中細節。明珠道：「索額圖父子當年想要了您我腦袋，去向莊親王交差。鰲大人巧妙說服皇上，才保住了您我性命。」

陳廷敬忙說：「我一直沒有機會謝過鰲拜大人。」莊親王放潑這件事叫外頭敷衍出來，簡直就是齣老王爺大鬧金鑾殿的戲文，陳廷敬早聽說過了。他不明白其中真假，但當時他差點兒在夢裡掉了性命，肯定就是事實了。

明珠又說：「索尼身為內務府總管，如今又是首輔大臣，您我都得留點兒神啊！都太監吳良輔先帝最是寵信，眨眼間就叫殺了。」

陳廷敬吃驚道：「內監干政，禍國殃民，前史可鑒。廷敬倒是聽說吳良輔做過很多壞事，他只怕死得不冤。可如今時局非常，有人想借機殺人的話，確實太容易了。」

明珠道：「索尼父子借誅殺吳良輔之機，擅自換掉乾清宮侍衛和內監，分明是故意離間幼帝跟鰲大人。如今幼帝身邊全都是索尼的人了。」明珠注視陳廷敬良久，「廷敬，要靠您了。」

陳廷敬如聞天雷，問：「這話從何說起？」

明珠道：「此乃天機，您暫不可同任何人說起！先帝駕崩前有遺旨，必要召衛向書大人回來，著他出為帝師。衛大人只怕已在回京的路上了。」

陳廷敬聽說衛大人要回來了，自然大喜，卻又問道：「我還是不明白啊！」

明珠道：「衛大人要請兩個他信得過的翰林共同侍候幼帝讀書，鰲拜大人想推您當這個差事。您又是衛大人最賞識的，這事自然成了。」

陳廷敬聽說自己要去侍候幼帝讀書，又是暗喜，又是惶恐。若依他當年考進士時的性子，他不會惶恐；若依他在太原鄉試時的性子，他也不會惶恐。可在京師待了幾年，他倒越來越膽寒了。

明珠道：「您到了幼帝身邊，要時刻同我通消息，那裡發生的所有事情，鰲拜大人都要知道！」

陳廷敬回家時，家人也早知道皇上死了。老太爺說：「我就料到傅山進京同皇上出天花有關，果然如此。廷敬，那些義士必定會借機起事，你得小心啊！」

陳廷敬說：「傅山先生已逃離京城了。我估計朝廷正密告天下，正要捉拿他，我也替他的安危擔心。得有人告訴他這個消息才行。」

老太爺搖搖頭說：「廷敬，您千萬不要管這事！」想想又道：「沒人注意我的，我會想辦法把消息散布出去，自然會傳到他耳中去。天地之大，哪裡沒有藏身的地方？不會有事的。」

明珠交代不要把他將去侍候幼帝讀書的事說出去，可他同岳父是無話不說的。老太爺聽了，也是憂心忡忡，道：「此事兇吉難料！幼帝年尚八歲，假如沒等到親政就被篡了，所有近臣都會有性命之憂，做帝師的肯定死在前頭。這種事自古以來屢見不鮮哪！」

陳廷敬道：「爹的擔心自有道理，可衛大人都不考慮自己生死，我又怎能貪生怕死？這斷不是丈夫作為！」

老太爺嘆道：「興許就是天命，廷敬你就認了吧。」

陳廷敬說：「倘若真能輔佐一代明君，也不枉此一生。」

老太爺道：「真能如此，也是蒼生之福。當今的讀書人最不好做，先皇有意網羅天下讀書人，有效法古賢王的意願，但畢竟滿人同我漢人隔著肚皮，還是兩條心。如今天下明倫堂前的臥碑上都刻有禁令，生員不准言事，不准立盟結社，不准刊刻文字。這可是歷朝歷代亙古未有啊！爺兒倆關著門說句話，朝廷遠憂近患都在於此。」

陳廷敬道：「爹的意思我明白了。蒙古人的元朝，飲馬西域，揚鞭中原，神鴉社鼓，響徹四海。但是，蒙古人蔑視漢人，一味兇悍，不行王道，很快就灰飛煙滅了。」

老太爺點頭道：「你今後侍候幼帝讀書，最要緊的就是教他如何做個聖明之君，真正以天下蒼生為念。自古聖皇明君都有包容天下的大胸懷，若侷限於族類之偏私，必出暴政。百姓才不管誰是皇上，只盼著天下太平。我雖是前明遺老，但反清復明四字，我聽著都有些煩了。」

陳廷敬深服老太爺這番話，道：「刀槍入庫，馬放南山，天下歸心，河清海晏，這才是百姓的願望。可如今仍是危機四伏，社稷並不安穩。」

陳廷敬還在憂心忡忡，明珠卻要領著他去拜見鰲拜。鰲拜近日忙著皇上兇禮（注），好不容易才回到府上。陳廷敬見了鰲拜，拱手施禮。「陳廷敬拜見輔臣大人！」

鰲拜倒不繞彎子，道：「廷敬，皇上年幼，侍候皇上讀書可是大事。我已奏請太皇太后恩准，只等衛向書回京，皇上釋服登基，你就協同衛向書當起這個差事。」

陳廷敬忙道：「臣謝太皇太后聖恩！」

明珠笑道：「廷敬，您既然謝恩，就得跪下呀！」

陳廷敬稍作猶豫，只好在鰲拜面前跪下，嘴上卻道：「謝輔臣大人提攜之恩！」

鰲拜笑道：「廷敬，起來吧。日後好好兒當差就是了。」說著又轉眼望著明珠，「明珠，索尼在先皇跟前給他兒子索額圖討了個二等侍衛，領四品銜。你倆論功業才幹，應是不分伯仲。你在內務府做個郎中，雖只是五品官銜，但今後出身會好些。」

明珠也忙跪下，道：「明珠謝輔臣大人提攜！只是如今在索尼大人手下當差，覺著憋屈！」

鰲拜道：「明珠，你要明白老夫一片苦心。索尼大人年紀大了，正需要你這樣的年輕人去幫個手哪！長江後浪推前浪啊！」

明珠心領神會，道：「小侄領會鰲大人栽培之心！」

鰲拜叫明珠起來，又望著陳廷敬說：「我受先皇遺命佐理朝政，今後事情繁多，有些事就顧不上了。侍候皇上讀書的事，你和衛師傅要多多費心。」

陳廷敬道：「廷敬自當竭盡全力。」

注　兇禮：指哀邦國之憂的喪葬禮節，還包括對天災人禍的哀悼。

鰲拜還要忙著進宮去料理國喪，明珠便領著陳廷敬告辭了。陳廷敬想自己剛才名義上是跪謝太皇太后，實際上卻是跪倒在鰲拜膝下；又見朝中用人大事，鰲拜獨自就定奪了，心裡很不是滋味。

18

衛向書披麻戴孝飛赴進京，一路想著先皇留下遺命，召他回去侍候幼帝讀書，實有託孤之心，不禁感激涕零。他趕到京城已是正月底，玄燁持服二七日已滿，遵奉先皇遺詔釋服登基，改元康熙。

幼帝原是同諸位阿哥同在上書房讀書的，從現在起每日就駕弘德殿學習。師傅除了衛向書，還有幾位專教滿文、蒙古文和弓馬騎射的諳達。衛向書進京以後才知道，太皇太后早已選了兩個年輕人同他一起侍候皇上，一個是翰林陳廷敬，一個是監生高士奇。陳廷敬是鰲拜向太皇太后舉薦的，索尼便舉薦了高士奇，太皇太后都恩准了。陳廷敬正是衛向書極為賞識的，高士奇他卻知之甚少。既然是太皇太后懿旨，他也沒什麼多說的。

皇上雖是年幼，也還知道發憤，只是獨自讀書久了，漸漸覺得無趣。往日同阿哥們一塊兒讀書，既是玩在一處，又可比比高下，自有很多樂趣。如今師傅諳達一大幫，只圍著他一個人轉，慢慢就覺著枯燥乏味。

有日，衛向書講的是歐陽修《朋黨論》，請皇上跟著讀。「夫前世之主，能使人人異心不為朋，莫如紂。能禁絕善人為朋，莫如漢獻帝。能誅戮清流之朋，莫如唐昭宗之世。然皆亂亡其國。」

皇上跟著讀了幾句，放下書本發問：「能誅戮清流之朋，莫如唐昭宗之世。然皆亂亡其國。師傅，朕聽不懂。」

衛向書道：「古人說得好，書讀百遍，其義自見！皇上，跟著老臣讀吧，先讀熟了老臣自然會講的！」

皇上發了懶筋，說：「朕今日不想讀書了！」

衛向書忙說：「皇上不肯讀書，老臣吃罪不起啊！」

皇上道：「朕這會兒想去學騎馬射箭，明日再讀書！太皇太后說了，聖賢書要讀好，弓馬騎射也要學好！」

衛向書只道弓馬騎射，諳達自要教的，今日輪著是讀書。皇上哪裡肯聽，丟開書本就往外走。陳廷敬同高士奇侍立在旁，只是看著皇上撒氣，想幫衛師傅也幫不上。

皇上出門去，叫上侍衛倭赫，說：「朕騎馬去。」

倭赫請皇上稍候，飛跑出門牽馬去了。太皇太后囑咐過，皇上年紀太小，想騎馬只在乾清門裡頭轉轉，不准到外頭去。周如海等幾個太監也忙隨皇上出來了，生怕出事。衛向書同陳廷敬、高士奇也只得出了弘德殿，跟在皇上後面。

倭赫牽了御馬來，抱著皇上騎馬。皇上還未能獨自騎，便由倭赫帶著。周如海連聲喊道主子悠著點兒，皇上卻嫌太慢了，搶過倭赫手中馬鞭使勁兒抽打。馬只在乾清門裡兜圈子，倭赫怕跑得太快摔著了皇上，便老是勒著馬轡。

皇上沒了興趣，又嚷著要下來射箭。倭赫勒住馬，周如海過來要抱皇上。皇上卻朝一個小太監喊道：「張善德，你抱朕下來！」

喚作張善德的小太監忙跑了過去，把皇上從馬上抱了下來。張善德才十三歲，力氣不大，那馬又高，差點兒摔了皇上。周如海便斥罵張善德該死。皇上偏護著張善德，反過來罵了周如海。

倭赫拿起御用弓箭，拉如滿月啪地一聲，正中前頭的樹樁。皇上接過倭赫手中的弓箭，漲紅了臉也拉不太開。聽得一響悶響，箭不出五十步落地。皇上氣得把弓箭往地上一摔，道：「不射箭了，朕回去讀書！」

倭赫道：「皇上不能讀著書想騎馬射箭，射著箭又想讀書。皇上年紀還小，能射這麼遠，了不得了。」

皇上使著氣說：「我說不射箭了就不射箭了！」

這時，一直呆立在旁的高士奇上前道：「皇上，奴才有樣東西想獻給你，既可練腕力，又可拿著玩兒！」

皇上問：「什麼東西？」

高士奇說著就從懷裡掏出個彈弓。那彈弓做得很是精巧，鐵打的架子，手柄上鑲著黃楊木。

高士奇道：「回皇上，這叫彈弓，鄉下小孩很平常的玩意兒。」

皇上接過彈弓，眼睛一亮，說：「宮裡怎麼沒有這東西？」

高士奇笑道：「這本是鄉下孩子玩的，只是做得沒這麼好。奴才教皇上怎麼用。」

高士奇拿彈弓瞄準樹上一隻鳥，啪地一聲，鳥中矢而落。皇上高興得直拍手，只道這個東西好玩。

高士奇道：「奴才隨侍多日，見皇上腕力尚弱，挽弓實在勉為其難，便想起自己小時候玩過，的彈弓，特地找匠人做了這個彈弓，孝敬皇上！」

皇上笑道：「高士奇，朕很高興，朕讓太皇太后賞你！」

高士奇低頭道：「臣能侍候皇上讀書，已是天大的恩寵！士奇不敢邀功。」

有回又輪著衛師傅講書，他突然身子不好告了假，奏請太皇太后由陳廷敬頂替幾日。太皇太后恩准了。皇上見是陳廷敬講書，更是不想讀書，只道：「好了好了，衛師傅病了，我也正想玩哩！去，騎馬去！」

了。」

陳廷敬忙說：「皇上不可如此。哪日讀書，哪日騎射，自有師傅、諳達們安排，不可亂了。」

皇上生氣道：「讀書讀書，要讀到哪日為止！」

陳廷敬說：「回皇上，俗話說，活到老學到老，還有三分沒學到。學無止境呀！」

皇上畢竟還是小孩，道：「什麼學無止境，怎麼不見你們讀書？」

陳廷敬道：「臣雖然中了進士，仍在翰林院讀書。臣除了侍候皇上讀書，就是自己讀書。士奇也是如此，他除了侍候皇上讀書，自己在詹事府聽差仍要讀書。」

皇上道：「衛師傅教的，我實在讀厭了。能不能換些文章來讀？」

陳廷敬說：「經史子集，皇上都是要讀的，慢慢來。」

高士奇卻道：「皇上不妨說說，您最愛讀什麼文章？」

皇上說：「我最近在讀詩，喜歡得不得了。高樹多悲風，海水揚其波。利劍不在掌，結友何須多！不見籬間雀，見鷂自投羅？」

陳廷敬聽皇上讀的是曹植的《野田黃雀行》，嚇得臉色大變，忙說：「皇上聰明異常，可您現在還需師傅領著讀書，不可自己隨便找書看。」

皇上拍了桌子，道：「真是放肆！朕讀什麼書，還要你說了算。有本事的話，把這首詩說給朕聽聽！」

高士奇卻搶先答道：「回皇上，這是曹植的《野田黃雀行》。」

陳廷敬知道這話題不可講下去，厲聲道：「士奇！」

高士奇卻是有意誇顯學問，道：「各代詩文，自有不同氣象。曹植是三國人物，那時的詩詞，多慷慨悲涼，氣魄宏大，自古被稱作漢魏風骨。」

皇上歡喜道：「高士奇，你有學問。說說這首詩是什麼意思吧。」

陳廷敬勸道：「皇上，我們還是接著衛師傅教的書來讀吧。」

皇上喝斥陳廷敬。「你別打岔！」

高士奇又道：「這是曹植的鬱憤之作。曹植的哥哥曹丕做了皇帝，就殺了幾個親兄弟，把曹植也貶了。曹植悲嘆自己沒有能力解救危難的兄弟，就寫了這首詩。」

皇上問道：「本是同根生，相煎何太急。這也是曹植寫的嗎？」

高士奇忙拱手道：「皇上小小年紀，卻是博聞強記。」

不料皇上說道：「曹丕為什麼要殺自己的兄弟呢？假如是朕的哥哥做了皇帝，也會殺朕嗎？朕幸好自己做了皇上。」

高士奇這下可嚇著了，不知如何回答。太監們也嚇著了，周如海忙說：「皇上，您可不能這麼說話，奴才們還要留著腦袋吃飯哪！」

陳廷敬也急壞了，忙說：「皇上，這人世間很多道理，長大之後自然明白，您現在只管讀書。」

皇上道：「朕說不定還沒長大就被自己哥哥殺了，還不如不長大哩！」

陳廷敬額上早已冷汗直冒，道：「皇上，那曹丕不施仁政，同室操戈，曹魏江山很快就覆亡了。這已是前車之鑒，歷代帝王早已汲取教訓。皇上不必擔心，只管讀書就是了。」

皇上哼著鼻子道：「讀書讀書，只知道要我讀書！你的學問不如高士奇。」

陳廷敬道：「讀書人認識文章，就像農戶認識莊稼，並不稀罕。」

皇上笑笑，說：「哼，說你學問不如高士奇，你還不服氣！」

陳廷敬道：「高士奇固然很有學問，但皇上只要發憤，不用到他這個年紀，詩文過眼，您便可知其年代，出自誰家。好比草木蔬果，見多了，熟悉了，都可知其類，呼其名，知道它長在什麼季節，是春華秋實，還是歲歲枯榮。」

皇上道：「朕聽不進你這些話！朕要去找太皇太后，朕不想做皇帝，也不要哥哥們做皇帝，免得兄弟殺兄弟！」

周如海撲通跪下了，陳廷敬、高士奇和所有侍衛、太監都跪下了。陳廷敬叩頭在地，道：「皇上，此話萬萬不能再提，不然在場所有人的腦袋都保不住！」

陳廷敬回到家裡滿心惶恐，生怕今日這事傳到外頭去。這雖是高士奇惹出來的禍，可衛大人把講書的差事託付給他，追究起來他就罪責難逃。他覺著憋屈也沒處說去，只願菩薩保佑了。周如海是求了皇上，別把這事說給太皇太后聽，不然奴才們都會掉腦袋。可陳廷敬心想八歲幼帝的嘴哪裡封得住的？

夜裡，陳廷敬獨坐書齋，撫琴良久。老太爺聽這琴聲，便猜著廷敬心裡肯定有事。卻不想去打擾他。聽得琴聲靜了，老太爺放心不下，去書齋看看。卻見陳廷敬正在作詩。

陳廷敬見老太爺去了，忙說：「爹，您還沒歇著哪。」

老太爺說：「看看你，就去睡了。呵，又有佳構啊。」

陳廷敬道：「隨意塗鴉，見笑了。」

老太爺過來看看，原來陳廷敬寫的是首詠史詩，喟嘆劉邦初創基業的時候，天下英雄的豪邁之氣，末尾兩句卻是：儒冠固可溺，齷齪多凡庸！老太爺暗忖廷敬果然有心事。可陳廷敬自己沒說，老太爺也不會問的。

第二日，陳廷敬照例去了弘德殿，衛大人仍是病著。卻見風平浪靜，啥事兒也沒有。這才放下心來，想皇上真的沒有把事情說給太皇太后聽。

哪知周如海原是鰲拜耳目，昨日夜裡就把弘德殿的事原原本本報與他聽了。鰲拜聽了，知道事情全在高士奇身上，可畢竟責怪起來大家都會吃苦頭，便把這事瞞住了太皇太后。卻又不想讓這事輕易過去，就找了索尼。索尼聽了，氣得連夜把高士奇叫了去，罵得他狗血淋頭。高士奇只想這事肯定是陳廷敬告發的，自此心裡更是記恨。

有了昨日之事，今日皇上讀書不再推三推四。陳廷敬讀一句，皇上就跟著讀一句。讀了不到一個時辰，皇上突然又不吭聲了。陳廷敬抬起頭來，只見皇上拉開彈弓，朝殿角啪地打了過去。立馬一聲脆響，殿西頭立著的大瓷瓶碎了。皇上自己也嚇著了，太監們早跪了下來。

正在這時，鰲拜大步跨進門來，驚道：「臣叩見皇上！剛才是誰驚了駕？」

沒誰敢吭聲，都低了頭。皇上也是把頭低著，手背在身後。鰲拜環視殿內，見打碎了一個瓷瓶，問：「誰打碎的？該死！」

周如海忙望望鰲拜，又悄悄兒朝皇上努嘴巴。鰲拜立時明白過來，知道自己說了大逆不道的話，卻是只裝糊塗，問：「皇上手裡藏了什麼東西？」

皇上拿出彈弓，極不情願地攤在手裡。周如海跑上去接過彈弓，交給鰲拜。鰲拜反復看著這東西，問道：「這是哪裡來的？」

高士奇忙跪下來，說：「奴才給皇上做的，皇上平時可用這個練練腕力。這叫彈弓，民間小孩的玩意兒。」

鰲拜發火道：「大膽，誰讓你做的？」

高士奇叩頭道：「奴才見皇上挽弓射箭腕力不足，特意做了個彈弓，好讓皇上平日練練。」

鰲拜罵了高士奇半日，又望著陳廷敬說：「山西自古就是個出名相的地方，藺相如、狄仁傑、司馬光、元好問，都是你們山西人。如今衛師傅和你也是山西人，你要盡力侍候好皇上讀書。」

陳廷敬道：「廷敬雖才疏學淺，卻願效法先賢，忠君愛國，不遺餘力！」

鰲拜喝三罵四好半日，這才回頭對皇上叩道：「臣來看看他們侍候皇上讀書是否用心，臣這就告退了。」

皇上剛才聽鰲拜罵人，甚是害怕，這會兒卻道：「把彈弓還我！」

鰲拜猶豫著，仍把彈弓還了皇上，道：「皇上讀書時只是讀書，學騎射時再玩這個東西。」

皇上也不說話，只望著地上。鰲拜又朝殿內太監們罵了幾句，朝皇上叩頭走了。

高士奇突然說道：「廷敬，山西可是人才濟濟啊。我聽說山西有個傅山，名聲很大。」

陳廷敬聽出高士奇居心不良，心想他肯定早聽說自己同傅山有過往來，便道：「傅山人品、學問都很不錯，只是性格怪了些。」

高士奇笑道：「傅山的反心昭然于天下，讀書人多有耳聞。您只說他性格怪了些，未必太輕描淡寫了。」

陳廷敬道：「士奇，這裡不是談傅山的地方，我們侍候皇上讀書吧。」

哪知皇上聽了卻是不依，只問：「傅山是誰？」

陳廷敬說：「一個很有學問的人。」

皇上道：「先帝說天下最有學問的人都來考進士了，傅山考中了嗎？」

陳廷敬回道：「皇上，讀書人各不相同，有的喜歡考進士，有的喜歡浪跡江湖。皇上現在只管讀書，傅山這個人，您日後會知道他是誰的。」

皇上道：「朕看你倆神色很不對勁兒，難道這傅山是說不得的嗎？他到底是個有學問的讀書人，還是江洋大盜？朕記得先皇說過，人心如原草，良莠俱生。去莠存良，人皆可為堯舜；良滅莠生，人即為禽獸。朕相信不論什麼人，只要讓他明白聖賢的道理，都會成為好人的。」

陳廷敬驚嘆皇上小小年紀，居然能把先帝這話原原本本記下來，便道：「可喜皇上能記住先帝遺言。皇上只好好兒讀書，這些道理都在書中。」說到讀書，皇上又不高興了。

陳廷敬想今日鰲拜在弘德殿裡很失大臣之體，實為大不敬。皇上讀書的地方，大臣怎可在那裡喝三罵四？

回到家裡，翁婿倆長談至半夜。老太爺道：「聽你這麼說，鰲拜果然有些驕縱。」

陳廷敬說：「輔佐幼主之臣必須是幹臣，而幹臣弄不好就功高蓋主，貽禍自身。自古輔佐幼主的大臣，大都不會有好結果。往遠了說，呂不韋輔佐嬴政，最後怎麼樣？遺恨千古！」

老太爺道：「是呀，睿親王多爾袞輔佐先皇順治，可謂鞠躬盡瘁，死而後已。可是人死之後，還被褫爵籍沒，牌位都撤出了宗廟。天下人都知道多爾袞蒙著千古沉冤，只是不敢說！若是那抱有野心確想篡逆的，就更沒有好下場了。」

陳廷敬說：「鰲拜大人屢屢示恩於我，可我實在不想同他靠得太近。四個輔政大臣，鰲大人名列最後。可他的性子卻是凡事都要搶在前頭，難免四面樹敵。我估計四個輔政大臣，今後最倒楣的只怕就是鰲拜！」

老太爺說：「鰲拜祖上世代功勳，他自己又身經百戰，驍勇異常，軍功顯赫。單憑這些，他就不會把別的人放在眼裡。只因性子粗魯，屢次被參劾。不然，他的身分地位早在其他輔臣之上。」

陳廷敬道：「我擔心的是他最後會把皇上都不放在眼裡。」

皇上覺得弘德殿的日子甚是難熬，可轉眼間他已是十歲了。這時的皇上懂事不少，再不同師傅們鬧性子。這日，鰲拜進了乾清宮，直往西頭弘德殿去。張善德已長到十五六歲，早同大人一般高了。他見鰲拜來了，忙道：「輔臣大人您請先候著，待奴才去奏報皇上！」

鰲拜橫眼一瞪，張善德嚇得忙退下。太監們畏懼，低頭讓開。站在殿門口的倭赫見了，上前攔了鰲拜道：「輔臣大人請稍候！」

鰲拜搧了倭赫一掌，道：「老夫要見皇上，還要你們准許？」

倭赫眼都被打花了，也不敢拿手揉，低頭道：「大人您是輔政大臣，領侍衛內大臣，奴才知道的這些規矩，都是您教導的！」

鰲拜吼道：「老夫教導過你們，可沒人教導過老夫！」

索額圖猛地從弘德殿裡衝出來喊道：「誰在外頭喧嘩？」見是鰲拜，忙拱了手，「啊呀，原來是輔臣大人來了！你們真是放肆！怎麼在輔臣大人面前無禮！快快奏報皇上，輔臣鰲拜大人覲見！」

這時周如海慌忙跑出來，喊道：「輔政大臣鰲拜覲見！」

鰲拜進殿，跪地而拜：「臣鰲拜向皇上請安！」

皇上知道剛才是鰲拜在外頭吵鬧，卻只做沒聽見，道：「鰲拜不必多禮，起來坐吧。你是朕的老臣了，朕准你今後不必跪拜。」

鰲拜聽了，只道：「臣謝皇上恩典。臣多年征戰，身上有很多處老傷，年紀大了跪著也甚為吃力。」

衛向書、陳廷敬、高士奇都向鰲拜施了禮，口稱見過輔臣大人。鰲拜環顧左右，見侍衛們竟然未向他施禮，心中大為不快。

皇上道：「鰲拜，你終日操勞國事，甚是辛苦。朕成日價讀書也煩，但是想著你們那麼辛苦，朕也就不怕苦了。」

鰲拜道：「老臣沒別的事情，只是多日不見皇上，心中十分想念。鰲拜謝皇上體諒！外頭有人說老臣全不把皇上放在心上，多日沒向皇上請安了。老臣今日叩見皇上，只有衛師傅跟陳廷敬、高士奇看見了，這幫小兒都沒瞧見哪！」

索額圖頓時慌了，忙指使左右：「你們真沒規矩，快快見過輔臣大人！」侍衛們這才拱手施禮，道了見過輔臣大人！皇上畢竟年幼，見了鰲拜心裡有些懼怕，胸口不由得怦怦兒跳。鰲拜又道：「衛師傅，皇上年幼，讀書辛苦。拜託您悠著點兒。皇上想散散心，你們就侍候著皇上玩玩吧。」

衛向書道：「皇上讀書很用功，練習騎射也沒放鬆。」

鰲拜笑道：「老臣這就放心了。老臣盼著皇上早日學成，那時候老臣便可回到老家，養幾匹馬，放幾頭羊，過過清閒日子。」

皇上卻道：「鰲拜不可有此想法。朕皇祖母說了，四位輔政大臣，都是愛新覺羅家的至親骨肉，這個家始終得你們幫著看哪！」

鰲拜叩道：「臣謝皇上跟老祖宗垂信，感激不盡！皇上只管用心讀書，臣告退。」

皇上喊道：「索額圖，送送輔臣大人。」

索額圖送鰲拜出了弘德殿，侍衛同太監們只略略低頭。鰲拜便站住不動，橫眼四掃。索額圖忙說：「你們真是無禮！恭送輔臣大人！」侍衛同太監們只好齊聲高喊恭送輔臣大人。鰲拜這才哼了聲，大步離去。索額圖回頭見張善德正在身後，便同他悄悄說了句話。張善德聞言大驚，嚇得直搖頭。

衛向書見剛才皇上實是受驚了，便道：「皇上，今日書就讀到這裡吧。請諳達侍候皇上去騎馬如何？」

皇上卻道：「輔臣大人怕朕讀書吃苦，可他處理國事還辛苦些。衛師傅，接著講新書吧。」

索額圖向張善德使了眼色。張善德只作沒看見，仍木木地站在那裡。索額圖朝他瞪了眼睛，張善德這才上前說道：「皇上，鰲拜說是來探望皇上，卻在這裡咆哮喧嘩，大失體統！」

索額圖卻立馬罵道：「狗奴才，你竟敢在皇上跟輔政大臣之間故意挑撥！」原來剛才張善德那些話是索額圖教他說的，卻又來罵他。

張善德嚇壞了，忙跪了下來，說：「奴才該死！可奴才怕皇上嚇著，實在看不下去！」

皇上笑道：「朕是那麼好嚇唬的嗎?你們都想得太多了，輔臣大人都是為著朕好。陳廷敬，朕聽說你是鰲拜保舉來的。你說說朕是去騎馬呢?還是讀書？」

陳廷敬道：「回皇上，讀書、騎射都很重要，這會兒皇上想讀書，那就讀書吧。」

皇上說：「衛師傅，朕依你的，這會兒就不講新書了。可朕也不想去騎馬，只想聽些歷史掌故，就讓陳廷敬講吧。」

衛向書點頭道：「遵皇上旨意。史鑒對於治國，至關重要。」

陳廷敬便說：「臣遵旨。不知是臣隨意講，還是皇上想知道哪些掌故。」

皇上卻道：「你給我說說王莽這個人吧！」

衛向書暗驚，道：「皇上，這段史事紛繁複雜，過幾年再講不遲。」

皇上說：「歷朝歷代，皇帝、大臣多著哪，朕感興趣的倒也不多，值得細細琢磨的君臣更少。朕雖年少，王莽倒是聽說過的。朕就想聽陳廷敬仔細說說王莽這個人。」

衛向書道：「皇上，過幾年再講這段史事，今日可否講講別的?」

高士奇上回吃過苦頭，只是站在那裡不吭聲。

皇上道：「真是奇怪了！朕想聽聽王莽這個人的故事，你們好像就忌著什麼。難道朕身邊還有王莽嗎？陳廷敬，說吧！」

陳廷敬很是為難，望望衛向書。衛向書道：「陳廷敬，皇上想聽，你就講吧。」

陳廷敬仍是遲疑，半日才講了起來：「西漢末年，天下梟雄蜂起，朝中朋黨林立，外戚爭權奪利，國家甚是危急。王莽倒是個能臣，替漢室收拾好了搖搖欲墜的江山，輔佐平帝劉衎。但是，王莽既是能臣，更是奸雄。他伺機暗殺了平帝劉衎，扶了兩歲的孺子嬰為帝，自己操掌朝廷。攝政不到三年，乾脆把孺子嬰拉下皇位，自己登基。」

皇上問道：「漢平帝劉衎被殺，年歲多大？」

陳廷敬說：「十四歲！」

怎料皇上又問道：「朕今年十歲了，離十四歲還有幾年？」

皇上問了這話，面前立時跪倒一片。衛向書連連叩頭道：「皇上，今日這話傳了出去，可是要人頭落地的呀！首當其衝的自是老臣。老臣命如草芥，死不足惜。只是這些話如被奸人利用，難免危及君臣和睦，釀成大禍！」

皇上問道：「衛師傅是怕有人等不到我十四歲，就把我殺了？」

索額圖吼道：「陳廷敬真是該死！」

陳廷敬雖是害怕，但既然說了，就得說透，不然更是罪過，便道：「皇上，剛才臣所說的雖是史實，但其中見識，臣並不贊同。既然皇上垂問，臣就冒死說說自己的看法！」

衛向書著急道：「廷敬，你不要再說了！」

陳廷敬卻道：「廷敬一人做事一人當，與衛師傅無干！王莽固然不忠，但他之所以膽敢篡漢，都因漢平帝懦弱無能！歷史有可怕的輪迴，光武帝劉秀光復了漢室，可是不到兩百年，又出了個曹操。曹操也被世人罵為奸雄，但如果不是漢獻帝劉協孱弱可欺，曹操豈敢大逆不道？」

高士奇這回說話了，道：「王莽、曹操可是萬世唾罵的大奸大惡，廷敬您這樣說不等於替他們揚幡招魂嗎？您不要再說了。」

陳廷敬誰也不理會，只對皇上說：「臣還沒有講完哪！」

衛向書厲聲喊道：「廷敬，老夫求你了，不要再多說半個字！」

皇上卻仍要聽下去，道：「陳廷敬，你別管他們，講！」

陳廷敬說道：「皇上天資聰穎，勤奮好學，必能成就一代聖明之君！單憑皇上以十歲沖齡，便能問王莽之事，可謂識見高遠。史鑒在前，警鐘縈耳，皇上當更加發奮，刻苦磨礪，不可有須臾懈怠！」

索額圖道：「陳廷敬，你是不是在嚇唬皇上？」

陳廷敬這才說道：「皇上，臣的話說完了。如果觸犯皇上，請治罪！」

索額圖跪下道：「皇上，陳廷敬妖言蠱惑，萬萬聽不得！」

皇上卻笑了起來，說：「不，陳廷敬說的話，朕句句都聽進去了！陳廷敬，你的見識非同尋常，朕賞識你！」

陳廷敬忙說：「謝皇上寬貸不究！」

皇上站起來，拍拍陳廷敬的肩膀，說：「你沒有罪，你今日有功！朕聽懂了你這番話，會更加努力的。陳廷敬，歷朝歷代，像王莽、曹操這種篡逆的故事，不止一二。朕命你把這些掌故弄個明明白白，一件件兒說給朕聽！」

衛向書恐再生事端，只道：「皇上眼下要緊的是讀書，前朝掌故日後慢慢說也不遲。」

皇上說：「讀幾句死書，不如多知道些前朝興亡的教訓！朕不想做劉衎！」

陳廷敬道：「皇上明白這個道理，臣已十分欣慰！衛師傅說得是，皇上現在讀書要緊！」

皇上道：「朕書要讀，興亡掌故也要聽。陳廷敬，朕要奏明太皇太后，她老人家會重重地賞你！」

衛向書忙跪了下來，道：「皇上，老臣以為，今日弘德殿裡的事，誰也不得露半個字出去！陳廷敬固然說得在理，就怕以訛傳訛，生出事端。因此，太皇太后那裡，皇上也不要說。」

皇上想了想，說：「准衛師傅的話。你們都聽著，誰到外頭去說今日的事兒，朕殺了他！」

皇上午後散了學，周如海就瞅著空兒出去密報鰲拜去了。索額圖自然也會把這事告訴他阿瑪的。衛向書知道今日的事情最終都會傳出去，他不如自己走在前頭，散學就見太皇太后去了。

鰲拜聽周如海說了弘德殿裡的事，勃然大怒，立即把明珠找了去，說：「明珠，陳廷敬是你向老夫引薦的，你說他忠義可信。他居然同皇上講王莽篡漢的故事！這分明是在提醒皇上，老夫會成為王莽！陳廷敬居心何在！」

明珠道：「要不要找陳廷敬來問個詳細？」

鰲拜道：「還用問什麼？陳廷敬不光今日講了，日後還會講下去！這個陳廷敬，他同老夫離心離德！多虧了周如海，不然老夫還蒙在鼓裡！」

明珠問道：「輔臣大人，此事您想如何處置？」

鰲拜道：「讓陳廷敬永遠見不著三阿哥！」

明珠道：「他是皇上了。」

鰲拜沒好氣，說：「知道他是皇上！陳廷敬遲早會把這個皇上教壞的！先把陳廷敬從皇上那兒弄出來，再尋個事兒殺了他！這種忘恩負義的人，留著何用！」

明珠道：「明珠以為此事還需想周全些。」

鰲拜說：「老夫遇事不會多想，快刀斬亂麻！衛師傅也要換掉！」

明珠道：「先帝跟太皇太后都很是信任衛師傅，只怕動他不了！」

鰲拜道：「你不用多管！皇上身邊的人，統統換掉！周如海你留個心眼兒，給他們尋個事兒！」

周如海點頭說：「乾清宮那幾個太監、侍衛，我已給他們把岔兒找好了！」

鰲拜忙說：「哦？快說來聽聽。」

周如海說：「侍衛倭赫等擅騎御馬，擅取御用弓箭殺鹿，按律當如何？」

鰲拜驚道：「竟有此事？死罪！」

周如海又說：「張善德那幾個太監把皇上的夜壺當痰盂使，往裡頭吐痰哪！」

明珠聽著忍俊不禁，差點兒笑了起來，鰲拜卻說：「大逆不道！該殺！陳廷敬這個人也該殺，給個罪名，就說他居心不良，妖言蠱惑，離間君臣！」

明珠忙道：「拿這個理由殺陳廷敬，只怕有些牽強。」

鰲拜紅了眼，道：「管他牽強不牽強，先把他從皇上身邊趕走再說！衛向書縱容陳廷敬，也不得放過！不管了，就這麼定了！」

那日皇上仍是在弘德殿讀書，聽得外頭吵了起來。索額圖正好侍駕，忙跑了出去。只見鰲拜領著很多侍衛進來了。索額圖忙問：「輔臣大人，您這是……」

鰲拜並不答話，只領著人往裡走。索額圖見勢不好，厲聲喊道：「輔臣大人，你想弒君不成！」

鰲拜卻反過來吼道：「索額圖，休得咆哮！驚了聖駕，拿你是問！」

弘德殿的侍衛忙抽了刀，鰲拜帶來的人卻快得像旋風，立馬把他們圍住了。

皇上出來了，喝道：「鰲拜，你想做什麼？」

鰲拜叩首道：「皇上，臣今日要清君側！」

鰲拜領來的侍衛立即宣讀文告：「乾清宮侍衛倭赫、西住、折克圖、覺羅塞爾弼等，擅騎御馬、擅取御用弓箭殺鹿，大逆不道！彼等御前侍衛在輔政大臣面前沒有依制加禮，言行輕慢，大失國體。內監張善德等事君不敬，褻瀆聖體，其罪恥於言表。陳廷敬居心不良，蠱惑皇上，離間君臣，十惡不赦！衛向書縱容陳廷敬，罪不可恕！」

皇上逼視著鰲拜，大聲道：「鰲拜，你這是一派胡言！」

鰲拜見局面已盡在掌握之中，便跪了下來，道：「臣不忍看著皇上終日與狼狐之輩為伍！」

鰲拜手下的侍衛已把刀架在陳廷敬脖子上。陳廷敬想今日反正已是一死，便高聲說道：「輔臣大人，我蒙皇上垂詢，進講歷代興亡掌故，何錯之有？皇上十歲沖齡便懂得以史為鑒，有聖皇明君氣象，真嘆為神人！我身為人臣，萬分欣慰。十歲的皇上尚且知道發奮自強，不赴劉衍後塵，難道真還有人想效法王莽不成？輔臣大人受先皇遺命，佐理朝政，辛勤勞苦，遇著這麼聰慧的皇上，應感到安慰，何故動起干戈？」

皇上問道：「鰲拜，你告訴朕，誰想做王莽？」

鰲拜站起來，衝著陳廷敬吼道：「陳廷敬，死到臨頭，你還在調唆皇上！我這就殺了你！」

陳廷敬脖子上那把刀立即就舉了起來。這時，衛向書大喊一聲：「不可！」一把推開陳廷敬，那刀僵在了半空中。

鰲拜怒目橫視：「衛向書，你不要以為老夫就不敢殺你！」

衛向書道：「殺了老夫，又何足惜！你要想想你自己！」

鰲拜哈哈大笑道：「老夫有什麼好想的？老夫身為輔臣，今日是在清君側，替天行道！」

衛向書說：「我擔心你如何向十歲的皇上說清楚今日的事情！皇上要不是生在帝王之家，他還在父母面前撒嬌哩！你卻要他看著這麼多人頭落地！」

鰲拜道：「做皇帝生來就是要殺人的，還怕見了人頭？書生之見，婦人之仁！」

聽得衛向書這麼一說，皇上大喊一聲衛師傅，一頭栽進老人家懷裡，哭了起來。衛向書也老淚縱橫，抱著皇上。

皇上突然止住哭泣，回頭道：「朕不怕看見人頭落地！鰲拜，我奏明瞭皇祖母，你的人頭也要落地！」

索額圖喊道：「輔臣大人，你嚇壞了皇上，看你如何向太皇太后交代！」

皇上卻喊道：「索額圖，朕這麼容易就被嚇著了？朕命你救駕！」

索額圖大聲喊著救駕，可乾清宮的侍衛早換成了鰲拜的人，倭赫等御前侍衛已無法動彈。鰲拜吩咐手下侍衛：「留下幾個人護駕，把所有的人都帶走！」

鰲拜不管皇上如何哭鬧，把衛向書、陳廷敬、倭赫、張善德等幾十號人全部押走了。

鰲拜畢竟有些逞匹夫之勇，後邊的事情還得往桌面上擺，不然他也難得向太皇太后跟滿朝文武百官交代。索尼等大臣急忙請出太皇太后，各方爭來爭去幾個回合，倭赫、西住、折克圖、覺羅塞爾弼等侍衛、太監十三人處斬，衛向書仍充帝師，陳廷敬不得再在皇上身邊侍從，仍回翰林院去。張善德原是也要處斬的，皇上哭鬧著保住了，仍回弘德殿遣用。

19

衛向書大人教了陳廷敬「等」字功，岳父大人教了他「忍」字功。他這一「等」一「忍」，就是十幾年過去了。這時候，陳廷敬已是翰林院掌院學士、教習庶起士、禮部侍郎、《清太祖實錄》總裁。月媛早生下兩個兒子，老大名喚豫朋，老二名喚壯履。

陳廷統早中了舉人，卻未能再中進士，也懶了心，不想再下場子。陳廷敬拿他沒辦法，只得在京裡給他謀了差事，在工部做個筆帖式。這陳廷統同他哥哥可是兩個性子，功名未成只嘆自己命不好，沒遇著貴人。他總瞅著空兒這家府上進，那家府上出。

一個夏夜，陳廷統想去明珠府上拜訪。明珠早已是武英殿大學士、太子太師、吏部尚書。陳廷統在明珠府外徘徊著，忽見一頂轎子來了，匆忙躲閃。下轎的原來是高士奇。高士奇現在仍只是個內閣中書，卻在南書房裡行走。他見有人慌忙走開，甚是奇怪。朗月當空，如同白晝，他竟然認出人來了，便叫道：「不是廷統嗎?站在外頭幹嗎?」

陳廷統一臉尷尬，走了過來，說：「我想拜見明大人，可我這個七品小吏，怎麼也不敢進明大人的門呀！」

高士奇哈哈大笑，說：「啊呀呀，明大人禮賢下士，海內皆知。來，隨我進去吧！」

陳廷統仍是猶豫，支吾道：「可我這雙手空空。」

高士奇搖頭道：「不妨不妨，門包我給就是了，你隨我進去得了。」

高士奇說著，上前扣門。門房開了門，見是高士奇，笑道：「哦，高大人，今兒我家老爺可是高朋滿座啊!您請!」

高士奇拿出個包封，遞給門房。門房笑著收下，嘴上卻說：「高大人就是客氣，每回都要賞小的！」

高士奇也笑著，心裡卻暗自罵這小王八羔子，不給他門包，八成明大人就是不方便待客！高士奇當年寒傖，手頭常有拿不出銀子的時候，他在明珠府上沒少受這門房的氣！

高士奇進了明府，迎出來的是管家安圖。安圖笑道：「高大人，您來啦？」

管家也是要收銀子的，高士奇遞了個包封，說：「安大管家，好些日子不見了。」

安圖接了銀子，說：「小的想高大人哩！咦，這位是誰？」安圖望著陳廷統，目光立馬冷冷的。

高士奇笑道：「我帶來的，陳廷統，陳廷敬大人的弟弟，在工部當差。」

安圖忙拱手道：「原來是陳大人的弟弟，失敬失敬！」

陳廷統還了禮，說：「還望安大管家照顧著。」

安圖領著高士奇和陳廷統往明府客堂去，老遠就聽得有人在裡頭高聲說道：「神算，真是神算呀！」

高士奇聽了，知道肯定是京城半仙祖澤深在這兒。祖澤深如今名聲可是越來越大了，就連王爺、阿哥都請他看相。

安圖讓高士奇和陳廷統在門外稍候，自己先進去。不多時，安圖出來，說：「明大人有請哩！」

高士奇剛躬身進門，就聽得明珠朗聲大笑，道：「啊啊，士奇來了啊！快快上座！」

高士奇忙走到明珠面前，正兒八經請了安：「士奇拜見明大人！」

明珠又是大笑，說：「士奇就是太客氣了，你我整日價在一處，何必多此一禮？咦，這位是誰呀？」

高士奇忙回頭招呼陳廷統上前，引見道：「陳廷敬的弟弟陳廷統，在工部做筆帖式，想來拜見明大人，我就領他來了。」

明珠忙站了起來，拉過陳廷統坐在自己身邊，說：「啊呀呀，原來是廷統呀！我早就聽別人說起過，還向您哥打聽過您哩！快快請坐！」

陳廷統面紅耳赤，說：「廷統區區筆帖式，哪值得明大人掛記！」

明珠搖頭道：「話可不能這麼說，今日在座各位，好些就是從筆帖式做起的。這位薩穆哈大人，戶部尚書，他在順治爺手上，就是個筆帖式！」

陳廷統忙起身請安：「廷統見過薩穆哈大人！」

薩穆哈正手把菸管吸菸，哈哈一笑，咳嗽幾聲，說：「我們滿人，讀書不如你們漢人，肚子裡也沒那麼多花花腸子，心直口快！」

明珠半是嗔怪，半是玩笑：「薩穆哈，你如今都是尚書了，還改不了這個性子！」

高士奇也笑道：「薩穆哈大人性子就是好，用不著別人去琢磨他。」

高士奇說話間，向在座各位大人點頭致意。他剛才只知道屋子裡坐滿了客人，眼睛裡卻是茫然一片。直等到給明珠請安完了，才看得見別的人。果然看見祖澤深也在這兒，其他的也都是老熟人，相互點頭致意。這時，兩位丫鬟低頭進來，給高士奇和陳廷統打扇子。陳廷統這才看見，每位大人身後都有位搧扇的丫鬟。

明珠指著一位客人，介紹道：「廷統說起筆帖式，在座從筆帖式做成大官的還真多！這位科爾昆大人原先就是老夫吏部的七品筆帖式，如今是戶部清吏司。」

陳廷統又是請安：「見過科爾昆大人。」

明珠又指著一位手搖團扇者，剛想開口介紹，祖澤深打斷他的話：「明大人，您不妨待會兒再介紹，容在下看完相再說。」

明珠笑道：「啊啊啊，我倒忘了，祖先生正在看相哩！廷統，這位是京城神算祖澤深，他相面，不用你報生辰八字，只需你隨意指一件東西，便可說准，號稱鐵口直斷！」

祖澤深便向陳廷統點頭致意：「布衣祖澤深！同令兄陳大人有過面緣！」

陳廷統坐下，只見那位手搖團扇者指著桌上一方端硯，說道：「我以這個硯臺面相，你如何說？」

祖澤深看看端硯，又端詳著這位搖扇者，說：「這方硯臺石質厚重，形有八角，此乃八座之象。世人稱六部為八座，可見大人您官位極尊！」

眾人皆嘆服，唏噓不已。這人面呈得色，搖起扇子來更加姿態風雅。

祖澤深轉眼望著明珠：「明相，既然是相面，祖某可否直言？」

明珠望望那人，說：「自然是要直言，您說呢？」

那人聽出祖澤深似乎話中有話，臉色變了，卻硬著頭皮說：「但說無妨！」

祖澤深點頭道：「如果祖某說了直話，得罪之處，還望大人您見諒！硯臺雖是讀書人的寶貝，終究是文房內的物件，非封疆之料！大人這輩子要想做總督、巡撫只怕沒戲！」

聽祖澤深如此說道，眾人都尷尬起來，不好意思去望那人的臉色。那搖團扇的人面有羞惱之色，卻不好發作。明珠突然大笑起來，眾人也都大笑了。

明珠笑道：「祖先生你算的這位是內閣學士，工部侍郎，教習庶起士，《古文淵覽》總裁徐乾學大人。祖先生還真算準了，徐大人正是文房內的物件，皇上跟前的文學侍從啊！官位極尊！」

徐乾學自嘲道：「終究不是封疆之料啊！」
祖澤深忙拱手致歉：「徐大人，得罪得罪！」
高士奇見大家都有些不好意思，就湊上來打圓場，拿話岔開：「祖先生，二十年前，高某在白雲觀前賣字糊口，是您一眼看出我的前程。今日請您再看看如何？」
祖澤深搖頭道：「高大人，你我已是故舊，知道底細，看了不作數！」
明珠卻極有興趣，說：「只當好玩，看看吧。」
高士奇正掏出手巾擦臉，說：「就拿我這手巾看看吧。」
祖澤深點頭片刻，說：「要說這手巾，絹素清白，自是玉堂高品。世稱翰林院為玉堂，高大人蒙皇上隆恩，以監生入翰林，甚是榮耀。」
高士奇忙拱手北向：「士奇蒙皇上垂恩，萬分感激！」
祖澤深嘿嘿一笑，說：「祖某可又要說直話了。絹素雖為風雅富貴之人所用，但畢竟篇幅太小。」
明珠含笑問道：「祖先生意思是說士奇做不得大用？」
祖澤深也自覺尷尬，說：「祖某依物直斷，未假思索，不可信，不可信！」
高士奇倒是不覺得怎麼難堪，說：「不妨，不妨。士奇在皇上面前當差，不過就是抄抄寫寫，甚是瑣碎。做臣子的，不管如何大用，都是區區微臣，只有咱皇上才是經天緯地。」
明珠卻道：「士奇可不是小用啊！他眼下在南書房當差，終日面聆聖諭哪！」
這時，薩穆哈敲敲手中菸管，說：「祖先生就拿這菸管給我看看相！」
祖澤深望著菸管，略加凝神，笑道：「薩穆哈大人手中菸管三截鑲合而成，大人做官也是三起三落。不知祖某說對了嗎？」

明珠撫掌而笑：「祖先生，你可真神了！」

薩穆哈忙搶過話頭：「我入朝供奉三十多年，的確是三起三落！」

徐乾學旁邊有位滿人早坐不住了，站起來說：「我也拿這桿菸管看相，看你如何說。」

祖澤深不再看菸管，只望著這位滿人說：「恭喜大人，您馬上就要放外任做學政去了！」

這位滿人吃驚地望了眼明珠，又回頭問祖澤深道：「如何說來？」

祖澤深笑道：「菸是不能飽肚子的，就像這學政差使，不是發得大財的官。而且菸管終日替人呼吸，就像學政終年為寒苦讀書人鼓噪吹噓。這不是要去做學政又是如何？」

明珠驚問：「這就神了！這位是阿山大人，禮部侍郎。皇上這回點了幾個學政，阿山大人正在其中。滿官做學政的實在不多，阿山可是深得皇上器重。可此事還沒有在外頭說啊！」

阿山卻道：「正是祖先生所言，學政到底是發不了財的官。哪像薩穆哈大人，雖說是三起三落，卻是巡撫、總督都做過了，如今又做戶部尚書。」

祖澤深又道：「不急，阿山大人終究是要做到巡撫、總督的！」

阿山問道：「這又是如何說呢？」

祖澤深道：「菸不是越吸越紅嗎？您的前程自是越來越紅火！」

科爾昆來了興趣，也道：「既然兩位大人都拿這菸管看相，又準，我也拿菸管看看。」

祖澤深望望科爾昆，忙拱手道：「恭喜大人，您馬上要做個發財的官了。」

科爾昆問道：「真是奇了，阿山大人拿菸管算命是個清寒的官，我如何就要發財呢？」

祖澤深笑道：「這菸管原為老根做成，卻用白銀鑲合。根去木而添金，是個銀字，想必科爾昆大人是要去管錢法了。」

科爾昆望望明珠，又望望薩穆哈，驚得目瞪口呆。明珠早笑了起來，道：「神，真是神！薩穆哈大人保舉科爾昆去做寶泉局郎中監督，皇上已經准了！」

薩穆哈忙道：「都是明相國成全的！」

科爾昆朝兩位大人拱手不迭，道：「明相國跟薩穆哈大人，我都是萬分感激的！」

「既然如此的準，我也拿這菸管算算。」說話的是吏部侍郎富倫。

祖澤深還沒開言，明珠先笑了起來，道：「今日這菸管倒是食盡人間煙火，什麼人都做了。」

祖澤深望望富倫，道：「恭喜大人，您馬上得下去做巡撫。」

明珠先吃驚了，問道：「這如何說呢？」

祖澤深說：「富倫大人到哪裡去做巡撫我都算准了。您是去山東！」

富倫朝祖澤深長揖而拜，道：「我真是服您了。只是這又如何說？」

祖澤深道：「菸管原是個孔管，山東是孔聖之鄉，您不是去山東又是去哪裡呢？」

這時，陳廷統悄悄兒拉了拉高士奇的袖子。高士奇明白他的意思，便說：「祖先生，您給廷統也看看？」

祖澤深打量一下陳廷統，說：「還是不看了吧。」

陳廷統說：「拜託祖先生看看，也讓廷統吃這碗飯心裡有個底！我也拿這桿菸管看看。」

祖澤深說：「既然硬是要看，祖某就鐵口直斷了。菸管是最勢利的東西，用得著時，渾身火熱，用不著時，頃刻冰冷。菸管如此，倒也不妨，反正是個菸管。人若如此，就要不得了！」

陳廷統頓時羞得無地自容，渾身冒汗。明珠忙打圓場，問：「祖先生，為何同是拿菸管看相，怎麼變出這麼多種說法？」

祖澤深詭秘而笑：「其中自有玄機，一兩句話說不清。明相國，給您說件有趣的事兒。索額圖還沒出事的時候，找我看相。看相原是有很多看法的，索額圖抽出腰間的刀來，說就拿這刀來看。我聽著就跪下了，怕得要命。」

明珠也嚇著似的，問：「為何了？」

祖澤深道：「我說不敢算，說出來索大人您肯定殺了我。索額圖說，你只說無妨，我命該如何又怪不得你。我便說，你饒我不死我才敢說。索額圖道，老夫饒你不死。我這才說道，刀起索斷，大人您名字裡頭有個索字，您最近可有性命之憂啊！」

明珠聽著眼睛都直了，問道：「他如何說？」

祖澤深道：「索額圖當時臉都嚇白了，卻立即哈哈大笑，只道自己身為領侍衛內大人，一等伯，皇恩浩蕩，豈會有性命之憂！我說老天能夠保佑大人，自是您的福氣。但依在下算來，您有些難，還是小心為好。索額圖只是不信。結果怎樣？大家都看到了。」

原來索額圖同明珠爭鬥多年，終於敗下陣來，現已罷斥在家閒著。明珠嘆道：「索額圖依罪本要論死的，我在皇上面前保了他啊！」

大家都說明相國真是老話說的，宰相肚裡能撐船。明珠忽見陳廷統仍是尷尬的樣子，便向各位拱手道：「諸位不必在意，在我家裡，不比衙門裡面，各位請隨意，說什麼都無妨。廷統呀，我同令兄在皇上面前時常會爭幾句的，私下卻是好朋友。令兄學問淵博，為人忠直，我很是敬佩呀！」

陳廷統說：「明大人，家兄性子有些古板，您別往心裡去。」

高士奇拍拍陳廷統的手，說：「明相是個寬宏大量的人。」

科爾昆性子顢頇，他本想討好明珠，又奉承高士奇，可說出來的話就很是糊塗了：「大夥兒說了，明相真是宰相肚裡能撐船。就說這高大人，誰都知道他是索額圖門下出身，而天下人也都知道明大人同索額圖是水火不容。你看看，高大人不照樣是這明府的座上賓？」

滿座都忍住笑，望著高士奇。高士奇倒是談笑自如，道：「如此說，高某還真慚愧了！」

明珠搖搖手說：「哪裡的話。我明珠交友，海納百川。只要各位看得起老夫，隨時可以進門。」

科爾昆問陳廷統道：「廷統，也不知令兄每日出了衙門，窩在家裡幹什麼？從不出來走走。」

明珠說：「人家陳大人是個做學問的人，皇上可是經常召他進講啊！」

科爾昆不以為然，說：「朝中又不是陳大人一個人要向皇上進講，就說在座的明相國、徐大人、高大人，都是要奉旨進講的。」

明珠擺擺手，道：「科爾昆，不許你再說陳大人了。我同廷敬可是二十多年的老朋友啊。」

高士奇很是感慨的樣子。「明相國宅心仁厚，有古大臣之風啊！」

科爾昆仍是揪著這個話題不放。「陳廷敬可是經常同明相國作對哪！」

明珠好像真生氣了。「科爾昆，你是我們滿人中的讀書人，明白事理，萬萬不可這麼說。我同廷敬在皇上前面每次爭論，只是遇事看法不同，心卻是相同的，都是忠於皇上。」

陳廷統如坐針氈，說：「明大人如此體諒，家兄心裡應是知道的。」

薩穆哈粗聲說道：「他知道個屁！」

陳廷統又落了個大紅臉。明珠趕緊圓場，讓誰都下得了臺階。談笑著，明珠端起茶杯喝茶，陳廷統便拘謹地環顧各位，見大夥兒都在喝茶。

明珠是個明眼人，忙說：「廷統，官場規矩是端茶送客，在我這兒你可別見著我喝茶了，就是催你走了。他們都是知道的，我要是身子乏了，也就不客氣，自然會叫你們走的。」

陳廷統點頭道謝，也端起茶杯，緩緩喝茶。又是談天說地，閒話多時。忽聽得自鳴鐘(注)敲了起來，高士奇打拱道：「明相國，時候不早了，我等告辭，您歇著吧。」

眾人忙站了起來，拱手道別。明珠也站起來，拱手還禮。明珠特意拉著陳廷統的手，說：「廷統多來坐坐啊，替老夫問令兄好！」

陳廷統聽著心裡暖暖的，嘴裡喏喏不止。他拱手而退的時候，不經意間望見明珠頭頂掛著的御匾，上書四個大字：節制謹度。這御匾的來歷滿朝上下都知道，原是明珠同索額圖柄國多年，各植朋黨，爭權奪利，皇上便寫了這四個字送給他倆，意在警告。索額圖府上也掛著這麼一塊御匾，一模一樣的。

20

張善德高高地打起南書房門簾，朝裡頭悄悄兒努嘴巴。大臣們立馬擱筆起身，低頭出去了。他們在階簷外的敞地裡分列兩旁，北邊兒站著明珠、陳廷敬，張英和高士奇站在南邊兒。

正是盛夏，日頭曬得地上的金磚噴著火星子。陳廷敬見高士奇朝北邊乾清宮瞟了眼，頭埋得更低了，便知道皇上已經出來了。御前侍衛傻子步行生風，飛快地進了南書房。兩個公公小跑著過來，亦在南書房階簷外站定。

四位大臣趕快跪下，望著皇上華蓋的影子從眼前移過。他們低頭望著悄聲而過的靴鞋，便知道隨侍皇上的有幾位侍衛和公公。陳廷敬正巧瞧見地上有螞蟻搬家，彷彿千軍萬馬，煞是熱鬧。皇上不說話，便覺萬類齊喑，陳廷敬卻似乎聽得見螞蟻們的喧囂聲。

總理南書房的是翰林院侍講學士張英，高士奇因了那筆好字便在裡頭專管文牘謄抄。他們倆每日都在南書房當值。明珠和陳廷敬每日先去乾清門早朝，再回部院辦事，然後也到南書房去看摺子。四面八方的摺子，都由通政使司先送到南書房；南書房每日要做的事就是看摺子，起草票擬；南書房的票擬，皇上多半是准的；皇上准了，那票擬就是聖上的旨意了。

皇上進了南書房，張善德回頭努努嘴巴，四位大臣就站了起來。他們早已大汗淋漓，就著衣袖揩臉。沒多時，張善德出來傳旨，說是皇上說了，叫你們不要待在日頭底下了，都到陰地兒候著吧。

注　自鳴鐘：最早用重錘驅動的計時器。它源自歐洲，在十六世紀由傳教士傳入中國。

大臣們謝了恩，都去了階簷下的陰涼處。門前東西向各站著三位御前侍衛，他們各自後退幾步，給大臣們挪出地方。大臣們朝侍衛微微頷首道謝，依舊低頭站著，卻是各想各的事兒。

明珠對誰都是笑咪咪的，可陳廷敬知道他時時防著自己。原來明珠同領侍衛內大臣索額圖爭權多年，呼朋引伴，各植私黨，相互傾軋。明珠這邊兒的被人叫做明黨，索額圖這邊兒的被人叫做索黨。很多王公大臣，不是明黨就是索黨。明珠和索額圖都想把陳廷敬拉在自己身邊，但他不想捲進任何圈子，對誰都拱手作揖，對誰都委蛇敷衍。到頭來，明珠以為陳廷敬是索黨，索額圖把他當做明黨。兩邊都得罪了。陳廷敬沉得住氣，只當沒事兒似的。當年他從衛大人和岳父那裡學得兩個字，等和忍。這十多年，陳廷敬自己悟出一個字來，那就是穩。守著這穩字，一時興許會吃些虧，卻不會倒大楣。明珠說來也算得上他的恩人，可十多年幾度滄桑，兩人早已是恩怨難分。他倒不如把屁股坐在自己的板凳上不動，不管別人如何更換門庭。陳廷敬專為這等、忍、穩三個字寫了篇小文，卻只是藏之寶匣，秘不示人。

索額圖要倒楣的時候，滿朝上下都在落井下石，很多索黨爪牙也紛紛倒戈，陳廷敬卻是好話歹話都沒說半句。明珠就越發拿不準陳廷敬心裡到底想什麼。高士奇平日在明珠面前極盡奉迎，可滿朝都知道他是索額圖的人。高士奇後來雖然得了個監生名分，入了翰林，但在那幫進士們眼裡，仍矮著半截。高士奇心裡窩著氣，眼裡總見不得陳廷敬這種進士出身的人。陳廷敬同高士奇早年在弘德殿侍候皇上讀書時就已結下過節，日後也免不了暗相抵牾，卻彼此把什麼都悶在肚子裡。不到節骨眼上，陳廷敬也不會同高士奇計較去。陳廷敬知道只有張英是個老誠人(注)，但他們倆也沒說過幾句體己話。

忽聽得門簾子響了，張善德悄聲兒出來，說：「皇上請幾位大臣都進去說話。」

大臣們點點頭，躬身進去了。皇上正坐在炕上的黃案邊看摺子，傻子按刀侍立御前。黃案是皇上駕到才臨時安放的，御駕離開就得撤下。大臣們跪下請安，皇上抬眼望望他們，叫他們都起來說話。明珠等謝了恩，微微低頭站著，等著皇上諭示。

黃案上的御用佩刀小神鋒，平日由傻子隨身挎著，皇上走到哪兒帶到哪兒。傻子名字喚作達哈塔，身子粗黑，看上去憨實木訥，實是眼疾手快，很得皇上喜歡。皇上有日高興，當著眾人說，別看達哈塔像個傻子，他可機靈著哩，他的功夫朕以為是大內第一！從此，別人見了他只喊傻子，倒忘了他的大名。傻子之名因是御賜，他聽著也自是舒服。

皇上放下手中的摺子，長吁一口氣，說：「朕登基一晃就十七年了，日子過得真快。這些年可真不容易呀！朕差不多睡覺都是半睜著眼睛！鰲拜專權，三藩作亂，四邊也是戰事不絕。現在大局已定，江山漸固。只有吳三桂仍殘喘雲南，降服他也只在朝夕之間。」

皇上說他今兒早上獨坐良久，檢點自省，往事歷歷，不勝感慨。四位大臣洗耳恭聽，不時點頭，卻都低著眼睛。皇上說著，目光移向陳廷敬，說：「陳廷敬，當年剪除鰲拜，你是立了頭功的！」

陳廷敬忙拱手謝恩，道：「臣一介書生，手無縛雞之力，實在慚愧哪！都是皇上英明智慧，索額圖鐵臂輔佐。頭功，應是索額圖！」

氣氛陡然緊張起來，誰也想不到陳廷敬會說起索額圖。高士奇瞟了眼明珠，明珠卻是低頭不語。高士奇跪下奏道：「啟稟皇上，索額圖結黨營私，貪得無厭，又顢頇粗魯，剛被皇上罷斥，陳廷敬竟然為他評功擺好，不知他用意何在！」

陳廷敬也望望明珠，明珠仍是低著頭，裝聾作啞。高士奇是想當著眾人的面，撇開自己同索

注　老誠人：指老實可靠的人。

額圖的干係。高士奇的心思，陳廷敬看得明白，但他礙著大臣之體，有話只能上奏皇上。

陳廷敬跪下奏道：「皇上，臣論人論事，功過分明！」

高士奇見皇上不吭聲，又說道：「啟奏皇上，索額圖雖已罷斥，但其餘黨尚在。臣以為，索額圖弄權多年，趨附者甚多，有的緊跟親隨，有的暗為表裡。應除惡務盡，不留後患！」

高士奇似乎想暗示皇上，陳廷敬很可能就是暗藏著的索黨。皇上仍是沉默不言，外頭吱呀吱呀的蟬鳴讓人聽著發慌。屋子裡很熱，皇上沒有打扇子，誰都只能熬著，臉上的汗都不敢去揩。

高士奇想知道皇上的臉色，卻不敢抬頭。他忍不住抬眼往上瞟瞟，剛望見皇上的膝蓋，忙嚇得低下頭去。但他既然說了，便不願就此甘休，又說道：「朝中雖說人脈複雜，但只要細查詳究，清濁自見，忠奸自辨。」

皇上突然發話。「陳廷敬，你說說吧。」

陳廷敬仍是跪著，身子略略前傾，低頭回奏。「索額圖當權之時，滿朝大臣心裡都是有底的，多數只是懼其淫威，或明哲保身，或虛與應付，或被迫就範。皇上寬厚愛人，當年鰲拜這等罪大惡極之臣，仍能以好生之德赦其死罪，何況他人？因此，臣以為索額圖案就此了斷，不必枝蔓其事，徒增是非。國朝目前最需要的是上下合力，勵精圖治！」

皇上點頭而笑。「好！陳廷敬所說，深合朕意！索額圖之案，就此作罷。廷敬，在世人眼裡，清除鰲拜的頭功是索額圖，不過朕以為還是你陳廷敬！朕年僅十歲的時候，你就給朕講了王莽篡漢的故事。朕聽了可是振聾發聵哪！從那以後，朕日夜發憤，不敢有須臾懈怠！朕當時就暗自發下誓願，一定要在十四歲時親政！廷敬、士奇，都起來吧。」

陳廷敬道：「皇上乃天降神人，實是國朝之福，萬民之福啊！」

皇上望著陳廷敬點頭片刻，目光甚是柔和，說：「陳廷敬參與過《清世祖實錄》、《清太祖聖訓》、《清太宗聖訓》編纂，這些都是國朝治國寶典。朕今日仍命你為《清太宗實錄》、《皇輿表》、《明史》總裁官，挑些才藻特出的讀書人，修撰好這幾部典籍。」

陳廷敬忙起身跪下。「臣遵旨！」

皇上無限感慨的樣子，說：「陳廷敬多年來朝夕進講，啟迪朕心，功莫大矣！學無止境這個道理人皆知之，但朕小時聽廷敬說起這話，還很煩哪！現在朕越是遇臨大事，越是明白讀書的重要。可惜衛師傅已經仙逝。廷敬，朕命你政務之餘，日值弘德殿，隨時聽召進講。」

陳廷敬謝恩領旨，感激涕零。皇上這麼誇獎陳廷敬，原先從未有過。明珠臉上有些掛不住，皇上覺著了，笑道：「明珠你辛苦了，件件票擬（注）都得由你過目。」

明珠忙說：「臣的本分而已，唯恐做得不好。」

皇上說：「這些票擬朕都看過了，全部准了。怎麼只有山東巡撫富倫的本子不見票擬？」

明珠回道：「臣等正商量著，聖駕就到了。富倫奏報，山東今年豐收，百姓感謝前幾年朝廷賑災之恩，自願把收成的十分之一捐給朝廷！」

皇上大喜：「啊？是嗎？富倫是個幹臣嘛！明珠，當初你舉薦富倫補山東巡撫，朕還有些猶豫。看來，你沒有看錯人。」

明珠拱手道：「都是皇上慧眼識才！皇上以為可否准了富倫的奏請？」

皇上略加沉吟，說：「山東不愧為孔聖故里，民風淳厚！朝廷有恩，知道感激；糧食豐收，知道報國！好，准富倫奏請，把百姓自願捐獻的糧食就地存入義倉，以備災年所需！」

注　票擬：內閣在皇帝看過奏章前，先由內閣過目，看過後再將處理的意見寫在小紙票上，連同奏章一起上呈皇帝，由皇帝裁決，這個叫作「票擬」。

皇上正滿心歡喜，陳廷敬卻上前跪奏：「啟奏皇上，臣以為此事尚需斟酌！」

皇上頓覺奇怪，疑惑地望著陳廷敬：「陳廷敬，你以為有什麼不妥嗎？」

陳廷敬剛要說話，明珠朝高士奇暗遞眼色。高士奇會意，搶先說道：「皇上，陳廷敬對富倫向來有成見！」

陳廷敬仍然跪著，說：「皇上，陳廷敬不是個固守成見的人。」

皇上臉露不悅：「朕覺得有些怪，陳廷敬、高士奇，你們倆怎麼總擰著來？」

高士奇也上前跪下，做出誠惶誠恐的樣子：「回皇上，陳廷敬是從二品的重臣，微臣不過六品小吏，怎敢擰著他！臣只是出於對皇上的忠心，斗膽以下犯上。」

陳廷敬不想接高士奇的話頭，只說：「皇上，臣還是就事論事吧。山東幅員不算太小，地分南北，山有東西，各地豐歉肯定是不一樣的，怎麼可能全省都豐收了呢？縱然豐收了，所有百姓都自願捐糧十分之一，實在不可信。退萬步講，即便百姓自願捐糧，愛國之心固然可嘉，但朝廷也得按價付款才是。皇上，底下奏上來的事，凡是說百姓自願的，總有些可疑！」

高士奇卻是揪著不放。「皇上，陳廷敬這是污蔑皇上聖明之治！自從皇上《聖諭十六條》頒行天下，各地官員每月都集聚鄉紳百姓宣講，皇上體仁愛民之心如甘霖普降，民風日益淳樸，地方安定平和。山東前任巡撫郭永剛遇災救助不力，已被朝廷查辦，山東百姓拍手稱快。而今富倫不負重託，到任一年，山東面貌大為改觀。皇上，國朝就需要這樣的幹臣忠臣！」

陳廷敬語氣甚是平和，卻柔中帶剛：「皇上，臣願意相信山東今年大獲豐收，可即便如此，也只是富倫運氣而已。到任不到一年，就令全省面貌大變，除非天人！」

皇上冷冷地說：「陳廷敬，你讀了三十多年的書，在地方上一日也沒待過，怎麼讓朕相信你說的就是對的呢？」

陳廷敬回道：「皇上，只要有公心，看人看事，眼睛是不會走神的！怕就怕私心！」

高士奇立馬說道：「皇上，臣同富倫，都是侍奉朝廷的大臣，無私心可言。」

皇上瞟了眼高士奇，再望著陳廷敬說：「朕看陳廷敬向來老成寬厚，今日怎麼回事？你同士奇共事快二十年了，得相互體諒才是。」

陳廷敬道：「臣不與人爭高下，但與事辨真偽。一旦富倫所奏不實，必然是官府強相搶奪，百姓怨聲載道，說不定會激起民變。皇上，這不是臣危言聳聽哪！」

皇上望望明珠，說：「明珠以為如何？」

明珠道：「聽憑聖裁！」

皇上問張英道：「你說呢？」

張英若不是皇上問起，從不多嘴；既然皇上問他了，就不得不說，但也不把話說得太直露：「臣以為此事的確應考慮得周全些。」

皇上站起來，踱了幾步，說：「既然如此，陳廷敬，朕命你去山東看個究竟！」

陳廷敬心中微驚，卻只得叩道：「臣遵旨！」

皇上不再多說，起身回乾清宮去。皇上似乎有些不高興了，步子有些急促。送走皇上，高士奇笑咪咪地望著陳廷敬，說：「陳大人，士奇您是知道的，肚子裡沒有半點兒私心，同您相左，都因公事。」

陳廷敬哈哈一笑，敷衍過去了。明珠在旁邊說話：「士奇，我們都是為著朝廷，用得著您格外解釋嗎？您說是不是張大人？」

張英也只是點頭而笑，並不多說。

天色不早了，各自收拾著回家去。今兒夜裡張英當值，他就留下了。陳廷敬出了乾清門，不緊不慢地走著，覺得出宮的路比平日長了許多。從保和殿簷下走過，看見夕陽都擋在了高高的宮牆外，只有前頭太和殿飛簷上的琉璃瓦閃著金光。陳廷敬略微有些後悔，似乎自己應該像張英那樣，不要說太多的話。

陳廷敬出了午門，家人大順和長隨劉景、馬明已候在那裡了。大順遠遠的見老爺出來了，忙招呼不遠處的轎夫。一頂四抬綠呢大轎立馬抬了過來，壓下轎杠。陳廷敬上轎坐好，大順說聲「走哩」，起轎而行。劉景、馬明只在後面跟著，不隨意言笑。

陳廷敬坐在轎裡，閉上了眼睛。他有些累，也有些心亂。想著人在官場，總是免不了憋屈。大臣又最不好做，成日在皇上眼皮底下，稍不小心就獲罪了。

今兒本來幸蒙皇上大加讚賞，不料卻因為山東巡撫富倫的摺子弄得皇上不高興了。皇上派他親去山東，這差事不好辦。富倫的娘親是皇上奶娘，自小皇上同富倫玩在一處，就跟兄弟似的。有了這一節，陳廷敬如何去山東辦差？況且富倫同明珠過從甚密。陳廷敬有些羨慕親家張汧，他早年散館就去山東放了外任，從知縣做到知府，如今正在德州任上，想必自在多了。陳廷敬同張汧當年為兒女訂下娃娃親，如今祖彥同家瑤早喜結連理。

陳廷敬回到家裡，天色已黑下來了。他在門外下了轎，就聽得壯履在高聲念詩，「牡丹後春開，梅花先春坼；要使物皆春，須教春恨釋！」

又聽月媛說：「這是你爹九歲時寫的五言絕句，被先生歎為神童！你們兩個可要認真讀書，不要老顧著玩！爹在你們這個年紀，在山西老家早就遠近聞名了。」

陳廷敬聽得家人說話，心情好了許多。大順看出老爺心思，故意不忙著敲門。便又聽老太爺說道：「外公望你們青出於藍而勝於藍啊！」

豫朋說：「我也要二十一歲中進士，像爹一樣！」

壯履說：「我明年就中進士去！」

聽得老太爺哈哈大笑。陳廷敬也忍不住笑了起來，大順這才推了門。原來天熱，一家人都在院子裡納涼，等陳廷敬回家。月媛領著豫朋、壯履和幾個家人早繞過蕭牆，迎到門口來了。

陳廷敬進屋，恭敬地向老岳父請了安。月亮剛剛升起來，正掛在正門牆內的老梅樹上。

陳廷敬摸著壯履腦袋，說：「明年中進士？好啊，兒子有志氣！」

家人掌著燈，一家老小說笑著，穿過廳堂，去了二進天井。這裡奇花異石，比前頭更顯清雅。月媛吩咐過了，今兒晚飯就在外頭吃，屋裡熱得像蒸籠。大順的老婆翠屏也是自小在陳家的，跟著來了京城，很讓月媛喜歡。翠屏早拿了家常衣服過來，給老爺換下朝服。

只留翠屏和兩個丫鬟招呼著，大順同劉景、馬明跟轎夫們，還有幾十家人，都下去吃飯去。月媛替陳廷敬夾了些菜，說：「廷統來過，坐了會兒就走了。」

陳廷敬問：「他沒說什麼事嗎？」

月媛說：「他本想等你回來，看你半日不回，就走了。」

陳廷敬不再問，低頭吃飯。他心裡有些惱這個弟弟，廷統總埋怨自己在工部老做個筆帖式，不知何日有個出頭。陳廷敬明白弟弟的意思，就是想讓他這個做哥哥的在同僚間疏通疏通。陳廷敬不是沒有保舉過人，但要他替自己弟弟說話，怎麼也開不了口。

21

高士奇這幾日甚是不安，好不容易瞅著個空兒，去了索額圖府上。他擔心自己在南書房說給皇上的那些話，讓索額圖知道了。這宮裡頭，誰是誰的人，很難說清楚。

高士奇是索額圖府上舊人，進府去門包是免了的。門房待他卻並不恭敬，仍叫他高相公。去年冬月，皇上設立南書房，高士奇頭撥兒進去了，還格外擢升六品中書。索府門房知道了，見他來府上請安，忙笑臉相迎，叫他高大人。往裡傳進去，也都說高大人來了。索額圖聽了勃然大怒。「我這裡哪有什麼高大人？」說話間高士奇已隨家人進了園子，索額圖破口大罵：「你這狗奴才，皇上讓你進了南書房，就到我這裡顯擺來了？還充什麼大人！」高士奇忙跪下，磕頭不止。「索相國恕罪！奴才怎敢！都是門上那些人胡亂叫的。」索額圖卻是火氣十足，整整罵了半個時辰。自那以後，闔府上下仍只管叫他高相公。

索額圖袒露上身躺在花廳涼榻上吹風，聽說高士奇來了也不回屋更衣。高士奇躬身上前跪下，磕了頭說：「奴才高士奇拜見主子！」

索額圖鼻孔裡哼了聲，說：「皇上疏遠了老夫，你這狗奴才也怕見得老夫了？」

高士奇又磕了頭說：「索大人永遠是奴才的主子。只是最近成日在南書房當值，分不了身。」

索額圖坐了起來，說：「你抬起頭來，讓老夫看看你！」

高士奇慢慢抬起頭來，虛著膽兒望了眼索額圖，又趕忙低下眼睛。索額圖滿臉橫肉，眼珠血紅，十分怕人。難道他真的知道南書房的事了？高士奇如此尋思著，胸口就怦怦兒跳。他怕索額圖勝過怕皇上，這個莽夫沒道理講的。
索額圖逼視著高士奇，冷冷說道：「你可是越來越出息了。」
高士奇又是磕頭。「奴才都是索大人給的出身！」
索額圖仍舊躺下，眼光偏向別處，問：「明珠、陳廷敬這兩個人近兒怎麼樣？」
高士奇回道：「皇上給陳廷敬派了個差，讓他去趟山東。陳廷敬倒是替索大人說過好話！」
高士奇說罷，又望著索額圖的臉色。他這麼說，一則到底想看看索額圖是否真的知道南書房的事兒了，二則顯得自己坦蕩，萬一索額圖聽說了，他就咬定有小人在中間搗鬼。
看來索額圖並沒有聽說什麼，卻也不領陳廷敬的情，說：「老夫用得著他說好話？」
高士奇這下就放心了，揩揩額上的汗，說：「是是是，陳廷敬還不是瞧著索大人是皇親國戚，說不準哪日皇上高興了，您又官復原職了。」
索額圖冷眼瞟著高士奇。「你還記得上我這兒走走，是不是也看著這點？」
高士奇又伏下身子。「索大人的知遇之恩，奴才沒齒難忘！奴才早就說過，此生此世，奴才永遠是主子的人！索大人，陳廷敬同明珠又槓上了。」
索額圖似乎很感興趣，問：「為著什麼事兒？」
高士奇便把山東巡撫富倫上摺子的事兒說了，只不過把他自己同陳廷敬的爭論安放在了明珠身上。
索額圖點著頭，說：「這個陳廷敬，別看他平時不多話，不多事，到了節骨眼兒上，他可是敢做敢為啊！」
高士奇問：「索大人該不是欣賞陳廷敬吧？」
索額圖哈哈冷笑道：「笑話，老夫能欣賞誰？」

高士奇忙順著杆子往上爬：「是是，索大人的才能，當朝並無第二人，可惜奸賊陷害，暫時受了委曲。」

索額圖聽了這話，更加惱怒，指天指地叫罵半日。高士奇伏在地上，大氣不敢出。下人們也都低頭哈腰，惶恐不安。只有架上的鸚鵡不曉事，跟著索額圖學舌：「明珠狗日的，明珠狗日的。」下人們嚇得半死，忙取下鸚鵡架提了出去。

索額圖罵著，突然問道：「聽說明珠府上很熱鬧？」

高士奇不敢全都撒謊，說了句半真半假的話：「明珠倒是經常叫奴才去坐坐，奴才哪有閒工夫？」

索額圖怒道：「狗奴才，你別給我裝！哪家府上你都可以去坐，明珠那裡你更要去！你最會八面玲瓏，我還不知道？老夫就看中你這點！」

高士奇暗自舒了口氣，便說：「官場上的應酬，有很多不得已之處。索大人如此體諒，奴才心裡就踏實了。」

索額圖有了倦意，喝道：「你下去吧，老夫睏了，想睡會兒。」

高士奇這才從地上爬了起來。跪得太久了，起身的時候，高士奇只覺兩腿酸麻，雙眼發黑。他跌跌撞撞地後退著，直到拐彎處，才敢轉過身子往前走。他走過曲曲折折的回廊，大大小小的廳堂，碰著的那些僕役要麼只作沒看見他，要麼只喊他聲高相公。高士奇微笑著答應，心裡卻是恨得滴血。

不曾想，高士奇在地上跪著聽任索額圖叫罵，卻讓祖澤深撞見了。那祖澤深雖是終年替人家看相算命，卻是人算不如天算，自己家裡前幾日叫大火燒得乾乾淨淨。他想找索額圖謀個出身，混口飯吃。索額圖雖是失勢，給人找個飯碗還是做得到的。祖澤深進門時，看見索額圖正在大罵高士奇狗奴才。他忙退了出來，好像高士奇跪在地上瞥見他了。祖澤深出門想了半日，就找明珠去了。他原是想讓索額圖在宮裡隨便找個差事，卻想自己看見了高士奇那副模樣，日後高士奇只要尋著空兒不要整死他才怪哩。高士奇其實並沒有看見他，只是他自己膽虛罷了。他想不如找明珠幫忙，到外地衙門裡去混日子算了。

高士奇回到家裡，從門房上就開始撒氣，見人就罵狗奴才，直罵到客堂裡。高士奇喝著茶，生會兒悶氣，把下人全都吼下去，便同夫人說了他在索額圖那兒受的氣。夫人聽著，眼淚都出來了，哭道：「老爺，您如今都是六品中書了，這受的哪門子罪？如今他自己也倒了，您是皇上的紅人，怕他做什麼？」

高士奇嘆道：「朝廷裡的事，你們婦道人家就是不懂啊！俗話說，翻手為雲，覆手為雨。咱皇上的心思，誰也拿不準的。今兒索額圖倒楣了，明珠得意；說不定明兒明珠又倒楣了，索額圖得意。索額圖世代功勳，又是當今皇后的親叔叔，他哪怕是只病老虎，也讓人瞧著怕！」

夫人揩著眼淚，說：「未必您這輩子只能在這個莽夫胯下討生不成？」

高士奇搖頭而嘆，竟也落淚起來。

管家高大滿想進來稟事兒，見下人們都站在外頭，也不敢進門，低聲兒問怎麼了。高士奇在裡頭聽見了，喊道：「大滿，進來吧。」

高大滿勾著身子進門，見光景不妙，說話聲兒放得更低。「老爺，門房上傳著，說俞子易來了。」

高士奇說：「俞子易？叫他進來吧。」

高大滿點點頭，出去了。高士奇讓夫人進去，她眼睛紅紅的，讓人看著不好。

京城場面上人如今都知道俞子易這個人，不知道他身家幾何，反正宣武門外好多宅院和鋪面都是他的。外人哪裡知道，俞子易不過是替高士奇打點生意的。他倆的生意怎麼分紅，別人也都不知道。就是高府裡頭的人，也只有高大滿聽說過大概，個中細節通通不知。

高大滿領著俞子易進來，自己就退出去了。不用高士奇客氣，俞子易自己就坐下了，拱手請安：「小弟好幾日沒來瞧高大人了。」

高士奇說：「你只管照看生意，家裡倒不必常來。老夫是讓皇上越來越看重了，你來多了，反而不好。」

俞子易說：「恭喜高大人。小弟也是個曉事的人，日後我只在夜裡來就是。」

高士奇臉上微露笑容。「子易是個聰明人，知道官場裡的講究。說吧，有什麼事？」

俞子易說：「酸棗兒胡同去年盤進來的那個宅子，如下有了下家，價錢還行，是不是脫手算了？」

高士奇笑咪咪的望著俞子易，說：「子易，我是相信你的。」

俞子易迎著高士奇的笑眼，望了會兒，心裡不由得發虛。他似乎明白，高士奇說相信他，其實就是不太放心，便趕緊說：「小弟感謝高大人信任，小弟不敢有半點兒私心。」

高士奇點頭說：「我說了，相信你，生意上的事，你看著辦就是了。」

高士奇不再說生意上的事，抬手朝北恭敬地說起皇上。朝廷裡的任何事兒，俞子易聽著都像發生在天上，嘴巴張得像青蛙。這位高大人實在是了不起，在他眼裡簡直就是皇上。高士奇說了許多皇上明察秋毫的事兒，俞子易感覺到的倒不是當今聖上的英明，而是「要使人莫知，除非己莫為」的道理。他暗自交代自己，千萬不能唬弄高大人，不然吃不了兜著走。

22

陳廷敬照著從二品官欽差儀衛出行，乘坐八抬大轎。官作到陳廷敬的份上，在京城裡頭准坐四抬轎子，出京就得坐八抬大轎，還得有兩人手持金黃棍、一人撐著杏黃傘、兩人舉著青扇、外加六個扛旗槍的。一行總有二十幾人，甚是威風。

陳廷敬不論啥時出門，大順、劉景、馬明三人，總是不離身前左右的。他們仨都是陳廷敬從山西老家帶來的，最是親信。大順心眼兒細，腿腳兒快，自是不用說的。劉景、馬明二人自小習武，身上功夫十分了得。他倆這些年都待在京城裡，只是早晚接送老爺，拳腳沒地方使，早忍得渾身癢癢的。這回聽說要去山東，心裡很是歡喜。

大順背著把仲尼琴，騎馬隨行在轎子旁邊。這把仲尼琴是陳廷敬離不得的物件，他每日總要撫弄幾曲。在家的時候，夜裡只要聽著琴聲，闔家老小都知道老爺書讀完了，快上床歇息了。要是哪日聽不見琴聲，就知道老爺回家都還在忙衙裡的事情。

大順也高興這回能出門長長見識，喜不自禁，說：「老爺，我隨您這麼多年，可是頭回瞧著您這麼威風凜凜！」

陳廷敬在轎裡說：「這都是朝廷定下的規矩，哪是什麼威風！」

大順又問：「那麼微服私訪，難道只有戲裡頭才有？」

陳廷敬笑道：「古時倒也有過這樣的皇上，不過多是戲裡的事。也有人照著戲裡學，那是哄人的，欺世盜名而已。」

一路逢驛換馬，遇河乘舟，走了月餘，到了山東德州府境內。忽見前面路口站著好多百姓，陳廷敬甚是納悶，問：「那些百姓在那裡幹什麼呀？」

大順提鞭策馬，飛跑前去，原來見百姓們都提著竹籃，裡面放著雞蛋、水果、糕點各色吃食。大順問：「老鄉，你們這是幹什麼呀？」

有人回答說：「我們在等候巡撫富倫大人！」

大順正在納悶，來不自細問，百姓們都跪下了。原來陳廷敬的轎子過來了。百姓們高聲喊道：「感謝巡撫大人！巡撫大人辛苦了！」

陳廷敬下了轎，問道：「鄉親們，你們這是幹什麼呀？都起來吧！」

百姓們彼此望望，慢慢站了起來。一位黑壯漢子說道：「巡撫大人，要不是您籌畫得法，救濟有方，今年咱們哪有這麼好的收成？咱們聽說巡撫大人今兒要從這裡經過，早早兒就候在這裡了。」

一位白臉漢子說：「咱們百姓只想看一眼父母官，只想讓父母官喝口水，表表我們的心意。」

陳廷敬笑道：「你們怎麼知道我是巡撫大人呢？」

黑臉漢子說：「巡撫大人您親近百姓，經常四處巡訪，山東百姓都是知道的。可是您到咱德州，還是頭一次。看您這威風，肯定就是巡撫了。」

陳廷敬笑道：「我不是巡撫，我是打京城裡來的。」

黑臉漢子聽了，又跪下了：「大人，那您就是欽差了，咱們百姓更要拜了！不是朝廷派下富倫大人這樣的好官，哪有我們百姓的好日子呀！你們說是不是？」百姓們應和著，齊刷刷跪下。

陳廷敬朝百姓連連拱手：「感謝鄉親們了！我心領了。」

可是百姓們仍舊跪著，不肯起來。黑臉漢子說：「大人，您要是連水都不喝一口，我們就不起來了。」

陳廷敬勸說半日，仍不見有人起身，只得說：「鄉親們如此盼著好官，愛戴好官，本官萬分感嘆。」又低頭望著黑臉漢子和白臉漢子，「你們兩位帶的東西我收了，也請你們兩位隨我去說說話。其他的鄉親，都請回吧！」

陳廷敬說罷，拉起黑臉漢子和白臉漢子。這兩人不知如何是好，嘴裡嘟囔半日，卻不知說了些什麼。陳廷敬甚是溫和，只說：「耽誤您二位半晌工夫，隨我們走吧。」

陳廷敬上了轎，同鄉親們招招手。黑白兩個漢子不敢違拗，低頭跟在轎子後面。陳廷敬剛要放下轎簾，忽見有位騎馬少年，腰別佩劍，遠遠站在一旁，面色冷冷的。他忍不住望了望那少年，少年卻打馬離去。

眼見天色漸晚，趕不到前頭驛站了。正好路過一處寺廟，喚作白龍寺。大順快馬向前，先找寺裡說去。裡頭聽得動靜，早有老和尚迎了出來。

大順說：「師傅，我們是從京城來的，想在寶刹討碗齋飯吃。天色已晚，可否在寶刹借宿一夜？」

和尚望望外頭，知道來的是官府的人，哪敢怠慢？忙雙手合十：「老衲早晨見寺廟西北有祥雲繚繞，原來是有貴客駕臨。施主，快請進吧。」

陳廷敬下了轎，老和尚迎了上去，唸佛不止。陳廷敬同老和尚寒暄幾句，但見這裡風光絕勝，不禁回身四顧。卻又見剛才那位騎馬少年遠遠在僻靜處駐馬而立，朝這邊張望。大順也看見了，待要騎馬過去，陳廷敬說：「大順別管，想必是看熱鬧的鄉下孩子。天也不早了。」

大順仍不放心，說：「我見這孩子怪怪的，老跟著我們哩！」

用罷齋飯，陳廷敬回到客寮，大順隨在後面，問道：「老爺，您讓兩個老鄉跟著，到底要做什麼？」

陳廷敬說：「我正要同你說這事哩。你去叫他們到我這裡來。」

大順迷惑不解，陳廷敬卻只神秘而笑，並不多說。不多時，兩位老鄉隨大順來了，陳廷敬甚是客氣：「兩位老鄉，請坐吧。有件事想麻煩你們。」

黑臉漢子說：「欽差大人請吩咐！」

陳廷敬並不忙著說，只問：「兩位尊姓大名？」

黑臉漢子說：「小的姓向，名叫大龍。他是周三。」

陳廷敬點點頭，說：「我這手下有兩位是山東人，當差離家多年了，我想做個人情，讓他們就便回家看看。」

大順聽得納悶，卻不知老爺打的什麼算盤。

向大龍問：「不知我倆能幫什麼忙？」

陳廷敬說：「他倆走了，我這手下就少了人手。我見你們機靈，又忠厚，想雇你倆當幾日差！」

大順忍不住說話了，喊道：「老爺，您這是……」

陳廷敬搖搖手，朝大順使了眼色。周三像是嚇著了，忙說：「這可不行，欽差大人。我家裡正有事，走不開呀！」

陳廷敬說：「我會付你們工錢的。」

向大龍也急了，說：「欽差大人，我倆真的走不開，要不我另外給大人請人去？」

陳廷敬收起笑容，說：「這官府的差事也不是誰想當就當的，就這麼定了。」

周三仍是不樂意。「欽差大人，您這是……」

不等周三說下去，大順瞪著眼睛吼道：「住嘴！你們是瞧我們老爺好說話不是？欽差大人定了的事，你倆敢不從？」

陳廷敬卻緩和道：「大順，別嚇唬老鄉！」

向大龍望望周三，低頭說：「好吧，我們留下吧。」

陳廷敬緩緩點頭，說：「如此甚好！」

大順又說：「說好了，既然當了官差，就得有官差的規矩。鞍前馬後，事事小心，不要亂說亂動啊！」

兩位老鄉應諾下去，大順又問：「老爺，您到底要做什麼？」

陳廷敬笑道：「我自有安排，你只照我說的做就行了。你留點兒神，別讓這兩位老鄉開溜了。去叫劉景、馬明過來一下。」

劉景、馬明隨大順進來，問：「老爺有何吩咐？」

陳廷敬說：「你倆明日一早動身去德州府，拜訪知府張汧大人。不要讓外頭知道你是官府裡的人。我這裡有封信，帶給張汧大人。我就不去德州府了，直奔濟南。」

劉景、馬明兩人領了命，準備告退。陳廷敬留住他倆說話，問道：「如果地方有災荒，不用細細查看，我們先見到的應是什麼？」

劉景回道：「應是流民。」

馬明說：「還有粥廠。哪怕官府不施粥，也會有積善積德的大戶人家施粥。」

大順說：「我們一路上沒看見流民，也沒有看見粥廠，只看見迎接巡撫大人的百姓。莫不是山東真的豐收了？」

陳廷敬說：「山東真是大獲豐收，那就好了。」

大順問：「老爺，路上迎接巡撫大人的百姓，莫不是張汧大人調派好的吧？他是您的親家，不管論公論私，也應迎接您啊。」

陳廷敬沉默片刻，道：「不必多說，我們邊走邊看。」

次日清早，陳廷敬別過老和尚，起轎上路。忽又看見那位騎馬少年遠遠的跟在後面，便叫過大順：「你去問問他，看他到底有什麼事。」

那少年見大順飛馬前去，馬上掉轉韁頭，打馬而遁。大順怕是刺客，愈發緊追。追了好一陣，終於追上了。大順橫馬攔住少年問話：「你跟蹤欽差，有何企圖？」

少年說：「我才不知道什麼欽差哩！大路朝天，各走一邊。只許你們走，就不許我走？」

大順問：「那你為什麼總跟著我們？」

少年說：「那你們為什麼總攔在我前頭？」

大順怒道：「我正經問你話，休得胡攪蠻纏！」

少年並不懼怕，只說：「誰不正經說話了？我們正好同路，見你們老爺是個大官，不敢走到前面去，只好走在後面。這有什麼錯了？」

大順聽少年說得似乎有理，便道：「如此說，你倒是很懂規矩呀！」

大順教訓少年幾句，回到陳廷敬轎前，說：「回老爺，是個頑皮少年，說話沒正經，說是正好與我們同路。」

陳廷敬並不把這事放在心上，便說：「不去管他，我們走吧。」

大順卻甚是小心，說：「老爺，您還是多留個心眼，怕萬一是刺客就麻煩了。」

陳廷敬笑笑說：「青天白日的，哪來的刺客！」大順回頭看看，見那騎馬少年還是遠遠的隨在後面。他怕老爺擔心，沒有聲張，只不時回頭望望。那少年總是不遠不近，只在後面跟著。

23

劉景、馬明尋常百姓打扮，來到德州知府衙門，給門房遞上門敬，說了來由。門房收下門包，說：「你們呀，見不著知府大人。」

劉景說：「我們是知府大人的親戚，大老遠從山西來的，就煩請您通報一下。」門房只是搖頭。

馬明以為門房嫌門包小了，又要掏口袋。門房搖搖手，說：「不是那意思，您二位是老爺的親戚，我們也都是老爺從山西帶來的人。告訴您二位，真見不著我家老爺。」

劉景問：「可以告訴我們為什麼嗎？」

門房抬眼朝門內望望，悄聲兒說：「我家老爺已被二巡撫請去濟南了，聽說是來了欽差。」

馬明問：「二巡撫？怎麼還有個二巡撫？」

門房只是搖頭，不肯再說半個字。

兩人只好出來，不知如何是好。馬明說：「既然如此，我們趕緊去濟南回覆老爺吧！」

劉景想想，說：「不，你真以為我們是走親戚來的？老爺是要我們摸清這邊情況。既然張大人去了濟南，我倆不如暗訪民間去。」

馬明說：「老爺沒有吩咐，我倆不好自作主張吧？」

劉景說：「我們白跑一趟，回去又有啥用？不如去鄉下看看。」

出了城，兩人不識南北，只懵懂往前走。見了個村子，兩人進去，見了人家就敲門，卻總不見有人答應。推門進去看看，都空空如也。終於看見有戶人家門前蹲著位老人，劉景、馬明忙上前搭話。

劉景說：「大爺，我們是生意人，知道你們這兒出產玉米，想收些玉米。」

老頭望望他們，說：「你們四處看看，看見哪裡有半根玉米棍兒嗎？我們這幾年都受災荒，鄉親們十有八九都逃難去了！」

馬明說：「我們生意人，就是耳朵尖。聽說山東今年豐收，百姓感謝朝廷前幾年救濟之恩，自願捐糧一成給官府呀？」

老頭兒長嘆一聲，說：「那都是官府哄朝廷的！」

劉景說：「朝廷怎麼是哄得了的？沒有糧食交上去，怎麼向朝廷交差呀！」

老頭說：「那還用問？就只有逼百姓了！」

不多時，圍過來一些人，盡是老弱之輩。一位老婦人插話說：「如今官府裡的人，不知道是吃什麼長大的，世上的事理通通不知道。說什麼，沒有糧食交，就交銀子！」

老頭兒說：「是啊，真是天大的笑話，地裡沒有收成，百姓哪來的銀子？」

一位中年男子說：「我在外頭聽人說，現在這位巡撫，自己倒是清廉，不貪不占，就是太嚴酷了！聽說他自小是在宮裡長大的，不懂民間疾苦，對自己苛刻，對百姓也苛刻！唉，總比貪官好！」

老頭搖頭嘆道：「是呀，只怪老天不長眼，老降災荒！這位巡撫啊，我們百姓還真不好怎麼怪他！」

馬明問：「你們沒糧食，還得向上頭自願捐糧。不說你們交不了差，官府也交不了差呀！」

老頭兒說：「那也未必。有些大戶人家，田畝多，地又好，還是有糧食。」

劉景問：「老伯，您能告訴我哪戶人家地最多？我們想看看去。」

老頭搖搖頭，說：「那還用老漢我說？您瞧哪家院兒大，肯定就是大戶人家了。我勸你們不要去。你們是外地人，不識深淺，會吃虧的！」

馬明說：「不妨，我們只是做生意，買賣不成仁義在嘛！」

兩人辭過老鄉，繼續往前走。果然看見一家大宅子，高牆朱門，十分氣派，便上去扣環。門裡有人應了，問道是誰。劉景回道：「做生意的。」

大門邊的一個小旁門開了，出來一個人，問道：「做生意的？要做什麼？」

馬明不知道，鄉下這等有錢人家，門房上也是要行銀子的，只說：「我們想見見您家主人！」

門人打量著兩位來人，說：「見我們家主人？告訴你們，德州知府張大人都比我們家老爺好見！」

劉景見這門人無禮，忍不住來了火氣：「你們老爺家大門大戶的，應是仁德之家，你說話怎麼這麼橫？就不怕你家老爺知道了打你的屁股？」

門人圓睜雙眼：「我先打了你的屁股再說！」

門人說話就擂拳打人，劉景閃身躲過，反手一掌，那門人就趴下了。門人叫道：「你們真是膽大包天了，跑到朱家門前打人來了。來呀，有強盜！」

門裡登時閃出四條漢子，個個強壯如牛，不由分說，掄起拳頭就朝劉景和馬明打來。劉景、馬明身手了得，四個漢子不是他倆對手。突然，正門大開，四個漢子且戰且退。劉景、馬明緊追進門，大門吱地關上，幾十個壯漢蜂擁而來，將他兩人圍了起來。

這時，聽得一聲斷喝：「哪來的刁漢，如此大膽？」

人牆開處，站著一個中年漢子，一看就像主人。門人低頭說：「朱爺，這兩個人在這裡撒野，您看，把我打成這樣了！」

這位叫朱爺的望著門人說：「去，你把他打回來！」門人朝劉景、馬明跟前試探著走了幾步，不敢上前。朱爺怒道：「真是沒用的東西，這麼多人替你撐腰，你都是這個熊樣兒！還要別人替你打回來？」

劉景朝朱爺拱手說道：「這位老爺想必是主人吧？我們是生意人，上門來談買賣的。可您家守門的人，惡語相向，出手打人，我只是還手而已。」

朱爺哼哼鼻子，說：「上我朱家大門，敢還手的還真沒見過！」

馬明聽這姓朱的說話也是滿嘴橫腔，便道：「瞧您家門柱上對聯寫得倒是漂亮，詩書傳千秋，仁德養萬福！詩書仁德之家，怎會如此？」

朱爺冷冷一笑：「你倆還敢嘴硬！我們不用動手，只要我吆喝一聲，闔府上下每人吐口口水，都會淹死你們！」

劉景說：「我想您家不會靠吐口水過日子吧？總得做點兒正經事兒。我倆不過就是上門來談生意，怎麼會招來如此麻煩呢？」

又聽得有人喊道：「什麼人在這裡吵鬧？」

那個叫朱爺的馬上謙卑起來，躬起身子。一個書生模樣的中年人走了過來，此人儀表堂堂，氣宇不凡。原來這位才是朱家老爺，名叫朱仁。剛才那位叫朱爺的，只是朱家管家朱福。

朱福說：「老爺，來了兩個撒野的外鄉人！」

朱仁和言悅色。「您二位幹什麼的？」

劉景說：「我倆是山西來的商人，想上門談生意，不想被您家門人打罵，就衝撞起來了。」

朱仁回頭望望那些家人，說：「你們真是放肆！我交代過你們，凡是上門來的，都是客人，怎麼這樣無禮？」

朱福趕緊陪罪。「老爺，都是我沒把他們管教好！」

朱仁拱手施禮。「朱某單名一個仁字，讀過幾年書，下過場，落榜了，就不想試了，守著份祖宗家業過日子。家人得罪兩位了，朱某陪罪。兩位請裡面坐吧。」劉景、馬明也各自報了名號。朱仁把兩位客人請了進去，看茶如儀。

朱仁問道：「朱某同山西商家有過交往。敢問兩位是哪家商號？做什麼生意？」

劉景信口道：「太原恒泰記，主要做鐵器，別的生意也做。」

朱仁說：「恒泰記啊，你們東家姓王，久仰久仰，失敬失敬！只是我朱家沒做過鐵器生意，隔行如隔山，不知您二位想同朱某做什麼生意？」

馬明說：「今年山西大旱，收成不好。我們聽說貴地今年豐收了，想採買些玉米販過去，一則救濟百姓，二則也可有些賺頭！」

朱仁聽了，格外警醒：「您二位怎麼知道我們這兒豐收了？」

劉景笑道：「不是到處都在傳嘛！都說今年山東大獲豐收。我們在濟南有分號，在那邊就聽說百姓要把一成的餘糧獻給朝廷。」

馬明說：「是呀，我們打算在山東別的地方採買些麥子，在德州採買些玉米。」

朱仁笑笑，說：「你們耳朵倒是尖得很啊！只是，你們知道嗎？巡撫衙門通告，山東的糧食一粒也不得賣到外省！」

劉景很是不解，問：「有餘糧又不讓百姓賣出去，這是為何？」

朱仁神秘一笑，說：「其實呀，嘿，同你們外鄉人說了也無妨，其實山東沒有餘糧！二位剛才遭遇朱某家人無禮，也是事出有因。我們這兒連年災荒，很多百姓就聚眾為盜。門人喊聲有強盜，家丁就聞聲趕去了。」

馬明吃驚地望望劉景，問道：「沒有餘糧？為何空穴來風？」

朱仁說：「也可以說，只有像我家這樣的大戶有餘糧；別人飯都沒得吃的，哪來的餘糧？」

馬明故意生氣起來：「哎，是誰在亂說呀？害得我們辛苦跑一趟。大哥，我們就不打攪朱老爺了，回去吧。」

劉景叫馬明別急，回頭對朱仁說：「朱老爺，我這兄弟就是性子急。我想既然朱老爺家有餘糧，我們可否做做生意？」

朱仁很為難的樣子：「我不是說了嘛？巡撫衙門通告，不准把糧食賣到外地去！」

劉景說：「朱老爺，我們做生意的，都是同衙門打過交道的。衙門，總有辦法疏通的。」

朱仁頗為得意，說：「不瞞兩位，要說山東這衙門，再怎麼疏通，也沒我通。只要價錢好，衙門沒問題的。」

劉景甚是豪爽，說：「朱老爺，只要價錢談得好，糧食你有多少，我們要多少。」

朱仁來了興趣：「真的？」

一來二去，生意就談攏了。劉景很是高興，說：「朱老爺真是爽快人。好，這就帶我們去倉庫看看貨。」

兩人說著就要起身，朱仁卻搖搖手，說：「我家糧食生意，都是在濟南做，那邊碼頭好。玉米都囤在濟南朱家糧倉。」

劉景面有難色，說：「我們看不到貨，這個……」

朱仁哈哈大笑，說：「二位放心，二位儘管放心！今兒天色已晚，您二位委曲著在寒舍住下，萬事明日再說。」

劉景、馬明假意推託幾句，就在朱家住下了。兩人夜裡悄悄兒商量，越發覺得朱仁這人非同尋常，明日乾脆把他誆到濟南去。次日吃罷早飯，朱福已把買賣契約擬好了，送給他家老爺過目。朱仁接過看看，交給劉景。劉景看罷，大惑不解，問：「朱老爺，怎麼提貨地點在義倉？不是在您朱家糧倉嗎？」

朱仁也不多說，只道：「兩位放心，你們只管簽字，不用管是在義倉還是哪裡提貨，保管有糧食就行了。」

劉景說：「我當然放心。不過我有個不情之請。」

朱仁拱手道：「但說無妨！」

劉景說：「這麼大筆買賣，這契約還得我家老爺簽。可這來來去去的跑，又怕耽擱了生意。可否勞朱老爺親往濟南一趟，也好同我家老爺見個面？」

朱福在旁插話說：「兩位老闆，我家老爺是個讀書人，終日裡唯讀讀書，吟詩作對，生意上的事都是在下打點，他可是從不出面的。」

劉景說：「我家老爺也是讀書人，好交朋友，說不定同朱老爺很談得來的。」

朱仁笑道：「是嗎？既然如此，我倒想會會你們老爺。好，我就去趟濟南吧！那邊我有許多老朋友，也想會會！」

劉景回頭對馬明說：「那太好了。馬明，你不妨快馬回濟南稟明老爺，我陪朱老爺隨後就到！」

朱仁笑道：「劉兄倒是性急啊！」

劉景說：「我家老爺有句話，商場如戰場，兵貴神速！」

朱仁撫掌而笑：「說得好，說得好，難怪你們恒泰記生意做得這麼大！」

馬明出了朱家，快步趕路，逕直去了驛站，出示兵部勘合憑證，要了匹好馬，飛赴濟南。這邊劉景同朱仁等坐了馬車，不緊不慢往濟南去。

24

山東巡撫富倫坐在簽押房公案旁用餐，飯菜只是一葷一素，幾個大饅頭。他一邊吃飯，還一邊看著公文。掉了粒饅頭渣在桌上，富倫馬上撿起，塞進嘴裡。旁邊侍候他吃飯的衙役們雖是見慣不驚，心裡總還是感嘆不已。

這時，幕僚孔尚達前來稟報。「巡撫大人，有個叫何宏遠的商人求見您！」

富倫一聽，臉就黑了。「商人？本撫從來不與商人往來，難道你不知道？」

孔尚達說：「我也同他說了，巡撫大人實在忙得很，飯都是在簽押房裡吃，哪有工夫見你？那人說事關重大，一定要請巡撫大人撥冗相見。」

富倫沒好氣說：「一個商人，不就是想著賺錢嗎？還能有什麼大事？」

孔尚達說：「庸書(注)以為，您還是見見他，好好兒打發他走就得了。」

富倫嘆道：「唉，本撫手頭事情忙得不得了，欽差要來，我總得理一理頭緒呀，還要見什麼商人。好吧，讓他到客堂等著。」

富倫說著就放下飯碗，孔尚達卻說：「巡撫大人，您還是先吃完飯再說吧。」

富倫揮揮手。「先見了他再來吃飯吧。」

孔尚達搖頭半日，說：「巡撫大人就像當年周公啊，周公吐哺，天下歸心！」

富倫卻不愛聽這話：「老夫子，您就別肉麻了，咱們呀，給百姓幹點兒紮紮實實的事情

注　庸書：地方官的助理，又稱師爺或庸筆。

吧！」

富倫去到大堂，何宏遠忙迎上來拜道：「小民何宏遠拜見巡撫大人。」

富倫不叫他坐，自己也站著：「說吧，什麼事？」

何宏遠說：「巡撫大人，小民想從外地販些糧食進來，請巡撫大人准許。」

富倫臉色大變。「今年山東糧食大獲豐收，要你販什麼糧食？巡撫衙門早就發了通告，不准私自買賣糧食，你難道不知道？」

何宏遠說：「正是知道，小民才專門前來請求巡撫大人。」

富倫冷眼望著何宏遠。「你既然知道，還故意同巡撫衙門作對，是何居心？」

何宏遠遞上一張銀票。「巡撫大人，請您高抬貴手！」

富倫勃然大怒。「大膽！光天化日之下，堂堂衙門之內，你竟敢公然賄賂本撫！來人，打出去！」

立時進來兩個衙役，架起何宏遠往外走。何宏遠自知闖禍，高聲求饒。

富倫不管那麼多，只對孔尚達說：「老夫子，我說過凡是商人都不見，你看看，果然就是行賄來的！」

孔尚達面有愧色，說：「撫臺大人的清廉，百姓是知道的，您對朝廷的忠心，百姓也是知道的。可是上頭未必知道。您報了豐年上去，皇上就派了欽差下來。聽說陳廷敬辦事一是一，二是二。」

富倫冷冷一笑。「他陳廷敬一是一，二是二，我就不是了？」

孔尚達說：「可是撫臺大人，地方政事繁雜，民情各異，百密難免一疏，就怕陳廷敬吹毛求疵！」

富倫卻道：「本撫行得穩，坐得正，不怕他雞蛋裡挑骨頭。本撫要讓陳廷敬在山東好好看看，叫他心服口服地回去向皇上覆命！」

孔尚達說：「陳廷敬同張汧是兒女親家，按說應去德州府看看。可他直接就上濟南來了，不合情理呀。」

富倫說：「那是他們自家的事，我且不管。他不按情理辦事，我也不按情理待之。他沒有派人投帖，我就不去接他。他擺出青天大老爺的架子，我比他還要青天！就讓他在山東好好看看吧。」

卻說陳廷敬一行到了濟南郊外，遠遠的看見很多百姓敲鑼打鼓，推著推車，很是熱鬧。陳廷敬吩咐道：「大順，你騎馬前去，看看是怎麼回事兒？」

大順打馬前去，不多時回來稟道：「老爺，百姓送糧去義倉，說是這幾年大災，多虧朝廷救濟，不然他們早餓死了。今年豐收了，自願捐糧！」

說話間陳廷敬的轎子走近了送糧百姓，突然領頭敲鼓的人大喊一聲：「拜見巡撫大人！」鑼鼓聲停了，百姓們一齊跪下，喊道：「拜見巡撫大人！」

陳廷敬想自己路上都當了兩回巡撫大人了，暗自覺著好笑。他下了轎，朝老鄉們喊道：「鄉親們，都起來吧。」

老鄉們紛紛起來，原地兒站著。陳廷敬又叫剛才敲鼓的那位，那人卻茫然四顧。大順便指著那人。「欽差大人叫你哪。」

那人慌忙跪下。「原來是欽差大人呀？草民驚動大人了，萬望恕罪！」

陳廷敬說：「起來吧，你沒有罪。你們體貼朝廷艱難，自願捐獻餘糧，本官很受感動。本官想留你敘敘話如何？你叫什麼名字？」

那人回道：「小的叫朱七，我……我這還要送糧哪！」

陳廷敬道：「不就少個敲鼓的嘛，不妨！大順，招呼好這位朱七。鄉親們，你們送糧去吧！」

朱七像是有些無奈，卻只好把鼓和錘子給了別人，自己留下了。場面甚是熱鬧，沒人在意有位騎馬少年遠遠的站在那裡。

進了濟南城，大順先去巡撫衙門投帖。不多時，大順回來，說富倫大人在衙裡恭候。快到巡撫衙門，卻見富倫早迎候在轅門外了。陳廷敬落了轎，富倫迎了上來。

富倫先拱手向天。「山東巡撫富倫恭請皇上聖安！」

陳廷敬也是先拱手向天，然後還禮。「皇上吉祥！欽差翰林院掌院學士、教習庶起士、禮部侍郎陳廷敬見過撫臺大人！」

再朝陳廷敬拱拜。「見過欽差大人！」

富倫道：「富倫有失遠迎，萬望恕罪！請！」

那位神秘少年騎馬站立遠處，見陳廷敬隨富倫進了衙門，便掉馬去了。

進了巡撫衙門客堂，早有果點、茶水侍候著了。陳廷敬坐下，笑道：「巡撫大人奏報，山東百姓感謝朝廷前幾年救災之恩，自願捐糧一成獻給國家。皇上聽了，可是龍顏大悅呀！可皇上又念著山東連年受災，擔心百姓顧著感激朝廷，卻虧待了自己，特命廷敬前來勘實收成。」

富倫面帶微笑，說：「陳大人，您我都是老熟人，剛才我倆也按朝廷禮儀盡了禮，我就直話直說了。您是來找我麻煩的吧？」

陳廷敬哈哈大笑，說：「巡撫大人的確是直爽人。我雙腳踏進德州境內，就見百姓沿路迎接，把我當成了巡撫大人。到了濟南，遇上去義倉送糧的百姓，又把我當成巡撫大人。富倫大人，您在山東人望如此之高，我哪裡去找您麻煩呀！」

富倫笑道：「陳大人該不是在說風涼話吧？」

陳廷敬很是誠懇的樣子：「富倫大人說到哪裡去了！我是個京官，地方上一日也沒待過。到這裡一看，方知百姓如此愛戴一個巡撫，實感欣慰。這其實都是在感謝朝廷啊！」

富倫不由得長嘆起來：「陳大人真能如此體諒，我也稍可安慰了！地方官難當啊！不是我說得難聽，朝中有些京官，總說封疆大吏在下面如何風光，如何闊綽！讓他們下來試試，不是誰都幹得好的！」

陳廷敬喝了口茶，說：「廷敬佩服富倫大人才幹，到任一年，山東就如此改觀！也不知前任巡撫郭永剛那幾年都幹什麼去了！」

富倫搖搖頭，說：「前任的事，不說了，不說了。不知陳大人如何安排？我這邊也好隨時聽候吩咐！」

陳廷敬說：「俗話說，耳聽為虛，眼見為實。我明日想去看看義倉，然後查看一下百姓捐糧帳目，就完事了。」

富倫道：「如此甚好！只是皇上還沒恩准，我們還不敢放開接受捐獻，實在壓不住的就接受了一些。義倉還沒滿哪！各地捐糧數目倒是報上來了。」

陳廷敬點頭說：「這個我知道，全省共計二十五萬多石。」

這時，聽得外頭有喧嘩聲。富倫吩咐左右：「你們快去，看看怎麼回事！」又聽得外頭有人喊著什麼欽差，陳廷敬便說：「好像是找我的，我去看看。」

富倫忙勸道：「陳大人，下頭民情複雜，您不要輕易露面。」

陳廷敬只說無妨，便同富倫一道出去了。原來外頭來了很多請願百姓，有人嚷道：「我們要見欽差大人！咱山東百姓好不容易盼來了一位清正廉潔的巡撫，朝廷卻不信任，還要派欽差下來查他！這天下還有公理嗎？」

見富倫出來了，一位百姓喊道：「巡撫大人，您不要怕，我們山東百姓都可為您作證！」

富倫卻是怒目圓睜：「你們真是無法無天了！什麼是欽差你們知道嗎？就是皇上派下來的！皇上是天！你們怎敢如此胡鬧？你們以為這是在幫我嗎？這是幫倒忙！」

陳廷敬朝百姓們拱手道：「本官不怪你們，有話你們說吧。」

前幾日在巡撫衙門挨了打的何宏遠高聲喊道：「欽差大人，您看看我這頭上的傷，這傷就是巡撫大人吩咐手下人打的，巡撫大人可是清官哪！」

突然冒出這麼個說話牛頭不對馬嘴的人，大夥兒都哄地笑了起來。陳廷敬聽著也覺得蹊蹺，問：「這倒是件稀罕事，說來聽聽？」

何宏遠說：「我前幾日去巡撫衙門送銀子，被巡撫大人趕了出來，還挨了棍子。」

富倫睨視著何宏遠，道：「你真是無恥！做了這等見不得人的事，還敢當眾說出來！」

何宏遠低頭說道：「小民的確沒臉面，可我親眼見識了您這樣的清官，自己受些委曲也心甘情願了。」

陳廷敬點頭不止，說：「巡撫大人您看，山東百姓多麼淳樸啊！」

富倫忙拱手向天：「這並非我富倫的功勞，而是我們各級官員每月宣講皇上《聖諭十六條》，春風化雨，沐浴萬象。」

陳廷敬正同富倫贊許民風，不料有人喊道：「欽差大人，我們山東既是孔孟故里，也是宋江家鄉。欽差大人如果故意找巡撫大人麻煩，小心自己回不了京城！」

富倫跺腳怒罵。「大膽，真是反了！把這個人抓起來！」

眾衙役一擁而上，抓了這個人。陳廷敬忙說：「巡撫大人，還是放了他吧。他這話有些難聽，卻半個字都沒說錯。」

富倫不依，道：「欽差大人，這個人竟敢在巡撫衙門前面說這種反話，應按律重罰！請您把他交給本撫處置。帶下去！」

「鄉親們，本撫求你們了！你們在此喧鬧，成何體統？你們一片好心要幫我，卻是在害我呀！你們都回去吧。」富倫說著，突然跪了下來，「百姓是我的衣食父母，本撫今兒就拜拜你們！只要你們各安本業，好好的過日子，本撫就感激萬分了！」

百姓們都跪下了，有人竟哭泣起來，說：「巡撫大人，我們都聽您的，我們這就回去！」

大家都跪著，只有陳廷敬和他左右幾個人站著。他抬眼望去，又見那位騎馬少年，臉上露著一絲冷笑，掉馬離去。

陳廷敬小聲囑咐大順。「看見了嗎？注意那個騎馬少年，他從德州跟到濟南來了。」

次日，富倫陪著陳廷敬查看義倉。糧房書吏打開一個糧倉，但見裡頭麥子堆積如山。接著又打開一個糧倉，只見裡頭堆滿了玉米。

富倫說：「皇上未恩准，我們不敢敞開口子收，不然倉庫會裝不下啊。」

陳廷敬笑道：「有糧食，還怕倉庫裝不下？」

富倫笑笑，回頭對書吏說：「義倉務必做好四防，防盜、防火、防雨、防鼠。最難防的是老鼠，別看老鼠不大，危害可大。倉庫都要留有貓洞，讓貓自由出入。一物降一物，老鼠怕貓咪，貪官怕清官！」

書吏低頭回道：「巡撫大人以小見大，高屋建瓴，小的牢記巡撫大人教誨！」

富倫嘿嘿一笑，說：「你一個守倉小吏，別學著官場上的套話。好好的把自己分內的事情一件一件兒做好了！本撫最聽不得的就是官場套話！陳大人啊，這官場風氣可是到了除弊革新的時候了！」

不等陳廷敬說話，隨行在後的孔尚達接了腔：「巡撫大人目光高遠，居安思危，真令庸書感佩呀！」

富倫朝陳廷敬無奈而笑，說：「陳大人您看看，我才說了守倉小吏，他又來了。老夫子，本撫請你這個幕僚，就是見你是個讀書人，點子多。你呀，多給本撫出點好主意。山東治理好了，百姓日子一年好上一年，也不枉你我共事一場！」

孔尚達頓時紅了臉，說：「庸書謹記巡撫大人教誨！」

突然，一隻飛鏢嗖地直飛陳廷敬。大順眼疾手快，推開陳廷敬，那飛鏢正中糧倉門框。眾人高喊抓刺客，卻不知刺客在哪裡。出了這等事情，富倫慌忙賠罪。陳廷敬淡然一笑，只說沒什麼。

沒多時，刺客被抓了回來，按跪在地。仔細一看，原來正是那位騎馬少年。大順手裡提著少年的佩劍，回道：「老爺，正是一直跟蹤您的那個人！」

富倫指著少年喝道：「大膽刁民，竟敢行刺欽差！殺了！」

陳廷敬一抬手。「慢！」又低頭問那少年，「你為何行刺本官？」

少年狠狠橫了陳廷敬一眼，低頭不語。陳廷敬瞧著這人奇怪，讓人掀掉他的帽子，看個仔細。少年掙脫雙手，捂住腦袋。衙役們喝罵著掀掉了少年的帽子，眾人頓時驚了！原來是個面目姣好的小女子。

陳廷敬也吃驚不小，問：「原來是個小女子。你是哪裡人氏，為何女扮男裝，行刺本官？」

小女子依然不開口。富倫說：「刺殺欽差可是死罪！說！」

女子仍不開口，只把頭埋得低低的。陳廷敬吩咐道：「將人犯暫押本官行轅。一個小女子經不得皮肉之苦的，你們不可對她動刑。」

富倫道：「欽差大人，還是將人犯關在衙門監獄裡去吧，怕萬一有所閃失呀！」

陳廷敬笑道：「一個小女子，不妨的。此事蹊蹺，我要親自審她。」

富倫只好點頭。「遵欽差大人之命。欽差大人，讓您受驚了。」

陳廷敬滿面春風。「哪裡哪裡！我看到山東果然大獲豐收，十分欣慰！」

衙役將小女子帶走了，大順隨在後面。

富倫應酬完陳廷敬，回到衙裡，心情大快。「皇上說陳廷敬寬大老成，果然不錯。他不像個多事的人！」

孔尚達卻說：「巡撫大人，我可有些擔心啊！」

富倫問：「擔心什麼？」

孔尚達說：「看著陳大人那麼從容不迫，我心裡就有點兒發虛！」

富倫哈哈大笑。「你心裡虛什麼？這些京官呀，沒在下面幹過，到了地方上，兩眼一摸黑！下面說什麼，他們就信什麼；下面設個套兒，他們就得往裡鑽！何況我山東一派大好，怕他什麼呀？」

孔尚達沉默片刻，說：「庸書有種不祥的預兆，今兒那個女刺客，會誤大人的事！」

富倫問：「怕什麼？她是來刺殺陳廷敬，又不是衝我來的！」

孔尚達說：「庸書想啊，還真不知道那刺客是想殺陳大人，還是想殺巡撫大人您哪！如果她要殺陳大人，這就更加叫人納悶！您想啊，她若是陳廷敬的仇家，就應該是從京城尾隨而來的，沿路都有機會下手，為何要到了濟南才下手呢？」

富倫聽了這話，也覺得有些奇怪：「你懷疑那女子是山東人？」

孔尚達眉頭緊鎖，說：「如果她是山東人，就更不可思議了。陳廷敬在山東怎麼會有仇家？」

富倫問：「你是說她可能是我的仇家？那她為何不早對我下手呢？偏要等到來了欽差的時候？」

孔尚達望著富倫說：「庸書也想不明白。我說呀，乾脆把那女刺客殺了，就什麼也不用擔心了！」

富倫思忖片刻，點頭說：「好，此人刺殺欽差，反正是死罪。你去辦吧！」

陳廷敬回到行轅，也百思不得其解。一個小女子從德州跟著他到了濟南，居然向他行刺！一路上多的是機會下手，她為什麼偏要趕到濟南來呢？陳廷敬正踱步苦思，突然聽得外頭一陣哄鬧，不知出了什麼事情。不多時，大順跑進來回話，原來是那小女子搶下衙役的刀要自殺，被人救下了。

陳廷敬更覺奇怪。「啊？她要自殺？傷著了沒有？」

大順說：「那倒沒有。」

陳廷敬問：「她說什麼了沒有？」

大順說：「從抓進來那會起，她一句話也沒說，飯也不肯吃，水都不肯喝一口。」

陳廷敬沉吟著。「真是怪了。帶她進來。」

大順走到門口交代幾句，過會兒衙役就帶著小女子進來了。小女子很是倔強，怎麼也不肯跪下。兩個衙役使勁按住，她才跪下了。

陳廷敬語氣平和，道：「姑娘，妳真把我弄糊塗了。年紀輕輕一個女子，平白無故地要行刺欽差，行刺不成又要自殺。說吧，到底是怎麼回事？」

女子低頭不語。

陳廷敬笑道：「世上沒人會閒著沒事幹就去殺人。說吧，為何要行刺我？」

小女子冷冷地白了一眼陳廷敬，又兩眼低垂，拒不說話。大順忍不住喊叫起來：「欽差大人問話妳聽見沒有？妳是聾了還是啞了？」

陳廷敬朝大順搖搖手，對小女子說：「我新來乍到，在山東並無仇家，妳是從哪裡冒出來的？我看妳不像個平常人家女子，倒像個大家閨秀。」

小女子仍是不吭聲。

大順說：「老爺，看來不用刑，她是不開口的。」

陳廷敬搖頭道：「我相信她要行刺我是有道理的。我只想聽她說說道理，何必用刑？」

問了半日，小女子卻是隻字不吐。

陳廷敬很有耐心，說：「妳應該知道，殺人是要償命的，何況是行刺欽差？假如要治妳的罪，不用審問，就可殺了妳。可我不想讓妳冤枉了，一定要查個水落石出。」

這時，馬明突然推門進來，陳廷敬便叫人把小女子帶下去，等會兒再來審問。大順遞上水來，馬明顧不上喝，便把德州所聞如此如此說了。

陳廷敬略加思忖，提筆寫了封信：「馬明，辛苦你馬上去趟恒泰記，請他們看在老鄉面上，到時候暗中接應。」

馬明帶上陳廷敬的信，匆匆出門了。大順問：「老爺，再把那女刺客帶來？」

陳廷敬搖頭說：「不忙，先把向大龍和周三叫來。」

大順帶了向大龍和周三進來，陳廷敬目光冷峻，逼視著他們，良久，嘴裡才輕輕吐出兩個字：「說吧！」

兩人臉都白了，面面相覷。向大龍壯著膽子問：「欽差大人，您……您要我們說什麼？」

陳廷敬冷冷說：「你們自己心裡明白。」

向大龍小聲說：「欽差大人，您可是我們百姓愛戴的欽差呀！我們百姓愛戴好官，這難道做錯了嗎？」

陳廷敬說：「你倆跟我好幾日了，見我沒問你們半句話，就以為自己碰上天下頭號大傻瓜了是嗎？」

向大龍仍是糊塗的樣子。「欽差大人，小的真的不知道您要我們說什麼呀！」

陳廷敬怒道：「別演戲了！你們早已知道我是欽差了，還要巧言欺詐，就不怕掉腦袋？」

兩人撲通跪下，把什麼都招了。原來兩人真的是德州府的衙役，路上場面都是巡撫衙門那位幕僚孔尚達派人安排的。德州連年災荒，富倫卻不准往朝廷報災，要的是個太平的面子。德州這邊百姓便四處逃荒，還鬧了匪患。富倫知道張汧同陳廷敬是親戚，就先把他請到濟南去了。

陳廷敬聽罷，氣憤已極，罵道：「哼，我就知道你們是衙門裡的人！你們想想，你們都是做的什麼事呀？花錢買了東西，雇了百姓來做假，百姓背後會怎麼說你們？我不想當著百姓的面揭穿你們，是顧著你們的臉面，顧著朝廷的臉面，也是顧著我自己的臉面！你們不要臉，我還要哪！」

審完向周二人，陳廷敬又讓人把那送糧敲鼓的朱七帶了進來。那朱七是沒見過事的，嚇唬幾句，就倒黃豆似的全招了。原來義倉裡的糧食，既有官府裡的，也有朱仁家的。那朱仁同二巡撫孔尚達是把兄弟，凡事全聽巡撫衙門的。

事情都弄清楚了，陳廷敬警告說：「朱七你聽著。你受人指使，哄騙欽差，已是大罪。如果再生事端，那就得殺頭了。你好好在這裡待著，如果跑出去通風報信，後果你自己清楚！」

朱七叩頭如同搗蒜。「小的知罪！那是要殺頭的！」

大順在旁嚇唬道：「要是不老實，當心欽差大人的尚方寶劍！」

朱七被帶下去了，大順替陳廷敬續了茶，說：「老爺，俺頭回見您審案，您可真神哪！您怎麼就知道他們是假扮的百姓呢？」

陳廷敬笑道：「我神什麼了？看他們的神態、模樣兒，就知道有詐！不是有人指使，哪會有這麼多百姓自己跑來迎接官員？哪會有百姓敲鑼打鼓送糧食？只有底下人把上頭當傻子，上頭的又甘願當傻子，才會有這種事兒！還有書上說的，什麼清官調離，百姓塞巷相送，一定要送給清官萬民傘，這大都是作假作出來的！」

大順納悶。「那我打小就聽人說書，百姓送萬民傘給清官，皇上知道了，越發重用這個清官，那都是假的呀？」

陳廷敬說：「歷朝歷代，也有相信這種假把戲的皇上。」

大順問：「那老爺您說，那些皇上是真傻呢？還是裝傻？」

陳廷敬笑笑，說：「大順，皇上才聰明哪！這個話，不能再說了。對了，大順，你不要老亂說我有皇上尚方寶劍，你看見了？那都是戲裡頭唱的！」

大順嘿嘿地笑著，替老爺鋪好床，下去了。

陳廷敬才要上床睡覺，忽聽得外頭大喊抓刺客。陳廷敬忙披上衣，抓起身邊佩劍，直奔門口，卻被大順攔住了。外頭漆黑一片，什麼也看不清楚，只聽得廝殺聲、叫罵聲亂作一團。

不多時，人聲漸稀，馬明跑進來回話：「老爺，我剛從外頭回來，正好撞見有人摸著黑往那兒去，像是要殺那姑娘。」

原來馬明同恒泰記那邊說好了，剛回到行轅。陳廷敬問：「抓住人了沒有？」
馬明說：「他們有四五個人，天又黑，跑掉了。」
陳廷敬把衣服穿好，說：「去看看那姑娘。」
大順搬來張凳子，陳廷敬坐下，問：「姑娘，妳知道是什麼人要殺妳嗎？」
姑娘冷眼望著陳廷敬，不開口。
陳廷敬說：「姑娘，我在替妳擔心哪！妳不說出真相，我們救了妳一次，不能保管救得了第二次！」
姑娘像塊石頭，大順忍不住氣道：「妳這個姑娘，真是不知好歹！欽差大人現在沒問妳為何行刺，倒是擔心妳的性命，妳還不開口？」
姑娘冷冷一笑，終於說道：「如此說，這位大人就是位好官了？笑話！」
大順說：「咱欽差大人可是青天大老爺！」
姑娘說：「同富倫之流混在一起的能是青天大老爺！」
陳廷敬點頭道：「哦，原來姑娘是位替天行道的俠女呀！」
姑娘怒視陳廷敬。「你別諷刺我！我是俠女又怎麼樣？」
陳廷敬說：「那麼姑娘是在行刺貪官了。」
姑娘說：「你不光是貪官，還是昏官、庸官！」
大順喝道：「休得無禮！咱欽差大人可是一身正氣，兩袖清風。」
馬明笑笑，說：「兩袖清風。」
陳廷敬朝大順和馬明搖搖手，對姑娘說：「妳說說，陳某昏在何處，庸在何處？」
姑娘說：「你進入山東，明擺著那些百姓是官府花錢雇的，卻樂不可支，還說謝鄉親們呀，真是傻瓜！」

陳廷敬笑了起來。「對對，姑娘說對了，陳某那會兒的確像傻瓜。還有呢？」

姑娘又說：「百姓真有糧食送，推著車送去就是了，敲什麼鑼，打什麼鼓呀？又不是唱大戲！你呢？還說多好的百姓啊！」

陳廷敬又是點頭。「對，這也像傻瓜！我更傻的就是稱讚義倉裡的糧食！」

姑娘說：「你最傻的是看見富倫同百姓們相對而跪，居然還很感動！你那會兒好慚愧的吧？以為自己不該懷疑一個好官吧？」

陳廷敬說：「我的確聽山東百姓說，富倫大人是個好官、清官。」

姑娘憤怒起來。「哼，你不光貪、昏、庸，還是瞎子！」

陳廷敬又問：「姑娘說我昏、庸，又是瞎子，我這會兒都認了。可我這貪，從何說起？你見我收了金子，還是收了銀子？」

姑娘說：「要不是富倫把你收買了，你甘願做傻瓜？」

陳廷敬笑道：「好吧，依姑娘的道理，貪我也認了！」

姑娘白了陳廷敬一眼，說：「你的臉皮真厚！」

陳廷敬並不生氣，只說：「姑娘，我佩服妳的俠肝義膽。可我不明白，妳一個年紀輕輕的小女子，哪來這麼大的膽量？妳獨自遊俠在外，家裡人就不擔心妳？」

哪知陳廷敬一說到這話，姑娘雙眼一紅，哭了起來。

陳廷敬問：「姑娘有什麼傷心事嗎？」

陳廷敬這麼一問，姑娘反而揩了把眼淚，強忍住不哭了。

馬明說：「姑娘，妳誤會了。咱們老爺正是來查訪山東百姓自願捐糧一事的。」

姑娘冷冷地說：「知道，欽差大人已經查訪過了，他見到百姓敲鑼打鼓自願捐糧，見到義倉糧食堆成了山，很高興啊！我說你可以回去向皇上交差了。你多在濟南待一日，就得多吃三頓飯。那飯錢，到底還是出在百姓頭上！」

陳廷敬說：「姑娘，我陳廷敬不怪妳，恕妳無罪！不過你得先待在這裡，過了明日，我會給你個交代！」

大順聽了心裡不服，忙說：「老爺，您怎麼能這麼同她說話？向她交代個什麼？」

姑娘又冷笑起來。「欽差大人別抬舉我了，你回去向皇上交代吧！」

陳廷敬卻是正經八百的說：「不，姑娘是百姓，我是朝廷命官。做官的幹什麼事情，也得向百姓有個交代！」

姑娘鼻子哼了聲，說：「冠冕堂皇！這話你們做官的都是掛在嘴上的！」

陳廷敬不再多說，起身而去。姑娘仍被帶回小屋，門外加了人手看著。不多時，外頭傳來幽幽琴聲，那是陳廷敬在撫琴。姑娘聽琴良久，突然起身，過去敲門。門開了，姑娘問門外看守。「大哥，你們欽差大人真是位清官嗎？」

看守說：「廢話！咱欽差大人，皇上著他巡訪山東，就是看他為官正派！」

姑娘說：「可我怎麼看他糊裡糊塗？」

看守說：「妳是說，只見他同巡撫大人在一起有說有笑，不見他查案子是嗎？」

姑娘說：「他除了待在行轅，就是讓富倫陪著吃飯喝酒，要麼就是四處走馬觀花，他查什麼案子呀？」

看守笑了起來。「傻姑娘，欽差大人查案子要是讓妳都看見了，天下人不都看見了？」

姑娘低頭片刻，突然說：「大哥，我想見欽差大人！」

看守說：「都快天亮了，我們老爺這幾日都沒睡個囫圇覺。」姑娘苦苦哀求，看守聽得陳廷敬還在撫琴，只好答應了。過去報與陳廷敬，把姑娘帶了去。誰知姑娘到了陳廷敬跟前，撲通就跪下了，哭喊道：「欽差大人，求您救救我爹吧！」

陳廷敬甚是吃驚。「姑娘起來，有話好好說！你爹怎麼了？」

姑娘仍是跪著，細細說了由來。原來這姑娘姓楊，小名喚作珍兒，德州陵縣楊家莊人氏，她家在當地算是有名的大戶。陵縣這幾年大災，多數百姓飯都沒吃的，縣衙卻要按人頭收取捐糧。珍兒爹爹樂善好施，開了粥廠賑濟鄉親，只是不肯上交捐糧。縣衙的錢糧師爺領著幾個人到了楊家莊，逼著珍兒家交捐糧。珍兒爹只說以賑抵捐，死不肯交。師爺沒好話說，氣勢洶洶的就要拿人。村裡人都是受過楊家恩的，呼啦一聲圍過百十人，把那師爺打了。這下可把天捅了個窟窿，師爺回到縣衙，只說楊家莊鬧匪禍了。第二日，師爺領著百多號人，刀刀槍槍的湧進了楊家莊。

珍兒哭訴著：「衙門裡的人把我家洗劫一空，抓走了我爹，說是要以匪首論斬。早幾日，我聽說朝廷派了欽差下來，就女扮男裝，想攔轎告狀。可我看到大人您甘願被下面人唬弄，就灰心了。我一直跟隨著大人，想看個究竟。後來我越看越氣憤，心想連皇上派下來的欽差都是如此，百姓還有什麼活路？小女子這就莽撞起來了。欽差大人，您治我的罪吧！」

「真是無法無天了！」陳廷敬十分氣憤。珍兒嚇著了，抬眼望著陳廷敬。

大順忙說：「姑娘，老爺不是生妳的氣。」

陳廷敬知道姑娘聽錯話了，便說：「珍兒姑娘，我不怪妳，我是說那些衙門裡的人。妳放心，我會救妳爹的。對了，妳知道是什麼人要殺妳嗎？」

珍兒說：「我也不知道。」

陳廷敬也覺著糊塗。「這就怪了。衙門裡有人認識妳嗎？」

珍兒說：「他們不可能認識我。」

陳廷敬說：「不管怎樣，妳要小心。事情了結之前，妳得時刻同我們的人在一起。」

珍兒叩頭不止，聲聲言謝。陳廷敬叫人領了珍兒下去，好生看護，自己再同大順、馬明細細商量。

25

第二日，陳廷敬約了富倫同遊趵突泉，兩人都是常服裝扮。大順、孔尚達和陳廷敬的幾個親隨跟在後面。

富倫說：「欽差大人，不是您來，我還真難得如此清閒。」

陳廷敬點頭說：「官場上的人哪，清閒不清閒，就看頭上是否頂著官帽。今日如果依著您，我倆官服出遊，就算是把趵突泉遊人全部清走，也是清閒不了的！」

富倫點頭不止。「欽差大人高論，高論！我在山東可是一日不得清閒，也就一日都沒脫過官服哪！」

陳廷敬笑道：「朝廷就需要您這樣勤勤懇懇的好官啊！」

富倫不無感慨的樣子。「我來山東赴任前面辭皇上，皇上對我耳提面命，諄諄教誨，我時刻不敢忘記啊！」

陳廷敬說：「巡撫大人如此繁忙，撥冗相陪，陳某真是過意不去！」

遇有小亭，兩人坐下。陳廷敬說：「趵突泉真是造化神奇啊。」

富倫微笑道：「是啊，趵突泉三眼迸發，噴湧不息，浪如雪霧，不論冬夏，冷暖如一。」

沒多時，下人端上酒菜，兩人對飲起來。陳廷敬舉杯道：「美景美酒，人間至樂呀！巡撫大人，我借貴地美酒，敬您一杯！」

富倫哈哈大笑。「不敢不敢！再怎麼著也是我敬您哪！同飲同飲！」

兩人碰杯，一仰而盡。陳廷敬說：「您把山東治理得如此好，就是皇上在此，他也會賞您酒喝啊！」

富倫說：「還望欽差大人回京以後在皇上面前多多美言！」

陳廷敬點頭道：「廷敬自會把眼見耳聞，如實上奏皇上。」

這時，大順過來同陳廷敬耳語幾句，富倫不由得有些緊張，卻裝得沒事兒似的。孔尚達也有些著急，望望富倫。他昨夜派去的人沒有殺死珍兒，生怕露了馬腳，心虛得很。

陳廷敬同大順密語幾句，回頭對富倫說：「巡撫大人，那個行刺我的女子，終於肯開口說話了。我屬下已把她帶了來。」

富倫怒道：「如此大膽刁民，不審亦可殺了。」

陳廷敬說：「我看此事頗為蹊蹺。對了，忘了告訴巡撫大人，昨兒夜裡有人想殺死這姑娘，好在我的人手上功夫還行，沒讓歹人下得了手。」

富倫非常吃驚的樣子。「竟有這種事？」

說話間，珍兒被帶了過來。陳廷敬冷冷的說：「招吧！」

珍兒低頭道：「我想私下向欽差大人招供。」

陳廷敬假言道：「妳既然願意招供，還怕多幾個人聽見？」

珍兒也說得跟真的似的。「大人要是不依，小女子死也不說。您現在就殺了我吧。」

陳廷敬顯得無奈的樣子，對富倫說：「撫臺大人，您看怎麼辦呢？回去審呢？我又實在捨不得這無邊美景。」

大順在旁插話道：「老爺，那邊有一小屋，不如把人犯帶到那裡去審。」

陳廷敬拱手道：「巡撫大人，對不住，我就少陪了。巡撫大人要是不介意，我就讓大順侍候您喝酒。大順是我家裡人，我這裡就失禮了。」

富倫甚是豪爽：「好啊，大順請坐。」

大順忙說：「不敢不敢，小的站著陪巡撫大人喝酒。」

陳廷敬帶著珍兒進了小屋，匆匆囑咐：「珍兒姑娘，妳待在這裡，什麼都不要怕。外頭看著的，都是我的人。我有要緊事辦，從後門出去了。」

原來陳廷敬早就派馬明尋訪張汧下落去了，自己這會兒假扮恒泰記的王老闆，去同朱仁見面。他從小門出了趵突泉，外面早有快馬候著。

劉景同恒泰記夥計們早對好了口風，這會兒正陪著朱仁喝茶。劉景見陳廷敬半日不來，怕朱仁起疑心，便道：「朱老爺，您請喝茶。實在不好意思，讓您等這麼久了。」

朱仁知道自己要等的人被巡撫請去遊園了，哪敢生氣，忙說：「不妨不妨！你們王老爺同巡撫大人交往可是非同一般啊！」

劉景說：「這個自然。巡撫大人還是京官時候，就同我們王老爺親如兄弟了。」

朱仁說：「我同巡撫大人雖然沒有交往，可我同孔尚達先生是好朋友。孔先生說，巡撫大人從不同商人往來，濟南這邊很多商人都想貼著巡撫大人，人家巡撫大人就是不理睬。孔先生在巡撫大人手下當差，同我交往起來，自然也格外小心。百姓心裡有桿秤，都說巡撫大人就是治理手段嚴酷了些，人倒是不貪。」

劉景笑笑，說：「朱老爺，咱們也談得投機，您同我私下說句良心根兒上的話，巡撫大人到底貪還是不貪呢？」

朱仁說：「貪這個字，說起來難聽。咱們換個說法。人為財死，鳥為食亡，這可是古訓哪！是人，他就得愛財！」

劉景點頭道：「有道理，有道理！我們做生意，說得再多，不就是一個字？財！」

朱仁突然小心起來，說：「劉景兄，我說的只是人之常情，可沒說巡撫大人半個不字啊！這話，說不得的！」

兩人正說著，陳廷敬到了。劉景馬上站了起來，喊道：「王老爺，您可來了！這位是朱家商號的朱老爺。」

朱仁忙站起來，兩人拱手過禮。陳廷敬笑道：「朱老爺，幸會幸會！」寒暄完了，兩人開始談正事兒。陳廷敬接過合同看了，大吃一驚。「義倉的糧食，我怎麼敢要？」

朱仁笑道：「義倉的糧食，就是我朱家的糧食。」

陳廷敬故作糊塗，說：「朱老闆這話我聽不明白。」

朱仁笑道：「既然都是朋友，就沒什麼隱瞞的了。王老爺同我做生意，也就是在同巡撫大人做生意。」

陳廷敬問：「此話怎講？」

朱仁說：「山東收成不好，糧食緊缺。巡撫大人不讓山東糧食外流，這生意全由我朱家來做。」

陳廷敬說：「難怪朱老爺開價這麼高，你可賺大了呀！」

朱仁說：「隨行就市嘛！今年山西災荒更是厲害，你的賺頭也很大。」

陳廷敬憂心忡忡的樣子，說：「萬一朝廷追查義倉糧食下落，怎好交差？我同巡撫大人是多年的朋友了，可不能害了朋友。」

朱仁搖頭半日，說：「王老爺您請放心，朝廷來人嘛，多半是能唬弄過去的。」

陳廷敬哈哈大笑，說：「好，就這麼著吧，拿筆來。」

陳廷敬提了筆，不留神就寫了半個陳字，忙將錯就錯，胡謅了「陋巷散人」四字，再在後面簽上：王昌吉。

朱仁見了，笑道：「一簞食，一瓢飲，在陋巷，王老闆可有顏回之風啊！」

陳廷敬謙虛幾句，說：「朱老闆，我還得回趵突泉去，巡撫大人還在那裡等我哪！若不介意，我給您在巡撫大人那裡引見引見？」

朱仁自然喜不自禁，卻說：「可是我聽孔先生說，巡撫大人從來不見生意人的。」

陳廷敬笑道：「我不也是生意人嗎？看誰跟誰啊！」

朱仁拱手作揖不止。「有王老闆引見，朱某萬分感激！」

正要出門，忽見張汧同馬明來了。朱仁是認得張汧的，甚是吃驚，卻見陳廷敬拱手而拜。

「小民王昌吉拜見知府大人。」

原來馬明訪遍濟南城，終於在大明湖的小島上找著張汧了，事先已同他備了底。富倫原想先軟禁著張汧，等陳廷敬走後再去參他。

朱仁滿心狐疑，卻也只得恭敬拜了張汧。「小民朱仁拜見知府大人。你們這是……」

馬明搶著說：「我家老爺可是朋友遍天下！」

陳廷敬甚是客氣。「朱老爺，可否容我同知府大人到裡面說句話？」

朱仁低頭說：「知府大人在此，朱某還有什麼話說？」

去了間僻靜房間，張汧依禮而拜，小聲道：「德州知府張汧拜見欽差大人。」

陳廷敬忙說：「這是私室，不必多禮。親家，您受苦了。」

張汧道：「廷敬，富倫在山東口碑極佳，不論做官的，做生意的，還是小百姓，都說他為官正派，只是嚴酷些。他幹嗎要如此對我呢？我還是不明白。」

陳廷敬說：「先別管明白不明白，你只告訴我，你同他有什麼過節嗎？時間緊迫，你先揀緊要的說。」

張汧說：「我們個人之間一直友好，只是最近在百姓捐糧這件事上，我以為不妥，沒有聽他的。」

陳廷敬問：「山東今年收成到底如何？」

張汧嘆道：「各地豐歉不一，德州卻是大災。全省算總帳，應該也不算豐年。」

陳廷敬說：「富倫卻向皇上奏報，山東大獲豐收，百姓自願向朝廷捐糧一成。」

張汧說：「我仍不相信巡撫大人有意欺君罔上，也許是輕信屬下了。還有件事，就是救濟錢糧發放之策，我同巡撫大人看法也不一樣。」

陳廷敬點頭道：「我先明白個大概就行了，富倫還在趵突泉等著我哪。」

卻說那富倫讓大順侍候著喝酒，看上去已是酩酊大醉，說話口齒都不清了。「欽差大人審了這麼久了，怎麼還……沒有出來呀？」

孔尚達似乎看出了什麼，卻不敢造次，問：「要不要庸書進去看看？」

大順忙說：「外頭有人守著，有事欽差大人會吩咐的。」

富倫說話卻是牛頭不對馬嘴：「那小妞長得倒是不錯。好好，就讓欽差大人慢慢兒審吧，來，大順，咱倆喝酒！」

富倫其實海量，並沒有喝醉，只是假裝糊塗。他雖說並不知曉珍兒底細，但昨夜派去的殺手也沒留下把柄。

又過了會兒，有人過來同大順耳語。大順點點頭，說：「巡撫大人，欽差大人請您和孔先生進去！」

富倫滿臉酒色，油汗直流，嘻嘻笑著：「我？請我？好，我也去審審那女子！」

富倫搖搖晃晃，讓孔尚達攙扶著，往小屋走去。富倫同孔尚達剛到門口，門就打開了。兩人剛進去，大順馬上關了門。陳廷敬同張汧、朱仁已在小屋，孔尚達早看出不妙了，富倫卻是醉眼矇矓，笑道：「欽差大人，你可自在啊！」

朱仁頓時懵了，嘴張得老大。「欽差？」

早有人衝上來，按倒朱仁和孔尚達。富倫愣了半晌，忽然借酒發瘋。「陳廷敬，你他娘的這是在老子地盤上！」

陳廷敬冷冷道：「巡撫大人好酒量！」

富倫神情蠻橫：「陳廷敬，你想怎麼樣？你扳不倒我！」

陳廷敬不溫不火，道：「巡撫大人此話從何而來？我不是為了扳倒你而來的！」

富倫喊道：「皇上是我娘養大的，皇上小時候還叫過我哥哩！」

孔尚達跪在地上著急，知道富倫說的句句都是死罪，有心替他開脫，說：「巡撫大人，您喝多了，您不要說醉話了！」

陳廷敬瞟了眼孔尚達，說：「你倒是很清醒啊！」

孔尚達跪在地上拜道：「學生孔尚達請欽差大人恕罪！」

陳廷敬聽著奇怪。「我哪來你這麼個學生？」

孔尚達說：「學生曾應會試，可惜落了第。欽差大人正是那一科考官！」

陳廷敬怒道：「如此說，你還是個舉人啊。一個讀書人，又是孔聖之後，巡撫大人這裡好多鬼主意都是你出的！真是辱沒了孔聖人！」

孔尚達伏在地上，說：「學生知罪！」

陳廷敬聲色俱厲，指著孔尚達罵了起來。「孔尚達，證人證詞都在這裡。因為你的調唆欺騙，又背著巡撫大人擅行其事，山東可是弄得民不聊生！你至少有七宗罪，休想賴在巡撫大人頭上：一，欺君罔上，作假邀功；二，敲詐百姓，置民水火；三，倒賣義糧，貪贓自肥；四，私拘命官，迫害循吏；五，勾結劣紳，壓榨鄉民；六，弄虛作假，哄騙欽差；七，牧民無方，治理無狀！」

大順、馬明、劉景、珍兒等面面相覷，不知陳廷敬此話何來。罪分明都在富倫頭上啊！富倫也覺著奇怪，卻少不了順著樓梯下臺。他晃晃腦袋，似乎方才醒過酒來。「唉唉唉，我這酒喝得……」

富倫說著，狠狠瞪了眼孔尚達，憤恨難填的樣子。孔尚達先是吃驚，待他望見富倫的目光，心裡明瞭，忙匍匐在地。「這……這……這都是我一個人做下的，同巡撫大人沒有半點兒關係！」

陳廷敬轉而望著富倫說：「巡撫大人，您的酒大概已經醒了吧？孔尚達背著您做了這麼多壞事，您都蒙在鼓裡呀！」

陳廷敬說罷，吩咐馬明將孔尚達帶下去，暫押行轅。富倫痛心疾首。「欽差大人，富倫真是……真是慚愧呀！我剛才喝得太多了。這個孔尚達，還是交給本撫處置吧！」

陳廷敬依了富倫，由他帶走孔尚達。富倫滿心羞惱，卻無從發作，只道：「欽差大人，容本撫先告辭，改日再來行轅謝罪！」又回頭好言勸慰張汧，「張大人，孔尚達竟然瞞著我把您關了起來，無法無天！本撫自會處置他的。」

兩人其實心裡都已明白，話不挑破罷了。富倫說罷，拱手施禮，低頭匆匆而去。陳廷敬便命張汧拘捕朱仁，著令陵縣縣衙立即釋放珍兒爹，抄走的楊家財物悉數發還。

珍兒跪下叩頭。「欽差大人，珍兒謝您救了我和我爹！珍兒全家向您叩頭了！」

陳廷敬請珍兒起來，珍兒卻跪著不動，問道：「您為何包庇富倫？」

陳廷敬笑道：「珍兒姑娘，我同妳說不清楚。巡撫大人是朝廷命官，我還得奏明皇上。」

珍兒仍是不起來，說：「我可看你處處替富倫開脫罪責！」

陳廷敬不知如何應答，望望張汧。張汧說：「珍兒姑娘，妳這會兒別讓欽差大人為難，有話以後慢慢說吧。」大夥兒勸解半日，珍兒才起來了。

夜裡，陳廷敬同張汧在行轅敘話。陳廷敬說：「你我一別十幾載啊！」

張汧長嘆道：「家瑤嫁到我家這麼多年，我都早做爺爺了，可我還沒見兒媳婦一面！真是對不住了。」

陳廷敬說：「家國家國，顧得了國，就顧不了家。我倒是三年前老母患病，回鄉探視，見到了女婿跟外甥。家瑤嫁到您張家，是她的福分！」

張汧忙說：「犬子不肖，下過幾次場子，都沒有長進。委曲家瑤了。」

陳廷敬卻道：「話不能這麼說，只要他們自己小日子過得好，未必都要有個功名！」

張汧又是搖頭嘆息：「唉，說到功名，我真是怕了。我怎麼也想不到富倫大人是這麼個人哪！當年我散館之後點了知縣，年輕無知，不懂官場規矩，手頭也甚是拮据，沒給京官們送別敬，得罪了他們。從此就在縣官任上待著不動。後來富倫大人來了，見我辦事幹練，保我做了知府。我一直感激他的知遇之恩。沒想到他居然勾結奸商倒賣義糧！」

張汧說：「上任巡撫郭永剛大人被朝廷治罪，其實是冤枉的。」

原來地方上受災，清查災情，大約需費時三個月。從省裡上報朝廷，大約費時三個月。朝廷審查，大約費時四個月。朝廷又命各地複查，又得花三個月時間。再等朝廷錢糧下來，撥到災民手裡，又要大約五個月。如此拖延下來，百姓拿到朝廷救濟錢糧，至少得一年半，有時會拖至兩年。救災如救火，等到一年半、兩年，人早餓死了！災民沒法指望朝廷，只好逃難，更有甚者，相聚為盜。德州還真是鬧了匪禍，正是這麼來的。

陳廷敬聽罷，問道：「您認為癥結在哪裡？」

張汧說：「癥結出在京城那些大人、老爺們！戶部辦事太拖遝，有些官員還要索取好處費。郭大人就是因救災不力被參劾的，其實該負責任的應是戶部！」

陳廷敬又問：「富倫是怎麼做的呢？」

張汧說：「我原以為富倫只是迂腐，現在想來方知他包藏禍心！他說得冠冕堂皇，說什麼，救濟之要，首在救地，地有所出，而民有所食；地無所出，民雖累金負銀，亦無以糊口也！」

陳廷敬問：「所以富倫就按地畝多少分發救災錢糧是不是？」

張汧道：「正是如此。山東這幾年連續大災，很多窮人沒有吃的，就把地廉價賣掉了。德州劣紳朱仁，十斤玉米棒子就買下人家一畝地！大戶人家良田萬頃，朝廷的救濟錢糧隨地畝發放，絕大部分到了大戶手中，到窮人手裡就所剩無幾了！像珍兒爹楊老爺那樣的大戶也是有的，卻會被衙門迫害！」

陳廷敬恍然大悟。「難怪大戶人家都愛戴他們的巡撫大人！有些督撫只是專門討好豪門大戶，只有那些豪門大戶的話才能左右督撫們的官聲！」

張汧繼續說道：「正是這個道理，小百姓的話是傳不到朝廷去的，督撫就可以完全不顧小百姓的死活。就說富倫，到了分派稅賦的時候，他的辦法又全部反過來了。他說什麼，普天之下，共沐皇恩，稅賦均攤，理所當然。結果，稅賦卻按人頭負擔。又是大戶沾便宜，窮人吃虧！廷敬，我寫個摺子託您代奏皇上，一定要把富倫參下來！」

陳廷敬搖頭半日，說：「張汧兄，富倫，你我目前是參他不下的！」

張汧很是不解，說：「他簡直罪大惡極呀！這樣的官不參，天理不容！」

陳廷敬悄聲兒說：「您還記得富倫醉酒說的那兩句胡話嗎？那可不是胡話！富倫喝酒是有名的，可以一日到晚不停杯，在京城裡號稱三日不醉！」

張汧驚問：「富倫他娘真是皇上的奶娘？」

陳廷敬神秘地搖搖頭，說：「這話您不該問。另外，富倫還有明珠罩著！」

張汧嘆息不已，竟有些傷心。兩人良久不語，似乎各有心事。張汧忽又說：「不參富倫，您自己如何向皇上交差呀？」

陳廷敬說：「我是來辦事的，不是來辦人的。張汧兄，行走官場，得學會迂回啊！」

張汧想不到陳廷敬會變得如此圓滑，但礙著親戚情分，不便直說。陳廷敬似乎看出他的心思，卻也顧不上解釋，反而說：「我不僅不會參富倫，還會幫他。」

張汧更是吃驚，問：「不參也就罷了，為何還要幫他？」

陳廷敬搖頭說：「日後再同你說吧。」

次日，張汧辭過陳廷敬回德州。張汧心裡有很多話，都咽了回去。他想儘量體諒陳廷敬，看他到底如何行事。珍兒也要回陵縣，正好同張汧同路，便騎馬隨在他的轎子後面。

陳廷敬送別張汧和珍兒，應了富倫之約，去城外千佛山消閒。兩人乘轎上山，清風過耳，滿眼蒼翠。上了半山腰，望見一座七彩牌坊，上書「齊煙九點」四字，陳廷敬不禁連聲讚嘆。富倫聽得陳廷敬嘴裡嘖嘖有聲，便吩咐轎夫歇腳。大順、劉景、馬明等並富倫的隨從都遠遠的跟著。回首山下，村莊、官道、田野，小得都像裝在棋盤裡。

陳廷敬極目遠眺，朗聲吟道：「遙望齊州九點煙，一泓海水杯中瀉。」

富倫聽了，拱手道：「陳大人果然才學過人，出口成章啊！」

陳廷敬忙搖搖手說：「巡撫大人謬誇了，這是李賀的名句，寫的正是眼下景色。」

富倫頓時紅了臉，自嘲道：「富倫雖說讀過幾句書，但是在陳大人面前，卻是個粗人，哪知道這些啊。倒是聽說這裡是上古龍潛之地。舜帝為民時，曾躬耕千佛山下。我剛來山東時，專門上山祭拜了舜帝，以鼓勵百姓重視農耕。」

「全賴巡撫大人勉勵，山東百姓才不忘務農根本啊！」陳廷敬點點頭，突然轉了話峰，「今兒您我頭上沒有官帽，又不在官衙，兩個老朋友，說說知心話吧。」

富倫故作玩笑，掩飾內心的尷尬。「趵突泉也不是官衙啊！欽差大人，今兒要不是我約您來的，我真會疑心這千佛山也暗藏玄機哩。」

陳廷敬哈哈大笑。「巡撫大人開玩笑了。您是被屬下矇騙，我會向皇上如實奏明的。」

富倫拱手道了謝意，又道：「陳大人您可是火眼金睛哪！我真是糊塗！今年山東有的地方大獲豐收，可也有的地方受災很重，我怎麼就輕信了那些小人！稅賦按人頭分攤，救濟錢糧按地畝發放，確實有不妥之處。」

陳廷敬笑道：「巡撫大人，摺子還是您自己上，我可以代您進呈皇上。您不妨先為捐義糧一事向皇上請罪，再向皇上提出兩條疏請，一是今後稅賦按地畝平均負擔，二是救災錢糧按受災人頭分發。」

富倫心裡明白，陳廷敬就是要他自己拉的屎自己吃掉，可也沒有辦法了，便道：「正是正是，我已想好了怎麼向皇上進摺子。」

陳廷敬點頭道：「我想全國各地都會有稅賦不均和救濟錢糧發放不當的弊病，皇上如果依您所奏，並令全國參照執行，您就立了大功！您認一個錯，立兩個功，皇上肯定會嘉獎您的！」

兩人哈哈大笑，再不談半句公事，只是指點景色，盡興方回。入城已是掌燈時分，富倫恭送陳廷敬回到行轅，自己才匆匆回衙裡去。進了巡撫衙門，富倫水都顧不上先喝一口，只領著一個親隨，急忙去了大獄。他叫獄卒和親隨遠遠站著，獨自去了孔尚達監舍。

猛然見了富倫，孔尚達兩眼放光，撲上來哀求。「巡撫大人，我跟隨您這麼久，可是忠心耿耿呀！您一定要救我啊！」

富倫唏噓半日，嘆息著說：「尚達啊，擺在你我面前的，只有兩條路，一是我倆都掉腦袋，二是您一個人掉腦袋！」

孔尚達聽了，臉色大變。「啊？哼，對您是兩種選擇，對我可是沒有選擇！」

孔尚達嚎啕大哭，叫罵不止，只道富倫忘恩負義，落井下石。富倫並不生氣，聽他哭罵。眼看著孔尚達罵得沒有力氣了，富倫才說：「不是我不肯救你，是救不了你！尚達，假如我倆都死了，你我的妻兒老小怎麼辦？只要我活著，你的妻兒老小，我是不會撒手不管的！」

孔尚達淒厲哭號。「我自己都死了，還管什麼妻兒老小！我不會一個人去死！要死我也要拖著你一塊兒去死！」

富倫跺腳大怒。「你這個糊塗東西！我念你隨我多年，一心想照顧著你。不然，我這會兒就可以殺了你！」富倫說著，湊近孔尚達，悄聲兒說：「你不聽我的，明日獄卒就會向我報告，說你在牢裡自盡了！」

孔尚達怒視富倫良久，慢慢低下頭去，說：「家有八十老母，我真是不孝啊！」

富倫放緩了語氣，說：「尚達放心，你的老母，就是我的老母，我會照顧好她老人家的。」

孔尚達不再多說，只是低頭垂淚。富倫又說：「尚達不必如此傷心，大丈夫嘛，砍了腦袋碗大個疤。陳廷敬太厲害了！他讓我在皇上面前認一個錯，立兩個功，說是以功抵過。可我回頭一想，這三條都是讓我認錯！我是吃了啞巴虧，還得感謝他的成全之恩啊！」

孔尚達突然抬起頭來，說：「巡撫大人，可您想過沒有，假如皇上以為您功不抵過，怎麼辦？」

富倫說：「輕則丟官，重則喪命！」

孔尚達眼裡露著兇光，說：「庸書以為，不如讓陳廷敬先喪命！」

富倫連連搖頭：「不不不，行刺欽差，這事斷不可做。」

孔尚達說：「哪能讓巡撫大人自己下手？」

富倫問：「您有何妙計？」孔尚達說：「我反正是要死的人了，也不怕來世不得超生，最後向巡撫大人獻上一計！」

富倫說：「假如真讓陳廷敬回不了京城了，你也許就沒事了。快說！」

孔尚達神秘道：「德州不是鬧土匪嗎？」

富倫問：「老夫子的意思，是讓土匪去殺陳廷敬？」

孔尚達點點頭，叫富倫附耳過去，細細密語。

26

陳廷敬去巡撫衙門辭行，富倫迎出轅門，兩人攜手而行，禮讓著進了二堂說話。衙役斟上茶來，陳廷敬說：「巡撫大人，這些日子多有打擾，實在抱歉。」

富倫恭敬道：「欽差大人肩負皇差，秉公辦事，何來打擾。唉，不是陳大人真心幫忙，我富倫這回只怕就栽了！」

陳廷敬自是客氣，直說豈敢。閒話會兒，陳廷敬說：「既然公事已了，我就不再在您這裡礙手礙腳了，明日就啟程回京。」

富倫挽留說：「欽差大人何必如此匆忙？不妨多住幾日，我陪您在山東好好走走。」

陳廷敬嘆道：「唉，沒這個福氣啊！杜工部有詩道，海右此亭古，濟南名士多。他說的那個亭子，應在大明湖吧？我這次看不了啦，只好留下遺憾。」

富倫臉上微露尷尬，說：「那個亭子，正是孔尚達關押您親家張汧的地方。唉，既然欽差大人急著回京覆命，我也不好相留了。」

富倫執意要送上程儀兩千兩銀子，這些早已是慣例了，陳廷敬略作客氣，吩咐大順收下。卻又有衙役抬出兩個大箱子，陳廷敬驚疑道：「巡撫大人這是為何？」

富倫哈哈大笑，說：「欽差大人是怕我行賄吧？我富倫哪有這麼大的膽子！要不是您到山東辛苦一趟，我富倫遲早會淪為罪人哪！為了聊表謝意，我送欽差大人兩塊石頭。這不為過吧？打開讓欽差大人瞧瞧。欽差大人，請吧。」

衙役小心打開箱子，只看得見大紅綢緞。揭開紅綢緞布，原是兩塊奇石。富倫說：「這是山東所產泰山石，號稱天下第一奇石。」

陳廷敬摩挲著奇石，讚不絕口。「真是絕世佳品呀！巡撫大人，這太珍貴了吧？廷敬消受不起啊！」

富倫說：「欽差大人說到哪裡去了！再怎麼著，它也只是兩塊石頭！」

陳廷敬點頭道：「好好，巡撫大人的美意，廷敬領受了！」

次日大早，陳廷敬啟程回京。富倫本來說要送出城去，陳廷敬推辭再三，兩人就只在轅門外別過了。辭罷富倫，陳廷敬上了馬車，一路出城。街上觀者如堵，有說這回來的欽差是青天大老爺的，有說照例是官官相護的，有說那騾背上的大箱子裝滿了金銀財寶的。七嘴八舌，陳廷敬他們通通都沒聽見。

走了十幾日，又回到了德州境內。大順笑道：「老爺，這兒正是您來的時候，百姓跪道迎接您的地方，是吧？」

陳廷敬也笑了起來，說：「百姓耳朵真有那麼尖，又該趕來相送了。」

說話間，恰聽得忽然喧嘩震天。只見山上衝下百多號青壯漢子，個個手持刀棍。劉景、馬明等見勢不妙，飛快地抽刀持棍，護著陳廷敬的馬車。大順嘴裡直嚷嚷。「乖乖，這可不像是來送行的啊！」

劉景喝道：「你們什麼人？」

有人回道：「我們要殺貪官，替天行道！」

劉景怒道：「大膽，車裡坐的可是欽差！」

那人叫道：「我們要殺的正是欽差。兄弟們，上！」

陳廷敬竟然下了馬車，大順攔也攔不住。剛才打話的那人喊道：「兄弟們，殺了那個貪官。」

正在此時，遠處又趕來一夥人來，呼啦啦叫喊著。大順慌了。「老爺，怎麼辦？又來了一夥，這下可完了。」

陳廷敬喊道：「你們都住手，聽本官說幾句話！」

眾人哪裡肯聽？蜂擁而上。大順心裡正著急害怕，忽然眼睛放亮：「老爺，您看，珍兒！」

只見珍兒飛馬前來，大喊：「李疤子，你們快住手，你們瞎眼了！」

原來喊著要殺貪官的那個漢子渾名叫做李疤子，也是楊家莊的人，自然認得珍兒。「啊，珍兒小姐！」這時，珍兒爹帶著家丁和楊家莊的百姓趕來了。

珍兒爹跪下拜道：「小民謝欽差大人救了我楊家！」

陳廷敬扶起珍兒爹，說：「老人家不必客氣！您有個好女兒啊！」

珍兒爹站了起來，搖頭道：「我這閨女，自小不喜女紅，偏愛使槍弄棍，沒個女兒家模樣，讓大人見笑了。」

陳廷敬笑道：「未必不好，女俠自古就有嘛。」

珍兒跳下馬來，瞪著李疤子說：「你們真是瞎了眼，欽差陳大人，可是你們的救命恩人！」

李疤子喊道：「什麼救命恩人？他救了你楊家，可沒救我們！他往濟南走一趟，巡撫還是巡撫，他自己倒帶著兩箱財寶回去了！」

珍兒爹望著李疤子說：「李家兄弟，你千萬不可在欽差大人面前亂來啊！我們鄉里鄉親的，你得聽我一句話。」

李疤子說：「楊老爺，您老是個大善人，我們都是敬重的，眼前這個卻是壞官！」

陳廷敬微微笑道：「如此說，好漢們今兒是來謀財害命的？」

李疤子說：「我們要殺了你這個貪官，劫下你的不義之財！」

陳廷敬說：「好漢，你們先去取了財寶再殺我也不遲。」

聽陳廷敬如此說話，李疤子倒愣了愣。他也懶得多加思量，喊道：「去，把箱子搬過來！」

珍兒抽刀阻攔。「你們敢！」

李疤子說：「楊大小姐，鄉里鄉親的，您別朝我們動刀子。您楊家樂善好施，我們敬重，可您也別管我們殺貪官！」

珍兒說：「陳大人他不是貪官。」

陳廷敬道：「珍兒姑娘，妳別管，我們自己打開，讓他們看看。大順，打開箱子。」

大順朝李疤子哼哼鼻子，過去打開了箱子。李疤子湊上去，揭開紅綢緞，見裡面原來裝的只是石頭，頓時傻了。「啊！我們上當了！」

聽了這話，珍兒心裡明白了，問：「李疤子，是不是有人向你們通風報信？」

李疤子說：「正是！濟南有人過來說，欽差斂取大量財寶回京，我們在這兒候了幾日了。」

這時，張汧也帶著人騎馬趕到了。張汧下馬，拱手拜道：「德州知府張汧拜見欽差大人！」

陳廷敬忙說：「張大人免禮！」

張汧早見著情勢不對頭了，說：「我專門趕來相送，沒想到差點兒出大事了！」

陳廷敬同張汧小聲說了幾句，回頭對眾人說：「鄉親們，我陳某不怪罪你們。你們多是為了活命，被迫落草（注1）。從現在開始，義糧不捐了，稅賦按地畝負擔，救濟錢糧如數發放到受災百姓手中。」

李疤子問：「你可說話算數？」

珍兒瞟了眼李疤子，說：「欽差大人說話當然算數！」

陳廷敬正了正嗓子，喊道：「德州知府張汧！」

張汧拱手受命：「卑職在！」

陳廷敬指著李疤子他們，說：「讓他們各自回家就是了，不必追究！」

好漢們聞言，都愣在那裡！陳廷敬又指指李疤子，說：「張大人，只把這位好漢帶走，也不要為難他，問清情由，從寬處置！」

李疤子見手下兄弟們都蔫（注2）了，再想強出頭也沒了膽量，只得束手就擒。

陳廷敬辭過張汧等人，上了馬車重新趕路。行走多時，大順無意間回頭，卻見珍兒飛馬趕來，忙報與陳廷敬。「老爺，珍兒姑娘怎麼又追上來了？」

陳廷敬叫馬車停了，下車問道：「不知珍兒姑娘還有什麼話說。」

珍兒說：「欽差大人，您救了我楊家，我今日也救了您，我們兩清了！」

聽著這話好沒來由，大順便說：「珍兒姑娘怎麼火氣沖沖的？我以為您還要來送送我們老爺哩！」

珍兒說：「剛才那些要取欽差大人性命的人，分明是聽了富倫蠱惑。可是，欽差大人死也要護著這個貪官，這是為什麼？」

陳廷敬沒法同珍兒說清這中間的道理，只道：「珍兒姑娘，您請回去吧。」

珍兒眼神有些怨恨的，說：「您剛才向百姓說的那三條，最後還是得寫在巡撫衙門的文告上，富倫今後就真成好官清官了！」

陳廷敬實在不能多說什麼，便道：「珍兒姑娘，妳是個心明眼亮的人，什麼都看得清楚。妳

注1　落草：淪落草野為盜匪。
注2　蔫：精神委靡不振。

就繼續看下去，往後看吧。姑娘請回吧。」

珍兒突然眼淚嘩地流了出來，飛身上馬，掉轡而去。陳廷敬望著珍兒漸漸遠去，直望得她轉過遠處山腳，才上了馬車。

陳廷敬在官驛住了一宿，用罷早飯，正準備上路，卻見一少年男兒騎馬候在外面。陳廷敬驚呆了，原來竟是珍兒。

陳廷敬快步上前，不知如何是好。「珍兒姑娘，妳這是……」

珍兒跳下馬來，說：「陳大人，我想隨您去京城！」

陳廷敬驚得更是語無倫次。「去京城？這……」

珍兒兩眼含淚，道：「珍兒敬重陳大人，願意生死相隨！」

陳廷敬聽得臉都白了，連連搖頭。「珍兒，這可使不得！」

珍兒道：「珍兒不會讀書寫字，給您端茶倒水總是用得上的。」

陳廷敬拱手作揖，如拜菩薩。「珍兒，萬萬不可啊！快快回去，別讓家裡人擔心！」

珍兒鐵了心，說：「陳大人別多說了，哪怕您嫌棄我，我也不會回去的！我們鄉下女孩子的命，無非是胡亂配個人，還不知道今後過的是什麼日子哩！」

大順在旁笑了起來，說：「得，這下可熱鬧了！」

劉景、馬明兩人也抿著嘴巴笑。珍兒噘著嘴說：「我知道你們會笑話我的，反正我是不回去了。」

陳廷敬嘆息半日，說道：「珍兒，妳任俠重義，我陳廷敬很敬重妳。可我就這麼帶著妳回去了，別人會怎麼看呢？」

珍兒聽了這話，臉上露出苦笑，眼淚卻不停地流，說：「原來是怕我誣了您的聲名，珍兒就沒什麼說的了。您走吧。」

陳廷敬道聲珍重，登車而去。大順不時回頭張望，見珍兒仍駐馬而立，並未離去。他心裡暗自嘆息，卻不敢報與陳廷敬。

27

皇上在乾清宮西暖閣進早膳，張善德領著幾個內侍小心奉駕。皇上進了什麼，張善德都暗自數著。皇上今兒胃口太好，光是酒燉肘子就進了三塊。張善德心裡有些著急，悄悄使了個眼色，就有小公公端了膳牌盤子過來。張善德接過膳牌盤子，恭敬地放在皇上手邊。皇上便不再進膳，翻看請求朝見的官員膳牌。見了陳廷敬的膳牌，皇上隨口問道：「陳廷敬回京了？」

皇上沒等張善德回話，便把陳廷敬的膳牌仍舊撂在盤子裡。張善德摸不準皇上的心思——皇上怎麼就不想見陳廷敬呢？皇上看完膳牌，想召見的，就把他們的膳牌留下。

張善德剛要把撂下的膳牌端走，皇上又抬手道：「把陳廷敬膳牌留下吧。」

張善德便把陳廷敬的膳牌遞了上去。皇上又說：「朕在南書房見他。」

張善德點頭應著，心裡卻犯糊塗。照理說陳廷敬大老遠的去山東辦差回來，皇上應在西暖閣單獨召見的。

皇上進完早膳，照例去慈寧宮請太皇太后安，然後回乾清門聽政。上完早朝，回西暖閣喝會兒茶，再逐個兒召見臣工。召見完了臣工，已近午時。傳了碗燕窩蓮子羹進了，便駕臨南書房。明珠、張英、高士奇早就到了，這會兒統統退到外頭。依然是傻子跟張善德隨侍御前，旁人都鵠立南書房檐下。天熱得人發悶，皇上汗流浹背，卻仍是氣定神閒。張善德臉上汗水直淌，卻不敢抬手揩揩。

突然，皇上重重拍了炕上的黃案，小神鋒跌落在地，匡地驚得人心驚肉跳。傻子立馬上前，躬腰撿起小神鋒，放回皇上手邊。張善德大氣都不敢出，只屈膝低頭站著。皇上生了會兒氣，道：「叫他們進來吧。」張善德輕聲應諾，退著出去了。

皇上匆匆揩了把汗，聽得臣工們進來了，頭也沒抬，眼睛望著別處，道：「陳廷敬人剛回京，告他的狀子竟然先到了。」

明珠說：「啟奏皇上，臣以為還是等見了陳廷敬之後，詳加責問，皇上不必動氣。」

皇上問道：「你們說說，陳廷敬會不會在山東撈一把回來？」

張英回道：「臣以為陳廷敬不會。」

皇上聽著，一聲不吭，瞟了眼高士奇。高士奇忙說：「臣以為，陳廷敬做人老成，行事謹慎，縱然有貪墨之嫌，也不會讓輕易察覺。這狀子是否可信，也未可知。」

皇上說：「你的意思，陳廷敬還是有可能貪囉？」

張善德拱手稟道：「皇上已經把陳廷敬的膳牌留下了，吩咐南書房見的。」皇上沒好心氣，說：「朕知道！」

張善德略微遲疑，又道：「陳廷敬天沒亮就在午門外候著了，這會兒正在乾清門外候旨哪。」

皇上冷冷地說：「叫他進來吧。」

張善德朝小公公努努嘴巴。一會兒，陳廷敬跟在小公公後邊進了南書房，低頭走到皇上面前，行了三跪九拜大禮，道：「臣陳廷敬叩見皇上！」

皇上微微點頭。「起來吧。山東一趟，辛苦了！」

陳廷敬說：「臣不覺著辛苦。山東巡撫富倫的摺子，臣早送南書房了！」

皇上半日沒有吭聲，陳廷敬心裡暗驚。他的膳牌是昨兒交的，等著皇上今兒聽朝之後召見。他從卯正時分開始候著，直到巳時二刻，裡頭才傳過話去，吩咐他到乾清門外候旨。乾清門外站著好幾位候召的大臣，他們一個一個進去，又一個一個出來。每有大臣出來，陳廷敬就想著該輪到自己了。可就是不見公公招呼他。直到剛才，才有公公出來傳旨，讓他去南書房見駕。南書房雖是密勿之地，但皇上召見臣工卻通常是在乾清宮西暖閣。陳廷敬隱隱覺著，皇上心裡對他不自在了。

皇上半日不說話，突然問道：「陳廷敬，有人告你在山東搜刮錢財，可有此事？」

陳廷敬從容道：「臣去山東，連臣及隨從、轎夫，算上臣的家人在內，共二十九人。回來時多了一匹騾子，兩口大箱。這多出的一匹騾子和兩口大箱，是富倫大人送的。我今兒把兩口箱子帶來了，想獻給皇上一口，自己留一口。」

皇上覺著奇怪，問：「是嗎？什麼寶貝？」

明珠他們也面面相覷，不知陳廷敬葫蘆裡賣的什麼藥。皇上點點頭，張善德會意，馬上出去了。不多時，四個公公抬了兩口箱子進來，打開一看，見只是兩塊石頭。

高士奇道：「皇上，陳廷敬怎敢帶著這麼塊不入眼的泰山石進宮來，簡直戲君！」

皇上不吭聲，看陳廷敬如何說去。陳廷敬便把自己去山東辦差，富倫的摺子，回來時遭土匪打劫，一應諸事挑緊要的奏明了，然後說：「皇上，這兩塊石頭，可是險些兒要了臣的性命！」

陳廷敬說得險象環生，皇上聽著臉上卻甚是平淡，只疑惑道：「告你的狀子，落有濟南鄉紳名款若干，並無一位官員。照理這樣的狀子是到不了朕手裡的。」

陳廷敬道：「百姓告官員的御狀，朝中無人，沒法上達天聽。而所謂百姓聯名告京官，沒人成頭，也是做不到的。」

皇上問道：「你的意思，有人上下聯手陷害你？你在德州遇歹人打劫，也是有人暗通消息？」

陳廷敬回道：「臣毫髮未損，這事就不去說了。要緊的是山東差事辦完了，百姓稍可安心度日。」

皇上冷冷笑道：「你真是料事如神啊！你說但凡下面說百姓自願、自發，多半都是假的。這不，果真如此！」

陳廷敬聽出皇上的笑聲裡似有文章，忙匍匐在地，道：「都是皇上英明，沒有輕信富倫的疏請。」

皇上目光有些空洞，正襟危坐。眼前跪著的這位翰林院掌院學士，一直讓皇上寵也不是，惱也不是。前年盛夏酷熱難耐，有大臣奏請往城外擇山水清涼之地修造行宮，陳廷敬說什麼三藩未平，國事尚艱，不應靡費。讀書人滿口道德文章，皇上嘴巴給堵住了，只好從善如流。可皇上內心甚是惱火，想朝廷再怎麼著也沒窮到缺少這幾個銀子。今夏更是炎熱逼人，宮裡簡直沒法讓人活。皇上熱得再怎麼難受，也得在臣工面前逞龍虎之威，汗都不能去揩揩。陳廷敬這回去山東辦差，事情辦得倒是稱意。皇上明知陳廷敬有功無過，可就是心裡覺著彆扭。陳廷敬若是真把富倫參倒了，皇上臉上也會很不好過。皇上自小同富倫一處玩，心裡多少有些護著他。陳廷敬並沒有參富倫，可見他是明白皇上心思的。皇上這心思卻又不想讓陳廷敬看破，心裡不由得有股無名之火。

陳廷敬仍跪在地上，豆大的汗珠直往地上滴。皇上見陳廷敬身前金磚濕了大片，竟暗自快意。靜默良久，皇上說：「拿過來朕看看。」

張善德聽得沒頭沒腦，圓溜著眼睛愣了愣，立即明白皇上原是想看看石頭，便吩咐小公公把兩塊石頭抬到炕上。皇上站了起來，仔細端詳泰山石。陳廷敬微微抬起頭來，他也覺得奇怪，先頭在濟南見到這兩塊石頭，簡直嘆為神品；如今進了宮，這石頭就顯得粗鄙不堪了。真不該自作聰明，說要獻塊石頭給皇上。

沒想到皇上突然驚奇道：「這多像宮中哪個地方的一棵樹！來，你們都來看看。」

原來，有塊泰山石通體淡黃如老玉，上頭卻有黛青樹狀圖案，那樹挺拔古拙。明珠等都湊了過來，點頭稱奇。張善德終於看出蹊蹺，跪下長揖，道：「恭喜皇上，這塊石頭真是天降祥瑞啊！」

皇上回頭問道：「如何說？」

張善德說：「回皇上，這石頭上的樹，同御花園的老楸樹一個模子！」

皇上大喜，低頭看個仔細，抬手摩挲再三，說：「哦，難怪朕覺著在哪裡見過哩！像，真像！看，樹下壘的土都像！」

陳廷敬並沒有見過御花園的老楸樹，那兒是後宮禁苑，不是臣工們去得了的地方。他只聽說御花園裡有棵老楸樹是皇家供奉的神樹，每年需從奉天運來神土培在樹下。明珠他們自然也沒見過那神樹，在場的只有內監張善德有緣得見。

大臣們都向皇上道了喜，高士奇說的話最多，無非是天顯祥瑞，皇上萬福之類。皇上笑道：「高士奇，你剛才還在說陳廷敬戲君啊！」

高士奇嘿嘿笑著，並不覺著難堪。皇上回頭望著陳廷敬，說：「陳廷敬，你這塊石頭，朕收下了。真是祥瑞啊！朕要把它好好兒收藏著，讓它時刻給朕提個醒兒！你起來吧。」

陳廷敬謝恩起身，暗暗吐了口氣。皇上高興起來，也就想到了陳廷敬的好處。陳廷敬當年入翰林沒多久，就隨衛師傅侍候他讀書，差點兒讓鰲拜要了性命。他親政之後，陳廷敬依舊朝夕進講，終年不輟。

皇上沒有再坐下，只說：「富倫的摺子朕看過了，他還算曉事，知道錯了。他這回上的摺子看來有理。」皇上說完，起駕回了乾清宮。

恭送了皇上還宮，明珠等方才同陳廷敬道了乏。明珠朝陳廷敬連連拱手，說：「富倫多虧了陳大人，不然他栽了自己都不知道哩！您我同富倫都是老朋友了，真得謝您啊！」

陳廷敬沒來得及客套，高士奇在旁說話了。「是啊，陳大人無意間救了富倫大人。」

陳廷敬笑道：「士奇可是話中有話啊！無所謂有意無意，事情弄清楚了，富倫大人就知道怎麼做了。畢竟是皇上欽點的巡撫嘛！」

高士奇也笑著說：「我哪是話中有話？陳大人敢指天發誓說您是有意救富倫大人？」

張英出來打圓場：「士奇說話性子直爽，陳大人宅心仁厚。」

陳廷敬本來就不想同高士奇計較，聽張英如此一說，打著哈哈就過去了。

這時，張善德領著幾個公公回來取石頭。張善德望著陳廷敬笑道：「陳大人可真會疼小的，這宮裡頭稀奇玩意兒多的是，卻還要弄塊不值錢的石頭進來。還真不知道往哪兒擱哩。」

高士奇笑道：「張總管快別說了，這石頭可是皇上讓留下的，您剛才還說這是天降祥瑞哪！您再多嘴可就是抗旨了。」

張善德內心其實並無怕意，卻連忙鐵青了臉，說：「高大人，您玩笑可不能這麼開啊，小的還要留著腦袋效忠皇上哩！」

說話間，兩個小公公已把一口箱子抬出去了。張善德同大夥兒拱拱手，出了南書房。

沒人再說石頭的事，都坐下來看富倫的摺子。好像大家都忌諱提起這石頭，生怕朝那箱子瞟上一眼。陳廷敬忽然覺得這箱子放在這裡很礙眼，便叫人先抬出去了。他悄聲兒吩咐人抬箱子的時候，南書房裡的人都只作沒看見。陳廷敬揣摸著，也許大家都已猜到，他在德州遇劫必定是富倫在搗鬼。那麼皇上肯定也會猜到這層，只是嘴上不說罷了。這正好應了陳廷敬的料想——富倫他是參不倒的。

午後，陳廷敬出了南書房，回到翰林院。出門這麼些日子，翰林院自然也積了些事情。回事兒的接二連三，也有無事可回單想說幾句體己話的。陳廷敬坐在二堂，見誰都滿面春風。翰林們無非做些編書、修史的事，日子過得清苦。可這些玉堂高品，說不定哪天就平步青雲了。也很有人小瞧這些翰林，都不拿正眼看他們。陳廷敬是翰林班頭，他卻從來都是看重他們的。

直忙到日頭偏西，陳廷敬方才出了翰林院。出了午門，上轎走了不遠，大順湊到轎簾邊說話：「老爺，我說件事兒，您可別受驚啊！」

陳廷敬今兒在宮裡就是提心吊膽的，不知這會兒又出什麼事了？忙問道：「什麼事？說得這麼嚇人？」

大順說：「珍兒姑娘真的跟您進京來了！」

陳廷敬可真嚇著了，張惶四顧。「啊！在哪裡？」

他順著大順指的方向望去，卻見珍兒遊俠裝束，不遠不近地跟在後面。珍兒見陳廷敬從轎裡伸出頭來，趕緊扭身跑開。陳廷敬吩咐劉景追上去，說是女兒家的獨自在外怎生了得！

劉景追回珍兒，回到轎前。任陳廷敬怎麼好言相問，珍兒只低頭不語。無奈之下，陳廷敬只好說：「先找個地方說話吧。」

大順知道附近有家客棧，便領著大夥兒去了。進了客房，陳廷敬說道：「珍兒，這叫我怎麼辦呢？」

珍兒說：「我有手有腳，能自己掙吃的，不會連累您的！」

陳廷敬急得直搓手。大順笑道：「老爺，我說您就把珍兒姑娘帶回家去算了。人家可是不要命的跟著您啊！有錢有勢人家，誰不是三妻四妾的？」

劉景和馬明怕珍兒聽著生氣，朝大順使著眼色。陳廷敬瞟了眼大順。「什麼時候了，你還有心思開玩笑！」

不料珍兒聽陳廷敬怪罪大順，竟傷心起來，低頭垂淚。陳廷敬忙說：「珍兒，妳就在這裡暫且住下，別的話先不說。」

陳廷敬回到家裡，悶悶不樂。月媛早聽大順說過，富倫本是貪官，老爺不僅不敢參他，還想法子成全他。她以為老爺是為這事兒煩惱，不便多嘴勸慰，只小心侍候著。陳廷敬胡亂吃了些東西，就躲進書房裡去了。連連幾日，陳廷敬回到家裡總是愁眉不展。大順他們知道老爺的心病，卻也只能乾著急。

這日大早，皇上照例在乾清門聽政，陳廷敬代富倫上了那個奏摺。皇上早知道事情原委了，如今只是按例行事。聽陳廷敬奏完，皇上降旨：「山東巡撫富倫知錯即改，朕就不追究了。富倫有兩條疏請，朕以為可行。富倫疏言，山東累民之事，首在稅賦不均。大戶豪紳，田連阡陌，而不出稅賦，皆由升斗小戶負擔。朕准富倫所奏，山東稅賦攤丁入畝，按地畝多少負擔稅賦。這一條，朕以為各省都可參照。富倫還奏請，山東往後遇災救濟，不再按地畝多少發放錢糧，要緊的是活民。救災就是活民，這本來就是天經地義的事情，卻被下面弄歪了，還編出許多堂皇的理由。朕以為這一條，各省都要切記！」

陳廷敬不急著謝恩起身，繼續說道：「臣在山東看到，從勘災、報災、覆核、複報，再到救濟錢糧發放，逾時得一年半到兩年，真是匪夷所思！辦事如此拖遝，朝廷錢糧到時，人早餓死了。」

皇上事先沒聽陳廷敬說到這事，便問道：「陳廷敬，你說說癥結出在哪裡？」

陳廷敬回奏：「手續過於繁瑣！加之戶部有些官員不給好處不辦事，故意拖延！」

薩穆哈聽著急了：「陳廷敬，你胡說，我戶部……」

皇上大怒：「薩穆哈，你放肆！陳廷敬，你說下去！」

陳廷敬道：「臣以為，災荒來時，朝廷應嚴令各省從速勘實上報，戶部只需預審一次，就應火速發放救濟錢糧。為防止地方虛報冒領，待救濟錢糧放下去之後，再行覆核，如有不實，嚴懲造假之人。」

薩穆哈上前跪奏：「啟奏皇上，陳廷敬這是書生之見，迂腐之論！如不事先從嚴核查，下面虛報冒領，放下去的錢糧再多，也到不了百姓手裡，都進了貪官口袋！」

陳廷敬道：「啟奏皇上，薩穆哈所慮不無道理，蠅營狗苟之徒總是不能杜絕的。但一面是貪官自肥，一面是百姓活命，臣以為利害相權，百姓活命更為重要。要緊的是錢糧放下去之後，嚴格覆核，對那些損民斂財之徒從嚴懲辦！規矩嚴了，貪官污吏未必敢那麼囂張。」

皇上道：「朕以為陳廷敬所言在理。著薩穆哈速速拿出賑災之法，力除陳規陋習！你要從嚴管好戶部屬下，如有貪污索賄之人，唯你是問！」

薩穆哈叩頭謝罪不已，起身退下。陳廷敬也謝恩起身，退回班列。薩穆哈心裡恨恨的，冷冷地瞪了眼陳廷敬。

皇上瞟了眼薩穆哈的黑臉，知道此人魯莽，卻也只作糊塗，又道：「山東前任巡撫郭永剛處分失當，責任在朕。准陳廷敬、明珠所奏，郭永剛官復原品，著任四川巡撫！山東德州知府張汧體恤民情，辦事幹練，甚是可嘉。著張汧回京聽用！」

上完早朝，待皇上起駕還宮，臣工們才從乾清門魚貫而出。明珠找陳廷敬攀談。「廷敬，您不在家時，我已奏請皇上恩准，讓令弟廷統到戶部當差，授了個主事。」

陳廷敬一聽，知道這是明珠同他在做交易，心裡很不是滋味，卻也只得拱手道：「謝明珠大人。廷統還少歷練，我只望他先把現在的差事當好。」

明珠感嘆唏噓的樣子。「廷敬就是太正直了，自己弟弟的事情不方便說。沒事的，我明珠用人，心裡面有桿秤！」

夜裡，陳廷統過來說話。兩兄弟在書房裡喝著茶，沒多時就爭吵起來。陳廷敬說：「我同你說過，不要同明珠往來，你就是不聽！」

陳廷統火氣很大：「明珠大人哪裡不好？我從來沒有送他半張紙片兒，可人家舉薦了我。靠著你，我永遠只是個七品小吏！」

陳廷敬很生氣，卻儘量放緩了語氣：「你以為他是欣賞你的才幹？他是在同我做交易！我沒有參富倫，他就給你個六品主事！你知道你這六品主事是哪日到手的嗎？就是我向皇上覆命的第二日！」

陳廷統冷冷一笑，說：「如此說，我官升六品，還是搭幫你這個哥哥？」

陳廷敬大搖其頭。「我正為這事感到羞恥！」

陳廷統高聲大氣的說：「你有什麼好羞恥的？我看你也不是什麼包拯、海瑞，你也是個滑頭！你要真那麼忠肝義膽，你就把富倫罪行全抖出來呀！你不敢！你也要保自己的紅頂子！」

陳廷敬氣得渾身發抖，指著弟弟道：「廷統，我把話說到這裡，你不肯聽我的，遲早要吃虧！做官，你還沒摸到門！」

陳廷統呼地站了起來：「好，你好好做你的官吧！」陳廷統說罷，起身奪門而去。

月媛送走廷統，趕緊從外頭進來說：「老爺，你倆兄弟怎麼到一起就吵呢？你們兄弟間的事，我勸也不是，不勸也不是，左右為難。」

陳廷敬說：「你不用管，隨他去吧。」

月媛嘆了聲，說：「老爺，我也想不通，連大順都說，富倫簡直該殺，你怎麼沒有照實參他呢？」

陳廷敬說：「月媛，朝廷裡的事情，妳還是不要問吧。我知道妳是替我擔心。妳就好好帶著孩子，照顧好老人。朝廷裡事情妳知道多了，只會心煩。」

月媛添了茶，見陳廷敬沒心思多說話，就嘆息著出去了。陳廷敬獨自站了會兒，想著廷統跑到家裡來吵鬧一場，很是窩心（注），便去看望岳父。

李祖望正在書房裡看書，只作什麼事兒都沒聽見。陳廷敬請了安，說：「爹，我這個弟弟……唉！」

李祖望笑笑，說：「廷敬，自己弟弟，能幫就幫，也是人之常情。」

陳廷敬搖頭道：「不是我不想幫，是他自己不爭氣，老想著走門子。官場上風雲變幻，今日東風壓倒西風，明日西風壓倒東風，他想走門子求得發達，走得過來嗎？」

李祖望說：「是啊，就像賭博，押錯了寶，全盤皆輸。」

翁婿倆說著這些話，陳廷敬想到了自己悟出的穩字訣。交人要穩，辦事要穩，看風向尤其要穩。官場裡最為難測的是風向，萬不可稍聞風聲就更換門庭。官場中人免不了各有門庭，可投人門下又難免榮損與共，福禍難料。陳廷敬不投任何門庭，這也是穩中要義。

這時，月媛領著翠屏端藥進來。陳廷敬同李祖望對視片刻，都不說話了。月媛說：「爹，您把藥喝了吧。」

李祖望說：「好，放在這裡吧。」

月媛站了會兒，明白他們翁婿倆有些話不想當著她的面說，就出去了。

陳廷敬望著月媛出門去了，回頭說道：「爹，月媛怪我有話不肯同她說。官場上的事情，我不想讓她知道太多，徒添煩惱。」

李祖望說：「她心是好的，想替你分擔些煩惱。可有些事情，的確不是她一個婦道人家該問的。你不說就是了。」

陳廷敬說：「月媛問我為什麼不參富倫，我沒法同她說清楚。」

李祖望說：「朝中大事我也不懂，但我相信你有你的道理。」

陳廷敬搖頭嘆氣道：「爹，我只能做我做得到的事，做不到的事我要是硬去做，就什麼事都做不了！」

李祖望問道：「富倫就這麼硬嗎？」

陳廷敬壓著嗓子說：「參富倫，等於就是參明珠、參皇上，我怎麼參？」

李祖望聞言大驚，又是點頭，又是搖頭。陳廷敬又說道：「假如我冒險參了富倫，最多只是參來參去，久拖不決，事情鬧得朝野皆知，而山東該辦的事情一件也辦不成。到頭來，吃虧的是百姓！」

注　寫心：受委屈或侮辱卻有苦難言。與一般作欣慰的感覺不同。

28

張汧奉命進京，仍是暫住山西會館。陳廷敬今日難得清靜，約了張汧逛古玩街。兩人在街上閒步一陣，進了家叫「五墨齋」的店子。掌櫃的見來了客人，忙招呼著：「喲，二位，隨便看看！我這店裡的東西，可都是真品上品！」

陳廷敬笑道：「早聽說您這店裡東西不錯，今兒專門來看看。」

掌櫃的打量著陳廷敬跟張汧，說：「二位應是行家，我這裡有幅五代荊浩的《匡廬圖》。」

陳廷敬聽了吃驚，問道：「荊浩的畫？果真是他的，那可就是無上妙品了！」

掌櫃的從櫃裡拿出畫來，去了一旁几案，小心打開，說：「這東西太珍貴，擱外頭太糟賤了。」

陳廷敬默然不語，湊上去細細鑒賞。張汧看了看，搖搖頭說：「廷敬，就看您的眼力了，我不在行。」

陳廷敬說：「我也只是略知皮毛。」

掌櫃的瞧瞧陳廷敬的眼神，又瞧瞧畫，小心說道：「很多行家都看過，嘆為觀止。」

陳廷敬看了半晌，點頭道：「觀其畫風，真有荊浩氣象。這句瀑流飛下三千尺，寫出廬山五老峰，是元代詩人柯九思的題詩，這上頭題的荊浩真跡神品幾字，應是宋代人題寫的。這幅畫並沒有畫家題款，所謂《匡廬圖》，只是後人以訛傳訛的說法，叫順口了。」

張汧問：「何以見得？」

掌櫃的也想知道究竟，張嘴望著陳廷敬。陳廷敬說：「荊浩遭逢亂世，晚年隱居太行山，他畫的山水都是北方風物，多石而少土，高峻雄奇。張汧兄，你我都是太行山人，您仔細看看這畫，不正是咱們家鄉？」

不待張汧答話，掌櫃的早已撫掌贊道：「啊呀，您可真是行家。」

陳廷敬搖頭道：「掌櫃的別客氣。請問您這畫什麼價？」

掌櫃的伸出兩個指頭：「不二價，兩千兩銀子。」

陳廷敬搖頭而笑，閉嘴不言。掌櫃的見陳廷敬這般模樣，便賭咒發誓，只說您老人家是行家，懂得行情，這個價實在不貴。陳廷敬仍是微笑著搖頭，眼睛往櫃上看別的東西去了。

掌櫃的急了。「要不這樣，您出個價？這麼好的東西，總得落在行家手裡，不然真糟蹋了。」

陳廷敬仍是搖頭。掌櫃的愈加不甘心。「這位爺，您就說句話，買賣不成仁義在。」

陳廷敬笑笑，說：「我還是不說話吧，說話就會得罪您。」

掌櫃的拍胸跺腳甚是豪爽。「這位爺您說到哪裡去了。您開個價。」

陳廷敬也伸出兩個指頭。「二兩銀子。」

掌櫃的勃然作色。「您真是開玩笑！」

陳廷敬卻仍是笑著。「我說會得罪您的，不是嗎？」

掌櫃的似乎突然覺著來客興許不是平常人，馬上嘻笑起來。「哪裡的話！我只是說，二兩銀子，太離譜了。」

陳廷敬說：「只值二兩銀子，您心裡清楚。」

掌櫃的圓溜著眼珠子說：「這位爺，您可把我弄糊塗了。」

陳廷敬哈哈大笑。「您哪裡糊塗？您精明得很啊。」

張汧小心問道：「廷敬兄，未必是贗品？」

陳廷敬說：「您問掌櫃的！」

掌櫃的苦了臉說：「真是贗品，我就吃大虧了！我可是當真品收羅來的！」

陳廷敬笑笑：「掌櫃的還在蒙我倆。」

張汧看看掌櫃的，說：「廷敬兄，您只怕說中了，掌櫃的不吭聲了。」

陳廷敬說：「我還不算太懂，真懂的是高士奇，他玩得多，他是行家。」

掌櫃的聽說高士奇，忙拱手相問：「您說的可是宮裡的高大人？」

陳廷敬笑而不答，只問：「你們認識？」

掌櫃的連忙跪下，叩頭道：「小的不敢欺瞞兩位大人！」

陳廷敬忙扶了掌櫃的起來，笑道：「我倆沒著朝服，臉上又沒寫著個官字。」

掌櫃的站起來，拍著膝頭的灰，恭恭敬敬說道：「您二位大人既然同高大人相識，肯定就是朝廷命官。高大人看得起小的，小的這裡凡有真跡上品，都先請高大人長眼。這《匡廬圖》真品，正是在高大人手裡。真品《匡廬圖》，還不止值兩千兩銀子。小的賣給高大人，只要了兩千兩。高大人還買了幅同這個一模一樣的贗品，的確只花二兩銀子。」

張汧問：「高大人要贗品做甚？」

掌櫃的說：「這是高大人的習慣了，他說真貨擱外頭糟蹋了，世上能識真假的人反正不多。真要碰上行家，他才拿真貨出來看。」

陳廷敬同張汧相視而笑。兩人出了五墨齋，尋了家館子，小酌幾盅，談天說地，日暮方回。

幾日之後，南書房內，明珠邊看奏摺，邊閒聊著，問大夥兒推舉廉吏和博學鴻詞的事兒。原來皇上恩准四品以上大員舉天下廉吏備選，薦飽學之士入博學鴻詞。高士奇雖位不及四品，卻是皇上的文學侍從，也奉旨舉賢薦能，便道：「士奇正在琢磨，還沒想好。」

明珠就問陳廷敬想好了沒有。陳廷敬說：「廷敬以為嘉定知縣陸隴其，青苑知縣邵嗣堯，吳江知縣劉相年，都是清廉愛民之吏。要說飽學之士，廷敬首推傅山。」

聽了陳廷敬這話，大家都停下手頭活兒，面面相覷。

明珠道：「廷敬呀，陸、邵、劉三人，雖清名遠播，才幹卻是平平。我掌吏部多年，最清楚不過了。傅山您就不要再說了，他一直尋思著反清復明，天下誰人不知？」

「誰想反清復明？」突然聽得皇上進來了，臣工們嚇得滾爬在地。

皇上去炕上坐下，說：「朕今兒不讓張善德先打招呼，逕自就進來了。明珠，你剛才說什麼來著？」

高士奇搶著回奏：「回皇上話，原是陳廷敬要保薦傅山入博學鴻詞，明珠說不妥，天下人都知道傅山同我清朝不是一條心。」

皇上嘆了口氣，緩緩說道：「朕自小就聽說傅山這個人，他的一首反詩很有名，當年不光在讀書人當中流傳，就連市井小兒都會背誦。你們有誰還記得？」

一時沒人吭聲。半晌，陳廷敬回道：「臣還記得，那詩寫的是『一燈續日月，不寐照煩惱。不生不死間，如何為懷抱！』日月為明，此詩的確是反詩。」

皇上微微而笑，說：「你們呀，都是滑頭！朕就不相信你們都不記得了。朕當年還是黃口小兒，記住了，幾十年都忘不了。只有廷敬敢說自己記得，可見他襟懷坦白！」

陳廷敬拱手遞上奏本。「臣想推舉陸隴其、邵嗣堯、劉相年三個清廉知縣。博學鴻詞科，臣首推山西名儒傅山！臣已寫好奏本，恭請皇上御覽！」

張善德接過摺子，放在皇上手邊。皇上說：「這個摺子照樣還是你們先議吧。朕記得很小的時候，就聽廷敬說過傅山，知道他是個很注重自己名節的讀書人，為了不剃髮蓄辮，就披髮為道，不順清朝。」

高士奇聽皇上如此說了，馬上奏道：「傅山同顧炎武狼狽為奸，曾替苟延殘喘的南明朝廷效忠。」

陳廷敬說：「啟奏皇上，高士奇所言確是事實，但時過境遷，應摒棄成見。要說傅山，臣比高士奇更為瞭解。」

高士奇說：「的確如此，陳廷敬同傅山是多年的朋友。」

陳廷敬聽出高士奇弦外之音，便道：「皇上，臣同傅山有過幾面之緣，雖然彼此志向不同，卻相互敬重。要說朋友，談不上。從我中進士那日起，他就鼓動我脫離朝廷；而我從同他相識那日起，就勸說他歸順朝廷。」

皇上點頭片刻，道：「廷敬，朕准你保舉傅山。這傅山多大年紀了？」

陳廷敬忙叩頭謝恩，回道：「應在七十歲上下。」

皇上頗為感慨。「已經是位老人了啊！命陽曲知縣上門懇請傅山進京，朕想見見這位風骨錚錚的老人。好了，你們也夠辛苦的，暫且把手頭事情放放，說些別的吧。」

高士奇忙說：「啟稟皇上，臣收藏了一幅五代名家荊浩的《匡盧圖》，想敬獻給皇上！」

皇上大喜。「啊？荊浩的？快拿來給朕瞧瞧。」

高士奇取來《匡盧圖》，徐徐打開。皇上細細欣賞，點頭不止。「真是稀世珍寶呀！陳廷敬，你也是懂的，你看看，如何？」

陳廷敬上去細細看了看，發現竟是贗品，不由得「啊」了一聲。皇上忙問怎麼了。陳廷敬掩飾道：「荊浩的畫存世已經不多了，實在難得！臣故而驚嘆。」

皇上大悅，說：「士奇懂得可多啊！算個雜家。他的字先皇就讚賞過，玩古玩他也在行，當年他還替朕做過彈弓，朕一直藏著那玩意兒哪！」

高士奇忙跪下，謙恭道：「臣才疏學淺，只能替皇上做些小事，盡忠而已。」

皇上笑道：「話不能這麼說。要說朕讀書呀，真還是士奇領我入的門徑。朕年少時讀書，拿出任一詩文，士奇便能知其年代，出自誰家。後來朕日積月累，自己也就知道了。」

高士奇拱手道：「皇上天表聰穎，真神人也！」

陳廷敬聽著皇上賞識高士奇，心裡只有暗嘆奈何。當年，高士奇懷裡常揣著幾粒金豆，尋著空兒就向乾清宮公公打探，皇上這幾日讀什麼書，讀到什麼地方了。問過之後，就遞上一粒金豆子。高士奇回頭就去翻書，把皇上正讀的書弄得滾瓜爛熟。事後只要皇上問起，高士奇就對答如流。那時候皇上年紀小，總以為高士奇學問很大。殊不知乾清宮公公私下裡給高士奇起了個外號：高金豆！一時間，高金豆成了公公們的財神，有的公公還會專門跑去告訴他皇上近日讀什麼書。當年張善德年紀也小，老太監免不了要欺負他。陳廷敬看不過去，有機會就替他說話。張善德便一直感念陳廷敬的好處，知道什麼都同他說。

今日皇上十分高興，在南書房逗留了半日，盡興而歸。送走聖駕，明珠問道：「士奇，您哪來這麼多好玩意兒？隔三岔五的孝敬皇上。」

高士奇笑道：「士奇只是有這份心，總找得著皇上喜歡的玩意兒。」

明珠笑笑，回頭把陳廷敬拉到角落，說：「陳大人，您既然已面奏皇上，我就不好多說了。可我替您擔心啊！」

陳廷敬問：「明大人替我擔心什麼？」

明珠說：「陸、邵、劉三人，官品自是不錯，但性子太剛，弄不好就會惹麻煩，到時候怕連累您啊！」

陳廷敬說：「只要他們真是好官清官，連累我了又何妨？」

明珠本是避著人說這番話的，高士奇卻尖著耳朵聽了，居然還插言道：「明大人何必替陳大人擔心？人家是一片忠心！張大人，您說是嗎？」

張英愣了愣，猛然抬起頭，不知所云的樣子，問：「你們說什麼？」

明珠含蓄地笑笑，說：「張大人才是真聰明！」

陳廷敬也望著張英笑笑，沒說什麼。他很佩服張英的定性，可以成日半句話不說，只是低頭抄抄寫寫。不是猛然間想起，幾乎誰都會忘記南書房裡面還有個張英。

張汧的差事老沒有吩咐下來，很不暢快。夜裡，他拜訪了陳廷敬。張汧在陳廷敬書房裡坐下，唉聲嘆氣。「我去過吏部幾次了，明珠大人老是說讓我等著。他說，我補個正四品應是不用說的，也可破格補個正三品，最後要看皇上意思。我蒙廷敬兄在皇上面前保舉，回京聽用，感激不盡。廷敬兄可否人情做到底，再在皇上面前替我說說？」

陳廷敬頗感為難：「張汧兄，我不方便在皇上面前開口啊！雖說舉賢不避親，可畢竟您我是兒女親家，會讓別人留下話柄的。我怕替您說多了話，反而對您不好。」

張汧問：「廷敬兄擔心明珠？」

陳廷敬搖頭道：「明珠做事乖巧得很，不會明著對我來的。」

張汧又問：「那還有誰？」

陳廷敬道：「高士奇！」

張汧不解地問：「高士奇同您我都是故舊，他為什麼要同您過不去呢？」

陳廷敬長嘆道：「你久不在京城，不知道這宦海風雲，人世滄桑啊！高士奇是索額圖門下，索額圖同明珠是對頭，而索額圖又一直以為我是明珠的人。唉！他們之間弄得不共戴天，卻硬要把我牽扯進去，無聊至極！」

張汧不知道說什麼才好，只有嘆息。陳廷敬又道：「我又不能向人解釋。難道我要說清楚自己不是索額圖的人，也不是明珠的人嗎？我不黨不私，誰的圈子都不想捲進去。」

張汧問道：「高士奇不過一個食六品俸的內閣中書，所任之事只是抄抄寫寫，他是哪裡來的氣焰？」

陳廷敬說：「你不知道，高士奇最會討皇上歡心。您知道高士奇膽子有多大嗎？他把贗品《匡廬圖》送給了皇上！」

張汧大驚失色，半日說不出話來。陳廷敬說：「這可是欺君大罪啊！我卻又只能閉口不言。」

張汧問道：「這是為何？」

陳廷敬嘆道：「我說了，不等於說皇上是傻子嗎？」

張汧甚是憤恨，道：「高士奇真是膽大包天啊！一個六品小吏！」

陳廷敬搖搖手，道：「唉，好在只是一幅假畫，也不至於誤君誤國，我就裝聾子作啞巴！」

張汧仍覺得奇怪，問道：「廷敬兄，索額圖已經失勢，照說按高士奇的人品，就不會緊跟著他了呀？」

陳廷敬說：「高士奇怕的偏不是皇上，而是索額圖。索額圖是皇親，說不定哪日又會東山再起。皇上不會殺高士奇，索額圖保不定來了脾氣就殺了他！」

張汧出了陳家，獨自在街上徘徊。猶豫多時，乾脆往高士奇家去。心想高士奇雖是小人，但求他辦事興許還管用些。高家門上卻不給張汧面子，只說不管是誰，這麼晚了，高大人早歇著了。張汧心裡著急，想著自己同高士奇多年故舊，便死纏硬磨。門上其實是見張汧不給門包，自然沒一句好話。張汧不明規矩，說著說著火氣就上來了。

深更半夜的，門上響動傳到裡頭去了。高士奇要是平日裡早睡下了，今夜把玩著那《匡廬圖》，了無睡意。他聽得門上喧嘩，便問下話去。不一會兒，門上回話，說有個叫張汧的人，硬要進來見老爺。高士奇聽說是張汧，忙說快快請進。門上這才嚇得什麼似的，恭敬地請了張汧入府。

高士奇見了張汧，雙手相攙，迎入書房。下面人見老爺逕直把張汧領到書房去了，知道來人非同尋常，忙下去沏了最好的茶端上來。高士奇很生氣的樣子說：「張汧兄，我正想託廷敬請您來家坐坐。老朋友了，回京這麼些日子了，怎麼就不見您的影子呢？」

張汧說：「高大人忙著哩，我怎好打攪！」

高士奇笑道：「廷敬他不能把您弄到京城來，就不管了！」

張汧嘆息著，說：「這話我不好怎麼說。高大人，還是請您給幫幫忙。」

高士奇搖頭道：「張汧兄，我高某雖然日侍聖上，卻只是個內閣中書，六品小吏。您這個忙，我可是幫不上啊！」

張汧笑道：「高大人，我知道您是個有辦法的人。」

高士奇仍是長嘆。「唉，難呀……」

張汧說：「高大人，您哪怕就是指我一條路也行啊。」

高士奇問道：「您找過明珠大人嗎？」

張汧不明白高士奇問話的用意，不敢隨便回答，便端起茶杯輕啜幾口，想好說辭，才道：「我去過吏部幾次，明大人說我可以派下個四品差事，破格派個三品也做得到，最後得皇上恩准。」

高士奇也端起茶杯，抿了幾口，笑道：「張汧兄，您我多年朋友，話就同您說白了。您得夜裡出去走走，有些事情白日裡是辦不好的！」

張汧忙說：「感謝高大人指點迷津！高大人，您我多年朋友，我也就顧不著禮數，深更半夜也尋上門來了。明珠大人每次見我總是笑咪咪的，可我實在摸不清他的脾氣啊！」

高士奇笑道：「張大人引高某為知己，實在是抬舉我了。」

張汧直道高攀了。客氣一番，高士奇問道：「您是擔心自己在德州任上同富倫鬧得不快，明珠大人不肯幫忙是嗎？不會的！只要您上門去，明珠大人可是海納百川啊！」

張汧面有難色，道：「我很感激高大人實言相告。可是，我囊中羞澀啊！」

高士奇說：「廷敬家可是山西的百年財東，您不妨找找他。」

張汧說：「我同他是親戚，更難於啟齒！」

高士奇點頭道：「倒也是，廷敬又是個不通世故的人。好吧，難得朋友一場，我替您想個法子。我有個朋友，錢塘老鄉俞子易，生意做得不錯，人也仗義。我讓他先借您三五千兩銀子。」

張汧拱手長揖道：「高大人，張汧萬分感激！」

高士奇笑道：「張汧兄，這是在家裡，別一口一聲高大人的。您我私下還是兄弟相稱吧！」

張汧便說：「好好，謝士奇兄不棄，張汧是個知恩圖報的人。」

高士奇湊近身子，拍著張汧的手，說：「張汧兄呀，我是個沒考取功名的人，官是做不得多大的。您是進士，又在地方做過官，這回若是真補了個三品，過不多久，往下面一放，就是封疆大吏啊！」

張汧拱手道：「謝士奇兄吉言，真有那日，您對我可是有再造之恩啊！」

高士奇搖手道：「別客氣，到時候我可還要指望您關照呢！」

早過了半夜。高士奇盛情相留，張汧就在高家住下了。

不出幾日，張汧的差事就有著落了。那日在南書房，明珠奏請皇上，通政使出缺，推舉張汧擢補。皇上似覺不妥，說：「張汧原是從四品，破格擢升正三品，能服眾嗎？」

明珠回奏：「通政使司掌管各省摺子，職官僅是文翰出身則不妥。張汧在地方為官十幾載，詳知民情，臣以為合適。」

皇上回頭問陳廷敬。「廷敬以為如何？」

陳廷敬道：「臣同張汧沾親，不便說話。」

皇上說：「自古有道，舉賢不避親。不過陳廷敬不方便說，倒也無妨。你們倒是說說，張汧居官到底如何？」

明珠回奏：「張汧辦事幹練，體恤百姓，清正廉潔。順治十六年他派去山東，十幾年如一日，可謂兩袖清風，一塵不染！」

皇上冷冷一笑，說：「明珠說話也別過了頭。在地方為官，清廉者自然是有的，但要說到一清二白，朕未必相信。」

陳廷敬這才說道：「張汧為官十幾載，身無長物。回京聽用，居無棲所，寄居山西會館。」

皇上不由得點著頭：「由此看來，張汧做了十幾年的官，同當年進京趕考的窮書生沒有什麼兩樣？」

陳廷敬道：「臣看確是如此。」

高士奇也說：「臣亦可以作證。」

皇上終於准了。「好，就讓張汧補通政使之職吧。」

明珠忙拱了手：「臣遵旨辦理。」

皇上卻似笑非笑的說道：「明珠，可別說得恭敬，做的是另外一套。說不定都是你們早設好的套子，只等著朕往裡頭鑽啊！」

明珠忙伏地而跪：「臣誠惶誠恐，只敢體仰上意，奉旨辦事，怎敢兜售半點私貨！」

陳廷敬、高士奇、張英等也都伏地而跪。

皇上笑道：「好了，我只是提醒你們幾句，別我說個什麼，你們就如此樣子。咦，張英，你怎麼總不說話？」

張英回道：「啟稟皇上，臣只說自己知道的話，只做自己份內的事！」

皇上點頭半晌，說：「好，張英是個本分人。」

當夜，張汧先去了明珠府上致謝，再去了高士奇家，俞子易正好在座。高士奇便說：「張汧兄別光顧著謝我，子易可是幫了您大忙啊！」

張汧朝俞子易拱了手。「感謝俞兄，張汧自會報答的！」

俞子易很是謙恭。「高大人吩咐的事，俞某都會辦到的，哪裡當得起張大人一個謝字！」

閒話半日，高士奇裝著突然想起的樣子，說：「張汧兄，我可有句直話要說。子易是靠生意吃飯，錢是借了，利息您可得認啊！」

張汧忙點頭稱是。「借錢認息，天經地義！」

俞子易便說：「真是不好意思！」看看時候不早了，張汧就告辭了。

送走張汧，俞子易回頭同高士奇說話：「高大人，前幾日替您盤下的幾個鋪子，我找到了下家，您看是不是脫手算了？」

高士奇說：「價錢好就脫手吧。子易，您替我做生意，最要緊的是嘴巴要守得住。」

俞子易小聲說：「高大人放心，沒誰知道我的生意就是您老人家的生意。」

高士奇問：「子易，你那個管家，靠得住嗎？」

俞子易說：「靠得住，他是個死心塌地的人。」

高士奇點頭沉吟半日，說：「他隨你登門數次，我都不曾見他。既然他為人如此忠厚，就讓他進來坐坐吧。」

俞子易說：「我不敢讓下面的人在高大人面前放肆！」

高士奇卻道：「不拘禮，讓他進來吧。叫……他叫什麼來著？」

俞子易回道：「鄺小毛。」

沒多時，鄺小毛躬身進來，納頭便拜。「小的拜見高大人，小的感謝高大人看得起小的！小的甘願為高大人當牛做馬！」

高士奇說：「鄺小毛，別一口一句小的了。難得你一片忠心，我就喜歡你這樣的人。往後你隨子易來，不必再那麼拘禮，進來坐就是了。」

鄺小毛只顧叩頭。「小的對高大人忠心耿耿！」

高士奇說：「好了，別只管叩頭了，抬起臉來，讓老夫看看你。」

鄺小毛畏畏縮縮抬起頭來，眼睛只敢往高士奇臉上匆匆瞟了一下，慌忙又躲開了。高士奇很隨和的樣子，可他越是哈哈笑著，鄺小毛頭埋得越低，很快又伏到地上去了。

29

陳廷敬出了午門乘轎回家，遇著位老人家攔轎告狀。劉景上前問話：「老人家，皇城之內，天子腳下，您若有冤要告狀，上順天府去便是，為何當街攔轎？」

老人家說：「老兒只因房子叫人強占，告到順天府，被關了十九年，前幾日才放出來，哪裡還敢再到順天府去告狀？」

陳廷敬掀開轎簾，望了眼老頭兒，道：「你家房子被人占了，告狀竟被順天府關了，怎會有這等怪事？」

老人家說：「我家原本住在石磨兒胡同，房子被一個叫俞子易的潑皮強占了，賣給了朝中一個大官高士奇。我每次上順天府去告狀，都被衙役打了出來。我實在咽不下這口氣，乾脆睡在順天府衙門外頭，他們就把我抓了進去，一關就是十九年！」

陳廷敬心想真是巧得很啊！那還是順治十八年冬月，當時京城裡正鬧天花，有日他早早兒騎馬往衙門去，突然從胡同裡面鑽出個人來。那人驚了馬，自己跌倒在地，滿臉是血。陳廷敬嚇壞了，以為自己傷了人。那人卻跪下來請罪，說自己驚了大人的馬，又說自己的傷是別人打的，又說有人強占了他家房子，賣給了一個姓高的官人。陳廷敬想起這些，定眼再看，正是二十多年前遇著的那個人，只是人已老態龍鍾了。

陳廷敬正想著這樁往事，街上已圍過許多人看熱鬧，他便有些尷尬，問道：「老人家，您可有狀子？」

馬明壓低了嗓子說：「老爺，這事兒連著高大人，您可不好管啊！」

陳廷敬也悄聲說：「這麼多百姓看著我，我怎能裝聾作啞？」

老頭兒遞上狀子。「草民感謝青天大老爺！」

陳廷敬回到家裡，禁不住唉聲嘆氣，月媛就問他是否遇著什麼難處了。陳廷敬說：「月媛，妳還記得順治皇帝駕崩那年冬天我說過的一件事嗎？有戶人家的房子被人強占了，賣給了高士奇。」

月媛說：「記得，怎麼了？」

陳廷敬說：「唉，我同那老人家真是有緣哪！老人家名叫朱啟，因為告狀，被順天府關了十九年，前幾日才放出來。剛才我回家的路上，叫他給撞上了，一頭跪在我轎前。」

月媛問：「您想管嗎？」

陳廷敬說：「這本不是我份內的事情。可是，朱啟跪在我轎前，又圍著那麼多百姓，我怎能視而不見？可是，這實在是件難事呀！」

月媛說：「這案子再清楚不過了，沒什麼疑難呀？我說您應該管！」

陳廷敬嘆道：「案子本身簡單，只是牽涉到的人太多。不光高士奇，同順天府幾任府尹都有干係。十幾年前的順天府尹向秉道，如今已是文華殿大學士、刑部尚書了！」

陳廷敬這麼一說，月媛也急了。「這可如何是好？」

陳廷敬說：「我猜哪怕皇上也不會願意為一個平常老頭子，去查辦幾個大臣。」

月媛沒了主張，說：「我畢竟是個婦道人家，您還是自己做主吧。我只是覺得明擺著的事，讓壞人囂張，您這官也做得太窩囊了。」陳廷敬長嘆不已，很是慚愧。他還知道當年趁著鬧天花，旗人搶占了很多百姓的房子，這筆舊帳是沒法算了。

過了幾日，陳廷敬先去了翰林院，晌午時分來到南書房。張英跟高士奇早到了，彼此客氣地見了禮。陳廷敬今日見著高士奇，覺得格外不順眼，似乎這人鼻子眼睛都長得不是地方。高士奇卻湊過來悄聲兒說：「陳大人，士奇有幾句話，想私下同您說說。」

陳廷敬心裡納悶，便問：「什麼要緊事？」

陳廷敬隨高士奇到了屏風後面。高士奇低聲說道：「陳大人，令弟廷統昨晚送了一千兩銀子給我，您看這可怎麼辦呀！」

高士奇說罷，拿出一張銀票來。陳廷敬臉色大驚，羞惱異常。「這個廷統！」

高士奇低聲道：「陳大人也不必動氣。廷統是被官場惡習弄糊塗了。他以為是官就得收銀子。我為他擢升六品，的確在明大人面前說過話，也在皇上面前說過。可我卻是以賢能舉人，並無私心。說到底，這都是皇上的恩典。」

陳廷敬說：「士奇，廷統行賄朝廷命官，這是大罪啊。」

高士奇笑道：「如果讓皇上知道了，廷統的前程可就完了！您還是把銀票拿回去，還給他算了。」

陳廷敬想這高士奇如果不想要銀子，何必先收下了如今又來同我說呢？他沒弄清個中原委，便道：「如果廷統是個蠅營狗苟之徒，他的前程越大，日後對朝廷的危害就越大。」

高士奇很著急的樣子說：「話不可這麼說。廷統還年輕，您回去說說他就行了。銀票您拿著。」

陳廷敬真不知道這銀票是怎麼回事，只是揮手道：「這銀票廷敬萬萬不能接，士奇就公事公辦吧！」

高士奇幾乎是苦口婆心了。「廷敬，您不要這麼死腦筋！朝中人脈複雜，變化多端，只有您我始終是老朋友，凡事都得相互照應才是。我待廷統如同親兄弟，我可是不忍心把他的事情往皇上那裡捅啊！」

陳廷敬仍不肯接那張銀票，只道：「士奇，我陳廷敬受兩代皇上隆恩，但知報效朝廷，絕無半絲私念。廷統之事，請如實上奏皇上！」

高士奇無奈而嘆。「既然如此，我就如實上奏皇上，陳大人切勿怪罪！」

陳廷敬長嘆一聲說：「我這個弟弟自己不爭氣，有什麼好怪罪的？」

陳廷敬今兒待在南書房，有些神不守舍。世上真有這麼巧的事兒？昨兒他接了朱啟的狀子，裡頭牽扯著高士奇；今兒就冒出廷統給高士奇送銀票的事兒。廷統家境並不寬裕，哪來這麼多銀子送人？

夜裡，陳廷敬把弟弟叫了來，一問，他還真的給高士奇送銀子了。陳廷敬火了，大聲斥罵：「憑你的俸祿，哪來那麼多銀子送人？你拿家裡銀子送人，也是大不孝！父親快六十歲的老人了，還在為生意操勞！他老人家的錢可是血汗錢！」

陳廷統哼著鼻子說：「我沒拿家裡一文錢！」

陳廷敬更是吃驚：「這就怪了，難道你這銀子是貪來的？那更是罪上加罪！」

陳廷統說：「我也沒貪！」

陳廷敬甚是著急，問道：「你的銀子是天上掉下來的？快告訴我，怎麼回事！」

陳廷統並不回答，只道：「你只顧自己平步青雲，從來不念兄弟之情。我靠自己在官場上混，你有什麼好說的？」

陳廷敬氣得兩眼直要噴血，幾乎說不出話。他平息半日，放緩了語氣說：「你好糊塗！高士奇幹麼要把銀票送還給我？他不收你的不就得了？他不光要害你，還要害我！」

陳廷統冷冷一笑，說：「高大人是想在你那裡做人情，可是你不買他的帳。」

陳廷敬被弄糊塗了，問：「我同他有什麼人情可做？」

陳廷統說：「我也是今日才聽說，你接了椿官司，裡頭扯著高大人。我承認自己上當了，可這都是因為你！」

陳廷敬驚得兩耳嗡嗡作響，跌坐在椅子裡。果然是他在南書房猜想到的，可他在街頭接了狀子，高士奇怎麼就知道了呢？陳廷敬這兩日手頭忙，還沒來得及過問這事兒。

陳廷敬低頭尋思半日，問道：「廷統，你告訴我，你的銀子到底哪裡來的？」

陳廷統說：「高士奇有個錢塘老鄉……」

陳廷統話沒說完，陳廷敬就知道那個人是誰了，問：「是不是叫俞子易？」

陳廷統說：「正是俞子易。他找到我，說上回我升了六品，高大人為我說過話，要我知恩圖報。我說我不懂這裡頭規矩。俞子易就直話直說，讓我送一千兩銀子給高士奇。我拿不出這麼多銀子，俞子易也仗義，就借了我銀子。」

陳廷敬仰著頭，使勁的搖著，半日才說：「廷統，你真是愚不可及！這個俞子易，正是高士奇豢養的一條狗！他們合夥來害你，你還感激他！」

陳廷統說：「我看高大人根本就不是你說的這種人！」

陳廷敬說：「你真是鬼迷心竅！我終於明白了，高士奇設下圈套，就是想同我做交易！他怕我查他房子的來由！」

陳廷敬同弟弟細細說了高士奇宅子的來歷，只是不明白朱啟告狀的事兒怎會這麼快就傳到他耳朵裡去了？陳廷統這下也後悔了，很是害怕，說：「他要把我逼急了，我就告他高士奇索賄！」

陳廷敬搖搖頭說：「高士奇才不怕你告他哩！皇上本來就信任他，況且他把銀子交了出來，你告他什麼呀?廷統，你這會兒急也沒用，只管好好兒當差吧。」

陳廷統哪裡放心得下，直道：「高士奇真把事情捅到皇上那裡去了，我不就完了嗎?哥，您就別管這樁官司算了。」

陳廷敬恨恨道：「早知如此，何必當初!」

陳廷統再也沒話可說，坐在那裡垂頭喪氣。陳廷敬也猶豫了，真想放下這樁官司不管，不然廷統只怕有禍上身。可那高士奇又實在可惡，這次假如讓他得逞，今後不知更要欺人到何等地步。陳廷敬左右尋思，心裡終於有了主張，決意把這官司管到底。

第二日，陳廷敬吩咐劉景、馬明，查查那個錢塘商人俞子易，看他是怎麼把人家房子強占了去的。沒幾日，兩人就回了話。原來朱啟家在明朝時候也是個大戶，有好幾處大宅院兒。可是後人不肖，早在崇禎年間就開始顯出敗相了。朱啟原本有個兒子，名叫朱達福，百事不做，只管嫖賭逍遙，又交上個叫俞子易的潑皮。那潑皮只管調唆朱達福花銀子，把祖宗留下的幾個宅子都花光了，只餘下石磨兒胡同的宅院。俞子易又設下圈套，借高利貸給朱達福。順治十八年，朱達福突然不見人影兒了，俞子易找上朱啟，拿出他兒子六千兩銀子的借據。朱啟還不出銀子，就被俞子易趕出了宅院。一轉手，朱家宅院賣給了高士奇。那朱達福卻再也沒誰見到過，街坊都說他準是被俞子易害了。

俞子易幹的營生，盡是些傷天害理的事。順治十八年，京城裡頭鬧天花，俞子易同官府串通，專挑那些軟弱好欺的，強占人家宅院。那些宅院原是入了官的，俞子易打點衙門裡頭的人，很便宜就買下了。街坊都說俞子易膽大包天，全仗著宮裡有人。陳廷敬聽了，明白街坊說的俞子易宮裡有人，那人就是高士奇。

夜裡，高士奇約了俞子易和酈小毛到家裡來，商量應對之策。原來那日朱啟在路上攔了陳廷敬的轎子，俞子易同鄺小毛正好在旁邊看見了。事情也是巧得很，平常俞子易同鄺小毛都不來午門外接高士奇的，偏偏那日有樁生意急著要回覆，他倆才匆匆忙忙往午門那邊去。俞子易認得朱啟，也認得陳廷敬的轎夫。他等高士奇出了午門，頭一樁就說了這事兒。高士奇本不怕朱啟告狀，只是陳廷敬接了狀子，就恐事有不妙。他設下圈套讓陳廷統借銀子送禮，看樣子陳廷敬卻輕易不會中計。

高士奇交代俞子易：「子易，我讓你把名下房產、鋪面等一應生意，通通過到鄺小毛名下，辦了嗎？」

俞子易到底放心不下，生怕高士奇另有算盤，便說：「帳都過好了，只是高大人，這樣妥嗎？」

高士奇哈哈一笑，說：「我知道你擔心老夫吃了你的銀子。」

俞子易忙低了頭說：「小的哪敢這麼想？我能把生意做大，都虧了您高大人！」

高士奇說：「老夫都同你說了，銀子是你的，終歸是你的，跑不了。到時候官司來了，你遠走高飛，讓那朱老頭子告去！你只要回到錢塘老家，就萬事大吉了。官府只認契約，馬虎一下就過去了。」

囑咐完了俞子易，高士奇又對鄺小毛說：「到時候你就一口咬定，你是東家！」

鄺小毛點頭不止。「小的全聽高大人吩咐！」

高士奇瞟了眼鄺小毛，說：「好！你先出去一下，我有話要同子易說。」

鄺小毛趕緊起身，退了出去。高士奇卻不馬上說話，慢慢兒喝著茶。俞子易不知道高士奇要說什麼緊要事，心裡怦怦兒跳。過了老半日，高士奇小心看看外面，才小聲說道：「子易，陳廷敬哪日真把事情抖出來，就依你說的去做！」

俞子易說：「我明白，幹掉朱啟。依我說，這會兒就去幹掉他！」

高士奇搖頭道：「不不不，我們只是為著賺錢，殺人的事，能不做就不做。記住，不到萬不得已，手上不要沾血！」

俞子易說：「小的記住了。」

高士奇示意俞子易附耳過來。「記住，要殺朱啟，你得讓鄺小毛下手！」

俞子易使勁兒點頭，嘴裡不停道謝。他感激高士奇，沒有把這等造孽差事派到自己頭上。

這時，忽聽得高大滿在外頭報導。「老爺，陳廷敬陳大人來了。」

高士奇一驚。「這麼晚了他跑來幹什麼？」他叫俞子易趕緊出去躲著，自己忙跑到大門口迎客。

陳廷敬早已下轎候在門外了，高士奇先把門房罵了幾句，再說：「啊呀，陳大人，怎敢勞您下駕寒舍？您有事吩咐一聲得了，我自會登門聽候吩咐！」

陳廷敬笑道：「士奇不必客氣，我多時就想上您家看看了。」

高士奇恭請陳廷敬到客堂用茶，劉景、馬明二人在客廳外面站著。陳廷敬喝了口茶，高士奇寒暄起來。「不知陳大人光臨寒舍，有何見教？」

陳廷敬笑道：「何來見教！早聽說士奇收羅了不少稀世珍寶，可否讓我開開眼界？」

高士奇搖頭道：「真是讓陳大人笑話了，我哪裡有什麼稀世珍寶？好，書房請吧。」

書房的博古架上擺滿了各色古董，書案上的鈞瓷瓶裡也插著字畫。高士奇打開一個木箱，拿出一幅卷軸，徐徐展開，原來是唐代閻立本的《歷代帝王圖》。

陳廷敬挑燈細看，讚不絕口。「士奇啊，您還說沒有稀世珍寶。這麼好的東西，宮裡都沒有啊！」

高士奇忙說：「不敢這麼說！我把自己最喜歡的都獻給皇上了，留下自己玩的，都是些不入眼的。」

陳廷敬望望高士奇，突然說道：「我想看看荊浩的《匡廬圖》！」

高士奇一驚，卻立即鎮定了，笑道：「廷敬好沒記性，《匡廬圖》我獻給了皇上，您也在場啊！皇上還讓您看了哩！」

陳廷敬搖搖頭，笑望著高士奇，不吐半個字。高士奇的臉色慢慢變了，試探著問：「廷敬，未必那幅《匡廬圖》是贗品？」

陳廷敬並不多說，只道：「您心裡比我清楚啊！」

高士奇仍是裝糊塗。「如果真是贗品，我可就沒面子了！世人都說我是鑒賞古玩的行家，卻被奸人騙了！」

陳廷敬笑笑，低聲道：「這上頭沒人騙得了您，您卻騙得了皇上！」

高士奇大驚失色，說：「啊？陳大人，這話可不是說著好玩的啊！欺君大罪，要殺頭的！」

陳廷敬冷冷一笑說：「士奇也知道怕啊！」

高士奇語塞半晌，小心問道：「陳大人明說了，您到底想做什麼？」

陳廷敬沒有答理高士奇的問話，只道：「您送給皇上的《匡廬圖》，只值二兩銀子，而您手頭的真品，花了兩千兩銀子。」

高士奇心裡恨恨的，臉上卻沒事似的，笑道：「陳大人，您一直暗中盯著我？」

陳廷敬也笑道：「我沒有盯您，是緣分。緣分總讓我倆碰在一起。」

高士奇哈哈大笑，說：「是啊，緣分！好個緣分！陳大人，您既然什麼都清楚了，我不妨告訴您。我向皇上獻過很多寶貝，真假都有。太值錢的東西，我捨不得。我高某自小窮，窮怕了，到手的銀子不那麼容易送出去，哪怕他是皇上。」

陳廷敬同高士奇同朝做官二十多年了，早知道他不是良善之輩，可也未曾想到這個人居然壞到這步田地，膽子比天還大。陳廷敬臉上仍是笑著，說：「士奇今兒可真是直爽呀！」

高士奇道：「廷敬兄，不是我直爽，只是我吃準您了。不瞞您說，我知道您不敢把這事兒告到皇上那兒去。」

陳廷敬的眼光離開高士奇那張臉，笑著問道：「何以見得？」

高士奇不慌不忙，招呼著陳廷敬喝茶，這才慢條斯理地說：「咱皇上是神人，文武雙全，無所不通，無所不曉。皇上要是連假畫都辨不出，他還神個什麼？廷敬兄，您不打算告訴皇上他不是神人吧？」

陳廷敬慢慢啜著茶，嘆道：「世人都說當今皇上千年出一個，我看您高士奇可是三千年才出得了一個。」

高士奇拱手道：「承蒙誇獎，不勝榮幸！」

陳廷敬放下茶杯，笑咪咪的望著高士奇說：「您就不怕萬一失算，我真的稟告了皇上呢？」

高士奇使勁搖著腦袋，道：「不不不，您不會。陳大人行事老成，不會因小失大，此其一也；皇上容不得任何人看破他有無能之處，陳大人就不敢以身犯險，此其二也。」

陳廷敬哈哈笑了幾聲，彷彿萬分感慨，說：「士奇呀，我佩服您，您真把我算死了。但是，我告訴您，我不會把這事捅到皇上那裡去，不是因為怕，而是不值得。」

高士奇問：「如何說？」

陳廷敬長舒一口氣，說：「不過就是幾張假字畫，幾個假瓷瓶，誤不了國也誤不了君。我犯不著揪著這些小事，壞了君臣和氣。」

高士奇又把哈哈打得天響，說：「陳大人忠君愛國，高某欽佩！不過反正都一樣，我知道您不會說出去。」

陳廷敬笑笑，又道：「我現在不說，不等於永遠不說。世事多變，難以預料呀！」

高士奇問：「陳大人說話從來直來直去，今兒怎麼如此神秘？該不是有什麼事吧？」

陳廷敬說：「士奇，我想幫您。」

高士奇道：「陳大人一直都是顧念我的，士奇非常感謝。可我好好的，好像沒什麼要您幫的呀？」

陳廷敬說：「您是不想讓我幫您吧？」

高士奇有些急了，道：「陳大人有話直說。」

陳廷敬說：「您那錢塘老鄉俞子易，他會壞您大事！」

高士奇故作糊塗。「俞子易？高某知道有這麼個人。」

陳廷敬笑道：「士奇呀，您就不必藏著掖著了，您我彼此知根知底。那俞子易公然遊說廷統向您行賄，他是在害您！」

高士奇明知陳廷敬早把什麼都看破了，嘴上卻不承認。「原來是俞子易在中間搗鬼？」

陳廷敬說：「事情要是攤到桌面上說，就是您高士奇索賄在先，拒賄在後，假充廉潔，陷害忠良！」

高士奇假作慚愧的樣子，說：「陳大人言重了！我也是蒙在鼓裡啊！既然如此，銀票您拿回去就得了。唉，我早就讓您把銀票拿回去嘛。」

陳廷敬笑笑，說：「不，銀票您還是自己拿著。反正是您自己的銀票，何必多此一舉？您只把廷統立下的借據還了就得了。廷統有俸祿，我陳家也薄有家貲，不缺銀子花，不用向別人借錢。」

高士奇說：「原來陳大人故意提起《匡廬圖》，是想給我個下馬威，讓我別把廷統行賄的事捅到皇上那裡去。犯不著這樣嘛，我當初就不願意把事情鬧大。」

陳廷敬說：「不，事情別弄顛倒了。廷統本無行賄之意，是有人逼的！」

高士奇忙點頭說：「行行行，我讓俞子易還了借據，再把這銀票還給俞子易！」

陳廷敬笑道：「我只要借據，銀票您是自己拿著，還是交給俞子易，不干我的事。」

陳廷敬說罷告辭，高士奇依禮送到大門外。兩人笑語片刻，拱手而別，就像兩位要好不過的朋友。高士奇目送陳廷敬轎子走進黑暗裡，臉色慢慢恨了起來。回到客堂，高夫人迎了上來：「老爺，奴家在隔壁聽著，這位陳大人挺厲害呀！」

高士奇道：「呸！他厲害，我比他還厲害！他陳廷敬學問比我強，文名比我大，官職比我高，可又怎麼樣？我還比他先進南書房！我就不信鬥不過他！」

高夫人勸道：「老爺，您別著急上火的，先把事兒琢磨清楚。奴家聽著，陳大人好像還得找俞子易的岔，怕是對著您來的呀！」

高士奇說：「你當我是傻子？陳廷敬口口聲聲只說俞子易如何，其實就是想整我。他查呀？我就是要他查！」

高士奇突然高聲喊道：「來人！」

高大滿進來，問：「老爺有何吩咐？」

高士奇說道：「叫俞子易過來。」

沒多時，俞子易同鄺小毛進來了。高士奇閉上眼睛說：「子易，連夜把陳廷統的借據還了，再把該辦的事辦了！」

俞子易點頭稱是，便同鄺小毛出去了。

高士奇回到書房，仍舊把玩他的那些寶貝兒。高夫人過來看看，見老爺沒有歇息的意思，也不敢勸，悄悄兒退回去了。三更天時，高大滿打著哈欠來到書房，說是鄺小毛來了。高士奇甚是煩躁的樣子，說：「天都快亮了，他來做甚？」

高大滿說：「鄺小毛說是老爺您吩咐他連夜回話的。」

高士奇說：「我幾時要他回什麼話了？這個狗奴才，讓他進來吧。」

鄺小毛讓高大滿領了進來，跪伏在地：「回高大人話，事情辦妥了。」

高士奇詫異道：「什麼事情辦妥了？」

鄺小毛說：「小的按高大人吩咐，把朱啟殺了！」

高士奇大駭不已，一怒而起。「啊！你真是膽大包天！我什麼時候讓你去殺人了？來人！快把殺人兇犯鄺小毛押去報官！」

高大滿跑出去吆喝幾聲，沒多時擁進幾個家丁，三兩下就綁了鄺小毛。鄺小毛嚇得面如土色，胡亂喊了半日高大人，說道：「俞子易說這是您的吩咐！」

高士奇怒氣衝天。「大膽！你殺了人還敢血口噴人，誣賴本官！」

鄺小毛跪在地上，苦苦哀求：「高大人，小的對您可是忠心耿耿呀！您就饒了我吧！」

高士奇正眼都不瞧他，只道：「你殺了人，本官如何饒你？」

鄺小毛說：「這都是俞子易在害我！他要是不說是您的吩咐，給我吃了豹子膽，我也不敢殺人呀！」

高士奇轉過臉來，問：「果真是俞子易讓你幹的？」

鄺小毛點點頭，淚流不止：「他說這都是高大人您的意思。」

高士奇吩咐左右：「先放開他。你們都下去吧，我要問個究竟！」

高大滿同家丁都出去了，高士奇來回走了老半日，停下來說：「我真是瞎了眼哪！沒想到俞子易調唆你去殺人，還要往我身上栽贓！」

鄺小毛仍被綁著，沒法去揩臉上的淚水，臉上污穢不堪，道：「高大人，我中了俞子易的奸計，您可千萬要救我！」

高士奇仰天而嘆。「人命關天，叫我如何救你？難道要我隱案不報？我可是朝廷命官哪！」

鄺小毛使勁叩頭，沒了手支撐，三兩下就滾爬在地。「高大人，您好歹救我一命，我今生今世甘願替您當牛做馬！」

高士奇躬身把鄺小毛提了起來，很悲憫的樣子，竟然流了淚。「小毛呀小毛，我平日是怎麼告誡你們的？只管好好做生意，幹什麼要殺人？」

鄺小毛道：「俞子易說，高大人您住著朱啟家房子，陳廷敬要查。他說只要殺了朱啟，就一了百了。」

高士奇哼哼鼻子，道：「朱啟告狀，與我何干？這房子我是從俞子易手裡買下的，要告也只是告他俞子易。鄺小毛呀，你真是糊塗，你讓俞子易耍了！你有了命案在他手裡捏著，終身都得聽命於他！」

鄺小毛哀求道：「高大人，小的一時糊塗，您萬萬救我！」

高士奇哀嘆不止，說：「你也不動動腦子！我一個讀書人，一個朝廷命官，日日侍候皇上的，怎麼會叫你去殺人呢？」

鄺小毛後悔不已：「小的沒長腦子！」

高士奇問：「我問你，俞子易手裡生意，值多少銀子？」

鄺小毛說：「至少三十萬兩。」

高士奇又道：「我是為他生意幫過忙的，外頭就有些閒話，說我從他那裡得了好處。你聽說過我同他是怎麼分帳的嗎？」

鄺小毛說：「小的沒聽說過。」

高士奇冷笑道：「你是他管家，半句都沒聽說過？」

鄺小毛回道：「小的不敢說。」

高士奇問：「本官自己問你，也不敢說？」

鄺小毛低頭道：「不敢說，小的只知道高大人同俞子易生意上沒干係。」

高士奇點點頭：「好。鄺小毛，本官會救你的。你起來吧。」

高士奇親自給鄺小毛鬆了綁，扶他起來。鄺小毛卻重新跪下，叩頭半日，說：「小的感謝高大人再造之恩。」

高士奇問：「俞子易給你開多少銀子？」

鄺小毛回道：「月薪五兩銀子。」

高士奇說：「俞子易三十萬兩銀子的家產已經是你的了！」

鄺小毛慌忙拱手低頭。「小的不敢！俞子易雖說把家產過到了我的名下，可那不是我的！」

高士奇逼視著鄺小毛。「你真的想死？」

鄺小毛再次跪下。「小的是被嚇糊塗了，不明白高大人的意思！」

高士奇壓低嗓子說道：「俞子易家產是你的，朱啟是俞子易殺的！」

鄺小毛不由得啊了一聲，叩頭如搗蒜。「高大人，從今往後，小的這顆腦袋就是高大人您的了！」

高士奇又說：「往後這三十萬金，我八，你二！」

鄺小毛頓時兩眼放光。「啊？高大人，您可是我的親祖宗呀！好！任他俞子易如何狡辯，任官府如何打屁股，我都按高大人吩咐的說！」

高士奇又流起淚來。「唉！俞子易同我交往多年，我雖為朝廷命官，卻並不嫌棄他的出身地位，可謂情同手足！沒想到他為著一樁生意，居然指使你去殺人，還要陷害我！我這心裡頭痛呀！」

鄺小毛也哭了起來，說：「高大人，您可是菩薩心腸啊！」

30

皇上御門聽政完畢，擺駕乾清宮西暖閣，召見陳廷敬和高士奇。皇上手裡拿著個摺子問：「陳廷敬，這本是順天府該管的案子，怎麼逕直到朕這裡來了？」

陳廷敬聽著皇上的口氣，就知道自己真不該把朱啟的案子奏報皇上。可事已至此，就得硬著頭皮做下去。他同高士奇也撕破臉皮了，便不再顧忌許多，只道：「高士奇知道來龍去脈！」

高士奇早就惶恐不已，猜著皇上同時召見他和陳廷敬，肯定就是為他房子的事兒。可轉眼一想，皇上心裡只怕是向著自己的，才當著他的面問陳廷敬的話。沒想到陳廷敬張嘴就開宗明義了，高士奇嚇得臉色大變。

皇上問高士奇。「你說說，怎麼回事？」

高士奇匍匐在地。「臣有罪！臣早年貧寒，落魄京師，覓館為生，賣字糊口。後來蒙先皇恩寵，供奉內廷，侍候皇上讀書。但臣位卑俸薄，沒錢置辦宅子，無處棲身。碰巧認識了在京城做生意的錢塘老鄉俞子易，在他家借住。後來，俞子易說他買下了別人一處宅院，念個同鄉情誼，照原價賣給臣。臣貪圖了這個便宜。」

皇上又問：「多大的宅院？」

高士奇回道：「宅院倒是不小，四進天井，房屋通共五十多間，但早已很破舊了。」

皇上道：「依你現在身分，住這麼大的房子，也不算過分。值多少銀子？」

高士奇回道：「合銀三千兩。」

皇上說：「倒也不貴。」

高士奇道：「雖是不貴，臣也拿不出這麼多銀子。臣只好半借半賒的住著，直到前年才償清俞子易的債務。」

皇上覺得納悶。「如此說，你一乾二淨的，為何說自己有罪？」

高士奇突然淚流滿面，說道：「先皇曾嚴令朝廷官員不得同商人交往，凡向大戶豪紳借銀一千兩者，依受賄罪論斬！皇上，臣這顆腦袋合該砍三次！皇上，臣辜負皇恩，罪該萬死！」

高士奇把頭叩在地上嘭嘭作響，流淚不止。皇上長嘆一聲，竟也悲傷起來。「做國朝的官，是苦了些。士奇呀，你有罪，朕卻不忍治你的罪！你出身寒苦，自強不息，不卑不亢，有顏回之風。這也是朕看重你的地方。」

高士奇說：「顏回乃聖人門下，士奇豈敢！」

皇上卻甚是感慨，說：「國朝官員俸祿的確是低了點，可國朝的官員都是讀聖賢書的，是百姓的父母官，不是為了發財的。誰想發財，就像俞子易他們，去做生意好了。做官，就不許發財！」

高士奇又叩頭道：「臣謹記皇上教誨！」

皇上悲憫地望著地上的高士奇，說：「不過，朕看著你們如此清苦，心裡也有些不安呀！士奇，朕赦你無罪！」

高士奇拱手謝恩。「臣謝皇上隆恩！」

陳廷敬萬萬沒想到皇上如此草草問了幾句，就赦了高士奇的罪，便道：「啟稟皇上，國朝官員俸祿的確不高，但有的官員卻富逾萬金！」

皇上聽了陳廷敬的話，有些不悅，問道：「陳廷敬，你家房子多大？」

陳廷敬回道：「回皇上，臣在京城沒有宅院，臣住在岳丈家裡！」

皇上嘆息道：「陳廷敬，朕御極以來，一直寬以待人，也希望你們如此做人做事。朕向來都覺著你寬大老成，可是你對士奇總有些苛刻。」

高士奇忙說：「皇上，陳廷敬對臣嚴是嚴了些，心裡卻是為臣好，臣並不怪他！」

皇上望著高士奇，甚是滿意。「士奇是個老實人。」

陳廷敬說：「啟稟皇上，臣同高士奇並無個人恩怨，只是覺著事情該怎麼辦，就應怎麼辦。」

皇上問：「俞子易同朱啟的官司，本是順天府管的，你說該怎麼辦？難道要朕批給刑部辦嗎？」

陳廷敬奏道：「皇上，朱啟因為告狀，被順天府關了十幾年，這回是順天府要他立下保書，不再上告，才放他出來的。因此，臣以為此案再由順天府去辦，不妥！」

皇上臉色黑了下來。「陳廷敬，你的意思是歷任順天府尹都做了昏官？從向秉道到現在的袁用才，已換過四任府尹，有三任是朕手上點的。難道朕都用錯了嗎？」

陳廷敬再怎麼回話都是惹禍，可已沒法迴旋，他只得順著理兒說下去。「臣只是就事論事，絕無此意。」

高士奇卻很會討巧，奏道：「稟皇上，臣貪圖便宜買了俞子易的房子，但確實不知他這房子竟然來歷不明。陳廷敬以為此案應交刑部去審，也是出於公心。臣也以為，順天府不宜再審此案。」

皇上冷冷道：「你們大概忘了，現如今刑部尚書向秉道，正是當年的順天府尹。」

高士奇越發像個老實人了，啟奏皇上：「臣以為，此案既然是陳廷敬接的，不如讓陳廷敬同向秉道共同審理，或許公正些。」

皇上點頭道：「既然如此，高士奇也參與，同陳廷敬、向秉道共審這樁案子！」

陳廷敬聽得皇上叫高士奇也來審案，更加知道自己不該理這樁官司了。高士奇卻拱手道：「稟皇上，臣還是回避的好，畢竟俞子易與臣是同鄉，又有私交，況且這房子又是我從他手裡買下的。」

皇上應允道：「好吧，你就不參與了。可見高士奇是一片公心啊。」

召見完了，陳廷敬同高士奇一道出了乾清宮。高士奇拱手再三，恭請陳廷敬秉公執法，要是俞子易果真強占了人家房子，務必要俞子易還他銀子，他也好另外買幾間屋子棲身。陳廷敬明知自己被高士奇耍了，卻有苦說不出，只有連連點頭而已。

天剛黑，高士奇就出了門。他打算拜訪兩個人，先去了刑部尚書向秉道府上。照例是先打發好了門房，方得報了進去。向秉道並沒有迎出來，只在客堂裡候著。高士奇入了座，沒客氣幾句，就把陳廷敬接了朱啟案子的事說了，道：「向大人，皇上本來有意把此案交順天府，就是陳廷敬硬要把它往刑部塞！不知他是何居心啊！」

向秉道說：「陳大人之公直，世所盡知。老夫猜不出他有什麼私心啊！」

高士奇大搖其頭，說：「向大人有所不知！陳廷敬口口聲聲說順天府不宜再辦此案，需刑部過問。表面看他是信任刑部，其實是想讓您難堪！」

向秉道莫名其妙，問道：「這話從何說起？」

高士奇故作神秘，說道：「這樁案子，正是當年您在順天府尹任上辦下的！」

向秉道這下吃驚不小，一時不知說什麼才好。高士奇笑道：「向大人，容下官說句大膽的話。下官這會兒琢磨著，朱啟家的案子，很可能就是樁冤案，向大人您當年很可能被下面人蒙蔽了！」

向秉道坐不住了，急得站起身來。「啊？即便是本官失察，後來幾任府尹也都過問過，難道他們都沒長眼睛？」

高士奇說道：「向大人，您是官運亨通，扶搖直上，如今是刑部尚書、內閣大學士，您辦過的案子，誰敢翻過來？」

向秉道重重地跌坐在椅子裡，嘆道：「知錯即改，這才是我的為人呀！我難道以勢壓人了？」

高士奇說：「向大人的人品官品，世所景仰，不會有人非議。只是朱啟家的案子如今再審，不但對您不利，後面幾任府尹都難辭其咎啊！我想就連皇上臉上也不好過。」

向秉道低頭想了老半日，問道：「士奇有何高見？」

高士奇長嘆道：「事情已經到了皇上那裡，我還能有什麼高見？涉案疑犯俞子易，雖是我的同鄉故舊，我卻不敢有半絲包庇。我只覺著陳廷敬用心有些險惡。國朝的大臣們都是貪官庸官，只有他陳廷敬是包拯、海瑞！」

向秉道搖著頭，不再說話。高士奇陪著向秉道嘆息半日，也搖著頭告辭了。

高士奇出了向府，坐上轎子，便吩咐回家去。長隨問道：「老爺，您不是說還要去順天府嗎？」

高士奇笑道：「老爺我改主意了，不去了。我琢磨呀，順天府尹袁用才會上門來找我的。等他上門來吧。」

高士奇回到石磨兒胡同，人未進門，高大滿迎了出來，說：「老爺，順天府尹袁用才來府上拜見您，已等候多時了。」高士奇點點頭，只回頭望望長隨。隨從也點頭笑笑，暗自佩服高士奇料事如神。

高士奇進了客堂，忙朝袁用才拱手賠禮，信口胡編道：「皇上夜裡召我進宮，不知袁大人大駕光臨，失敬失敬！」

袁用才來不及客套，著急地說：「高大人，您的同鄉好友俞子易犯案了，您可知道？」

高士奇故作驚詫。「啊？他犯了什麼案？」

袁用才便把俞子易殺人被酈小毛告發的事說了，高士奇驚得說不出話來。

袁用才道：「俞子易口口聲聲說高大人可以替他作證，我只好登門打擾。」

高士奇甚是痛心的樣子，說：「我高士奇蒙皇上恩寵，但知報效朝廷，絕無半點私心。俞子易是我的同鄉、朋友，但他犯了王法，請袁大人千萬不要姑息。別說是我的朋友犯法，哪怕我的家人和我自己犯法，您也要依法辦事啊！」

袁用才支吾半日，說：「袁某問案，好像聽說俞子易殺人案，同高大人您住的這宅院有些干係。」

高士奇道：「我最近也風聞這房子是俞子易強占百姓的，再賣給了我。袁大人請放心，哪怕牽涉到我高某本人，您也不要有任何顧忌！俞子易殺人案就請袁大人嚴審嚴辦！」

袁用才聽了這話，千斤石頭落了地。「高大人高風亮節，袁某敬佩！好，我就不打攪了！」

第二日，袁用才升堂問案，一陣棍棒下去，俞子易只得認了罪。他想反正有高士奇替他出頭，何不先少吃些棍棒再說？沒想到他剛在供詞上畫了押，酈小毛又當堂指控，說他順治十八年害死了朱啟的兒子朱達福。俞子易這下懵了，知道自己的腦袋必定搬家。

向秉道並不知道俞子易早被順天府拿了，早早兒就吩咐下面去尋人，一邊請來陳廷敬商量案情。向秉道本來很敬重陳廷敬，可昨夜聽了高士奇那番話，心裡有些不快，便對陳廷敬說：「陳大人，就算我被屬下蒙蔽，別人也長著眼睛呀？您可不能懷疑朝廷所有官員都是酒囊飯袋啊！」

陳廷敬忙拱手道歉。「萬望向大人諒解！我倆還是先切磋一下案情，擇日再開堂審案吧。」

向秉道搖頭道：「老夫辦事一貫雷厲風行，我早已傳人去了，即刻就可升堂！」

這時，刑部主事匆匆趕來，神色有些緊張。「向大人，陳大人，俞子易犯殺人大罪，已被順天府抓起來了！案子已經審結！」

主事說罷，便把順天府審案卷宗呈給向秉道。向秉道接過卷宗，匆匆翻看著。陳廷敬在旁問道：「被殺的何許人也？」

向秉道把卷宗遞給陳廷敬，說：「正是狀告俞子易的朱啟！」

陳廷敬啊了一聲，臉色白了。他猜想朱啟之死必定同俞子易有關，說不定就牽涉到高士奇。但他手裡無據無憑，哪敢胡亂猜測？只連聲嘆息，搖頭喊天。「天啦，是我害了朱啟！若不是我接了他的狀子，他不會有殺身之禍！」

向秉道也是搖頭道：「沒想到俞子易真是個謀財害命的惡人啊！陳大人，我真的失察了！此案不必你我再審，速速上奏皇上吧！」

陳廷敬肚子裡有話說不出，只好答應上奏皇上。

皇上當日午後就召見了向秉道和陳廷敬，袁用才同高士奇也被叫了去。向秉道、袁用才、高士奇三人請罪不已，陳廷敬卻低頭不語。皇上一一寬慰，並不責怪誰。高士奇仍是請罪，說他實在不知俞子易那宅院來路不明，貪圖便宜把它買下了，願將那宅院入官。

袁用才卻說：「啟奏皇上，俞子易先後殺害朱啟父子是事實，但朱達福欠下俞子易六千兩銀子也是事實。俞子易殺人以性命相抵，朱家欠債以宅院相抵。于法於情，理應如此。因此說，高士奇從俞子易手上買下房子，並沒有犯上哪一條。」

皇上聽了，覺著袁用才言之有理。

事情莫名其妙弄成這樣，陳廷敬大惑不解。他硬著頭皮奏道：「啟奏皇上，臣以為俞子易殺人案事出蹊蹺，應該重審！」

袁用才忙跪下上奏。「啟奏皇上，俞子易供認不諱，人證物證俱在，原告也已被殺，陳廷敬他節外生枝！」

皇上陰沉著臉：「陳廷敬！朕剛才看到各位臣工都有悔罪之意，只有你一乾二淨！你真的是聖人嗎？你要朕把向秉道、袁用才、高士奇和幾任順天府尹都治了罪你才心安嗎？」

陳廷敬叩頭謝罪：「回皇上，臣絕無此等用心！」

皇上說：「朕時常告誡你們，居官以安靜為要。息事寧人，天下太平！不要遇事便鬧得雞飛狗跳！」

大臣們通通低著頭，大氣不敢出。皇上望著高士奇，很是慈祥：「你那宅院，還是你的，不要再說。不過，你那宅院只怕有些兇氣，朕想著便覺不安。朕平日臨時有事，召你也不方便。西安門內有個院子，你搬進來住吧！」

聽得皇上賜給高士奇宅子，幾位大臣不由得暗自驚異。高士奇幾乎不敢相信自己的耳朵，愣了會兒才跪地而拜：「皇上，大臣賜居禁城，自古未有先例，士奇手無寸功，不敢受此恩寵！懇請皇上收回成命！」

皇上搖搖頭說道：「士奇，你供奉內廷多年，辛勤勞苦，朕心裡有數。你不必推辭。民間有句話，家搬三次窮。朕再賜你表裡緞十匹，銀五百兩，作為搬家之用。你就速速搬進來吧。」

高士奇感激得痛哭流涕。「臣雖肝腦塗地，當牛做馬都不足以報效皇上！」

皇上又道：「朕昨日寫了兩個字，平安。今日朕把這兩個字賜給你。」

說話間，張善德捧出皇上墨寶。高士奇跪接了，謝恩不止。

召見完了，幾位大臣退出乾清宮，免不了向高士奇道賀。

袁用才拱手道：「高大人，皇上賜大臣宅院于禁城之內，可是開千古之例呀！恭喜恭喜！」

高士奇笑道：「我皇聖明，他老人家開先例的事可多著哪！以十四歲之沖齡登基御極，威震四海，自古未有；十六歲剪除鰲拜，天下歸心，自古未有；削藩平亂，安定六合，自古未有；《聖諭十六條》教化百姓，民風日厚，自古未有！」

這時，張善德追了上來，悄聲兒喊道：「陳大人，皇上叫你進去說句話哪！」

陳廷敬心裡不由一驚。今兒皇上對他甚是不悅，這會兒又有什麼事呢？陳廷敬隨張善德往回走著，小心問道：「總管，皇上召我何事？」

張善德說：「小的哪裡知道，只聽得皇上不停的嘆氣。」

陳廷敬不再多問，低頭進了乾清宮。皇上正在西暖閣背手踱步，陳廷敬上前跪下，叩謝的客套話沒說完，皇上就囑他起來。陳廷敬謝恩起身，垂手站著。

皇上站定，望了陳廷敬半晌，才說：「朕知道你心裡憋氣！人命關天，不是小事。但原告已經死了，兇犯殺了就是！難道你真要朕為這件事情處置那麼多的大臣？」

陳廷敬說：「臣向來與人為善，並未藉端整人！」

皇上坐下說道：「高士奇只是個六品中書，你是從二品，你要大人不計小人過！高士奇出身寒苦，為人老實，朕確實對他多有憐惜。他當差也是盡心盡力的，你就不要同他計較！」

陳廷敬道：「臣不會同他計較！」

皇上長嘆一聲，似有無限感慨。「自古都把官場比作宦海。所謂海者，無風三尺浪。朕卻以為，治國以安靜平和為要，把官場弄得風高浪急，朕以為不妥。用人如器，揚長避短。你有你的長處，高士奇有高士奇的長處。人非聖賢，孰能無過？求全責備，則無人可用。」

皇上這番話自然在理，但眼下這案子卻是黑白顛倒了。陳廷敬心裡還有很多話，也不敢再囉嗦半句，只好拱手道：「皇上用人之寬，察吏之明，臣心悅誠服！」

高士奇盤坐在炕上，抽著水煙袋。夫人喜孜孜地把玩著皇上賜的綢緞，問：「老爺，皇后娘娘和那些嬪妃們用的都是這些料子吧？」

高士奇把水煙袋吸得咕嚕作響，說：「往後呀，皇后娘娘用的料子，你也能用！這些都是江寧官造，專供大內。」

夫人大喜，說：「老爺，咱皇上可真是活菩薩，我得天天替他燒高香，保佑他老人家萬歲萬歲萬萬歲！」

高士奇哼哼鼻子，說：「你不是擔心陳廷敬會整倒我嗎？都看見了？怎麼樣了？陳廷敬當面諷刺我，說我高某三千年才出一個！算他說對了！」

夫人更把自家男人看成寶貝似的，道：「我得趕緊做幾件衣服，趕明兒住到紫禁城裡去，也別讓人瞧著寒傖！」

這會兒高大滿進來說鄺小毛來了，高士奇臉色陰了下來，只叫他先到書房等著。高士奇故意吸菸喝茶半日，才去了書房。

鄺小毛見了高士奇，慌忙跪下：「謝高大人救命之恩，賀高大人大喜大喜！」

高士奇故意拿著架子，淡淡地說：「我有什麼可喜的？你起來說話吧！」

鄺小毛站起來說：「高大人蒙皇上恩寵，在紫禁城內裡頭賜了宅子，這可是天大的喜事呀！」

高士奇全不當回事似的，說：「我在皇上跟前二十多年了，這種恩寵經常有的，倒是別人看著覺得稀罕。」

鄺小毛低頭道：「高大人，蒙您再造之恩，小的自此以後，就在您跟前當牛做馬！」

高士奇說：「小毛，我知道你的一片忠心。我是個講義氣、夠朋友的人。我原本打算這三十萬金，我八，你二！今兒我一琢磨呀，還不能讓你一下子就暴富了。俞子易就是個教訓！」

鄺小毛愣住了，問：「高大人您意思？」

高士奇笑道：「富貴得慢慢的來，不然你受不起，就像俞子易那樣，要折命的。這三十萬金，原本就是我的，俞子易不過是替我打點。俞子易原先給你月薪五兩銀子，我給你加到十兩！」

鄺小毛想不到高士奇如此出爾反爾，心裡直罵娘，卻只好再次跪下：「高大人，小的怎敢受此厚愛？小的今後如有二心，天誅地滅，九族死絕！」

高士奇哈哈大笑道：「小毛何必發此毒誓？我知道你會對我忠心耿耿的！」

這時，丫鬟春梅進來說：「老爺，夫人說了，老爺明兒還要早起，請老爺早些歇息了。」

鄺小毛聽得這話，忙起身告辭了。高士奇走進臥房，打了個大大的哈欠，對夫人說：「外頭只知道我們做官的作威作福，哪知道我們也要起早貪黑？趕明兒住到宮裡去，就不用起那麼早了。」

31

陳廷敬滿腹心事，一腔怨憤，卻無處說去。他在衙門裡成日沉默不語，回到家裡就枯坐書房。往日他有心思，總喜歡在深夜裡撫琴不止，如今只是兩眼望著屋頂發呆。他同高士奇本已撕破臉皮了，可高士奇在眾人面前卻顯得沒事似的，口口聲聲陳大人。陳廷敬反倒不好怎麼著，不然顯得他雞腸小肚。這回朱啟案子，他明知有血海之冤，自已卻無力替人家伸張。他更後悔接了朱啟的案子，實是害死了人家。又想當年那些被旗人占了房子趕出京城的百姓，他心裡既憤恨又羞愧。人世間太多苦難和沉冤，他怎管得了！皇上蒙在鼓裡，他沒有辦法去叫醒。他要再多嘴，只怕會惹得龍顏大怒。皇上平素目光如炬，怎麼就看不出是非呢？

偏是這幾日，家裡又鬧出事來。珍兒姑娘的事，到底讓月媛知道了。原來珍兒鐵了心要跟著陳廷敬，他只得另尋了一處宅院把她安頓下來。他公務甚是繁忙，無暇顧及，只是偶爾去看看珍兒，並無男女之私。大順卻忍不住把這事兒同老婆翠屏說了，翠屏是月媛的貼身丫鬟，哪有不傳話過去的！月媛一聲不吭，只暗自垂淚，幾日茶飯不進。陳廷敬急了，細細說了原委，只道一千個身不由己。月媛仍是沒半句話，流淚不止。大順跑到月媛面前，先是罵自己不該把這事瞞著太太，再替老爺百般辯解。月媛也不吭聲，只當面前沒大順這個人。陳廷敬倒不怎麼怪大順，這事反正是要鬧出來，早些讓大家知道興許還好些。只是月媛不吃不喝，又不理人，叫他不知如何是好。岳父最後出面，說珍兒姑娘到底是好人家出身，又救過廷敬的命，不妨迎進屋來，一起過日子算了。有了爹爹這話，月媛也不好再鬧，這事就由他去了。於是，選了個日子，陳廷敬去了花轎，接了珍兒進門。

月媛原本是個賢德的人，她見珍兒懂得尊卑上下，心裡慢慢也沒氣了。倒是陳廷敬總有幾分愧疚，又想珍兒那邊到底也是有名望的人家，他自己走不開身，就派大順領著幾個人，帶了聘金趕去山東德州補了禮數。珍兒爹知道陳廷敬身為京官，又是個方正的讀書人，肚子裡再多的氣也消了。

眼看著到了冬月，明珠稱病在家清養，南書房的事都由陳廷敬領著。這日，張英接了個摺子，同陳廷敬商量：「陳大人，山西巡撫轉奏，陽曲知縣上報兩件事，一是傅山拒不赴京，二是陽曲百姓自願捐建龍亭，要把《聖諭十六條》刻在石碑上，教化子孫萬代。您看這票擬如何寫？」

陳廷敬想了想，說：「應命陽曲知縣說服傅山，務必進京。百姓捐建龍亭，勒石《聖諭十六條》，本是好事。但是，好事在下面也容易辦成壞事。此事宜慎。」

高士奇聽了，說道：「陳大人，傅山是您竭力向皇上舉薦的，他拒不進京，您可不好交差啊。百姓捐建龍亭，卑職以為這是好事，怎麼到了陳大人眼裡，好事都成壞事了？我想這事還是得問問明珠大人。」

張英道：「明珠大人在家養病，皇上早有吩咐，讓明珠大人靜心調養，不必去打攪他，南書房事暫由陳大人做主！」

高士奇笑笑，說：「當然當然，我們都聽陳大人的！」

第二日，明珠突然到了南書房。高士奇忙拱手道：「不知明珠大人身子好些沒有？您應好好兒養著才是！」

明珠笑道：「我身子沒事了！知道你們日日辛勞，我在家也呆不住啊！」

陳廷敬說：「明珠大人身子好了，我就鬆口氣了。」

明珠哈哈大笑，說：「廷敬可不能推擔子啊！」

原來昨日高士奇寫了封信，叫人送到明珠府上，把南書房的事細細說了。難免添油加醋，往陳廷敬身上栽了些事情。明珠覺著大事不好，非得到南書房來看看不可。

陳廷敬把今日新來的摺子交給明珠過目。明珠笑咪咪的，招呼大夥兒都坐下。他伸手接了摺子，突然說要看看最近皇上批過的摺子。陳廷敬暗自吃驚，心想皇上批過的摺子為何還要看呢？卻不好說出來。張英心裡也在嘀咕，卻只好過去搬來舊摺子，擺在明珠面前。

明珠翻了幾本，眉頭微微皺了起來，說：「廷敬呀，看摺子同讀書不一樣，各有各的學問！」

陳廷敬道：「明珠大人，廷敬不知哪道摺子看錯了，這都是皇上准了的。」

明珠臉色和悅起來，說：「大臣們以為妥當的事情，皇上雖是恩准，卻未必就是皇上的意思。體會聖意，非常重要！」

陳廷敬說：「明珠大人，每道奏摺廷敬都是披閱再三，同張英、士奇等共同商量。不知哪裡有違聖意？」

明珠笑著，十分謙和。「廷敬，皇上英明寬厚，大臣們的票擬，只要不至於太過荒謬，總是恩准。正因如此，我們更要多動腦子，不然就會誤事！」

陳廷敬問道：「明珠大人，廷敬哪道摺子看錯了，您指出來，我往後也好跟您學著點兒。」

明珠說：「廷敬這麼說，我就不敢多嘴了。但出於對皇上的忠心，我又不得不說。這些是皇上恩准了的，已成聖旨，我就不說了。單說這陽曲縣百姓捐建龍亭的事，您以為不妥，可我琢磨，皇上未必就是這麼看的。」

陳廷敬說：「明珠大人請聽我說說道理。」

明珠大搖其頭，臉上始終笑著。「您想說什麼道理，我不用聽就明白。那只是您的道理，未必就是皇上的道理！這道摺子的票擬要重寫。士奇，我口授，你記下吧。」不由陳廷敬再分辯，明珠就把票擬重草了。

次日皇上御門聽政，明珠上奏山西陽曲百姓自願捐建龍亭事，以為此舉應嘉許，建議將此疏請發往各省，供借鑒參照。

皇上聽著，臉露喜色，說：「朕這《聖諭十六條》，雖說是教諭百姓的，也是地方官員牧民之法，至為重要。朕這些話並不多，總共才十六句，一百一十二個字。只要各地官員著實按照這些管好百姓，百姓也依此做了，不怕天下不太平！」

大臣們都點頭不止，陳廷敬卻上奏地方捐建龍亭一事不宜提倡。眾皆驚訝，暗想陳廷敬可闖大禍了。

皇上果然臉色大變，逼視著陳廷敬說：「陳廷敬，你是朕南書房日值之臣，參與票本草擬。你有話為何不在南書房說，偏要到朕御門聽政的時候再說？」

陳廷敬跪在地上，低頭奏道：「臣在南書房也說了。」

皇上問：「陳廷敬，朕且問你，百姓捐建龍亭，如何不妥？」

陳廷敬說：「臣怕地方官員藉口捐建龍亭，攤派勒索百姓。萬一如此，百姓會罵朝廷的！」

皇上大為不快，說：「你不如直說了，百姓會罵朕是昏君是嗎？」

陳廷敬叩頭不止。「臣雖罪該萬死，也要把話說穿了。古往今來，聖明皇上不少，他們都頒發過聖諭。如果古今皇上的聖諭都要刻在石碑上，天下豈不龍亭林立，御碑處處？」

皇上橫了眼陳廷敬，說：「朕不想聽你咬文嚼字！國朝鼎定天下已三十多年，雖說人心初定，畢竟危機尚在。朕需要的是人心！百姓自願捐建龍亭，這是鼓舞人心之舉，應予提倡！」

陳廷敬道：「啟奏皇上，臣曾說過，以臣供奉朝廷二十多年之見識，大凡地方官員聲稱百姓自願之事，多是值得懷疑的！山東原說百姓自願捐獻義糧就是明證！」

皇上大怒。「陳廷敬，你存心同朕作對！」

陳廷敬誠惶誠恐道：「微臣不敢！」

皇上拍了龍案，說：「朕說一句，你頂兩句，還說不敢？你要知道，當今天下大事，就是安順人心！」

陳廷敬仍不甘休，道：「臣以為，當今天下最大之事，乃是平定雲南之亂。蕩平雲南，最要緊的是籌足軍餉，厲兵秣馬。多半文銀子，多一個箭鏃；多半兩銀子，多一柄大刀。百姓縱然有銀子捐獻，也應用在緊要處，充作軍餉，而不是建龍亭！」

這時，高士奇上前跪下奏道：「啟奏皇上，臣以為陳廷敬所說，興許有些道理。龍亭一事，臣還沒想明白。只是覺著陳廷敬執意己見，不會全無道理。臣曾讀陳廷敬詩，有兩句寫道，『納諫誠可貴，聽言古所難。』可見陳廷敬平日凡事都另有主見，只是放在心裡沒說而已。」

皇上聽罷大怒。「啊？納諫誠可貴，聽言古所難！好詩，真是好詩呀！陳廷敬，在你眼裡，朕真是位不聽忠言的昏君？」

陳廷敬把頭叩在地上梆梆響。「臣罪該萬死！臣的確寫過這兩句詩，但那是臣感嘆往古之事，並沒有詆毀皇上的意思！」

皇上冷冷一笑，說：「陳廷敬，你是朕向來倚重的理學名臣，你治學講究實用，反對虛妄之談。在你的筆下，沒有蹈高臨虛的文字，字字句句有所實指！」

陳廷敬百口莫辯，請罪謝恩而起，呆立班列。陳廷敬剛才叩頭半日，額頭已經紅腫。張善德看著過意不去，悄悄兒朝陳廷敬使著眼色。

皇上下了諭示：「山西建龍亭的疏請發往各省參照！各地所建龍亭，形制、尺寸，都要有一定之規，切勿失之粗俗。」

下了朝，張善德悄悄兒跑到陳廷敬面前寬解幾句，又說：「陳大人，不是小的說您，您也太實在了。叩頭哪用得著那麼重？看把頭都叩壞了。告訴您，這殿上的金磚，哪處容易叩得響，哪處聲音總是啞的，我們做公公的心裡都有數。下次您要叩頭，看我的眼色，我指哪兒您就往哪兒跪下，輕輕一叩頭，梆梆地響。皇上聽得那響聲，就明白您的一片忠心了！」

陳廷敬謝過張善德，回了翰林院。他早聽說宮裡太監漁利花樣很多，就連金鑾殿上的金磚都是他們賺錢的竅門。有的大臣放了外任需面辭皇上，叩頭總想叩得響亮些。便有公公索銀子，再暗中告訴人家應往哪裡叩頭。今兒聽張善德說了，方知果有此事。不過張善德倒是個忠厚人，陳廷敬沒見過他對人使壞兒。

幾日之後，陳廷敬被皇上定了罪，說他寫詩含沙射影，妄詆朝政，大逆不道。本應從重治罪，姑念他平日老成忠實，從輕發落。革去現職，降為四品，戴罪留任，仍在南書房行走，另外罰俸一年。陳廷敬私下想來，到底是自己的忍字功沒到家。這回他若是忍住了，不管這閒事，也不會弄到這個地步。

高士奇早搬進西安門內住著了，他把皇上賜的「平安」二字做成個楠木匾，懸於正堂門楣上方，自己又寫了「平安第」三字高掛在宅院門首。有日皇上路過高士奇宅外，見著「平安第」三字，說只見世人掛著「狀元第」、「進士第」的匾，不知「平安第」有何說法？高士奇奏道，臣沒有功名，皇上所賜「平安」二字就是臣的功名了。臣不求做大官發大財，只願小心侍候皇上，求過終生平安。皇上聽了，直說高士奇老實本分。

高士奇自從搬進宮裡，就很少出去。他隔久了不去拜見索額圖，心裡說不出的慌。這日夜裡，猜著皇上那兒不會有事找他，就去了索額圖府上。見了索額圖，自然是跪伏在地，把請安問候的話說了幾籮筐，又道：「索大人，這回陳廷敬可真栽了，降為四品了！」

索額圖問：「老夫聽說是明珠同你聯手把他弄下來的。明珠和陳廷敬原是一條船上的，幹麼要整他呀？」

高士奇說：「陳廷敬自己不識相，哪條船都不肯上！」

索額圖瞟著高士奇，說：「你也別沾沾自喜！不要為了整人去整人，整人不是為了自全，就是為了邀寵！人家陳廷敬就是降到四品，官職還在你上面！待老夫重新出山之日，你如果還是個六品中書，有何面目見我！」

高士奇低頭道：「索大人，皇上恩准奴才應試博學鴻詞，想必到那時候，會有出頭之日的。」

索額圖說：「明珠這會兒是如日中天，你得貼著他，哄著他。」

高士奇抬頭望一眼索額圖，又低下頭去，說：「奴才心裡只有主子您哪！」

索額圖笑道：「你別怕，我說的是真話。你要知道，咱皇上是不會永遠讓一個大臣炙手可熱的！你要好好兒跟著明珠，把他做的每件事情，都暗記在心。只等哪日皇上膩了他了，你就相機行事！」

索額圖的笑聲，高士奇聽著心裡發怵。他不敢抬頭，只道：「奴才明白。」

索額圖又說：「你對陳廷敬，也不要手軟。既然成了對頭，惡人就要做到底！要做絕！記住，官場之上，這是訣竅！」

夜裡宮門早關上了，高士奇回不去，便在索額圖府上住下了。萬萬沒想到，他偏是今夜外出，險些兒惹下大禍。原來雲南八百里加急，星夜送到了皇上手裡。皇上連夜召集各部院大臣和南書房日值臣工進宮議事，卻找不到高士奇。

張英最早趕到乾清宮，皇上便把雲南八百里加急給他先看。張英看著摺子，聽皇上自言自語：「吳三桂聚兵三十萬，正蠢蠢欲動。朕原打算來年春後再起兵征討，不想他倒先動手了。」

張英沒看完摺子，不敢貿然回話，卻又聽皇上問道：「高士奇住得最近，怎麼還沒有來？」

張善德支吾道：「回皇上，高士奇他不在家裡。」

皇上甚為惱怒。「啊？他不在家裡？豈有此理！朕在禁城裡面賜他宅第，就是要他隨召隨到，他居然不待在家裡！」

張英突然奏道：「啟奏皇上，臣以為皇上不應治陳廷敬的罪！」

皇上甚是奇怪。「張英你說話真是文不對題！朕讓你看雲南八百里加急，大敵當前，你卻提什麼陳廷敬！」

張英回道：「正因為大敵當前，臣才奏請皇上寬貸陳廷敬！」

皇上問：「你有話那日怎麼不在乾清門說？」

張英說：「皇上御門聽政時，正在火頭上。臣不敢火上加油！」

皇上長嘆道：「如此說來，你也覺得朕過火了？」

張英說：「臣以為，陳廷敬話說得直了些，卻未必沒有道理。地方官員向百姓攤派，沒有名目還得想方設法自立名目，如今朝廷給了他們名目，就怕他們愈發放肆了。」

皇上不太耐煩。「說來說去，張英同陳廷敬的想法一樣？」

張英奏道：「臣以為，百姓如果真的自願捐建龍亭，的確是件好事。怕就怕被地方官員利用了。這件事關係重大，得有大臣專門管著。」

皇上問誰管這事合適，張英推薦陳廷敬。皇上大惑不解，心想就是陳廷敬反對各地建龍亭，怎能讓他管這事？

張英見皇上不吭聲，便明白皇上的心思，說道：「正因為陳廷敬反對建龍亭，就該讓他管這事兒。一則陳廷敬做事謹慎，不會出事；二則讓他親眼看看百姓的熱忱，也好讓他心服口服。」

皇上還沒有說話，明珠等大臣匆匆趕到了。張英不再提起陳廷敬的事，皇上叫張英把雲南八百里加急交給明珠。張英四處看看，怎麼不見陳廷敬來呢？陳廷敬仍在南書房行走，今夜這事按說他應該參與的。皇上吩咐開始議事，沒人問及陳廷敬，張英猜著必有緣由，也不多嘴。

次日凌晨，陳廷敬才趕到乾清門，見裡頭已經聚著好些人了，甚是奇怪。這時議事已畢，皇上進去稍事休息，臣工們站在殿下閒話，等候早朝。

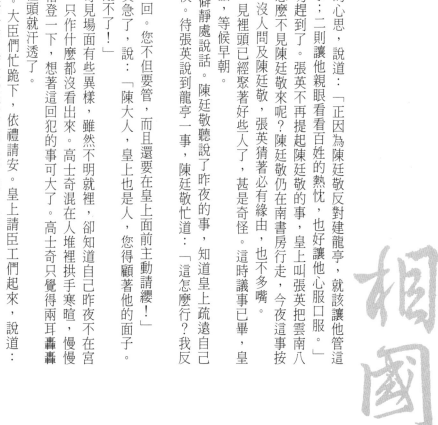

張英見陳廷敬來了，忙把他拉到僻靜處說話。陳廷敬聽說了昨夜的事，知道皇上疏遠自己了，心裡暗自摧傷，臉上卻顯得很平淡。待張英說到龍亭一事，陳廷敬忙道：「這怎麼行？我反對建龍亭，自己又去管這事兒！」

張英勸道：「陳大人，您就聽我一回。您不但要管，而且還要在皇上面前主動請纓！」

陳廷敬只是搖頭，嘆息不止。張英急了，說：「陳大人，皇上也是人，您得顧著他的面子。再說了，您親自管著這事兒，下面就亂不了！」

說話間，高士奇恰好來了。高士奇見場面有些異樣，雖然不明就裡，卻知道自己昨夜不在宮裡犯事了。他沒弄清原委，便裝糊塗，只作什麼都沒看出來。高士奇混在人堆裡拱手寒暄，慢慢聽出原來是雲南方面的事情。他心裡格登一下，想著這回犯的事可大了。高士奇只覺得兩耳轟轟作響，背上燥熱異常。沒多時，棉衣裡頭就汗透了。

高士奇還沒想好轍，皇上駕到了。大臣們忙跪下，依禮請安。皇上請臣工們起來，說道：「吳三桂烏合三十萬，有北犯跡象。朕昨夜召集各部院大臣緊急商議，決意出兵五十萬，全殲逆賊，收復雲南。各位臣工請各抒己見。」

明珠把平叛策高聲宣讀完畢，輪到大臣們說話，他們無非是說皇上如何英明。戶部尚書薩穆哈嗓門最粗，喊道：「朝廷雄師五十萬，只等皇上一聲號令，就可席捲雲南，直搗吳三桂老巢！」

今日聽政時間有些長，輪到陳廷敬說話時，天色已經發白。陳廷敬剛才一直在猶豫，這關頭上該不該說說真話。平叛策是皇上領著大臣們通宵起草的，事實上已是皇上的意圖了。臣工們眾口一詞，都說皇上英明，正是這個道理。可吳三桂哪是那麼容易剿滅的？陳廷敬左思右想，反正自己已是倒楣的人，再說幾句真話，未必就掉了腦袋，便把那等忍穩三字放在一邊，說：「啟奏皇上，臣以為如果能夠一舉取勝，全殲叛賊，自然是再好不過。但朝廷征剿吳三桂多年，未能根除禍害，因此還應有第二步打算。」

薩穆哈急了，忙說：「啟奏皇上，陳廷敬長叛賊志氣，滅自己威風！」

陳廷敬道：「啟奏皇上，叛賊不是我們說幾句大話就可剿滅的，得真刀真槍地去打呀！」

皇上點點頭，道：「陳廷敬，說說你的想法。」

陳廷敬奏道：「朝廷需要考慮百姓，吳三桂不用考慮百姓。吳三桂用兵可以無所不用其極，朝廷用兵則不忍陷民於水火。吳三桂可以把雲南百姓搜刮得乾乾淨淨以充軍餉，朝廷需考慮與民休息，軍餉仍是拮据。臣方才細細聽了平賊方略，這只是個畢其功於一役的方略。」

皇上說：「朝廷同吳三桂較量多年，這次朕的意願就是要畢其功於一役，不能再讓吳賊負隅一方。」

陳廷敬道：「啟奏皇上，臣以為還應籌足更多的軍馬、刀槍、糧草，以備長期之需。臣以為平定吳三桂，短則要花二三年，長則得花三四年。朝廷應按此籌畫軍餉方略。」

皇上光火起來。「還要三四年?真是喪氣!陳廷敬，平亂之事你就不要說了!明珠、薩穆哈，你們按著這個平叛策招兵買馬，使我威武之師速速挺進雲南!」

雲南之事不復再議。又有大臣疏請別的事情，皇上依例准奏。聽政完了，皇上沒有像平日那樣回西暖閣用茶，逕直去了南書房。高士奇心裡早打鼓了，戰戰兢兢跟在皇上後邊兒。

皇上果然大怒。「高士奇，你夜裡不待在家裡，哪裡去了?」

高士奇這會兒已想好應付的法子，慌忙跪地，身子亂顫，說：「啟奏皇上，臣不知道昨晚有緊急軍務，出去淘古董去了。」

皇上罵道：「雲南烽火連天，你還有心思去淘古董!」

高士奇說：「臣自從搬進禁城，還從未出去過。昨兒聽說外頭見了件王蒙的山水，臣想著皇上應該喜歡，就跑出去看了看。回來時宮門已閉，臣就在外頭住了一宿。」

高士奇這麼一說，皇上就消了些氣，問：「畫呢?」

高士奇說：「假的。」

皇上很是失望，卻沒了雷霆之怒，只道：「今後夜裡不得出去!你起來吧!」

高士奇謝恩不止，叩首再三才爬起來。陳廷敬心想哪有這麼巧的事情?可高士奇的話皇上就是相信!他只能在心裡暗自感嘆。

皇上開始看摺子了，陳廷敬跪上前去，奏道：「皇上，百姓捐建龍亭的事十分緊要，臣願領這份差使。」

皇上不由得望望張英，心裡早明白幾成了，卻道：「咦，陳廷敬，你的腦子怎麼轉過彎來了?」

陳廷敬道：「臣只想把皇上的差使當好。」原來陳廷敬又後悔在平叛策上不該多嘴，明知皇上主意已定，他還說什麼呢？可是不說，他實在又做不到。

皇上沉吟半晌，說：「好吧。朕向來以寬服人，不想壓服你。朕命你總理地方捐建龍亭之事！陽曲傅山是你保舉的博學鴻詞，百姓捐建龍亭之事正巧發生在陽曲。朕命你立即趕赴陽曲，一則催促傅山赴京，二則實地察看百姓捐建龍亭的勁頭！」

陳廷敬叩首道：「臣領旨！不過容臣再稟奏幾句。」

皇上並不吭聲，只點點頭。陳廷敬便說：「臣請求，在臣從陽曲回來之前，山西建龍亭的疏請暫緩發往各省。」

皇上沒有吭聲，點點頭算是准奏了。

家裡聽說陳廷敬要出遠門辦差，忙乎了幾日。臨走那日，月媛說：「老爺，珍兒機靈，身上又有功夫，您帶上她出門吧。」

陳廷敬道：「我公差在身，出門帶著女眷不太方便。」

月媛說：「有什麼不方便的？您帶的是自己老婆！」不容陳廷敬再說，月媛又笑道：「省得您又帶個俠女回來。」

32

陽曲知縣戴孟雄在五峰觀山門外下了轎，望著漫天風雪，他不由得朝手裡哈了口氣，使勁兒搓著。錢糧師爺楊乃文和衙役們緊跟在後面，都冷得縮了脖子。楊乃文說：「老爺，您這可是九上五峰觀了！這麼冷的天！我看這傅山也太假清高了！」

戴孟雄悄聲兒道：「不可亂說！皇上的旨意，我也是沒有辦法啊！」

戴孟雄吩咐大家不要多嘴，恭恭敬敬地走進三清殿。道童見了，忙進去傳話。傅山正在寮房內提筆著書，聽了道童通報，便說：「你照例說我病了！」

道童回到三清殿回話：「戴老爺，我師傅一直病著哩！」

戴孟雄笑道：「我早猜著了，你們師傅肯定還是病著，我特來探望！」

道童說：「戴老爺，我師傅吩咐，他需獨自靜養，不想別人打攪！」

楊乃文忍不住了，道：「你們師傅架子也太大了吧？」

戴孟雄回頭責罵楊乃文。「老夫子，你怎敢如此說？傅山先生名重海內，皇上都成日價惦記著他！去，看看傅山先生去。」

戴孟雄說著逕自往裡走，道童阻擋不住。來到傅山寮房，見傅山身背朝外，向隅而臥。戴孟雄走到床前坐下，問道：「傅山先生，您身子好些沒有？」

任戴孟雄如何說，傅山就像睡著了似的，半句話也不答。戴孟雄忍住滿心羞惱，說：「戴某慚愧，我這監生功名是捐來的，傅山先生自然瞧不起。可我治縣卻是盡力，傅山先生應是有所耳聞。百姓自願捐建龍亭，把《聖諭十六條》刻在石碑上，用它來教化子孫萬代。我想這在古往今來都是沒有的事兒！我不算讀書人，咱山西老鄉陳廷敬大人算讀書人吧？您也知道，正是陳廷敬大人在皇上面前舉薦您。皇上可是思賢若渴啊！」

傅山仍紋絲不動睡著，風吹窗紙啪啪作響。這時，一個衙役慌忙進來說：「戴老爺，外頭來了頂八抬大轎，幾十個人，聽說是欽差！」

戴孟雄聞言驚駭，立馬起身，迎出山門。原來是陳廷敬一到陽曲，就逕直上五峰觀來了。珍兒、劉景、馬明等隨行，另有轎夫、衙役若干。珍兒男兒打扮，像個風流公子。

陳廷敬掀開轎簾，戴孟雄跪地而拜：「陽曲知縣戴孟雄拜見欽差大人！」

陳廷敬問：「哦，真巧啊。起來吧。你就是陽曲知縣戴孟雄？」

戴孟雄回道：「卑職正是！」

陳廷敬說：「我要獨自會晤傅山先生，你們都在外候著吧！」

陳廷敬獨自進了傅山寮房，拱手拜道：「晚生陳廷敬拜會傅山先生！」

傅山慢慢轉身，坐了起來，怒視著。「陳廷敬，你在害我！你要毀我一世清名！」

陳廷敬笑道：「皇上召試博學鴻詞，我是專門來請先生進京的。您我一別近二十年。這些年，朝廷做的事情，您也都看見了。」

傅山冷冷一笑。「我看見了！顧炎武蹲過監獄，黃宗羲被懸賞捉拿，我自己也被官府關押過！我都看見了！」

陳廷敬說：「此一時，彼一時。現在朝廷也要召顧炎武、黃宗羲他們應試博學鴻詞。」

傅山話語雖然平和些了，鋒芒卻很犀利：「清廷的算盤，天下有識之士看得很真切。剛入關時，他們想利用讀書人，便有那錢謙益等無恥之輩，背棄宗廟，甘當二臣。可是到了順治親政，自以為天下穩固了，就開始打壓讀書人。錢謙益等終究沒有落得好下場，自取其禍。如今清廷搞了快四十年了，皇上發現最不好對付的還是讀書人，又採取軟辦法，召試什麼博學鴻詞！我相信顧炎武、黃宗羲是不會聽信清廷鼓噪的！」

陳廷敬說：「傅山先生，晚生知道您同顧炎武交往頗深。顧炎武有幾句話，我十分贊同。他以為，亡國只是江山改姓易主，讀書人不必太看重了；重要的是亡天下，那就是道德淪喪，人如獸，人吃人。」

傅山道：「這些話貧道當然記得，二十年前你就拿這些話來遊說我。」

陳廷敬說：「晚生矢志不改，還是想拿這些話來說服您。帝王之家籠絡人才，無可厚非。所謂學成文武藝，貨與帝王家。讀書人進入仕途，正好一展抱負，造福天下蒼生！」

傅山說：「我不知道在你陳廷敬眼裡，陽曲知縣戴孟雄算不算讀書人。他花錢買了個監生，又花錢捐了個知縣。他大肆鼓噪建什麼龍亭，對上粉飾太平，對下勒索百姓！」

陳廷敬道：「我這次回山西，正是兩樁事，一是敦請傅山先生進京應試博學鴻詞，二是查訪龍亭一事。」

傅山笑道：「皇上真是大方，為我這病老之軀，派了個二品大員來！不敢當！」

陳廷敬說：「傅山先生，我因為反對建龍亭，已被降為四品官了。」

傅山心裡似有所觸，卻不動聲色，冷眼打量陳廷敬的官服，原來真是四品了。陳廷敬的官聲，傅山早有所聞，心裡倒是敬重。只是進京一事，關乎名節，斷斷不可應允了。

五峰觀外，戴孟雄見天色已晚，甚是焦急。見珍兒從觀裡出來，戴孟雄上前問道：「這位爺，眼看著天快黑了，是否請欽差大人下山歇息？」

珍兒說：「戴老爺先回去吧，欽差大人說了，他就把五峰觀當行轅，不想住到別的地方去了。」

戴孟雄心裡犯難，卻不敢執意勸說，只好先下山去了。

當夜，陳廷敬同傅山相對傾談，天明方散。

第二日，陳廷敬用罷早餐，準備下山去。傅山送陳廷敬到山門外，說：「陳大人，咱倆說好了，您如果真能如實查清建龍亭的事，我就隨您去京城！」

陳廷敬笑道：「請您去京城，這是皇上旨意；查訪建龍亭的事，這是我的職責。兩碼事。」

傅山道：「可是我去不去京城，就看您如何查訪建龍亭的事。」

陳廷敬說：「好吧，一言為定！」

傅山拱手道：「絕不食言！」

陳廷敬下山便去了縣衙，戴孟雄要陪他去鄉下看龍亭。出了城，陳廷敬撩開轎簾，外面不見一個人影，心裡甚是奇怪。

楊乃文緊跟在陳廷敬轎子旁邊，老是衝著劉景笑，樣子很是討好。劉景看著有些不耐煩，說：「楊師爺，你得跟在你們縣太爺後邊，老跟著我們幹什麼？」

楊乃文笑道：「庸書怕你們找不著路。」

馬明也忍不住了，道：「你到後面去吧，前面有人帶路，多此一舉！」

楊乃文覺著沒趣，這才退到後面去了。

劉景這才隔著轎簾悄聲兒同陳廷敬說話。「老爺，那年您去山東，沿路百姓跪迎。這回可好，怎麼不見半個人影？」

陳廷敬掀開轎簾，再看看外面，點頭不語。珍兒說：「那會兒我們老爺見百姓跪道相迎，十分高興。我真以為您是個昏官哩！」

陳廷敬笑了起來，說：「要不是我命大，早被你殺了！」

珍兒笑道：「我就知道您會記恨一輩子的，人家死心塌地的跟著您，就是來贖罪啊！」說得陳廷敬哈哈大笑。

走了老半日，仍不見半個人影。陳廷敬越發覺著蹊蹺，便吩咐道：「鳴鑼！」大夥兒都覺得奇怪，不知老爺打的什麼主意。劉景說：「老爺，一個人都沒有，用不著鳴鑼開道啊！再說了，老爺您也不喜歡張揚。」

陳廷敬道：「聽我的，鳴鑼開道。」

劉景同馬明對視片刻，只好遵命。一時間，匡當匡當的鑼聲響徹原野，驚起寒鴉野雀，天地之間更顯寂靜。路旁的村舍仍悄無聲息，不見有人出來探望。

楊乃文悄聲兒問戴孟雄。「戴老爺，欽差大人這是玩什麼把戲？」

戴孟雄聽著鑼聲，心裡也發慌，只得掩飾道：「欽差出巡，鳴鑼開道，理所當然。」

陳廷敬放下轎簾，不再注意外面，聽憑鑼聲匡當。沿路走了幾十里地，鑼聲不停地響，只偶爾驚起幾聲狗叫，就是不見有人出來瞧個熱鬧。陳廷敬心裡明白，戴孟雄早叫人到下面打過招呼了。

聽得有人招呼說到了，轎便停了下來。陳廷敬掀起轎簾，叫劉景停止鳴鑼。陳廷敬振衣下轎，抬眼望見寒村一處。

戴孟雄也趕緊著下了轎，一個年輕轎夫伸手攙了他，說：「爹，您慢點兒。」

陳廷敬甚是奇怪，問道：「怎麼冒出個喊爹的？」

戴孟雄回道：「這個轎夫，就是犬子戴坤。」

陳廷敬打量著戴坤，二十歲上下，眉眼確似其父，便道：「年紀輕輕，正是讀書的時候，怎麼來抬轎？」

戴孟雄恭敬道：「回欽差大人話，卑職家裡並不寬裕，請不起先生。況且縣衙用度拮据，我讓犬子來抬轎，也省了份工錢。」

陳廷敬點點頭，說：「國朝就需要你這樣的清官啊！」

戴孟雄笑道：「欽差大人，為官清廉，這是起碼的操守，不值得如此誇獎。」

陳廷敬望著戴坤，很是慈祥，說：「不過讀書也很要緊，不要誤了孩子前程。」

戴孟雄道：「看看再說吧。等幾年，陽曲百姓的日子越來越好了，再讓犬子去讀書吧。」

陳廷敬點點頭，不再多說。戴孟雄領著陳廷敬往村子裡走，說道：「百姓要是知道朝廷欽差巡訪，肯定會跪道相迎。百姓可愛戴朝廷啦！可卑職知道，欽差大人討厭擾民，就沒事先讓百姓們知道！」

陳廷敬點頭笑笑，心想一路上銅鑼都快敲破了，鬼都沒碰著一個，陽曲百姓不會都是聾子吧？陳廷敬把話都放在肚子裡悶著，只拿眼睛管事兒。

戴孟雄邊走邊說：「欽差大人，這就是頭一個建龍亭的村子，李家莊。」陳廷敬早看出這個村子氣象凋弊，並不顯得富裕，便問：「怎麼個由來？誰首先提出來的？」

戴孟雄說：「村裡有個富裕人家，當家的叫李家聲，獨自出錢，建了龍亭。」戴孟雄說罷，便吩咐衙役快快進村叫李家聲出來迎接欽差大人。

陳廷敬聽了並不多說，暫且敷衍著：「哦，是嗎？」

戴孟雄領著陳廷敬走過村巷，忽見一大片宅院，心想這肯定就是李家了。果然有位中年漢子跑出門來，跪伏在地上，叩首道：「草民李家聲拜見欽差大人跟縣官老爺！」

「李家聲免禮！」陳廷敬說罷回首四顧，居然沒見一個人出來觀望。

李家聲爬起來，低頭道：「請欽差陳大人、戴老爺屈就寒舍小坐！」

陳廷敬覺著奇怪，問道：「李家聲，你怎麼知道本官姓陳？」

戴孟雄出來圓場說：「欽差大人是當今山西在朝廷做得最大的官，您只要踏進山西，百姓誰人不曉啊！」

陳廷敬說：「你不是說不敢讓百姓知道我來了嗎？」

戴孟雄答話牛頭不對馬嘴。「卑職平日出來，也不敢驚動百姓，這都是跟欽差大人您學的。」

楊乃文忙附和道：「我們戴老爺平日暗訪民間，布衣素食，很得民心啊！」

陳廷敬含糊著點頭，進了李家大院。劉景不經意回頭，見不遠處有戶人家的門開了，一個小孩跑了出來，奇怪地看著外面。一個婦人忙追出來，抱著小孩慌忙往裡跑，頭也不敢回。

進了李家大門，繞過蕭牆，但見裡頭疊山鑿池，佳木蔥鬱，樓榭掩映，好生氣派。池塘裡結著冰，隱約可見殘荷斷梗。想那夏秋時節，李家這園子必定是江南勝景。李家聲卻連聲道：「寒舍簡陋，委曲欽差大人了。」

陳廷敬不說話，只隨李家聲往裡走。走過這大大的園子，這才到了李家正堂。陳廷敬想這李家真是奇怪，有錢人家通常都把園子藏在後邊兒，他家卻進門就是園子。

進了客堂，李家聲恭請客人上座。下人低頭過來上茶，垂手退下。陳廷敬抿了口茶，說：「李家聲，你們戴老爺說，你自家出錢建了龍亭，把皇上《聖諭十六條》刻成龍碑，本官聽了很高興。」

李家聲拱手道：「草民我能安身立命，鄉親們能和睦一家，都搭幫了《聖諭十六條》，它好比堯舜之法，必定光照千秋！」

戴孟雄說：「稟欽差大人，這個村子十六歲以上，七十歲以下，無論男女，都能背誦《聖諭十六條》。」

陳廷敬似乎饒有興趣，說：「是嗎？李家聲，你背來我聽聽。」

李家聲稍稍紅了臉，道：「欽差大人，草民這就背了。一、敦孝悌以重人倫。二、篤宗族以昭睦鄰。三、和鄉黨以息爭訟。四、重農桑以足衣食。五、尚節儉以惜財用。六、隆學校以端士習。七、黜異端以崇正學。八、講法律以儆愚頑。九、明禮讓以厚風俗。十、務本業以定民志。十一、訓子弟以禁非為。十二、息誣告以全良善。十三、戒匿逃以免株連。十四、完錢糧以省催科。十五、聯保甲以弭盜賊。十六、解仇忿以重身命。」

李家聲搖頭晃腦背誦完，討賞似的望著陳廷敬笑。陳廷敬稱讚幾句，問道：「聖諭說，完錢糧以省催科，你們村的錢糧都如數完清了嗎？」

李家聲道：「回欽差大人話，我們村的錢糧年年完清，沒有半點兒拖欠！」

陳廷敬回頭望望戴孟雄，戴孟雄忙說：「欽差大人，卑職正要稟報。這個村，全村錢糧都是由李家聲代交的，因此年年都不需官府派人催繳。」

楊乃文忘了規矩，在旁插話。「庸書這個錢糧師爺當得最是輕鬆，不像別的縣，成日帶著衙役走村串戶，弄得雞飛狗跳！」

陳廷敬頓時來了興趣。「啊？這倒是個好辦法啊！朝廷平定雲南，最要緊的就是籌集軍餉。如果各地都依這個辦法，就不會有稅銀拖欠之事。」

戴孟雄道：「回欽差大人，陽曲縣已有三分之二的村用了這個法子，往後我想讓全縣各村都按這個法子來做。自從卑職到陽曲任職，銀糧年年都是如期如數上繳。」

陳廷敬說：「戴知縣，你們完錢糧的辦法比建龍亭更好。朝廷現在最關心的就是完錢糧。打仗是要花錢的啊！」

戴孟雄道：「卑職把這個完錢糧的辦法叫做大戶統籌。原打算等明年全縣通行之後，再上報朝廷。而建龍亭不太繁瑣，簡單易行，已在全縣推開了。」

陳廷敬頓時驚了，問：「怎麼？已在全縣推開了？你在疏請上不是說百姓有此願望，奏請朝廷恩准嗎？」

戴孟雄忙低了頭說：「百姓熱忱頗高，卑職不好潑冷水啊！」陳廷敬心裡不快，說：「我過後再同你切磋此事。先去看看龍亭吧。」

陳廷敬等隨李家聲往李家祠堂去。戴孟雄見陳廷敬臉色不太好，心裡甚是忐忑。他知道朝廷沒恩准，擅自建了龍亭，追究起來是要治罪的。

祠堂正對面有塊空坪，長有一棵古槐，古槐旁邊便是龍亭。亭有八角，雕樑畫棟，飛簷如翅。亭裡面立有雕龍石碑，上刻《聖諭十六條》。陳廷敬圍著龍亭轉了幾圈，細細看了碑刻，說：「亭子修得不錯。李家聲，修這個龍亭花了多少銀子？」

李家聲回道：「兩百多兩銀子。」

陳廷敬又問：「全村多少人，多少戶？」

李家聲答道：「全村男女老少二百三十二人，四十六戶。」

戴孟雄在旁搭話：「欽差大人，李家聲代完錢糧已不止這個村，周圍十六個村，一千零八戶的錢糧都是李家聲代完的。」

陳廷敬點頭不語，心裡暗自盤算。正在這時，大順突然趕來了。原來陳廷敬回到山西，沒時間轉道陽城老家探望父母，便打發大順回去代為看望。大順已從陽城回來，先去了陽曲縣衙，知道老爺到李家莊來了，這才一路打聽著趕了過來。大順拜道：「老爺，老太爺、老太太、太太跟家裡人都好，老太太特意囑咐，要您好生當差，不要掛念！」

大順說罷掏出老太爺的信來，遞給陳廷敬。陳廷敬讀著家書，不覺雙淚沾襟。珍兒見了，也忍不住流起淚來。劉景跟馬明也都是父母在老家的人，難免跟著傷心。

戴孟雄說：「欽差大人過家門而不入，有禹帝之風，卑職十分敬佩！」

陳廷敬收好家書，嘆道：「皇差在肩，身不由己。唉，此話不說了。戴知縣，李家莊的龍亭氣象威武，很不錯。」

戴孟雄見陳廷敬臉上有了笑容，終於鬆了口氣，忙說：「感謝欽差大人誇獎。」

陳廷敬卻突然冷冷地抛出一句話。「其他地方的龍亭，暫時停建！」

戴孟雄慌了，問道：「欽差大人，這是為何？」

陳廷敬道：「未經朝廷許可，擅建龍亭，應當治罪！難道你不知道？」

李家聲忙跪下，說：「欽差大人，草民這是對朝廷的一片忠心啊！」

陳廷敬說：「李家聲，你起來吧。我有話只同你們戴知縣說，先不說追不追究你。戴知縣，我們回去吧。」

李家聲盛情挽留不成，只得恭送陳廷敬等出了李家莊。陳廷敬上轎時，望了戴孟雄說：「去你家吃飯如何？」

戴孟雄支吾著，面有難色。陳廷敬笑道：「怎麼？戴知縣飯都捨不得給我吃一碗？」

戴孟雄道：「卑職家眷不在身邊，我都是在縣衙裡和衙役們同吃。縣衙裡的廚子，飯菜做得不好。」

陳廷敬直道無妨，你頓頓能吃，我就不能吃了？戴孟雄只好叫楊乃文速速派人下山報個信兒，叫廚子多做幾個菜。陳廷敬卻說不用，陽曲燒賣有名，做幾個燒賣就夠了。

回到縣衙，天色漸晚。飯菜尚未做好，戴孟雄請陳廷敬去內室用茶。房間甚是簡陋，裡頭只放著兩張床，一張桌子，兩張凳子，別無長物。陳廷敬問道：「你父子同住一間？」

戴孟雄回道：「衙役們都是兩人一間，我們父子也兩人一間。我身子不太好，讓兒子同我住著，也好有個照應。」

楊乃文插言道：「縣衙裡真要騰間屋子出來，還是有的。可戴老爺不願意。連庸書都是獨自住一小間，真是慚愧！」

陳廷敬自從見了戴孟雄兒子抬轎，心裡就一直犯疑惑。這會兒見戴孟雄住得如此寒傖，他真有些拿不準這位縣太爺到底是怎樣的人，嘴上便說道：「戴知縣，你太清苦了。」

戴孟雄道：「卑職自小家裡窮，習慣了。說起來不就是個官體嗎？百姓又不知道我住得到底怎樣，也無傷官體啊！」

說話間，衙役進來請吃飯了。陳廷敬說有事要聊，就讓廚子端了飯菜進來，兩人只在房間裡胡亂吃些。戴孟雄說：「我這裡有賤內自己釀的米酒，專從老家帶來的。欽差大人嘗嘗？」

陳廷敬說：「我本不善飲，你說是尊夫人親自釀的米酒，就喝兩盅吧。」

戴孟雄先給陳廷敬酌酒，自己再滿上。兩人碰了杯，並不多說客套話，一同乾了。陳廷敬吃了個燒賣，說：「都說陽曲的燒賣好吃，真是名不虛傳！」

戴孟雄說：「這幾年，陽曲百姓吃飯已無大礙，燒賣卻還不是人人都能吃上。百姓哪日都能吃上燒賣，就是小康了！」

陳廷敬酒量不大，幾口米酒下去，眼色有些朦朧了。他不再喝酒，趁著腦子清醒，問道：「戴知縣，說說你們縣的大戶統籌吧。」

戴孟雄說：「年有豐歉，民有貧富，但朝廷的錢糧可是年年都要完的。逢上歉收年成，大戶完得了錢糧，小戶窮戶就難了。他們得向大戶去借。大戶有仁厚的，也有苛刻的。仁厚人家還好說，苛刻人家就會借機敲詐百姓。」

陳廷敬問道：「你是怎麼辦的呢？」

戴孟雄說：「縣衙每月都會召集鄉紳、百姓，宣講《聖諭十六條》，教化民風。很多大戶感激朝廷恩典，自願先替鄉親們交納錢糧，等鄉親們有餘錢餘糧再去還上。」

陳廷敬沉思片刻，點頭道：「這倒是個好辦法。戴知縣，你把大戶統籌的辦法仔細寫好給我，我要奏報朝廷。」

戴孟雄喜形於色，連聲應承，又道：「楊師爺那裡有現成的詳案，待會兒呈交欽差大人。」

用罷晚餐，陳廷敬乘夜趕回五峰觀。傅山聽說已暫禁捐建龍亭，心裡暗自敬佩，卻又說：「大戶統籌之法，貧道不知詳情，不敢妄加評說。只是戴孟雄這等人，料也做不出什麼好事。」

陳廷敬也拿不定主意，只道看看再說。傅山道了安，自去歇息了。陳廷敬毫無睡意，大夥兒就陪著他閒聊。聊著聊著，又聊到了陽曲的大戶統籌。其實陳廷敬心裡老裝著這事兒。朝廷平定雲南，當務之急就是籌集軍餉。這幾年，各地錢糧都有拖欠，官府科催又屢生民變。就愁沒有個好辦法。戴孟雄的法子看上去真的不錯，可陳廷敬沿路所見，陽曲百姓都如驚弓之鳥。欽差大人來了，百姓既沒有迎接的，也沒有攔路喊冤的，連路上行人都沒有。雖說是數幾寒天，百姓多在家裡貓冬，可外頭也不會一個人影都看不見。

陳廷敬說：「我本來深感疑慮，可我看了戴孟雄的住房，又見他讓自己兒子當轎夫，怎麼看不覺得他像個壞官啊！」

馬明說：「老爺在路上突然吩咐鳴鑼，我猜百姓聽見了，都以為縣太爺進村要錢要糧來了，躲在屋裡大氣不敢出。」

大順道：「老爺，我不懂你們官場上的事兒，可就是琢磨著，他戴老爺再怎麼清廉，也犯不著讓自己兒子來抬轎啊！除非這是樁肥差！」

劉景說：「咱們不聽戴知縣說了，連工錢都沒有，還肥差哩！」

珍兒道：「有些事情啊，太像真的了，肯定就是假的。那李家聲替十六個村，一千多戶人家代完錢糧，怎麼聽著都不叫人相信。」

陳廷敬說：「可這些村子多年都不欠交國家錢糧，那是事實啊！」

珍兒道：「不是珍兒在老爺面前誇口，我家在鄉下也是大戶，我爹樂善好施，可也總不能太虧待自己。把自己家先敗了，今後拿什麼去做好事？除非李家聲代完錢糧有利可圖，不然他沒那麼傻。要不然他就是佛祖了。」

大夥兒正七嘴八舌，陳廷敬突然說道：「我想好了，速將陽曲大戶統籌辦法上奏朝廷！」

大夥兒吃了一驚，珍兒更是急了：「老爺，您怎麼就不聽我們的呢？」

陳廷敬說：「你們且聽我說道理。朝廷現在急需納錢糧的好辦法，事關軍機，耽誤不得。且不問陽曲做得到底如何，也不問戴孟雄是清是貪，我反覆思量，覺得這個辦法倒是很好。」

馬明也說：「光看辦法，的確看不出什麼破綻。」

陳廷敬說：「劉景、馬明，明日一早，吩咐官驛快馬送出！還有，明日你倆下山，去陽曲縣城看看。我就在這裡等候戴知縣。」

珍兒見陳廷敬執意要將大戶統籌法上報朝廷，悶在心裡生氣，生生硬硬地問：「我明兒幹什麼呀？」

陳廷敬笑笑，說：「你呀，待在這五峰觀上噘嘴巴吧！」

33

第二日，戴孟雄領著楊乃文早早的上了五峰觀。陳廷敬吩咐珍兒倒茶，珍兒心裡有氣，只作沒有聽見。大順忙倒了茶，遞了上來。

陳廷敬說：「我已派人將陽曲大戶統籌辦法快馬奏報朝廷。如果這個辦法能解朝廷軍餉之急，戴知縣功莫大矣！」

戴孟雄喜不自禁道：「卑職感謝欽差大人栽培！」

陳廷敬問：「李家莊的龍亭到底花了多少銀子，戴知縣知道嗎？」

戴孟雄說：「李家聲自願修建的，縣衙沒派人督辦，不知詳情。他自己說花兩百多兩銀子，應是不錯。」

陳廷敬又問：「陽曲全縣多少丁口？」

戴孟雄回道：「全縣男女丁口一萬八千四百五十人。」

陳廷敬問：「全縣每年納銀多少，納糧多少？」

戴孟雄道：「每年納銀兩萬四千七百二十三兩，納糧六千二百七十三石。」

陳廷敬點點頭，十分滿意。「戴知縣倒是個幹練之才，帳算得很清楚嘛！」

楊乃文忙附和道：「戴知縣有鐵算盤的雅號，算帳比庸書這個錢糧師爺還厲害！」

戴孟雄倒是謙虛，道：「回欽差大人，卑職食朝廷俸祿，心裡就只記住這幾樁事兒。」

陳廷敬望著戴孟雄微笑半日，慢條斯理地說：「戴知縣，我會奏請朝廷，從明年開始，陽曲納銀、納糧再加一倍！」

戴孟雄聽陳廷敬突然這麼一說，丈二和尚摸不著頭腦。他似乎不相信自己的耳朵，嘴巴張得老大，望了陳廷敬半日，才說：「欽差大人，此事萬萬不可啊！陽曲百姓哪有這個財力？您欽差大人也不是苛刻百姓的人啊！」

陳廷敬冷冷地說：「我不苛刻百姓，你已經苛刻百姓了！」

戴孟雄低頭問道：「欽差大人，此話從何講起？」

陳廷敬說：「李家莊丁口兩百三十二人，建龍亭花去兩百多兩銀子，差不多人平合一兩銀子。」

楊乃文急了，忙插話道：「欽差大人，李家莊建龍亭的銀子是李家聲自家甘願出的，攤不到百姓頭上。」

陳廷敬說：「未必村村都有李家聲？這銀子最後仍是要攤到百姓頭上去的。何況各村攀比，龍亭越建越威武，銀子還會越花越多！」

戴孟雄撲通跪下，哀求道：「我戴孟雄替陽曲百姓給欽差大人下跪了！陽曲百姓忠於朝廷，年年如期如數完稅納糧。如再額外加稅，那可就是苛政了！」

陳廷敬瞟著戴孟雄，道：「朝廷正舉兵平定雲南，急需軍餉。陽曲百姓既然有財力，又有忠心，就該多多的報效朝廷！」

戴孟雄叩頭不止：「欽差大人，此舉萬萬不可啊！」

珍兒同大順也甚為不解，奇怪地望著陳廷敬。陳廷敬又道：「戴知縣，你陽曲冒出個大戶統籌的辦法，這是有功。私建龍亭，這是有罪。不管功罪，都得奏報朝廷，由皇上聖裁。」

戴孟雄搖頭道：「卑職不敢貪功，只敢領罪！」

陳廷敬說：「路歸路，橋歸橋。你先將全縣捐建龍亭的帳目報給我。」

戴孟雄道：「陽曲不大不小也是方圓數百里，帳目一時報不上來，請欽差大人寬限幾日！」

陳廷敬說：「好吧，限你三日！」

戴孟雄忙爬了起來，點頭道：「好好好，卑職這就告辭了！」

送走戴孟雄，珍兒笑了起來，說：「老爺，真有您的！我還真以為您不管百姓死活了哩！」

大順道：「我到最後才看出來，原來老爺是要給那戴知縣下馬威！」

劉景、馬明二位早早就去官驛把奏摺交付送京，然後去了陽曲縣城。街上積雪很厚，不見幾個人影。劉景問：「馬明，你看出什麼沒有？」

馬明說：「冷清。」

劉景說：「不光是冷清。我一路走來，沒見一個叫花子。但凡縣城裡頭，叫花子是少不了的。偏偏這陽曲縣城裡沒有，就不對勁！」

馬明道：「早就不對勁了。老爺去李家莊，沿路沒見著半個人影！」劉景笑道：「老爺可不是好唬弄的，他心裡明白得很！」

這時，忽聽鑼聲匡當，街上僅有的幾個行人連忙逃往僻靜處躲避。劉景、馬明也跑進一家飯鋪。店家問道：「兩位，吃點兒什麼？」

劉景隨口答道：「來兩碗麵吧！」

不料店家吃驚地張了嘴，半日不答話。

馬明問道：「怎麼了，店家？」

店家道：「二位快走吧，我們不做生意了！」

劉景也覺著奇怪：「這可怪了，是你問我倆吃點兒什麼。我本來還不想吃的，看你這麼客氣，才要了兩碗麵。」

聽外頭鑼聲越來越近，店家急得不行：「二位，你們快走吧。」

馬明問：「店家，為什麼有生意不做？」

店家道：「我不能說，你們快走吧。」

劉景說：「店家，我們兄弟倆走南闖北，還沒見過你這樣莫名其妙的人。你今兒個不說出個子丑寅卯來，我們就是不走了！」

店家無奈，才說了真話：「怕驚了欽差！」

劉景故作糊塗：「什麼欽差？」

店家道：「反正縣衙是這麼吩咐下來的，客人只要是外地口音，概不招呼，說是怕驚了欽差！」

原來劉景跟馬明雖是山西人，在京城裡待了十來年，口音有些變了。馬明笑笑，說：「咱也是山西人。店家，做生意同欽差有什麼關係？」

這時，鑼聲更加近了，劉景、馬明二人走到門口，悄悄兒把門簾撩起一條縫兒，原來見戴孟雄的轎子在街上走著，後面跟著楊乃文及幾個衙役。

鑼聲漸漸遠了，劉景、馬明二人出了飯鋪。劉景說：「馬明，怎麼百姓們見了戴知縣，就像見了老虎似的？」

馬明道：「楊乃文還說他們戴知縣平日是布衣私訪哩！」

劉景說：「我看陽曲大有文章！馬明，我有個主意。」

馬明道：「劉兄請講！」

劉景笑笑，說：「我倆一個再去李家莊看個究竟，一個在縣城裡要飯！」

馬明聽了不可思議：「要飯？」

劉景說：「就是扮叫花子啊！」
馬明忙搖頭說：「要扮你扮，我才不扮哩！」
劉景說：「這是正經事，我倆划拳吧，誰也不吃虧。」
馬明想想，只好同劉景划了拳。三拳划下來，馬明輸了，扮叫花子。馬明很不情願，也只好認了。
戴孟雄回到縣衙，往簽押房的椅子上一坐，又神氣活現了。楊乃文先是罵了半日髒話，這才說道：「這個陳廷敬，說變臉就變臉！戴老爺，這建龍亭的銀子是如實報還是怎麼報？」
戴孟雄哼哼鼻子，說：「不是怎麼報，而是不能報！」
楊乃文道：「可人家是欽差呀！」
戴孟雄笑道：「欽差怎麼了？不是我戴某對欽差輕慢！建龍亭是百姓自願的，他們出多少銀子，不用上報縣衙。如今要我三日之內報個數目出來，報得出嗎？陽曲這麼大，天寒地凍的，跑得過來嗎？」
楊乃文問：「那怎麼辦？」
戴孟雄慢慢兒說：「拖著！」
楊乃文聞言大驚。「您敢拖？」
戴孟雄說：「怎麼不敢拖？陳廷敬急著請傳山赴京，他等不了幾日的。」
楊乃文又問：「那下面的龍亭還建不建？」
戴孟雄說：「建，怎麼不建？下面是百姓自願建的，上面摺子是巡撫大人轉奏的，皇上哪怕怪罪，也怪不到我頭上。陳廷敬說治罪，他治呀？叫他一個一個百姓去治吧。」
楊乃文笑道：「戴老爺真是深謀遠慮！」

戴孟雄說：「說不準皇上還就喜歡下面建龍亭哩！皇上他也是人啊。告訴你，對付這京城裡來的官呀，樣子做得恭敬些，話說得好聽些，就唬弄過去了！我們該怎麼做，還怎麼做！」

楊乃文連連點頭，說：「有道理！有道理！庸書見您在五峰觀不停地叩頭，還以為老爺您怕哩！」

戴孟雄哈哈大笑，道：「怕？你隨我這些年，見我怕過誰？上頭來的這些官呀，你儘管多磕頭，私下裡想怎麼唬弄就怎麼唬弄！我往日聽上頭那些做官的自己說，他們在皇帝老子那裡，也是磕頭磕得越響，皇帝老子越高興！」

楊乃文撫掌而笑，直道：「長見識，長見識！」

這時，忽聽外頭有人喧嘩。衙役進來回話，說有個叫花子硬要撞進縣衙來。戴孟雄罵道：「叫花子？陽曲百姓安居樂業，怎麼會有叫花子？準是哪裡冒出來的刁漢！」

楊乃文叫知縣老爺息怒，自己跑了出去。果然見個叫花子破衣爛衫，臉上髒兮兮的，卻已撂倒幾個衙役，直奔大堂而來。楊乃文厲聲喝道：「大膽叫花子，怎敢咆哮縣衙！打出去！」

衙役們從地上爬起來，舉棍追打過來。那叫花子身手敏捷，閃身躲過，一跳就到了楊乃文面前。叫花子正是馬明所扮，楊乃文辨認不出。馬明嘻笑著問道：「敢問這位可是知縣大老爺？」

楊乃文叉腰站在大堂門口：「還不老老實實認打！」

馬明說：「知縣老爺，您打人也得講個道理！」

楊乃文道：「誰跟你講道理？打！」

衙役棍子舞得呼呼響，就是打不著馬明。馬明見衙役越來越多，一把抱住楊乃文，說：「你們別動手啊，傷著了知縣老爺可不關我的事啊！」

楊乃文罵道：「臭叫花子，大膽放肆！還不快快放手！」

馬明說：「我只想問個明白！我要了十幾年飯了，沒見過像你們陽曲的，不准叫花子要飯！我都快餓死了，只好到縣衙要飯來。」

楊乃文被馬明抱得喘不過氣，只得叫衙役們都退下。馬明放了手，望著楊乃文嘻笑。楊乃文道：「哼，還說快餓死了，你抱得爺爺我骨頭都快散了！」

馬明說：「幸好我還餓著，不然您的骨頭真散了！」

楊乃文朝衙役們使了個眼色，道：「你們帶他去個地方吃飯！」

衙役們會意，領著馬明往衙門左邊院子走。楊乃文回到簽押房，稟報了知縣老爺。戴孟雄罵了幾聲刁民，回屋歇息去了。楊乃文請老爺儘管放心歇著，衙門裡的事他先頂著就是了。

馬明見前頭是監牢，佯作驚恐，問：「你們怎麼把我帶到這裡來？」

獄卒們蜂擁而上，沒頭沒腦將馬明推進了牢房。牢門匡當幾聲鎖上了。馬明衝著獄卒大叫：「我犯了什麼法？在陽曲要飯就得坐牢？」

馬明不見獄卒們回頭理他，卻聽得身後一片爆笑。有個老叫花子笑道：「我們都是叫花子！」

馬明定睛一看，見牢房裡關的人多半衣衫襤褸，面有菜色，便問道：「你們都是要飯的？要飯坐牢，你們還好笑？」

老叫花子又笑道：「你這個人傻不傻？待在裡頭有吃有喝，有地方睡覺，你還不知足？你得感謝欽差！」

馬明說：「我要飯關欽差什麼事？」

老叫花子說：「陽曲來了欽差，知縣老爺就把我們這些叫花子全部關了起來。我們樂意啊！管吃管住的！我就怕欽差早早的回京城去了！數九寒天的，在外頭冷啊！」

馬明道：「我還是不明白，我們要飯礙著欽差什麼了？天子腳下也有人要飯啊！」

老叫花子說：「人家戴知縣是朝廷命官，陽曲百姓過得好好的，怎麼會有人要飯？再說了，我們這些人走村串戶的，聽說的事兒多，人家知縣老爺也怕我們嘴巴亂說！」

馬明瞥見牆角還有個犯人，衣著整潔，正襟危坐，面無表情。馬明想同他打招呼，那人只是不理。馬明甚覺奇怪，問老叫花子道：「那個人是誰？一本正經的樣子。」

老叫花子說：「人家是縣官老爺！」

馬明真奇怪了，心想這裡怎麼又出了個縣官老爺呢，就故意說道：「他是知縣老爺？知縣老爺自己關自己？」

叫花子們又哄然大笑，都說新來這個人真好玩。牆角那個縣官老爺卻充耳不聞，只把腰板挺得筆直。老叫花子說：「他是陽曲的向縣丞，得罪了知縣戴老爺！」

馬明過去打招呼，向縣丞仍是不理。馬明便激將道：「我看他不像縣丞。縣丞怎麼同我們叫花子關在一起？」

有人便說：「幸好他同我們叫花子關在一起，不然早被牢頭獄霸打死了！當官的，人人都恨！」

老叫花子取笑馬明道：「你也不自量，人家是縣丞，怎麼會理你個叫花子？」

馬明笑道：「他還沒想清楚自己是誰。他要還是縣丞呢？就得聽我們百姓說話。他要是犯人呢？就得聽我們難兄難弟們說話。」

向縣丞終於瞟了眼馬明，道：「你有話就說，囉嗦什麼？」

馬明說：「戴知縣是有名的青天大老爺，你幹麼同他老人家過不去呀？我叫花子都聽說，戴老爺建龍亭，皇上都知道了。我還聽說，戴老爺吩咐大戶人家統籌田賦、稅糧，年年如數完稅納賦。」

向縣丞大覺奇怪，望著馬明問：「你一個要飯的，怎麼知道得這麼多？」

馬明道：「我正是因為要飯，走村串戶，道聽塗説，才見多識廣。」

老叫花子說：「怪了，我們也是要飯，怎麼就不知道這些事情？我們只知道哪裡殺了人官府沒有捉到兇手，哪家媳婦偷人被男人砍了。」

牢房裡笑聲震耳，大夥兒都覺著剛才進來的這個叫花子有些怪。

34

劉景再上李家莊，已是晌午。村裡仍是不見半個人影，只見斷壁殘垣上積著雪，偶有雪裡露出的衰草在寒風中抖索。劉景隨意走到一家門前，敲了半日，聽得裡頭有微弱的聲音，問道是誰。劉景說是外鄉人，凍得不行了，想進來避避風。聽得裡頭說聲進來，劉景就推門進去了。裡頭很陰暗，劉景打量了老大一會兒，才看見炕上坐著位瞎老頭。

老翁說：「外鄉人？炕上坐吧。」

劉景坐了上去，炕上冰冷冰冷的。

劉景問道：「老人家，就您一個人在家？」

老翁說：「家裡人都到祠堂背聖諭去了。」

劉景問：「背什麼聖諭呀？聽著真新鮮！」

老翁長嘆道：「就怪那欽差！」

劉景問：「什麼欽差？」

老翁說：「你是外鄉人，不知道啊！這幾天京城裡來了個欽差，昨日還到過我們李家莊，縣衙怕我們驚著了他，不准我們出門。」

劉景說：「不瞞您說，我是打京城裡來的生意人，皇上出行都是見過的。皇上出行，也不禁百姓出門啊！」

老翁搖頭道：「您不知道啊，陽曲是知縣說了算，李家莊是李家聲說了算。我今年九十五歲了，經過了兩個朝代，也從沒聽說哪位皇上要百姓背聖諭。」

劉景說：「老人家，我剛從京城裡來，怎麼就不知道朝廷要百姓背聖諭呀？肯定是你們那個李家聲在搞鬼！」

老翁道：「這話我可不敢說！」

劉景心裡已經有數，猜著李家聲很可能是個劣紳，便設法套老翁的話兒。老翁悲嘆許久，心想同外鄉人說說也無妨，便道：「李家聲人面獸心，口口聲聲為鄉親們好，替鄉親們代交賦銀、稅糧，暗地裡年年加碼，坑害鄉親啊！」

劉景故意說：「你們可以自己交呀！」

老翁道：「說來話長。前幾年我們這兒大災，小門小戶的都完不起錢糧。李家聲就替大家完了。打那以後，家家戶戶都欠下了李家聲的閻王債。帳越滾越多，很多人家的田產就抵給李家聲了。田產歸了李家聲，帳還是一年年欠下去，沒田產的人家，連人都是李家聲的了！白白給他家幹活！」

劉景道：「這分明是劣紳，你們可以上衙門告他呀！」

老翁說：「上哪裡告狀？李家聲同縣衙裡的戴老爺是拜了把子的兄弟，戴老爺替他撐腰啊！李家聲還養了幾十人槍的家丁，誰惹得起！」

劉景道：「全村這麼多人，就沒有一個人敢出頭告他？」

老翁說：「哪只是一個村啊，周圍十幾個村的田地全都快變成李家聲的了！男女老少幾千人，沒誰敢吱一聲！今日李家聲又讓大家去背聖諭，背不出的要罰三十斤大白麵！」

劉景說：「我打京城沿路走了上千里地，沒聽說哪裡要百姓背聖諭，還要罰大白麵真是奇了！我說呀，你們真得告他！」

正說著，忽聽外頭傳來哭聲。老翁側著耳朵聽聽，哭聲越來越近，正是往老翁家這裡來。這時，門被猛地推開，一個黑瘦小夥子衝進來，原來是老翁的孫子。他哭喊道：「爺爺，我娘她吊死了！」

老翁不敢相信，顫顫巍巍地問：「老天呀！黑柱，你娘她怎回事？」

黑柱哭道：「我娘她背聖諭，背了三次都沒背過，李家聲說要罰一百斤大白麵！娘想不開，跑到祠堂後面的老榆樹上吊死了！」

劉景出門一看，黑柱娘的屍體直挺挺放在塊木板上，一個中年男人守在旁邊痛哭，正是黑柱他爹。劉景聽鄉親們勸慰，知道黑柱他爹叫大栓。

突然，黑柱拿著把菜刀從屋子裡衝出來。幾個女人跑上去死死抱住黑柱，勸道：「黑柱，你別做蠢事了，你這是去送死！」

黑柱怒吼道：「我要去殺了李家聲！」

老翁倚著門，高聲喊著：「鄉親們行行好，搶了黑柱的刀，他不能去送死啊！」

一位大嬸勸住黑柱：「他家養了那麼多惡狗，你殺得了他嗎？」

劉景接了腔，道：「殺得了他！」

大夥兒這才發現這裡有個陌生人，都驚疑地望著他。劉景說：「李家聲作惡多端，該千刀萬剮！」

有個男人問道：「敢問這位是哪來的好漢？」

劉景說：「你們先別管我是什麼人。李家聲藉口背誦聖諭，敲詐鄉民，逼死人命，其罪當死！」

那個人又問道：「聽你官腔官調的，莫不是衙門裡的人？」

劉景道：「我說了，你們不要管我是什麼人。李家聲應交衙門問罪，鄉親們千萬不可魯莽行事！」

大栓擦著眼淚說：「越聽你越像衙門裡的人，李家聲同縣衙戴老爺同穿一條褲子，誰去問他的罪？」

劉景只道：「我領你們去捉了李家聲，送到衙門裡去！」

大夥兒將信將疑，有人說道：「好漢，你怕是二郎神下凡啊！李家聲養著幾十家丁！」

劉景說：「你們跟我來，我自然拿得了他！」

劉景說罷，掉頭往外走。黑柱父子操了傢伙，緊跟在後面。旁邊幾個男人湊在一起嘀咕幾句，也都跟上了。幾個婦人飛跑著家家戶戶去報信，不多時全村男人都出來了。大夥兒操著扁擔、鐵鍬、菜刀，跟著劉景往李家聲家趕。

祠堂裡出了事，李家聲並不在意。他早已回到家裡，躺在炕上抽水煙袋。下邊人聽得風聲，慌忙報信。李家聲一怒而起：「李大栓他敢！把人都給我叫上！」

下人又道：「老爺，裡頭還有個人，像是昨兒跟著欽差大人的！」

李家聲大驚，問：「沒看錯嗎？」

下人道：「沒看錯。」

李家聲低頭想想，一拍大腿，笑道：「好，我叫他亂棍打死！」

李家大門緊閉，幾十家丁靜候在裡頭。鄉親們擂門半日，李家聲喊道：「放他們進來，別把門給弄壞了！看他們敢怎樣！」

鄉親們蜂擁而入，朝李家聲叫罵。李家聲雙手叉腰，大聲叫喊：「你們想怎麼樣？我可是奉了欽差大人的吩咐辦事！」

劉景喝道：「李家聲！」

劉景正要開口，李家聲卻指著他大喊起來。「鄉親們，這位就是欽差大人手下！你們問問他！」

劉景怒道：「李家聲，你真是大膽！」

黑柱不分青紅皂白，朝劉景圓睜怒眼。「原來你是欽差的人？就是你們害死了我娘，我先殺了你！」

黑柱舉起刀，高聲吼叫著朝劉景砍去。劉景閃身躲過，反手奪了黑柱的刀。鄉親們覺得上了劉景的當，掉轉棍棒朝劉景打來。劉景來不及開口，先招架幾個回合，跳出圈外，大聲喊道：「鄉親們，你們聽我說！」

大栓血紅著眼睛，道：「官府的話我們不相信，今日先殺了你再說！」

大栓說著便往前撲，劉景把他一掌打回，回頭怒斥李家聲：「你假傳欽差旨意，已是死罪！你還魚肉百姓，逼死人命，該千刀萬剮！」

鄉親們停了手中棍棒，不知如何是好，愣在那裡。李家聲還想挑撥鄉親打死劉景，又喊道：「欽差大人專門來陽曲督造龍亭，命我教鄉親們背誦聖諭。不然，我李家聲哪有這麼大的膽子？」

劉景道：「你膽子還小嗎？你強迫鄉親們背誦聖諭，已逼死人命了！你還包攬賦稅，擅自加碼，盤剝百姓，膽大包天！」

李家聲哈哈大笑道：「包攬稅賦？我們戴知縣管這叫大戶統籌，欽差大人還要把我這個辦法上奏朝廷哩！」

劉景說：「你休想煽動鄉親們！我就是要拿你去見欽差大人！」

李家聲笑道：「你想拿我？強龍壓不過地頭蛇！我還要拿你哩！我今兒個先滅了你！」

家丁們黑壓壓擁了過來，劉景左撲右打，漸漸有些抵擋不住。鄉親們沒了主張，不知朝哪邊下手。

黑柱喊道：「爹，看樣子欽差是個好官！」

大栓道：「他是好官，我們就幫他！」

大栓父子說罷，上前去給劉景助戰。鄉親們見狀，也吆喝著朝家丁們打去。李家聲見鄉親們人多勢眾，畢竟心裡犯怯，正想溜回屋裡。劉景飛身上前，擒住了李家聲，對家丁喊道：「你們都住手！不然我先斬了這個惡人！」家丁們見勢不妙，都收了手。

天色慢慢黑了下來。劉景同大栓、黑柱並幾個青壯漢子，連夜帶著李家聲去了縣衙。戴孟雄已經睡下，聽得通報，慌忙跑到大堂。他問清緣由，指著李家聲鼻子痛罵，吩咐衙役馬上把他關進監牢。李家聲喊冤不止，戴孟雄黑著臉不理不睬，像個鐵包公。

馬明見李家聲被帶了進來，便知劉景已從李家莊回來了。他早已同向縣丞悄悄兒露了底細。向縣丞名喚向啟，因私下說過要參戴孟雄，不料前幾日被奸邪小人傳了話。正好欽差要來了，戴孟雄便把向啟先關了起來，過後再尋法子收拾他去。

35

陳廷敬同傅山正吟詩作畫，劉景一頭撞了進來，見過老爺，匆匆把李家莊的事情說了。陳廷敬聽了臉色大變，沒想到看上去再好不過的大戶統籌，卻是劣紳坑害百姓的手段！他上的那個摺子，若是叫皇上准了，那就害了天下蒼生！陳廷敬痛悔不已，卻不知如何處置。倘若再上摺子奏請皇上不要准那大戶統籌辦法，必然獲罪。皇上一來會怪他處事草率，形同戲君；二來朝廷正缺錢糧，皇上明知這個辦法多有不妥也會照行不誤。陳廷敬背著手來回踱步，琢磨再三，說道：「我得連夜寫個摺子，請求皇上不要准那大戶統籌之法。」

劉景頗為擔心，問：「老爺，這成嗎？」

陳廷敬嘆道：「我知道你是擔心我獲罪。我受責罰事小，天下百姓受苦事大！」

傅山勸慰道：「陳大人不必自責，您的心願是好的。下面奸人弄出來的把戲，你們京官下來，最易上當！」

陳廷敬突然發現不見馬明，忙問：「馬明呢？」

劉景聽說馬明還沒有回來，也著急了，便把他倆如何划拳，馬明又如何扮了叫花子的事說了。大家聽了，都笑了起來。陳廷敬也忍俊不禁，笑道：「你倆怎麼像玩孩子把戲？」

劉景道：「老爺，您不知道，陽曲街上也是行人稀少，最奇的是不見叫花子。我想這縣城裡啥都可以少，只有叫花子少不得的。沒有叫花子，肯定就有文章。」

陳廷敬道：「看來陽曲縣衙廟小妖風大，馬明不會出事吧？他沒說扮了叫花子如何行事？」

劉景說：「他說直接去縣衙要飯，看戴孟雄如何處置。」

珍兒說：「我真怕出事呀。戴孟雄是見過他的，認出來了，不要加害他？」

大順哼著鼻子，說：「我不信他真吃了豹子膽，敢加害欽差的人！」

正是這時，有人進來稟報，說陽曲知縣戴孟雄來了。劉景不由得操起了桌上的刀，陳廷敬搖搖手，悄聲說：「看他如何說吧。」

戴孟雄進得門來，哭喪著臉，撲通跪在地上，道：「萬萬請欽差大人恕罪！」

陳廷敬問道：「你何罪之有？」

戴孟雄說：「卑職有失察之罪！屬下向啟，一直欺瞞我。他同李家聲等劣紳暗中勾結，做了很多傷天害理的事情。什麼捐建龍亭、大戶統籌，都是向啟弄出來唬弄上頭的鬼花樣！其實是借機掠奪百姓！」

陳廷敬說：「朝廷接到的捐建龍亭的奏本，可是你請山西巡撫轉奏的！」

戴孟雄叩頭道：「卑職罪該萬死！卑職上奏以後，才發現其中另有文章。可是，卑職怕丟了烏紗帽，只好順水推舟，一邊想實實在在的把龍亭建好，一邊著手查辦向啟。欽差大人來陽曲之前，卑職已把向啟關起來了。」

陳廷敬說：「你答應得好好的，三日之內把建龍亭的捐錢帳目交給我，原來是在蒙我啊！」

戴孟雄道：「卑職有苦難言，萬望欽差大人恕罪！還有那大戶統籌辦法，只要管住大戶人家不借機敲詐，也未必不是件好事。我想將計就計，乾脆把向啟盤剝百姓的壞事做成好事，以補失察之罪。」

陳廷敬又問：「今日可曾有個叫花子到縣衙要飯？」

戴孟雄道：「聽師爺楊乃文說，確有個叫花子到縣衙鬧事，把他關起來了。」

劉景問道：「這就奇怪了，叫花子要飯也犯法了？」

戴孟雄道：「說到這事，卑職正要稟報，聽說欽差要來，向啟怕露了馬腳，瞞著我把城裡的叫花子都抓起來了。我也是剛剛知道此事，已吩咐下去連夜把叫花子放了。欽差大人為何問起那個叫花子？」

陳廷敬笑而不答，只道：「戴知縣果然幹練，今日事今日畢，絕不過夜啊！」

戴孟雄叩首道：「卑職哪敢受此誇獎！萬望欽差大人恕罪，明日請欽差大人和卑職一道同審向啟和李家聲。」

陳廷敬說：「好，我答應你。你先回去吧。」

戴孟雄走了，陳廷敬說：「這回馬明可受苦了。深更半夜，數九寒天，城門緊閉，他上哪裡去？」

劉景覺得不好意思，就像他害了馬明似的，說：「唉，只怪他運氣差，划拳划輸了，不然我去扮叫花子。」

陳廷敬道：「陽曲的鬼把戲，到底罪在戴孟雄，還是罪在向啟，現在都說不準。」

珍兒道：「我看肯定是戴孟雄搞的鬼！」

陳廷敬說：「我也感覺應是戴孟雄之罪，但辦案得有實據！他敢把向啟同李家聲交到我面前來審，為什麼？」

劉景道：「除非他同李家聲串通好了，往向啟頭上栽贓。」

陳廷敬說：「李家聲害死人命，反正已是死罪，他犯不著再替戴孟雄擔著。我料此案不太簡單。天快亮了，你們都歇著去，我自會相機行事。」

劉景、大順等退去，陳廷敬卻還得趕緊向皇上寫摺子。珍兒看著心疼，又知道勸也沒用，就陪在旁邊坐著。摺子寫好已是四更天了，珍兒侍候陳廷敬小睡會兒。天剛亮，陳廷敬匆匆起床用了早餐，下山往縣衙去。

陳廷敬在縣衙前落轎，戴孟雄早已恭敬地候著了。楊乃文低頭站在旁邊，甚是恭順。戴坤仍是轎夫打扮，遠遠的站在一旁。進入大堂，陳廷敬同戴孟雄謙讓再三，雙雙在堂上坐下。衙役們早在堂下分列兩側，只等著吆喝。

戴孟雄問：「欽差大人，我們開始？」

陳廷敬點頭道：「開始吧。」

戴孟雄高聲喊道：「帶陽曲縣丞向啟！」

吆喝下去，竟半日沒人答應。戴孟雄再次高喊帶人，仍是不見動靜。戴孟雄便厲聲喝斥楊乃文，叫他下去看看。過了好半晌，楊乃文慌忙跑來，回道：「回欽差，回戴老爺，典獄說向啟昨日夜裡跑掉了！戴老爺吩咐放了叫花子，不曾想向啟跟李家聲也混在叫花子裡頭逃走了！又說李家聲已被人殺死，正橫屍街頭。庸書猜測，這必定是向啟殺人滅口。」

陳廷敬頓時急了。他昨夜左右尋思，設想到了種種情形，就是沒想到會出現這等變故。陳廷敬料定鬼必是出在戴孟雄身上，不然世上哪有這麼巧的事情？說好要審的兩個人，一個死了，一個不見了。

戴孟雄見陳廷敬陰沉著臉，便一副請罪的樣子，道：「欽差大人，卑職也不知道事情會弄成這樣呀！這案子就沒法審了。」

陳廷敬沉思片刻，緩緩道：「我想這案子還得繼續審。」

戴孟雄忙點頭道：「當然審！當然審！可是……審誰呢？」

陳廷敬突然厲聲喊道：「帶陽曲知縣戴孟雄！」

戴孟雄頓時傻了，臉色先是發紅，旋即發白。劉景一手按刀，大步上前就要拿人。戴孟雄呼地站了起來，咆哮道：「欽差大人，我可是朝廷命官，不是你隨便可以審的！我戴孟雄堂堂正正，兩袖清風，治縣得法，牧民有方，年年錢糧如數上解，山西找不出第二個！」

陳廷敬語不高聲，說道：「陽曲百姓只知戴老爺，不知向縣丞，你休想往他頭上栽贓！李家聲雖已死無對證，可他早已向劉景一一招供了。」

戴孟雄吼道：「李家聲已死，你休想拿死人整活人！」

陳廷敬一拍桌子，道：「劉景，先把他拿下！」

劉景拿下戴孟雄，推到堂下按跪了。戴坤本是低頭站在外頭，忽聽得老爹被擒，一直躬著的腰板忽地挺了起來，飛快衝進大堂，叫罵著就要搶人。卻見外頭突然閃進一人，一把揪住了戴坤。此人正是馬明，穿得破破爛爛，向啟跛著腳隨在後面。

向啟身上滿是血污，上前拜見了陳廷敬。原來，戴孟雄昨夜吩咐放了叫花子，為的就是殺人滅口，蒙混過關。他算準李家聲會趁亂逃掉，向啟必定要去追趕，便暗囑戴坤同楊乃文候在外頭，只等他們經過，就砍了他們。向啟果然中計，見李家聲逃了，馬上追了出去。馬明也緊追而上，卻見向啟和李家聲都已倒在地上。李家聲慘叫不止，向啟只緊緊按著大腿。戴楊二人見遠處有人趕來，慌忙跑開了。哪知楊乃文畢竟是個書生，下手無力，又沒有砍著要緊處，向啟竟撿回條性命。李家聲是戴坤下的手，叫喚著就嚥氣了。昨夜戴孟雄從五峰觀下來，已猜著那個上縣衙鬧事的叫花子肯定是馬明，又命戴坤和楊乃文滿城尋找，定要結果了他。卻又發現向啟並沒有被殺死，更是急了。昨夜陽曲城裡通宵狗叫，百姓只知牢裡的犯人跑了，縣衙正挨家挨戶搜查。幸得陽曲大街小巷都在向啟肚裡裝著，他領著馬明翻牆潛回縣衙，尋了間空屋子躲著，方才逃過大難。天剛亮時，碰巧聽外頭有人說欽差大人要來審案，兩人這才瞅著時辰跑到大堂來了。

（待續）

GOBOOKS & SITAK GROUP ©